LA BÊTE NOIRE

Collection dirigée par Glenn Tavennec

L'AUTEUR

Auteur de la trilogie best-seller *Ragdoll* (vendue dans plus de trente pays et en cours d'adaptation en série TV), Daniel Cole (@DanielColeBooks) figure dans la liste du *Sunday Times* des auteurs les plus vendus. *Pietà* est son quatrième roman. Il a été ambulancier, membre actif de l'équivalent anglais de notre SPA et a travaillé pour une association dédiée au sauvetage en mer le long des côtes britanniques. Mais, depuis cinq ans, il a décidé de se consacrer pleinement à l'écriture. Il vit sur la côte sud de l'Angleterre et partage son temps entre la plage et la forêt.

DANIEL COLE

PIETÀ

Traduit de l'anglais (Royaume-Uni)
par Magali Duez

LA BÊTE NOIRE
Robert Laffont

Titre original : Mimic

ISSN 2431-6385
ISBN 978-2-221-25437-0
(éd. originale : ISBN 978-1-4091-9800-0, Trapeze an imprint of The Orion Publishing Group Ltd – Carmelite House, 50 Victoria Embankment London EC4Y 0DZ, An Hachette UK Company)
Dépôt légal : juillet 2021
Éditions Robert Laffont – 92, avenue de France 75013 Paris

Le jour où la Mort vint en visite

Ce jour-là, le vieil homme rentra chez lui, et trouva la Mort, qui était finalement venue le chercher, endormie dans son fauteuil. Une pensée lui traversa alors l'esprit : la Mort n'était-elle pas simplement un adversaire de plus ? Un adversaire à la fois las et esseulé ?

Il enjamba avec précaution le tissu qui se déployait sur le sol, telles des rivières de goudron, et fouilla sa petite maison à la recherche d'un poignard. Puis, avec une discrétion digne de la Mort elle-même, il revint auprès de son hôte assoupi. Ivre du désir de vivre à jamais, le vieillard leva haut les mains puis les abattit violemment, plongeant sa lame dans les sombres entrailles de son ennemi. Mais cela n'eut pour effet que de réveiller la Mort. Plus cruelle et vengeresse que jamais, indifférente à l'arme toujours plantée dans sa chair, elle se redressa de toute sa hauteur sous les yeux de l'homme terrifié.

— Tu voulais m'échapper ? s'esclaffa la Mort. Puisque c'est ainsi, sois assuré que *jamais* tu ne connaîtras ma clémence. Car seuls les vivants peuvent souffrir comme tu vas souffrir.

Et, sur ces mots, la Mort partit.

Car il lui restait beaucoup à faire.

Sept ans plus tard, presque jour pour jour, la Mort revint dans la petite maison et trouva le vieil homme endormi dans son fauteuil, un poignard familier posé sur les cuisses. Elle enjamba le sang qui se déployait sur le plancher tels des rubans écarlates, et referma ses mains sur les bras fripés par l'âge. Sous la fraîcheur du contact, le vieillard se réveilla et ses yeux s'emplirent de larmes devant ses plaies guéries.

— Pitié ! s'écria-t-il. Ne m'avez-vous pas déjà tout pris ? N'ai-je pas assez souffert ?

Amusée, sa visiteuse se pencha pour lui murmurer à l'oreille.

— Non, mon vieil ami… pas encore.

Et, sur ces mots, la Mort partit.

Car il lui restait encore beaucoup à faire.

Jeudi 2 février 1989

1

Le bruit des clignotants résonnait dans l'habitacle. Leur lumière, telles des allumettes enflammées par un public invisible, éclairait des formes qui étaient presque aussitôt à nouveau englouties par les ténèbres. Apercevant une silhouette dégingandée qui lui faisait signe, le sergent Benjamin Chambers bifurqua afin de pénétrer dans Hyde Park. L'employé du parc courut ouvrir le portail. Le vert sombre de son uniforme accrocha la lumière des phares tandis qu'il bataillait avec le verrou. Puis, repoussant le métal gelé à mains nues, l'homme indiqua au policier de le suivre avant de se mettre à trottiner devant lui.

Chambers étouffa un bâillement, passa la première et s'engagea sur la route de service non salée. Il sentit le changement de terrain lorsque le béton mouillé céda la place à une couche de glace.

« Ne l'écrase pas… surtout, ne l'écrase pas », marmonna-t-il dans sa barbe, pas sûr du tout de parvenir à maîtriser son véhicule si son guide décidait de s'arrêter. Plus ils s'aventuraient loin dans l'immense parc londonien, plus les roues patinaient.

Soudain, l'homme trébucha et disparut quelque part derrière le capot au moment où retentissait un bruit inquiétant. La pédale de frein vibra sous le pied de Chambers tandis que la voiture glissait lentement jusqu'à enfin s'immobiliser.

Le sergent grimaça. Penché en avant sur son siège, il fixa d'un regard anxieux l'avant du véhicule…

Un visage enjoué surgit entre les phares. Le badge ainsi éclairé annonçait fièrement le nom de son propriétaire : *Deano*.

— Désolé ! s'exclama l'homme avec un signe de la main avant de se relever.

— C'est *vous* qui êtes désolé ?! rétorqua Chambers, incrédule, en secouant la tête.

— C'est juste derrière ces arbres ! cria Deano qui, visiblement, n'avait pas retenu la leçon et reprenait sa périlleuse place devant la voiture.

À contrecœur, Chambers se remit à rouler. Gardant ses distances, il finit par se garer à côté d'un véhicule de patrouille à l'intérieur duquel deux agents en uniforme s'abritaient du vent glacial qui s'engouffra dans l'habitacle à la seconde où il entrouvrit la portière. Il serra les dents et sortit en se protégeant le cou avec le col de son manteau. Le guide du parc ne tenta même pas de dissimuler sa surprise.

— C'est la première fois que je vois un sergent noir, expliqua-t-il à Chambers qui accueillit l'aberrant commentaire sans sourciller.

— Il faut un début à tout. Même si je considère que je suis plutôt marron très très très foncé, répliqua-t-il, sarcastique, tout en balayant les alentours du regard à la recherche d'un corps.

Deano s'esclaffa.

— En effet. Ça doit être pour ça que vous êtes sergent.

— Sûrement, répondit Chambers, sourcils froncés, car il ne voyait qu'une série d'empreintes de pas autour de la base d'une statue. *Tout* est dans les détails… des détails tels que : où est le cadavre que je suis censé examiner ?

Un claquement de portière retentit : l'un des agents en uniforme avait finalement trouvé le courage d'affronter la météo. Les cheveux châtain clair gominés et plaqués en arrière, il devait avoir une bonne décennie de moins que Chambers : vingt et un ans, tout au plus. Rempochant les restes d'une barre chocolatée, il se dirigea vers le sergent et lui serra la main.

— Sergent Chambers ? demanda-t-il avec un soupçon d'accent du sud de Londres. Adam Winter. Et elle..., dit-il en désignant sa partenaire, une femme aux allures de Viking qui l'avait suivi dehors avec une réticence évidente, c'est Reilly.

Cette dernière lui adressa un bref signe de tête, puis se concentra à nouveau sur sa tâche en cours qui consistait à ne pas mourir de froid.

— Nous nous sommes déjà rencontrés, dit Winter, sur l'affaire du gars qui avait sauté.

Chambers acquiesça :

— Avec le...

— Truc.

— Et le...

— Truc.

— Je m'en souviens.

Une rafale glaciale souffla à travers les branches d'arbres, marquant une pause dans la discussion tandis que les deux hommes s'octroyaient un moment pour se remettre de leurs émotions.

— *Bon sang*, se lamenta Winter en se secouant comme pour chasser le froid.

— Alors, j'ai entendu dire que vous aviez trouvé un corps sous une statue, dit Chambers sur le ton de la conversation, à peu près convaincu d'avoir fait le déplacement pour rien. Dans cette salle de contrôle, les nouvelles voyagent plus vite qu'avec le téléphone arabe, plaisanta-t-il sans vouloir faire porter la faute au jeune agent – *histoire de ne pas allonger d'un nom la liste déjà longue de ses ennemis.*

— Sans blague, répondit Winter.

Il guida le sergent qui écrasa à son tour l'herbe gelée, ajoutant ses empreintes à celles déjà présentes, et dit :

— Sauf que, heu... Le corps n'est pas *sous* la statue... Le corps *est* la statue.

Chambers haussa les sourcils d'un air incrédule, puis reporta son attention sur la silhouette recouverte de glace, perchée à trois mètres au-dessus du sol sur un piédestal de pierre.

— C'est une joggeuse qui l'a remarqué en premier vers 11 heures et demie.

Chambers jeta un coup d'œil à sa montre.

— … du matin, précisa Winter. Onze heures et demie du matin.

De plus en plus perplexe, Chambers recula de quelques pas afin d'avoir une meilleure vue de la scène. Les yeux plissés, il scruta ce qu'il considérait encore avec certitude comme une œuvre d'art malmenée par les intempéries. Elle représentait un homme musclé complètement nu, assis sur un bloc de pierre brut. Le menton posé sur son poing droit, il semblait perdu dans ses pensées. Aux endroits les plus exposés, la peau était recouverte de stalactites balayées par le vent qui formaient comme une fourrure, tandis qu'aux emplacements les plus protégés elle était d'un bleu inhumain.

Chambers, sceptique, écouta Winter poursuivre ses explications.

— Elle a dit qu'elle était passée devant ces statues des centaines de fois sans y faire vraiment attention, mais ce matin il y avait quelque chose de différent. Ça a mouliné dans sa tête toute la journée jusqu'à ce qu'elle revienne ce soir. C'est là qu'elle a eu la confirmation qu'il y avait bel et bien un truc louche : un cadavre gelé.

— Il est resté là *toute la journée* ? demanda Chambers en faisant le tour afin de trouver un meilleur angle de vue. Et personne d'autre n'a rien remarqué ?

— Vous l'auriez vu, vous ?

— … En réalité, je ne le vois toujours pas, admit-il les yeux plissés.

— Je pense qu'on peut ajouter ça en mille et unième position sur la liste des façons tordues de se suicider, intervint l'intimidante collègue de Winter, dont Chambers avait déjà oublié le nom. Ça arrive souvent dans les parcs. Mais bon, pour ce que j'en sais, moi… C'est à *vous* d'en décider dans votre infinie sagesse.

De toute évidence, cette femme avait une dent contre lui, mais Chambers était bien trop frigorifié et fatigué pour rentrer dans son jeu.

— Ne faites pas attention à elle, dit Winter en secouant la tête à l'intention de sa coéquipière. C'est un ange de douceur quand on la connaît bien, n'est-ce pas, Kim ?

Pour toute réponse, cette dernière le gratifia d'un doigt d'honneur.

— Vous êtes montés voir ? s'enquit Chambers.

— On ne voulait pas contaminer la scène de crime, rétorqua Winter avec un sourire, jouant son joker au moment idéal. Et puis, on s'est dit qu'il ne risquait pas d'aller bien loin.

Chambers laissa échapper un soupir frigorifié.

— Il nous faudrait une éch…

— Il y en a une taillée dans le socle, intervint Deano qui n'avait pas perdu une miette de la conversation, et qui était heureux d'offrir son aide. De l'autre côté.

Winter ne chercha même pas à dissimuler son sourire, tandis que Chambers semblait au bord de la crise de nerfs.

— … Fantastique.

Avec sa lampe de poche coincée entre les dents et le vent de plus en plus cinglant à mesure qu'il progressait, l'ascension des quinze échelons lui parut interminable. Il finit néanmoins par se hisser sur le piédestal.

De dos, la silhouette avait l'air aussi parfaite et inanimée que vue d'en bas. Le sergent rampa avec précaution sur la surface verglacée. Lorsqu'il fut suffisamment près, il reprit en main sa torche et balaya de son faisceau l'épaisse couche de glace opaque, toujours sceptique quant à ce qu'il avait sous les yeux… jusqu'à ce qu'il tombe sur le pli du coude de la statue : un morceau de peau, fripée et bleue, mais indéniablement de la peau. Même si une part de lui s'y était attendue, le choc lui fit lâcher la lampe qui roula sur la pierre et tourbillonna dans le vide, telle une étoile filante.

— Et merde, chuchota-t-il, gêné.

— Tout va bien là-haut ? cria Winter.

— Ça va ! cria-t-il en retour en essayant de se redresser sur ses genoux pour regarder le visage gelé à la lumière de la lune.

Il était d'une beauté parfaite – dans le genre star de cinéma. *Un acteur peut-être*, songea Chambers. Ça aurait été cohérent avec le besoin d'attirer l'attention requise pour s'installer nu sur un piédestal et garder la pose jusqu'à être transformé en glaçon.

Prenant confiance, Chambers se mit debout dans l'espoir de mieux discerner ses traits et de repérer un signe distinctif. Son visage n'était qu'à quelques centimètres de celui de la statue, et la buée de sa respiration se réfléchissait sur la peau luisante.

Il y avait quelque chose qui ne collait pas… Et il n'arrivait pas à mettre le doigt dessus. *Son regard peut-être ?* D'un bleu de glace… intense… perçant… Pas le regard vacant d'un corps sans vie.

Il avait les yeux rivés sur ceux de la statue, fasciné… quand une main le saisit.

Surpris, Chambers tituba en arrière, libéra son bras d'un geste brusque et se sentit basculer. Le souffle coupé par la chute, il fut à peine conscient de l'impact lorsqu'il heurta le sol.

— Sergent ! s'écria Winter en se précipitant auprès de lui.

— Il…, articula Chambers d'une voix sifflante, le regard braqué sur le ciel nocturne. Il…

— Quoi ? Je ne vous comprends pas. Ne bougez pas ! dit Winter avant de se tourner vers sa coéquipière. Appelle une ambulance !

Chambers tenta de se redresser.

— S'il vous plaît, monsieur. Ne bougez pas !

— Il… Il est encore… en vie ! haleta Chambers.

Puis il se laissa retomber en luttant pour reprendre sa respiration. Horrifiées, les autres personnes présentes sur la scène s'agitèrent soudain.

Pendant ce temps, Chambers demeura étendu à terre, incapable de faire autre chose que de regarder les étoiles scintillantes et la silhouette à la fois tragique et d'une beauté surréaliste au-dessus de lui.

Dans un élan de compassion aussi efficace que s'il avait tenté d'endiguer un tsunami avec une éponge, Winter drapa sa veste sur les épaules immobiles de l'homme gelé. Ils avaient essayé de le déplacer, mais la plupart de ses articulations étaient bloquées et son étrange posture faisait qu'il était impossible de le soulever sans aide. Le jeune policier demeura donc à ses côtés, à chuchoter un monologue dans lequel alternaient paroles de réconfort et fausses promesses, afin de meubler le temps jusqu'au retour de Deano suivi d'un cortège de lumières bleues.

Chambers fut à nouveau debout juste à temps pour libérer le chemin. Après avoir enveloppé l'homme congelé de couvertures, deux pompiers, aidés d'une nacelle, le soulevèrent de son socle pour le déposer dans un fauteuil roulant sans que sa position se soit modifiée de façon significative. Dès qu'ils furent de retour sur le plancher des vaches, ils le confièrent aux ambulanciers qui s'empressèrent de le transférer dans leur véhicule.

— J'espère que vous n'aviez pas l'intention de dormir au cours des six prochains mois, plaisanta Winter qui avait rejoint Chambers et regardait avec lui les ambulanciers se démener pour attacher leur patient. Je crois que j'ai *royalement* merdé sur ce coup-là.

Chambers ne répondit pas. Ce garçon trop bavard lui plaisait bien, mais il ne pouvait nier la justesse de son auto-évaluation.

— C'est vrai, quoi, on a dû arriver une bonne heure avant vous, poursuivit l'agent. J'aurais dû monter voir… n'est-ce pas ?

Chambers se tourna vers lui. Étant à la fois plus âgé et plus expérimenté, c'était un de ces moments parfaits pour dispenser une inestimable perle de sagesse, qui accompagnerait le jeune homme pour les années à venir :

— Ouais.

Winter était visiblement en train de se flageller, mais cela ne l'empêcha pas de continuer la conversation :

— Aucun signe de lutte ?

— A priori, non.

— Qui irait s'infliger un truc pareil ?

Chambers ouvrit la bouche pour répondre quand des cris leur parvinrent de l'ambulance.

— Défibrillateur !

Un bourdonnement monotone résonna dans la nuit tandis que le reste des équipes de secours assistait, impuissant, à la scène.

— Dégagez !

— Choquez !

Malgré la décharge électrique qui le parcourut, le corps tressaillit à peine.

— Pas de pouls !

— En charge !

Pendant que les autres regardaient l'inévitable se dérouler sous leurs yeux, Chambers tourna le dos aux vains efforts de réanimation et se dirigea vers le piédestal désormais vide.

— À quoi pensez-vous ? s'enquit Winter en l'accompagnant. Sergent Chambers ?

— Qui irait s'infliger un truc pareil ? marmonna-t-il en réponse, perdu dans ses pensées, en suivant les empreintes autour du socle. C'est extrême. C'est sûr. Et pourtant, la mise en scène paraît… (L'homme dont ils parlaient était en train de mourir à quelques mètres d'eux et il luttait pour trouver le mot juste.) Approximative.

— Approximative ? répéta Winter, qui semblait seulement à moitié choqué.

— La joggeuse aurait pu appeler douze heures plus tôt, expliqua Chambers en regardant du côté des arbres comme si quelqu'un pouvait y être caché. Les choses auraient pu se passer différemment.

— C'est vrai.

— Et pourquoi ici ? poursuivit-il. L'endroit est exposé, mais également dissimulé par les arbres sur plusieurs côtés, et à environ trois mètres du sol. Si l'idée était de partir auréolé de gloire, pourquoi ne pas avoir escaladé la colonne Nelson[1], ou avoir au moins choisi un endroit un peu plus fréquenté ?

— … Approximative, dit Winter, en dévisageant le sergent avec fascination.

— Approximative, répéta Chambers en hochant la tête avant de s'arracher enfin à la contemplation des arbres.

Alors que les tentatives de réanimation s'arrêtaient, Winter soupira :

---

1. La colonne Nelson désigne, au centre de Londres, la statue de l'amiral Horatio Nelson sur une colonne haute de 44 mètres qui domine Trafalgar Square.

— On dirait bien qu'il a quand même eu ce qu'il voulait en fin de compte.

— En réalité, dit Chambers en s'agenouillant pour examiner de plus près des empreintes de pas, je n'en suis pas si sûr.

Vendredi

2

— Sergent ?... Sergent ?

Chambers, réveillé en sursaut, empoigna la blouse blanche de la femme et riva sur elle un regard paniqué.

— Ouh là, du calme ! s'exclama la doctoresse Sykes, médecin légiste en chef de New Scotland Yard.

Il fallut au policier quelques secondes pour prendre conscience de l'environnement terne dans lequel il se trouvait avant de lâcher le vêtement.

— Désolé, dit-il en se frottant le visage.

— Ce n'est rien, dit Sykes avec sourire, même si la doctoresse n'était probablement plus qu'à un ou deux ans de la retraite et aurait pu se passer d'une agression de si bon matin.

— La nuit a été longue ?

— On peut dire ça comme ça, répondit Chambers, d'ordinaire avare de ses mots.

— Votre service est bientôt terminé ?

Il jeta un coup d'œil à sa montre.

— ... depuis deux heures.

Elle haussa les sourcils.

— Que diriez-vous d'un café ?

Ayant officiellement pris la responsabilité du patient, l'équipe de secours avait suivi le protocole et transporté le corps en train de décongeler à l'hôpital St Mary. En conséquence, Chambers avait passé le reste de son service à essayer de le faire rapatrier au service médico-légal. Après avoir enfin réussi, il s'était assoupi sur une chaise en plastique dans le couloir et avait été réveillé par la personne qu'il attendait.

— J'ai déjà du retard, dit Sykes entre deux gorgées de café. Londres a été particulièrement meurtrier cette semaine.

— Jetez un coup d'œil au dossier. C'est tout ce que je vous demande.

— Sergent, je…

— Juste un coup d'œil.

Visiblement exaspérée, la légiste posa sa tasse et prit la photocopie du rapport d'incident, ainsi que le formulaire rempli par les ambulanciers. Son front se plissa à mesure qu'elle parcourait la première page.

— C'est curieux comme cas, je vous l'accorde, admit-elle après avoir tout lu. Et vous croyez qu'il s'agit d'un homicide ?

— Une intuition.

— Je ne peux pas le faire passer en priorité sur une intuition, lui rétorqua Sykes en plaçant les documents sur ses cuisses dans l'attente d'une explication.

— Je…, hésita Chambers qui n'avait pas encore tout à fait organisé ses pensées. Il y avait des dizaines d'empreintes de pas sur les lieux, mais aucune de pieds nus. Des agents ont passé la nuit à ratisser le coin et à fouiller les poubelles. Ils n'ont trouvé ni chaussures ni vêtements.

— D'après votre rapport, il est resté là au moins douze heures. C'est plus qu'il n'en faut pour que les empreintes aient été recouvertes ou aient simplement disparu, notamment pendant la partie la plus chaude de la journée. Est-ce que les températures sont montées au-dessus du point de congélation aujourd'hui ?

— À peine.

La doctoresse haussa les épaules comme pour dire : « Vous avez votre réponse. »

— J'ai du mal à l'imaginer en train de marcher nu aussi loin dans le parc sans se faire remarquer.

— On a vu plus étrange, dit Sykes qui semblait apprécier le rôle d'avocat du diable.

— D'accord. C'est possible.
— Il pourrait avoir enterré ses vêtements quelque part.
Chambers était sur le point de rejeter la théorie, mais il se ravisa en songeant que ce n'était pas une si mauvaise idée. Il se laissa aller contre le dossier de sa chaise et se frotta une fois de plus le visage avec l'impression de mener une bataille perdue d'avance.
— D'accord, d'accord, dit Sykes. Je jetterai un coup d'œil au corps dans la matinée. Rentrez chez vous. Reposez-vous. Et appelez-moi à l'heure du déjeuner.
Chambers lui adressa un sourire épuisé.
— À charge de revanche.

Naïvement, Chambers s'était dit que ce serait une bonne idée de s'arrêter à son bureau en quittant le bâtiment, vu qu'il n'avait pas trouvé le temps d'y passer avant. En arrivant, il découvrit que quelqu'un avait mis à profit les vieilles décorations de Noël du service en installant un bonhomme de neige d'un mètre cinquante sur sa chaise et en recouvrant son ordinateur d'une couche de ouate. L'expression impatiente de ses collègues céda la place à un éclat de rire collectif lorsqu'il ouvrit son tiroir rempli à ras bord de fausse neige. Il plaqua un sourire sur son visage et hocha la tête, beau joueur, malgré l'étendue du bazar qui ressemblait davantage à de la malveillance qu'à une blague bon enfant.
— Planque-toi, vite ! l'avertit l'inspecteur Graham Lewis de sa voix douce. Le boss te cherche.
Celui qui avait été autrefois son agent de formation était désormais l'un des rares amis qu'il lui restait.
Chambers se dissimula derrière le bonhomme de neige défraîchi pendant que Lewis affichait un sourire aimable.
— Bonjour, patron.
— Arrêtez de faire le lèche-cul, Lewis.
— Très bien, monsieur… OK. Il est parti.
Chambers se redressa et désigna son bureau.
— Je suppose que tu es au courant ?
Lewis confirma d'un signe de tête.
— Tu sais, l'information circule vite par ici. (Il hésita ; visiblement, c'était toujours à lui d'annoncer les mauvaises

nouvelles, devançant par expérience le merdier bureaucratique sur le point de s'abattre sur son ami.) Tu es allé voir le corps au moment où tu as estimé que c'était le plus sûr. Quoi qu'il arrive, ne dis pas que tu « le croyais mort », « qu'il avait l'air mort » ou quoi que ce soit dans ce genre. Des têtes vont tomber et Hamm aura la tienne en ligne de mire. Maintenant, déguerpis avant qu'il...

— Chambers...

— Merde, murmura Lewis.

— Oui, patron ? répondit Chambers depuis l'autre bout de la pièce, tandis que ses collègues affichaient la même expression d'anticipation que lorsqu'il s'était approché de son espace de travail relooké.

— Mon bureau ! Tout de suite !

— Quand TU as estimé que c'était le plus sûr, lui rappela Lewis à voix basse.

L'inspecteur en chef Hamm n'occupait son poste que depuis dix-huit mois, un temps assez court pour être encore considéré comme « un des gars » par ses amis proches devenus ses subordonnés et par ses anciens collègues. Les vieilles loyautés lui épargnaient les critiques sur le favoritisme flagrant dont il faisait preuve, ainsi que sur ses critères de promotion douteux. Cependant, depuis qu'il avait pris ses fonctions, Hamm avait eu la décence de mettre en sourdine ses remarques désobligeantes et ses comportements agressifs à l'égard de Chambers, ce qui n'avait eu pour effet que de rendre ses attaques moins prévisibles.

— Assis. (Chambers obtempéra.) Alors... qu'est-ce que c'est que ce bordel ?

— Tout est dans le rapport, *monsieur*. (Chambers grimaça, il n'avait pas eu l'intention d'employer un ton aussi sarcastique.) Je suis arrivé sur les lieux où on m'a expliqué la situation. Quand j'ai estimé pouvoir y aller sans danger, j'ai escaladé le socle pour me rendre auprès de la victime.

— Victime ? s'esclaffa Hamm, en mastiquant le chewing-gum qui semblait être dans sa bouche en permanence. « Aucun signe de violence », et, assis comme ça ; il est clair qu'il s'est lui-même infligé ça. À ce compte-là, on peut dire que mon gros bide est victime de mon penchant pour KFC.

— Le « défunt » dans le cas présent, dit Chambers. Une fois près de lui, j'ai constaté qu'il était encore vivant et j'ai aussitôt fait appeler une ambulance.

— Hmmm, dit Hamm, les yeux exorbités à la recherche du moindre signe de doute ou de faiblesse chez son subalterne.

— Avec tout le respect que je vous dois, *monsieur* (Chambers grimaça à nouveau, il fallait absolument qu'il arrête d'ajouter ça), j'ai terminé mon service il y a deux heures et demie. Je suis rincé.

Après une tentative puérile pour le toiser, Hamm le congédia d'un geste dédaigneux de la main.

— Rentrez donc chez vous.

Chambers se leva. Il s'apprêtait à actionner la poignée de la porte, quand Hamm lança brusquement :

— Une dernière chose. (Chambers se figea.) Que pensez-vous de l'agent Winter ?

Le visage de Chambers s'affaissa. De toute évidence, la direction cherchait quelqu'un à envoyer à l'abattoir.

Il se composa une expression impassible et se retourna vers son patron.

— Qui ça ?

— Adam Winter. Il apparaît dans votre rapport comme étant le premier policier sur les lieux, répondit Hamm en soulevant le dossier posé sur son bureau.

— Ah. Premier ex aequo, répliqua Chambers. Sa coéquipière était avec lui.

— Sans importance. C'était le boulot de Winter… donc ?

Chambers considéra rapidement les choix limités qui s'offraient à lui :

— Incompétent, répondit-il sèchement. J'ai bien l'intention de faire un rapport contre lui. Un pauvre gars qui veut jouer les inspecteurs alors qu'il n'est même pas capable de mettre son ego de côté assez longtemps pour assurer les rudiments du métier. Vu comme il a salopé le travail, je pense que vous devriez lui retirer sa plaque.

Hamm parut légèrement surpris par la ferveur de ce discours.

— Vraiment ?

— Oui, vraiment… *monsieur*, répondit-il, volontairement cette fois-ci.

— Eh bien, je réfléchirai à votre suggestion. Vous pouvez partir.

Chambers hocha la tête. Il quitta la pièce et ferma la porte derrière lui en espérant que l'opinion accablante qu'il avait exprimée concernant son collègue inciterait son chef à prendre la bonne décision.

À 10 h 35, Chambers franchit en titubant la porte de son loft situé dans le quartier de Camden. Un héritage malheureux mais tombé à point nommé lui avait permis de monter d'un barreau sur l'échelle surévaluée de l'immobilier londonien. Il se dirigea vers la cuisine, son estomac décalé grondant de faim, et y trouva un mot collé sur le réfrigérateur :

J'ai dû partir.
Dors bien.
E. Bisous

Il sourit en détachant la note et suspendit son geste avant de la lâcher dans la poubelle, envahi par une culpabilité irrationnelle à l'idée de détruire quelque chose qu'Eve lui avait donné, même un morceau de papier aussi insignifiant. Il ouvrit un tiroir et le glissa sous les notices du four à micro-ondes et du répondeur, là où, avec un peu de chance, elle ne le trouverait jamais.

— Qu'est-ce qui t'arrive ? se réprimanda-t-il en faisant une razzia sur les restes avant de se diriger vers la chambre.

Il venait d'ôter sa chemise après s'être lavé les dents quand la sonnerie de son téléphone retentit. Épuisé comme il l'était, il avait oublié de le débrancher. Avec un regard de regret en direction de son lit, il retourna dans le couloir et décrocha le combiné.

— Oui ?

— Sergent ? C'est Charlotte Sykes… du travail.

— Oh. Bonjour, dit Chambers en se demandant comment la légiste avait réussi à obtenir son numéro de téléphone.

— Désolée de vous déranger chez vous. On peut se rappeler plus tard, si vous préférez.

— Non, c'est bon, répondit-il avec un bâillement en étirant le bras pour attraper la poutre en bois au-dessus de sa tête.

— J'ai juste pensé que vous voudriez savoir au plus vite que vous aviez raison.

— Quoi ?

— Votre intuition. Parce qu'il est physiquement impossible que cet homme se soit suicidé de la sorte… Quelqu'un lui a fait ça.

Chambers frotta ses yeux irrités. Il était épuisé.

— J'arrive.

3

Chambers s'était assoupi dans le métro et avait loupé son arrêt. Énervé après lui-même, il descendit à Victoria Station et fit le reste du chemin à pied, fouetté par le vent glacé au milieu d'un labyrinthe d'immeubles gris, dans la ville gelée aux rues souillées de boue sale. Après avoir franchi la sécurité de New Scotland Yard, il croisa le regard surpris de Lewis. Ce dernier traversa le lobby à grands pas afin de l'intercepter.

— Qu'est-ce que tu fais là ? demanda-t-il, exaspéré. Va-t'en ! Le patron te cherche.

— Encore ? gémit Chambers.

— Oui. *Encore.* Rentre chez toi.

— Impossible. Mais je vais l'éviter.

Lewis secoua la tête et s'écarta pour laisser passer son ami.

Chambers fit le choix, stratégique mais éreintant, d'emprunter l'escalier, car il devait non seulement éviter l'inspecteur principal Hamm, mais aussi tout son réseau de sous-fifres prêts à moucharder à la moindre occasion. Après avoir vérifié que la voie était libre, il remonta d'un pas rapide le couloir du service médico-légal et frappa à la dernière porte. Il pâlit en entrant dans la pièce.

— Et merde.

— Je ne vous le fais pas dire, renchérit Hamm, abandonnant sa conversation avec Sykes pour affronter Chambers.

— J'ai reçu une demande d'heures sup après votre départ. *Apparemment*, on aurait ordonné à deux ambulanciers de transporter un corps *non urgent* depuis l'autre bout de la ville, juste quelques minutes avant la fin de leur service.

Chambers ouvrit la bouche pour parler, mais Hamm ne lui en laissa pas l'occasion.

— Alors j'ai répondu : « Impossible. Aucun de *mes* hommes ne serait assez stupide ou irrespectueux pour faire une chose pareille sans mon accord. » N'est-ce pas, Chambers ?

— Je ne suis pas responsable de leur planning… *monsieur*, rétorqua sèchement le sergent que le manque de sommeil rendait susceptible. Ils avaient un travail à faire. Je leur ai juste demandé de le faire.

Démontrant à quel point il n'était pas fait pour ce poste, Hamm repoussa brusquement Chambers. Puis, bien que plus petit d'une quinzaine de centimètres que le grand policier, il se colla presque à lui en affichant un air menaçant.

— Cherchez-vous à être suspendu sur-le-champ ?

— Non, monsieur.

— Messieurs ! Messieurs ! On se calme ! intervint Sykes avec autorité.

La doctoresse pouvait être terrifiante quand l'envie lui en prenait.

Sans cesser de fusiller Chambers du regard, Hamm recula.

— Et puis, j'ai découvert que vous aviez convaincu notre légiste en chef de travailler sur votre suicide merdique au lieu de s'occuper des *quatre* meurtres qui nous sont tombés dessus rien que dans la journée d'hier.

Chambers essuya calmement les postillons sur son visage et rétorqua :

— Cinq.

— Quoi ?

— Cinq meurtres, le corrigea Chambers avec un coup d'œil à Sykes.

— Il a raison, renchérit la légiste. Et, vu l'état particulier du corps, il était important de faire vite. Plus sa température monte, plus nous risquons de perdre des preuves.

Hamm conservait son expression furibarde, mais de toute évidence la déclaration de la doctoresse avait atténué une partie de sa colère. Il se tourna vers Chambers.

— Agissez encore une fois dans mon dos, *mon gars*, et j'aurai votre tête… compris ?

— Oui, monsieur.

Sur ces mots, Hamm quitta la pièce en claquant la porte. Chambers et Sykes se retrouvèrent alors seuls avec le corps et se positionnèrent de chaque côté de la table en métal. La couche de glace recouvrant le cadavre avait cédé la place à des engelures marbrées. Deux des doigts de la main gauche avaient noirci sur toute la première phalange.

— Gelures, expliqua Sykes en suivant le regard de Chambers. Il va sans dire qu'il souffrait d'hypothermie à un stade critique quand vous êtes arrivés ; ses organes fonctionnaient juste assez pour le maintenir en vie. Les ambulanciers l'ont réchauffé bien trop vite. Son organisme ne l'a pas supporté. (Elle souffla.) Mais ça n'aurait probablement pas fait une grande différence. Il y a quelque chose que je dois vous montrer. Aidez-moi à le retourner.

Ils enfilèrent des gants jetables, puis luttèrent pour faire basculer le corps de façon à être en mesure de voir le point rouge situé à la base de son cou.

— Vous avez vu la marque de piqûre ? demanda Sykes qui avait déjà renoncé à soutenir le cadavre, laissant tout le poids à Chambers. On lui a injecté quelque chose… un cocktail assez méchant a priori. Je suis encore en train d'essayer de déterminer ce qui est quoi. Une partie des substances identifiées dans son sang pourrait être due à l'ingestion de pilules amaigrissantes, de compléments protéinés, ou à l'abus de stéroïdes. J'admets que je n'ai pas de preuve pour l'instant, mais ça me semblerait logique vu sa carrure.

— Ça se tient, reconnut Chambers.

— Une chose qui ne devrait absolument *pas* être présente dans son organisme en revanche, c'est une quantité non négligeable de bromure de pancuronium.

Le sergent fronça les sourcils, perplexe.

— C'est utilisé en chirurgie, quand le patient doit être éveillé, mais qu'on ne peut pas prendre le risque qu'il fasse le moindre mouvement. Il est impossible d'estimer quelle dose lui a été administrée sans avoir une fourchette de temps, surtout avec les températures concernées.

— Une chance qu'il ait pu se l'injecter lui-même ? s'enquit Chambers.

— Le rapport ne mentionne ni aiguille ni fiole sur les lieux du crime, et il n'est pas réaliste d'imaginer qu'il aurait pu contrôler ses membres pour l'envoyer suffisamment loin de lui. D'après moi, la victime était dans un état second, réveillée, mais complètement malléable, avec juste assez de tonicité musculaire pour maintenir la position imposée par son meurtrier.

— Qui s'est ensuite barré et l'a laissé mourir de froid. C'est tordu.

— En général, nous n'avons pas beaucoup de contes de fées à notre étage, répliqua Sykes avec un haussement d'épaules. Est-ce que vous l'avez déjà identifié ?

— Pas encore. Mais les salles de sport et les centres sportifs me semblent être un bon point de départ.

Le regard de Chambers fut attiré par un détail et il se baissa pour examiner de plus près les phalanges de la main droite : sur la peau endommagée par le froid, il y avait une plaie à vif qui se distinguait des autres.

— De la colle, dit Sykes devançant sa question. Il a des marques similaires, sous le menton, sur l'avant-bras gauche, sur un genou et sur chacune de ses fesses. Rudimentaire, mais bon… alors, vos premières impressions ?

— Le suspect est probablement un homme… En tout cas, quelqu'un d'assez fort pour déplacer les 113 kilos de la victime. Ça a l'air personnel : l'humiliation, la mise à nu, et le fait de l'exposer comme ça ; sans parler de la cruauté dont son meurtrier a fait preuve en l'abandonnant à ses souffrances. C'était prémédité… organisé… et en même temps, on sent une espèce de passion.

Sykes hocha la tête en signe d'assentiment.

— Reste plus qu'à espérer qu'il n'a pas d'autres ennemis dans la nature.

Quand Chambers dévisagea la légiste avec une expression inquiète, elle lui adressa un sourire gêné.

— Je dis ça, je dis rien.

— Prochain arrêt High Barnet, terminus. Tout le monde descend, s'il vous plaît. Tout le monde descend.

Chambers regarda distraitement sur sa gauche puis, sourcils froncés, tourna la tête à droite : le train était vide.

— Et merde !

Lorsqu'il sortit enfin de l'ascenseur à Camden Town, Chambers consulta sa montre, effaré de constater qu'il n'avait plus que quatre heures et dix minutes avant que son réveil sonne l'heure de retourner au boulot. L'estomac dans les talons, il fonça directement au KFC. Curieusement, depuis sa discussion du matin avec le patron, il avait une folle envie d'en manger.

Un Bucket Mix dans les bras, il trouva un banc sur lequel s'installer. Ainsi il éviterait d'embaumer l'appartement, et par conséquent de subir un énième sermon d'Eve au sujet de la circonférence croissante de son tour de taille. Il avait englouti la moitié de son festin, quand il prit conscience d'être resté un long moment les yeux rivés sur une flaque d'eau gelée pendant que sa nourriture refroidissait. Son esprit était toujours au travail, ses pensées accaparées par des corps en train de décongeler et des socles vides. Il jeta un coup d'œil par-dessus son épaule à la cabine téléphonique, secoua la tête, et enfourna quelques frites supplémentaires dans sa bouche, déterminé à ne pas céder…

— Je me hais, marmonna-t-il en lâchant un pilon à moitié grignoté dans le pot tandis qu'il se glissait dans la minuscule cabine rouge.

D'une main, il décrocha le combiné et composa maladroitement le numéro du service :

— C'est Chambers. Passez-moi la personne qui travaille sur Mr Freeze aujourd'hui. Merci. (Il remplit le blanc qui suivit en mangeant une nouvelle poignée de frites.) Ouais. A-t-on avancé sur l'identification de la victime ?… Hmm hmm. Bien, continuez comme ça. Est-ce qu'on a encore des gens au parc ?… Bien. Dites-leur d'y retourner, cette fois ils doivent chercher des aiguilles, des flacons, n'importe quoi de médical. Je sais. Vous pouvez rejeter la faute sur moi. Nous avons aussi besoin de trouver tous les endroits où on peut se procurer du bromure de pancuronium… Non, bromure de pancu… Je vais l'épeler.

Le combiné dans une main, son bucket dans l'autre, il essaya de sortir son carnet de sa poche et le reste de son repas se déversa sur le sol.

— Le con !… Non, pas vous. J'ai fait tomber mon p'tit déj… mon déjeuner… Je ne sais même plus ! C'est bromure de P.A.N.C.U.R.O.N.I.U.M. Vous l'avez ?… Encore une chose. Il faudrait que vous me trouviez la personne responsable des statues de ce parc. Pourquoi le socle était-il vide ? Est-ce qu'ils ont la sculpture ? Est-ce que le tueur a filé avec ? Nous avons besoin de l'info… C'est tout pour l'instant… Oui, 7 heures. OK. À plus.

Alors qu'il se baissait pour ramasser les restes de son foutu poulet gastronomique et les remettre dans le bucket, il ne put s'empêcher de jeter un nouveau coup d'œil à sa montre… Plus que trois heures et quarante-cinq minutes.

À 18 h 37, Chambers descendit du métro comme prévu à Embankment et parcourut à pied la courte distance qui le séparait de New Scotland Yard. N'ayant cette fois loupé aucun arrêt, il était plutôt content de lui, mais pas moins fatigué que lorsqu'il avait quitté le bureau quelques heures plus tôt. Entre le fait qu'il avait une fois encore oublié de débrancher le téléphone, l'alarme incendie qui s'était déclenchée dans l'immeuble d'en face, et des témoins de Jéhovah qui n'avaient sûrement pas eu conscience d'être passés à deux doigts de rejoindre leur prophète, les inconvénients du repos en journée avaient eu raison de lui. Il avait donc fini par renoncer et quitter son appartement, non sans avoir dispersé quelques morceaux de salade sur le dessus de la poubelle et laissé un message à Eve sur le réfrigérateur – lorsqu'il enchaînait les services de nuit comme c'était le cas ces jours-ci, ces mots griffonnés étaient leur seule forme de communication.

— Henry John Dolan, annonça une jeune enquêtrice tandis que Chambers ôtait Frosty le bonhomme de neige de son fauteuil. Notre victime. Entraîneur dans une salle de sport et danseur. Il était même un peu connu. Vous vous souvenez sûrement de son apparition en tant que « Monsieur muscles numéro cinq » dans un épisode de *Minder*[1] ?

— Oh, ce Henry John Dolan-là ! s'exclama Chambers, pince-sans-rire.

— Je dois aller interroger sa petite amie demain. En revanche, aucune trace d'aiguille ou de fiole.

— Et concernant les statues ? s'enquit Chambers.

Jurant dans sa barbe, il vida un tiroir plein de ouate dans la poubelle.

— Compliqué, répondit la jeune femme. La statue en question semble être sous la responsabilité des Parcs royaux *et* du conseil municipal, lesquels sous-traitent le travail à des sociétés privées. (Elle lui tendit un morceau de papier.) Il y aura quelqu'un là-bas jusqu'à 23 heures, s'il vous prenait l'envie d'y faire un tour.

Chambers jeta un coup d'œil à l'adresse et hocha la tête :

— Ça se pourrait bien.

De l'extérieur, avec sa banale porte roulante imbriquée dans l'une des anciennes arches de chemin de fer de Hackney High Street, Sleepe & Co. Restauration et Conservation ne semblait pas être l'établissement le plus approprié pour héberger certaines des œuvres d'art les plus précieuses du pays. Chambers frappa quelque part au hasard en espérant réussir à se faire entendre par-dessus la radio qui diffusait à plein volume à l'intérieur. Il leva les yeux sur une caméra installée bien en évidence au-dessus de la porte, puis, alors que la musique se taisait, il en remarqua deux autres.

— Qui est-ce ? demanda une voix.

— Sergent Benjamin Chambers, de la Metropolitan Police.

— Avez-vous une pièce d'identité ?

— Oui.

— Placez-la devant la caméra, s'il vous plaît.

Levant les yeux au ciel, Chambers sortit son badge et le brandit au-dessus de sa tête.

1. *Minder* est une série comique et dramatique britannique sur la pègre londonienne diffusée entre 1979 et 1994.

— Plus près, s'il vous plaît.

En ronchonnant, il tendit davantage son bras et se hissa sur la pointe des pieds. Soudain, la porte de métal s'ouvrit dans un bruit de tonnerre, révélant un étrange petit homme. Il devait avoir la cinquantaine, et ressemblait à un cyclope à cause de la loupe attachée à son front par un bandeau de cuir qui agrandissait l'un de ses yeux. Il avait une tonsure de moine et arborait un tablier huileux presque aussi crasseux que son visage et ses mains.

— Désolé. On n'est jamais trop prudent, dit l'homme en jetant un coup d'œil inquiet dans la rue avant de lui faire signe d'entrer.

Puis, il referma et verrouilla la porte derrière eux.

— Tobias Sleepe, dit-il en dévisageant Chambers avec intérêt.

Le local industriel était sombre. Quatre immenses statues, installées sur des socles de bois, étaient éclairées par des projecteurs, à la façon d'une exposition. Leur taille était impressionnante dans un environnement aussi confiné. Chambers déambula parmi elles, observant les subtils détails comme les plis complexes qui donnaient du mouvement aux vêtements de bronze, les rides bien trop familières gravées sur les visages désabusés. Il était impatient de rentrer chez lui pour dire à Eve s'il avait enfin « compris quelque chose à l'art… » ou non.

— Vous bossez seul ? demanda Chambers en faisant le tour du propriétaire.

Il remarqua divers outils déployés sur un plan de travail, un pot décoloré recouvert de symboles rouges signalant qu'il s'agissait d'un produit dangereux, et un système de poulie érigé au centre de la salle, sa corde vide, tel un nœud coulant attendant un condamné.

— Depuis trente-deux ans.

— Ça doit être un travail difficile, commenta le policier sur le ton de la conversation.

— Pas si vous avez les bons outils, répliqua l'individu sans quitter des yeux son visiteur.

— Et vous vivez ici ?

— Parfois… Assez avec les questions personnelles, maintenant, merci.

Chambers sourit en le rejoignant.

— Désolé. J'ai toujours voulu faire quelque chose de créatif. Je m'égare. La statue de Hyde Park, c'est laquelle ?

Sleepe lui tourna le dos, ainsi qu'aux quatre statues, et se dirigea vers un coin sombre de la salle. Chambers se raidit en le regardant passer devant le plan de travail couvert d'outils, mais son hôte se contenta de tirer sur un vieux drap, révélant la statue d'un homme à cheval dont le bras droit semblait avoir été brisé. Les yeux du cavalier et de sa monture avaient été mutilés, et l'une des jambes de l'animal reposait dans une caisse à côté.

— Vandalisme, annonça Sleepe. Il est curieux que ce soient les pires aspects de la nature humaine qui me fournissent du boulot… (Il gloussa.) Mais regardez à qui je parle. D'ailleurs, ça m'intrigue : je suppose que, comme moi, vous voyez ce que vous faites comme une vocation… votre mission dans la vie ?

Chambers garda le silence.

— Admettons qu'un jour votre dur labeur porte ses fruits, poursuivit néanmoins Sleepe. Le monde devient miraculeusement un endroit paisible, cette utopie mythique à laquelle nous aurons tous travaillé… Quelle serait alors votre mission, sergent ?… Hein ? En ce qui me concerne, j'espère que nous continuerons à déchoir pour l'éternité… pour notre bien à tous les deux.

Les deux hommes restèrent un moment sans rien dire sous le regard aveugle des statues.

Puis Chambers se racla la gorge et demanda :

— Avez-vous récupéré vous-même la statue ?

— En effet.

— Quand ?

— Lundi… le matin.

— Et… qui est-ce ?

— La sculpture ? Je crois que c'est une représentation peu connue du duc de Wellington.

— Est-il courant de retirer les statues du parc lorsqu'elles ont besoin d'une remise en état ?

— Ça n'arrive presque jamais. Et uniquement en dernier recours. En l'occurrence, quand ils ont vu que l'une des jambes du cheval était cassée, ils ont considéré que la statue représentait un danger et ont demandé qu'elle soit immédiatement retirée.

— Le bras a-t-il été retrouvé ? Je ne vois que la jambe du cheval.

— Non. Et l'épée non plus.

Chambers lui lança un regard confus.

— Il tenait une épée, expliqua Sleepe.

— Et est-ce que quelqu'un enquête sur cette affaire ?

— Ça sera probablement classé comme du vandalisme mineur, comme d'habitude… Ce n'est pas comme si c'était un cadavre, n'est-ce pas ?

Chambers, sourcils froncés, considéra son interlocuteur, observant le singulier petit sourire que celui-ci avait plaqué sur son visage.

— N'y touchez plus. Je vais vous envoyer l'équipe scientifique afin de relever les empreintes à la première heure demain matin.

À présent, c'était au tour de Sleepe d'examiner Chambers avec attention.

— On dirait que la Metropolitan Police prend le vandalisme davantage au sérieux ces temps-ci.

Chambers soutint son regard sans rien laisser paraître.

— En l'occurrence. Oui.

Mardi

4

Il est rare que la Tour de Londres prenne quiconque par surprise, mais Chambers fut pourtant étonné de la voir à travers la vitre conducteur lorsqu'il s'aperçut qu'il était sur la mauvaise file. Il roulait depuis un moment en pilote automatique, trop préoccupé par l'enquête qui piétinait, pour prêter attention aux coups de Klaxon furieux qui retentirent quand il coupa la route à quelqu'un.

Ils avaient appris que la demande de prise en charge de la statue avait été soumise quatre jours avant son retrait. Une bande jaune, que le vent n'avait pas mis longtemps à emporter, avait dans l'intervalle servi de garde-fou. Partant de l'hypothèse que le tueur était responsable des dégâts, il semblait logique de penser qu'il était revenu régulièrement sur les lieux dans l'espoir de trouver l'endroit qu'il avait choisi enfin libéré. Les agents avaient interrogé les SDF du coin, les employés du parc et tous les promeneurs de chiens qu'ils avaient croisés. Ils avaient également réquisitionné les enregistrements de toutes les caméras qui filmaient le parc, sans résultat.

Pas grand-chose non plus du côté de la victime, Henry John Dolan, qui avait donné son cours de gym habituel le soir précédant son meurtre. C'était un gars routinier, et d'après un reçu trouvé dans ses déchets il était aussi allé chez Applegood, le magasin de diététique tout proche. Il leur restait quatorze heures à reconstituer entre le moment où il était rentré chez lui, après avoir quitté la boutique, et celui où il avait été repéré pour la première fois par la joggeuse.

Aucun des hôpitaux contactés jusque-là n'avait remarqué une baisse anormale de leur stock de bromure de pancuronium une fois décompté le taux habituel de casse et de perte. Et quand ils avaient élargi leur recherche aux vétérinaires et à certains chirurgiens-dentistes, celle-ci s'était transformée en une tâche de longue haleine. Pendant ce temps, la scientifique avait découvert un nombre impressionnant d'empreintes sur la statue, surtout si on considérait le fait qu'elle s'était trouvée à trois mètres au-dessus du sol.

Et, pour couronner le tout, Chambers avait récolté un second meurtre, ainsi qu'une agression sévère, lesquels s'ajoutaient à une charge de travail déjà écrasante ; sans parler d'Eve qui avait mis la main sur sa réserve de biltong[1] maison, cuisiné par sa mère et astucieusement caché dans une boîte de beurre vide au fond du réfrigérateur.

Dans l'ensemble, ces derniers jours avaient été moroses. Le point positif avait été de découvrir que le tueur n'était pas nécessairement un homme costaud, comme il l'avait d'abord cru, en voyant une poulie de fortune qui aurait permis de déplacer sans trop d'efforts un corps aussi lourd que celui de la victime. Surtout après avoir discuté avec l'homme pas si costaud qui avait construit un tel engin ; et qui par conséquent était désormais un suspect.

Chambers freina brusquement ; il venait de griller un feu rouge. Une fois que l'interminable file de véhicules eut fini de l'invectiver bruyamment, il décida qu'il avait désespérément besoin d'une dose de caféine.

Il était garé et s'apprêtait à descendre de voiture, quand sa radio diffusa :

— À toutes les unités. Est-ce que quelqu'un se trouve à proximité de Bethnal Green ? Je crois que nous avons peut-être un cadavre.

---

1. Le biltong est un type de viande séchée typique de la cuisine sud-africaine, mis au point par les Afrikaners pour survivre lors du Grand Trek.

— Vous croyez qu'il y a peut-être un cadavre ? intervint une voix rauque avec un fort accent de Glasgow, avant d'ajouter à l'attention de la galerie : Si c'est rose ou brun avec des bras et des jambes, et si ça ne se lève pas quand vous demandez : « Êtes-vous un macchabée ? », c'est probablement un cadavre.

— Merci inspecteur, dit la répartitrice, en luttant pour contenir son hilarité. La personne qui a appelé ne parle pas un mot d'anglais.

Un long soupir résonna à travers la radio :

— OK. Affectez-le-moi.

Il y eut un silence.

— Vous avez entendu ? Vous pouvez me l'affecter.

— Désolée, dit la répartitrice qui avait brusquement recouvré un ton professionnel. Nous avons des informations supplémentaires. Il y aurait probablement deux corps. (Sa voix devint étouffée et s'éloigna tandis qu'elle parlait avec quelqu'un dans la même pièce qu'elle.) Il est question de colle… ou peut-être qu'ils ont été collés ensemble…

Chambers arracha le micro à son support et intervint avant que quiconque bloque la fréquence :

— Sergent Chambers, dit-il en démarrant le moteur et en mettant en route sa sirène avant de s'insérer dans la circulation. Affectez-le-moi. Je suis en route.

— T'es sûr, Ben ? demanda l'Écossais.

— Certain. Donnez-moi l'adresse.

Une quatrième voix rejoignit la conversation, une voix que Chambers fut légèrement surpris d'entendre.

— Agent Winter. Nous venons en renfort.

— Bien reçu.

Contrarié à l'idée de la discussion qui ne manquerait pas d'avoir lieu, Chambers accéléra et prit la direction du nord de la ville.

Lorsqu'il se gara devant une rangée de maisons mitoyennes qui donnait l'impression que la décrépitude était contagieuse, le sergent fut accueilli par les cris éplorés d'une femme brune.

— Pietà ! Pietà !

Elle l'avait vu à l'instant où il avait coupé le moteur et s'était précipitée vers lui, le visage baigné de larmes, et le regard terrifié.

— Pietà ! s'écria-t-elle en empoignant son manteau.

— Je vais aller le voir, promit-il en faisant un pas vers la porte.

Comme la femme refusait de le lâcher, il n'eut d'autre choix que de détacher ses mains de force.

— No. No. No. Pietà !

— Vous devez me laisser aller le voir, lui dit-il avec fermeté en la confiant aux adolescents de sa famille avant de se diriger vers la maison.

La puanteur le frappa de plein fouet : litière sale, odeurs corporelles et putréfaction. La chambre sur sa gauche était vide. Il était en train de remonter le couloir quand Winter l'intercepta :

— Sergent, dit-il sèchement.

— Agent.

— Comme vous avez sans doute pu le sentir, dit-il en réprimant des haut-le-cœur, nous avons deux cadavres.

— Vous en êtes vraiment sûr cette fois ? rétorqua Chambers, pince-sans-rire, non par envie de provoquer le jeune homme, mais parce que ce dernier lui avait tendu une perche trop belle pour être ignorée.

Winter ne sembla pas apprécier la boutade.

— Ça doit faire au moins deux jours, et…

— Et… ?

— Comme l'a dit la répartitrice, ils ont été collés ensemble.

D'une main, il recouvrit son nez et sa bouche et de l'autre il fit signe à Chambers de le suivre.

Ils pénétrèrent dans un salon insalubre. Un vent froid fit voler les déchets qui jonchaient le sol et les portes-fenêtres furent bloquées en position ouverte pendant que la coéquipière de Winter sortait prendre l'air un instant. Chambers prit garde à conserver l'étrange silhouette à la lisière de son champ de vision, le temps de se préparer…

Puis il se tourna pour lui faire face.

Au milieu du sofa usé jusqu'à la corde, il y avait une femme d'une petite trentaine d'années assise bien droite. Une étoffe drapée autour de sa tête cascadait jusqu'au sol. Le corps d'un adolescent avait été placé en travers de ses genoux, la tête basculée en arrière. Les côtes du jeune homme se devinaient sous sa peau, et il n'était vêtu que d'une étroite bande de tissu qui lui entourait la taille. Malgré le temps écoulé depuis leur décès et l'odeur nauséabonde, ils avaient tous les deux le teint de personnes en bonne santé.

— Sérieusement. Vous avez bien vérifié qu'ils étaient tous les deux morts ? s'enquit Chambers.

— Oui ! répondit Winter, vexé. Pas de pouls. Aucun signe respiratoire. Aucune réaction des pupilles.

Satisfait, Chambers hocha la tête, puis tira son pull-over sur son visage pour respirer.

— Et ils sont collés ? demanda-t-il.

— La main de la femme sous l'aisselle du garçon, qui lui-même a de la colle sur la main, les jambes et la tête. Et l'arrière de sa tête à elle a été collé au mur.

— *Bon sang*, dit Chambers en enfilant une paire de gants jetables.

Il enjamba avec précaution le tissu qui se déployait sur le sol pour aller inspecter la nuque du jeune homme.

— Vous cherchez quelque chose ? s'enquit Winter.

— Des indices.

— ... plus précisément ?

N'ayant pas trouvé de trace de piqûre, Chambers ne répondit pas. Mais il fronça les sourcils en remarquant la poudre beige foncé sur ses gants. Il essaya ensuite de bouger doucement la tête de la femme, mais renonça lorsqu'il comprit que l'étoffe avait été collée à son crâne pour la maintenir en position.

— Vous les avez identifiés ? demanda Chambers.

La coéquipière grincheuse de Winter rentra à ce moment-là, son bloc-notes à la main.

— Je suppose que vous avez rencontré la voisine en arrivant ? dit-elle.

Il confirma d'un hochement de tête.

— Elle appelle l'un des deux Peter, ou Peeta, mais d'après mes informations il s'agit de Nicolette et Alphonse Cotillard. La mère et le fils. Et *ça*, c'est leur domicile. (Reilly ferma son carnet d'un mouvement de poignet, comme si elle venait de résoudre l'affaire.) Le bon côté c'est qu'elle va péter une durite quand elle découvrira que Peter n'est pas mort.

Chambers et Winter lui lancèrent un regard de reproche.

— J'ai trouvé de la méthadone dans l'armoire de la salle de bains, poursuivit-elle, indifférente. Vous avez vu comme ils sont maigres. Pas besoin d'être un génie pour comprendre... Des raclures de toxico, conclut-elle, ce qui impliquait qu'ils n'avaient eu que ce qu'ils méritaient.

Chambers se gratta la tête et la dévisagea avant de répliquer :

— L'enveloppe dans le couloir sur laquelle figure le tampon des Admissions de l'université de Cambridge, la médaille décernée au champion britannique des moins de dix-huit ans accrochée au mur de la chambre et le fait qu'il y a un pince-nez sous vos *gros sabots* suggèrent le contraire... C'était un nageur. Et a priori, il était sacrément bon.

Winter lutta pour réprimer un sourire en voyant son imbécile de coéquipière soulever le pied et révéler le morceau de plastique tordu qu'elle avait incrusté dans la moquette. Vexée, embarrassée, impressionnée et déroutée, elle resta plantée sur une jambe, les yeux rivés sur le sergent, comme s'il venait d'avoir recours à de la sorcellerie.

— Appelez la scientifique, leur ordonna Chambers en remarquant que la peau du garçon était plus pâle aux endroits où il l'avait touchée. Je vais chercher mon appareil photo.

Il sortit de la maison et traversa le jardin.

— Sergent !... Sergent !

Avec un profond soupir, il se retourna pour faire face à Winter.

— Ce n'est pas le moment.

— Pietà !... Pietà !

— Bon sang, marmonna-t-il en prenant conscience qu'il n'aurait pas une seconde de répit, car la voisine arrivait en courant vers eux. Rentrez chez vous, lui dit-il inutilement. Est-ce que quelqu'un pourrait la faire rentrer chez elle ? demanda-t-il aux spectateurs de plus en plus nombreux.

Toujours inconsolable, elle fut emmenée à l'écart par un couple.

Chambers secoua la tête et reporta son attention sur Winter :

— Avant que vous disiez quoi que ce...

— C'est quoi votre problème ?

— OK. Avant que vous *ajoutiez* quoi que ce soit. Je n'ai pas de problème, répondit-il en boutonnant son manteau.

— Foutaises. J'ai vu ce que vous avez dit au chef à mon sujet. J'ai failli être suspendu à cause de vous !

— Eh bien, je suis content que ce ne soit pas le cas, dit Chambers avec un sourire.

Alors qu'il se retournait pour partir, le jeune homme eut la mauvaise idée de lui saisir le bras.

— Ne... me... touchez pas ! cracha Chambers dans un nuage de buée.

Winter le lâcha, mais continua à déballer ce qu'il avait sur le cœur.

— Vous étiez sur place cette nuit-là. Vous savez quelles étaient nos conditions de travail. N'importe qui aurait pensé que le gars était mort. Vous auriez pu me soutenir. Vous auriez pu...

— J'ai sauvé votre cul, l'interrompit Chambers.

— Vous avez quoi... ? s'exclama-t-il en essayant, sans succès, de rester indigné.

— Vous l'avez dit vous-même : ils vous ont montré quelque chose que j'ai dit à mon chef en privé. À votre avis, de quel côté sont-ils ? (Winter lui lança un regard confus.) Il ne pouvait pas me coller cette erreur sur le dos, alors ils ont commencé à chercher un bouc émissaire. Si je vous avais défendu, ils vous auraient démonté rien que pour m'emmerder. Au lieu de ça, vous vous en êtes tiré avec une tape sur la main pour une bourde qui aurait pu vous coûter votre job... De rien.

— Alors, vous ne pensez pas que je suis « un incompétent qui veut jouer les inspecteurs, alors qu'il n'est même pas capable de mettre son ego de côté assez longtemps pour assurer les rudiments du métier » ?

— Oh, *ça*, je le pensais, plaisanta Chambers en assénant une claque dans le dos d'un Winter soulagé.

Soudain, la pleureuse sortit en courant d'une des maisons.

— Pietà ? supposa Chambers.

— Pietà, confirma Winter.

— Pietà ! cria la femme en collant dans les mains de Chambers un livre ouvert sur une photographie du chef-d'œuvre de la Renaissance réalisé par Michel-Ange.

Sur l'image : une Marie à l'air juvénile tenait dans ses bras son fils après sa crucifixion. La position des deux personnages était sinistrement familière, car la statue était une reconstitution vieille de cinq cents ans de la scène de crime qui se trouvait à quelques mètres d'eux.

— Oh merde, marmonna Chambers.

— Quoi ? demanda Winter, inquiet.

Chambers tourna le livre pour le lui montrer et l'agent pâlit, son expression abasourdie reflétant celle de son supérieur.

— ... Pietà.

5

— BEN ?… Ben ?… Ben !

— Hein ?

— Est-ce que tu m'écoutes au moins ?

Chambers fixa sur elle un regard confus. C'était « soirée gueuleton » et ils étaient tous les deux attablés dans leur restaurant préféré. Un poulet coco et citron vert était apparu devant lui, tandis qu'Eve semblait avoir déjà mangé la moitié de son plat.

— Oui, désolé, dit-il. Je suis juste fatigué. Alors, est-ce que Paul va bien ?

— Je t'ai tout raconté il y a dix minutes !

— Oh… et alors ?

— Je ne le répéterai pas, dit-elle en croisant les bras.

Comme chaque fois qu'elle était en colère, son accent jamaïcain revenait en force.

— Mettons *ça* de côté, dit-il en faisant un geste entre eux. Ça avait l'air sérieux. Et j'apprécie beaucoup Paul.

— Mort… Vivant. Tu ne le sauras pas avant que nous le voyions à son anniversaire. (Chambers sembla soulagé.) Ou à ses funérailles, ajouta-t-elle en reportant son attention sur son assiette. Des soucis au boulot ?

« *Il y a toujours des soucis au boulot* », dirent-ils en chœur, récitant la réponse que donnait Chambers chaque fois qu'elle posait cette question.

Eve le fusilla du regard.

— Je peux encaisser.

— Oh, ça, je n'en doute pas, s'esclaffa-t-il.

— Alors, raconte.

Il sourit et secoua la tête.

Eve laissa tomber ses couverts dans son assiette et le dévisagea avec impatience.

— Écoute, commença Chambers. J'ai choisi cette vie. J'aurais pu être facteur, ou autre chose.

— Le mari de Veronica est facteur...

— C'est bien.

— Il s'est fait mordre par un chien.

— Oh.

— Et maintenant, il ne peut plus pisser debout. Tu peux encore pisser debout, toi ? demanda-t-elle assez fort pour que plusieurs têtes se tournent dans leur direction... Alors ?

— Heu... oui, répondit Chambers dans un murmure. Je peux encore pisser debout.

— Dans ce cas, si tu arrêtais un peu ton char, gros dur ?

Il éclata de rire, en se demandant pourquoi il avait pris la peine de lutter.

— Ce que je veux dire, c'est que j'ai *choisi* d'inviter cette noirceur, cette cruauté, cette haine...

— *Jumbees*, intervint-elle, ses superstitions caribéennes résumant assez bien le concept.

— Ces *démons*, c'est ça, approuva-t-il. Je passe mon temps en compagnie de démons, et je ne veux pas risquer d'en ramener ne serait-ce qu'*un* à la maison, auprès de toi.

Eve ne cilla pas. Et Chambers sut qu'elle avait gagné.

Il souffla.

— OK...

— ... Et donc, je me suis arrêté à la bibliothèque en rentrant, et j'ai trouvé ça...

Cela faisait plus de huit minutes que Chambers parlait, et il venait de sortir de sa poche une photocopie froissée : l'homme gelé sous la forme d'une statue de bronze maltraitée par les intempéries.

— *Le Penseur* de Rodin, annonça-t-il. Ce qui signifie que, sur les deux scènes de crime, les corps ont été disposés de façon à imiter des sculptures célèbres.

— Mais, commença Eve en avalant une bouchée, aucune des victimes d'aujourd'hui n'avait de marque de piqûre dans le cou.

— C'est vrai, admit Chambers. Ni aucune trace dans leur organisme de la drogue paralysante utilisée pour le premier meurtre. Mais les bras de la mère étaient constellés de trous et tous les signes indiquent une overdose d'héroïne.

— Et que fais-tu du garçon ? Il a reçu un coup à la tête.

— Je ne sais pas. Peut-être que quelque chose a mal tourné, dit Chambers. Peut-être qu'il s'est débattu ? Quoi qu'il en soit, le tueur a couvert les dégâts infligés avec du maquillage de façon qu'ils aient tous les deux l'air parfaits. Tordu, non ?

Il sourit, enthousiasmé de partager à nouveau la compagnie d'un démon. Remarquant l'expression soudain inquiète d'Eve, il se racla la gorge et se redressa.

— Je vais faire mon rapport au chef demain.

— Qui te seconde sur cette affaire ?

— Hein ?

— Tu sais qui assure tes arrières ? Qui travaille avec toi ?

— Un nouveau… Un agent. (Le visage d'Eve s'assombrit.) Il est bon, affirma-t-il. Il te plairait.

— Hmm, dit-elle en jouant avec ses cheveux tressés tandis qu'elle finissait son plat.

— Qu'est-ce qu'il y a ?

Eve repoussa son assiette et soutint son regard.

— Tu sais où mènent tous les chemins si tu les suis assez longtemps ?

Chambers la regarda sans comprendre.

— Ils te mènent à ce que tu cherches.

— Et… alors ?

— Et tu cherches un démon sous forme humaine. Tu savais déjà que ce tueur était intelligent. Maintenant, tu sais aussi qu'il peut être violent. Tu es là à sourire comme si c'était un jeu, mais ça n'en est pas un. C'est ta vie, et aujourd'hui elle se retrouve liée à la sienne, à celle d'un tueur en série.

Chambers tendit le bras et posa la main sur celle de sa compagne.

— Primo : je ne prendrai aucun risque. Je te le jure. Et secundo : techniquement, ce n'est même pas un tueur en série. De plus, nous allons l'attraper avant que quiconque commence à crier ce genre de termes sur tous les toits.

★

— Je traque un tueur en série ! cria Winter en renversant la moitié de sa chope sur le sol.

— Quoi ? hurla la femme pour couvrir la musique.

— Je… traque… un… tueur… en série ! répéta-t-il avec des hochements de tête enthousiastes en mimant des coups de poignard.

— Quoi ?!

— Tueur en série !

Cette fois, elle avait entendu. Elle s'excusa sous prétexte d'aller aux toilettes.

— Les toilettes sont par là ! lui dit-il, serviable, en désignant la direction opposée à celle qu'elle venait de prendre.

Il la regarda monter les marches menant à la sortie et disparaître.

— … Elle va pas revenir.

Pas découragé pour deux sous, Winter retourna sur la piste de danse tandis que les haut-parleurs diffusaient à plein volume l'intro au synthétiseur de « When Will I Be Famous ? » de Nicky Graham et Tom Watkins. Chaque fois qu'il y avait le refrain, il remplaçait le mot « Famous » par « hunting a serial killer », ce qui dégagea un large espace autour de lui, lui donnant le sentiment d'être invincible, et d'être l'homme le plus chanceux de la terre – un héros parmi les simples mortels, complètement immunisé contre les effets de l'alcool.

— Ça fait vraiment… vraiment… beaucoup de vomi, soupira l'homme de ménage du Cyber Rooms face au plus grand défi de sa carrière, cadeau de Winter… Je déteste ma vie.

À 8 h 55 le lendemain matin, Chambers jura en voyant l'état de son visiteur. Winter, débraillé, les cheveux en bataille, s'était endormi sur sa chaise une tasse à la main, et une grosse tache sombre était en train de s'étendre sur son uniforme.

— Hé ! aboya Chambers en claquant des doigts à l'oreille du jeune homme. Winter !... Winter !

Ce dernier se réveilla en sursaut et grimaça de douleur. Voulant porter les mains à sa tête, il se cogna violemment la tempe.

— Ahhhh. Qu'est-ce qu'il y a ?

— Réunion dans cinq minutes.

Poussant un profond soupir, il baissa les yeux sur son uniforme.

— Vous m'avez fait renverser mon café.

— Debout !

Il se leva maladroitement et laissa Chambers remettre de l'ordre dans sa tenue.

— Êtes-vous saoul ? demanda le sergent en lui boutonnant le col.

— Malade... Intoxication alimentaire.

— Oh, dit-il en se radoucissant un peu. À cause de quoi ?

— Onze bières, rota Winter.

Chambers lui lança un regard désapprobateur.

— Vous savez quoi ? Laissez tomber. Vous ne me servirez à rien.

— Hé ! l'appela Winter alors qu'il s'éloignait. Hé ! Attendez.

— Rentrez chez vous ! lui rétorqua Chambers sans se retourner. Vous n'êtes plus sur l'affaire.

— J'avais cru comprendre que l'agent Winter se joindrait à nous, dit Hamm en fermant la porte de son bureau.

Le supérieur de Chambers était contrarié par cette réunion et ne cherchait même pas à le cacher.

— Il n'a pas pu...

Des coups pressés retentirent à la vitre.

— Ah ! Il a réussi à venir. Vous aurez peut-être plus de chance la prochaine fois, lui dit Hamm, en faisant entrer le policier.

Le visage encore humide et les cheveux désormais tous dans le même sens, le jeune homme avait presque l'air présentable.

— OK. J'ai une journée chargée. Alors que se passe-t-il ? demanda Hamm au moment où son téléphone de bureau se mettait à sonner. Un instant.

— Je vous avais dit de rentrer chez vous, chuchota Chambers pendant que l'inspecteur principal était occupé.

— Je travaille aussi sur cette enquête, rétorqua Winter sur le même ton.

— Il n'y aura pas d'enquête si nous n'arrivons pas à convaincre Hamm.

— Je suis là, non ?

— D'accord. Mais n'oubliez pas, il doit croire que vous me détestez.

— Ça ne devrait pas être trop difficile, marmonna Winter à l'instant où Hamm terminait sa conversation.

— C'est bon, dit-il en s'intéressant finalement à eux. Qu'est-ce que vous avez ?

Ils présentèrent l'affaire à la perfection. Chambers se montra confiant en sa théorie, et proactif dans ses propositions. Et Winter, comme prévu, le contredit à la moindre occasion. Les deux hommes utilisèrent leur apparente animosité pour mettre leur chef dans de bonnes dispositions tout en lui disant ce qu'il avait besoin d'entendre. Tandis que Hamm comparait les photographies de la scène de crime de la veille avec les images de la fameuse sculpture, Chambers et Winter échangèrent un sourire de connivence. Cela n'aurait pas pu mieux se passer.

Au bout d'un moment, Hamm reporta enfin son attention sur eux.

— Cette histoire n'est qu'un ramassis de conneries, conclut-il en leur jetant les photos.

— Chef, je…

— Fermez-la ! aboya-t-il, sans laisser le temps à Chambers de terminer sa phrase. Ça fait un quart d'heure que vous me racontez des salades. Maintenant, c'est à votre tour d'écouter. Vous débarquez ici avec deux scènes de meurtre à plusieurs kilomètres de distance, trois modes opératoires différents, aucun lien entre ces deux drogués et le bonhomme de neige du parc, et seulement votre parole qu'il était positionné comme cette sculpture quand vous l'avez trouvé. C'est une statue d'un mec assis sur ses fesses ! *Je* suis assis sur mes fesses... vous trouvez aussi qu'il y a une ressemblance ?

— En toute honnêteté, le physique n'est pas tout à fait le même, intervint Winter, encore légèrement éméché. Vous êtes un peu moins ferme autour de... heu... partout.

Hamm le fusilla du regard.

— Vous feriez sans doute mieux de vous taire, murmura Chambers.

— OK.

— Est-ce qu'il y a au moins un lien entre ces deux statues ? demanda Hamm. Qui a fait le gars assis ?

— Rodin, répondit Chambers. Un Français.

— Jamais entendu parler de lui. Et celle de Jésus et Marie ?

— Michel-Ange.

— Vous avez probablement entendu parler de lui, dit Winter.

Hamm leva les mains, exaspéré.

— Je sais ce que vous êtes en train de faire, dit-il à Chambers en pointant sur lui un index accusateur. Les gens comme vous ont toujours quelque chose à prouver, hein ? La *dernière* chose dont nous avons besoin en ce moment, c'est qu'un foutu « quota racial » balance ses théories foireuses à tout va, et que la presse s'emballe pour rien.

Atterré, Winter ouvrit la bouche pour dire quelque chose, mais il vit Chambers lui faire un discret signe de tête, et la referma.

— Mes ordres, poursuivit Hamm, sont d'enquêter sur ces affaires de manière complètement séparée. Si j'entends encore parler de statue ou de tueur en série, je vous ferai réaffecter. Ai-je été assez clair ?

— Parfaitement clair, monsieur, répondit Chambers en se levant.

— Monsieur, dit Winter en se levant à son tour. Je souhaiterais continuer à travailler sur ces deux affaires sous la supervision du sergent Chambers. Je faisais partie de la première équipe sur les lieux dans les deux crimes, et ça serait pour moi une occasion d'apprendre inestimable.

— … J'en parlerai à votre chef, répondit Hamm, l'air désabusé.

— Merci, monsieur.

Sur ces mots, les deux hommes s'empressèrent de sortir et de s'éloigner de la porte.

— Si j'ai bien compris, je ne dois pas tenir compte de ses paroles ? demanda Winter.

Chambers confirma d'un signe de tête.

— Alors, on va où ?

— À la scientifique, répondit Chambers.

Maintenant que le spectacle était terminé, Winter avait à nouveau l'air d'être aux portes de la mort.

— … en passant par la machine à café, ajouta le sergent.

— Ah ouf, merci.

6

— LA PROCHAINE FOIS que vous descendrez me voir, pourriez-vous m'apporter un cas simple ? demanda Sykes penchée au-dessus du cadavre d'Alphonse Cotillard, l'adolescent trouvé dans les bras de sa mère. Par exemple, un gars sans tête. Là, vous diriez : « Quelle est la cause du décès, doc ? » à quoi je répondrais : « Eh bien… Il n'a pas de tête, ça fait un bon début. »

Elle semblait un peu tendue.

Après avoir pris une rasade de son café, elle ajouta :

— Que donne la piste des sculptures ?

— Au point mort, répondit Chambers, songeant que moins il y aurait de personnes à savoir qu'ils continuaient à la suivre, mieux ce serait.

— Comme c'est pratique, commenta Sykes sans développer. Alors, est-ce que l'un de vous veut émettre une hypothèse sur la cause du décès ? Je vous donne un indice : ça commence par un « C ».

Chambers et Winter échangèrent un regard. Sous la lumière crue des néons et en l'absence de tout maquillage, la cavité sur le crâne du jeune homme était impossible à manquer, les deux bords de la plaie profonde en son milieu, collés ensemble avec précision.

— Coup à la tête, proposa Chambers avec un haussement d'épaules.

La doctoresse se tourna vers Winter.

— Coup à la tête, confirma ce dernier.

Sykes secoua frénétiquement la tête.

— Connerie de noyade !

— Sur son canapé ? demanda Winter.

— Sans doute la conséquence du coup porté à la tête, mais le volume de liquide dans ses poumons donne à penser qu'il était encore en vie après avoir été frappé avec un objet solide et rond dont le diamètre faisait entre quinze et vingt centimètres. Il a également de nombreux hématomes sur les bras et sur le cou, preuve qu'il y a eu lutte. Mais, ce que je n'ai toujours pas trouvé, c'est une marque de piqûre.

Tous trois contemplèrent le cadavre en silence.

— ... Quelle sorte de liquide ? s'enquit Chambers.

— Pardon ?

— Dans ses poumons.

— Juste de la bonne vieille eau, j'en ai peur.

— Était-elle chlorée ?

Winter leva les yeux sur Chambers en comprenant où il voulait en venir.

— Non. Pourquoi ? demanda Sykes.

— Et sa peau, renchérit Winter en adressant à Chambers un regard entendu.

— Je peux prendre un échantillon et...

— Pas besoin, l'interrompit Winter en se penchant pour sentir le bras du cadavre.

— Heu... Excusez-moi. Que faites-vous ? demanda Sykes, alarmée.

— C'est répugnant, commenta Chambers avec une grimace de dégoût.

— Oui, confirma Winter avec un haut-le-cœur. Je regrette déjà.

Il se redressa et inspira profondément en prenant quelques secondes pour se remettre de ses émotions. Puis, il reporta son attention sur Chambers et hocha la tête.

— Chlore sur la peau, et eau claire dans les poumons, résuma à voix haute le sergent.

— … Les douches du club de natation ? suggéra Winter.

— Quel club de natation ? demanda Sykes qui se sentait mise à l'écart de la conversation.

— Allons-y, dit Chambers.

Sans un mot de plus les deux policiers quittèrent la pièce, laissant la doctoresse à son existence sans fenêtre entourée de cadavres.

— OK… à la prochaine ! leur lança-t-elle, recevant pour toute réponse un bruit de porte.

★

— C'est quoi le problème des vieux avec les vestiaires ? demanda Winter, l'air traumatisé. C'est vrai, quoi, je vais à la piscine de temps en temps. Et on est bien obligé d'enlever son maillot à un moment ou à un autre…

— Mais vous mettez une serviette autour de votre taille ! renchérit Chambers, visiblement aussi choqué que lui.

— Ou vous tenez votre serviette entre les dents afin qu'elle fasse une sorte de rideau devant vos bijoux de famille. (L'absence d'assentiment de Chambers semblait indiquer que le jeune homme avait peut-être partagé un peu trop d'informations.) En tout cas, vous n'ajustez pas votre cravate avec les roubignoles à l'air.

Chambers acquiesça d'un signe de tête tandis qu'ils pénétraient dans les douches.

— Notre scène de crime, annonça-t-il. Enfin… peut-être.

— L'endroit parfait pour nettoyer le sang, commenta Winter.

— L'endroit parfait pour se faufiler discrètement derrière quelqu'un, rétorqua le sergent, doutant du fait que le tueur ait eu l'intention d'abîmer son « œuvre ».

— Carrelage fissuré derrière vous, dit Winter.

— Pouvez-vous aller demander s'ils ont un tournevis cruciforme à nous prêter ?

Devant le regard interrogateur du jeune homme, il désigna les trois grilles de métal fixées au-dessus des bouches d'évacuation.

— J'y vais.

Il était parti depuis à peine vingt secondes quand il entendit Chambers l'appeler et apparaître en haut des marches menant à la zone de baignade. Le sergent brandissait dans sa main gantée un poids pour s'exercer sous l'eau. Hormis la poignée, l'objet était parfaitement rond et de toute évidence assez lourd.

— Notre arme du crime ?!... Peut-être ! s'exclama-t-il, triomphant, avant de remarquer l'expression inquiète des personnes en train de prendre des leçons.

Baissant le bras, il leur adressa un signe gêné.

— Faites comme si je n'étais pas là.

Au grand déplaisir du directeur de l'établissement et d'une horde de vieux prompts à baisser leur pantalon, Chambers et Winter avaient fermé les douches, de plus en plus convaincus d'avoir trouvé l'endroit où l'adolescent avait été tué.

Néanmoins, l'accès au système de drainage avait nécessité davantage qu'un tournevis. Le concierge avait dû couper l'eau afin de pouvoir retirer le filtre situé sous la grille de métal. Il avait fallu plus d'une demi-heure pour démonter les deux premiers drains qui n'avaient donné qu'une pièce de vingt pence, une clé de casier, et, plus étonnant, une carte de location de vidéos détrempée.

À la dernière étape, Chambers abandonna sa position près du carreau mural fissuré et se pencha en avant avec impatience.

Plusieurs jurons et grognements plus tard, le concierge extirpa le boîtier encastré dans le sol et le dévissa avec précaution afin d'en inspecter le contenu. Il ne put cacher sa surprise :

— Est-ce que c'est... ?

— Une aiguille, termina Chambers à sa place.

— Et du verre brisé, ajouta Winter, tout excité. Ne bougez pas un muscle, dit-il à l'employé de la piscine en s'agenouillant à côté de lui avec un sachet plastique ouvert.

Un sourire illumina le visage du jeune homme.

— Nous avons du sang.

Chambers hocha la tête. En effet, quelques morceaux étaient mouchetés de taches pourpres.

— Emballez-les, dit-il à Winter. Je vais appeler quelqu'un pour venir récupérer tout ça.

— Pourquoi ? Où va-t-on ?

— Rendre visite à M. Sleepe. Histoire de voir si nous pouvons le convaincre de nous donner ses empreintes et un échantillon de sang.

À 15 h 15, Chambers et Winter étaient installés dans le Pie and Mash de Tower Bridge Road. Entre l'excitation de la journée et leurs nombreux allers-retours à New Scotland Yard ils avaient complètement oublié de déjeuner. Pure coïncidence, l'endroit carrelé du sol au plafond évoquait la découverte qu'ils avaient faite dans les douches.

Ils mangeaient sans parler depuis cinq minutes quand Winter ressentit le besoin de soulager sa conscience.

— Je suis désolé pour ce matin.

Il fallut un moment à Chambers pour comprendre à quoi il faisait référence ; il s'était passé tant de choses depuis.

— L'anniversaire d'un ami et l'excitation de travailler sur une véritable affaire de tueur en série me sont montés à la tête, poursuivit-il. Cela ne se reproduira pas. Et j'apprécie vraiment que vous me laissiez vous accompagner.

Chambers termina son assiette dans un silence qui ne tarda pas à devenir gênant. Puis il s'essuya la bouche avec une serviette, et reporta son attention sur Winter.

— Vous vous êtes pas trop mal débrouillé aujourd'hui, dit-il, changeant de ton avant de quitter la table. Avez-vous un téléphone que je pourrais utiliser ? demanda-t-il à la femme derrière le comptoir en montrant sa plaque.

— À l'arrière, répondit-elle distraitement, trop occupée à converser avec un habitué.

Chambers franchit la porte et sortit son carnet d'adresses afin d'y chercher le numéro du labo.

— Docteur Sykes.

— C'est Chambers.

— Ah, sergent ! Vous voulez que je commence par quoi, la bonne ou la mauvaise nouvelle ?

— La bonne.

— Il y avait d'infimes traces de sang appartenant à Alphonse Cotillard sur l'un des poids que vous nous avez fait parvenir. Vous avez trouvé l'arme du crime.

— Des empreintes ?

— Aucune.

La porte s'ouvrit à la volée et heurta Chambers à l'épaule.

— Désolée, chéri, s'excusa une femme en passant difficilement entre lui et le mur avec une pile de vaisselle sale.

— Et l'aiguille ? s'enquit Chambers quand elle fut hors de portée.

— C'est le bon diamètre. Pas grand-chose d'autre à en dire. Quant au verre, même s'il est brisé on peut voir qu'il est courbé et on distingue de petits traits noirs. Je parierais ma carrière qu'il s'agit d'une seringue. Je sais ce que vous allez me demander, et la réponse est non : toute trace de bromure de pancuronium, s'il y en avait, a été effacée par l'eau. Mais l'aiguille et la seringue prouvent que les deux enquêtes sont très probablement liées.

— Et quelle est la mauvaise nouvelle ?

— Le sang sur le verre n'est pas celui de Sleepe.

Frustré, Chambers donna un coup de poing dans le mur.

— Ce n'est pas pour autant que ce n'est pas lui.

— C'est vrai. Mais je vais quand même vérifier dans le système. Voir si un nom ressort.

— Tenez-moi au courant, dit Chambers avant de raccrocher.

Il retourna auprès de Winter et lui transmit les nouvelles.

— Alors… On va directement voir Hamm pour lui dire qu'il avait tort, c'est ça ? demanda Winter. C'est ça ?

Chambers semblait indécis.

— Il nous retirera l'affaire.

— Mais… ?

— Sans la drogue, ça ne sera pas suffisant, et il n'y en avait aucune trace.

Winter soupira.

— OK. Alors qu'est-ce qu'on fait, maintenant ?

— On se sépare. Retournez au centre sportif. Voyez ce que vous pouvez dénicher… Et vérifiez si Henry John Dolan a été membre.

— Et vous, qu'allez-vous faire ?

Chambers hésita.

— Je trouverai bien quelque chose.

7

« Too Many Broken Hearts » de Jason Donovan offrait une bande-son incongrue à la réunion, et, pour ne rien arranger, personne ne parlait. Luttant de tout son être pour ne pas chanter le refrain final, Winter essaya une fois encore de leur tirer les vers du nez.

— L'un de vous aurait pu le voir discuter avec quelqu'un ? Peut-être une personne que vous n'aviez jamais vue dans le coin avant ?

De retour au centre sportif, il avait demandé au manager de rassembler tous ceux qui avaient travaillé la nuit du meurtre d'Alphonse Cotillard. Résultat : six adolescents benêts, dont l'un avait l'air de s'être carrément endormi.

— Rien du tout ? tenta-t-il.

Une main se leva, faisant naître en lui une étincelle d'espoir, qui s'éteignit aussitôt quand il comprit que son propriétaire était seulement en train de bâiller.

Tandis que son indolent public retournait mollement au travail, il alla parler au manager.

— Les ados, hein ? commenta ce dernier en haussant les épaules.

Le type ressemblait à un enfant arborant les deux tiers d'une fausse moustache.

Winter hocha poliment la tête et sortit de sa poche le sachet contenant la clé de casier qu'il avait récupérée dans la canalisation des douches.

— Est-ce que vous ou quelqu'un d'autre avez un moyen de savoir quand un casier n'a plus sa clé ? demanda-t-il, conscient que c'était probablement un coup dans l'eau.

— Sergent, nous n'étions même pas au courant qu'un gars s'était fait tuer ici. Alors… non, répondit-il avec désinvolture avant de changer de ton devant l'expression désapprobatrice de Winter. À moins que quelqu'un signale avoir perdu sa clé, nous ne faisons pas de contrôle régulier.

— Et il n'y a pas de moyen de déterminer à qui appartient ce casier ?

— Si l'étiquette est partie, la seule façon de le savoir est de tous les essayer, répondit le jeune homme avec un haussement d'épaules.

Winter soupira.

— Je me doutais que vous diriez ça.

L'un des nombreux inconvénients à tuer le temps sous des arches de chemin de fer désaffecté est qu'elles sont trop souvent confondues avec des toilettes publiques. Un inconvénient dans lequel Chambers semblait avoir marché en voulant échapper à la pluie. De l'autre côté de la rue, une fenêtre éclairée diffusait une lumière chaleureuse sur les pavés. Claquant des dents sous la morsure du froid, il glissa les mains sous ses aisselles, et fit un pas hors de la flaque, les yeux rivés sur la porte roulante.

Une fois écartés tous les casiers sur lesquels il y avait déjà une clé, il n'avait fallu à Winter que quinze minutes pour trouver le bon. Un cliquetis plus tard, il entendit chuter la pièce de vingt pence et eut l'agréable surprise de découvrir que le casier était encore plein. Il s'empara du jean et sortit le portefeuille glissé dans la poche arrière en faisant tomber par terre un trousseau de clés. L'excitation le gagna quand il déplia le permis de conduire au nom d'Alphonse Cotillard.

Après avoir récupéré le sac à dos, il s'assit sur un banc et commença à le vider : un sweat-shirt en boule… une gamelle…

une bouteille d'eau… quelques manuels scolaires… un journal intime. Il le feuilleta afin de trouver les notes les plus récentes.

… je ne sais pas pourquoi Jordan est aussi jalouse.

Il tourna la page.

… me sens déchiré, comme si je devais choisir entre mon avenir et empêcher ma mère de se tuer.

Page suivante :

Avec un peu de chance, je reverrai Robert ce soir. Il me comprend, d'autant plus que lui-même a étudié à Cambridge. Les « pauvres prospères », c'est le surnom que nous nous sommes donné. Parfois, nous parlons pendant des heures après l'entraînement. Je le trouve inspirant, et il m'a tant appris. Sa passion pour son travail et pour son art est…

Son *art*. Winter en avait assez lu et il avait besoin de partager ces découvertes avec Chambers. Il rangea le journal dans la poche de son manteau, puis referma le casier. La clé serrée dans son poing, il sortit précipitamment des vestiaires et se heurta à l'une des adolescentes qui avaient assisté à son inutile réunion.

— Désolé, s'excusa-t-il.

Il était en train de la contourner quand elle l'arrêta.

— En fait, je vous attendais, lui dit-elle en jetant un coup d'œil inquiet dans le couloir. Je peux vous parler ?

— Bien sûr, répondit-il en la suivant dehors dans la nuit.

Pendant qu'il était à l'intérieur, la pluie s'était mise à tomber, ils n'allèrent donc pas au-delà de l'entrée couverte. Elle lui offrit une cigarette qu'il accepta. Ils restèrent ainsi quelques minutes à fumer en regardant l'averse.

— Je n'avais pas envie d'en parler devant les autres, commença-t-elle en fermant les yeux pour savourer sa clope. Pour faire court : je me suis plainte d'un type, et il a perdu son boulot à cause de ça, même si personne ne m'a crue. Vous ne leur direz rien, d'accord ?

Winter avait du mal à l'entendre par-dessus le bruit de l'averse.

— Pas à moins d'y être contraint, répondit-il honnêtement.

La fille hocha la tête, visiblement satisfaite.

— Comment vous vous appelez ?

— Jordan.

— Eh bien, à la vôtre, Jordan, dit-il en levant sa cigarette tandis qu'il essayait désespérément de ne pas s'étrangler avec.

Il ne fumait pas, mais il savait qu'avoir quelque chose en commun avec un adolescent était le meilleur moyen de l'inciter à se confier.

— J'aimais bien Alfie, dit-elle tristement. Enfin, Alphonse. Vraiment.

— Cool, dit Winter d'une voix sifflante, conscient qu'il en faisait un peu trop.

— C'était du style… nous deux contre le reste du monde, si vous voyez ce que je veux dire ? J'avais tendance à faire attention où il allait… et avec qui. (Elle inspira profondément.) Il y avait cet homme… genre flippant. C'était pas qu'il avait quelque chose de particulier, mais des fois on voit quelqu'un et on a l'impression qu'il y a un truc qui cloche, vous me comprenez ? Bref. Il n'arrêtait pas de venir voir Alfie. Genre *tous* les soirs. Et quand ils discutaient, il était toujours en train de le toucher. Il était là, la nuit où… *Cette nuit-là*. Il était là, et il est pas revenu depuis.

Elle laissa tomber sa cigarette et l'écrasa comme si elle avait sous le pied une araignée particulièrement répugnante. Winter l'imita, soulagé de se débarrasser de cette horreur. Ce qui lui valut un regard étonné de la jeune fille.

— Il vous en restait encore la moitié.

— Oui, mais j'ai eu la meilleure moitié, dit-il avec sagesse en sortant son calepin. Savez-vous comment s'appelle cet homme ?

— Robert. (Elle secoua la tête.) Aucune idée du nom de famille.

— Pourriez-vous le décrire ?

— Je dirais environ votre âge. Une coupe bizarre, genre au bol, les cheveux toujours dans les yeux. Il était fin. Musclé… Grand.

— Tout ça va nous être très utile, dit Winter en prenant note.

— Oh, c'est rien, ça. La troisième fois qu'il est venu, j'ai essayé de lui faire prendre un abonnement, histoire d'avoir plus d'infos sur lui. Mais il est pas tombé dans le panneau, du coup je l'ai suivi jusqu'à sa voiture.

Winter conserva une expression neutre, mais il sentit son cœur s'emballer.

— Vous avez pu voir la couleur, ou le modèle ?

— Cavalier Vauxhall. 1,6 litre. Bordeaux. Vignette estampillée Wandsworth. J'ai aussi son numéro de plaque, dit-elle en lui tendant un papier plié.

Winter sembla à la fois abasourdi, reconnaissant, et un peu nauséeux.

— Un jour vous ferez une sacrée enquêteuse.

Elle esquissa un sourire timide.

— Comme je vous l'ai dit, je le trouvais flippant… Vous ne fumez pas, n'est-ce pas ?

— Non. (Il ouvrit la porte et l'incita à entrer.) Donc, là je vais aller vomir, et ensuite je m'occuperai de ça, promit-il.

Puis il fila tout droit aux toilettes mettre à exécution la première des deux étapes de son plan.

Les lumières s'éteignirent.

Dissimulé dans l'ombre de l'arche, Chambers regarda Tobias Sleepe fermer pour la nuit. Le suspect ne le vit ni quand il passa en trottinant devant lui sous la pluie battante ni quand il fit faire demi-tour à sa camionnette et que ses phares balayèrent la nuit tels des projecteurs.

Une fois que le véhicule rouillé eut disparu dans les ténèbres, Chambers courut à la porte roulante, puis il grimpa l'échelle de secours jusqu'à la fenêtre du bureau facilement accessible. Il vérifia que la voie était libre et brisa d'un coup de coude l'un des carreaux mal ajustés. Le fracas fut noyé par l'averse qui tournait à l'orage. Passant le bras dans le trou, il débloqua le loquet et ouvrit juste assez pour se faufiler à l'intérieur du bâtiment. Il grimpa sur le bureau et atterrit maladroitement de l'autre côté.

Après avoir allumé sa torche, il ferma ce qu'il restait de la fenêtre. Puis il plaça au milieu des débris une branche ramassée dehors, afin de faire croire que c'était ce projectile qui était à l'origine des dégâts et non un sergent désespéré.

Il parcourut les documents visibles à la recherche d'indices liés au *Penseur*, à Rodin, à la *Pietà*, à Michel-Ange, à la piscine, à l'hôpital… n'importe quoi pouvant lier Sleepe aux meurtres, sans succès. Il s'attaqua ensuite aux tiroirs, rapidement déçu de ne trouver que des factures, des déclarations de revenus, et des photographies de projets de restauration à différents stades.

Conscient que chaque minute passée dans ce lieu mettait sa carrière en danger, il décida d'abandonner et ouvrit la porte donnant sur la pièce principale. Les statues en contrebas se découpaient dans l'obscurité de façon inquiétante, telles quatre sentinelles en train de faire le guet.

Il descendit l'escalier menant au rez-de-chaussée et se figea quand son pied fit tomber quelque chose de lourd de la dernière marche. L'objet heurta le sol avec un bruit qui résonna comme un coup de tonnerre dans le silence, et roula jusqu'à une caisse à outils en métal.

Puis le calme revint.

Chambers inspira profondément avant d'éclairer les dégâts avec sa torche.

— Merde, marmonna-t-il en voyant la traînée de liquide qui traversait la pièce et le pot qui continuait de se vider.

Décidant qu'il ne pouvait pas y faire grand-chose, il se dirigea vers la poulie et parcourut avec le faisceau de sa lampe la corde enroulée autour de la manivelle jusqu'au nœud coulant situé à l'autre extrémité. Ses yeux s'écarquillèrent lorsqu'il crut remarquer quelque chose.

Il fit rapidement le tour afin d'en examiner le bord intérieur, là où des fibres se détachaient. Leur couleur était assombrie par les années d'usure et de crasse, mais il ne s'était pas trompé : c'était bien du sang séché et des filaments qui ressemblaient à des cheveux humains.

Le souffle court, il sortit de sa poche une paire de gants jetables. Il venait à peine de mettre la main sur un sachet plastique pour récolter des échantillons quand il entendit des pneus sur la route trempée… le bourdonnement d'un moteur… un véhicule était en train de se garer juste devant l'atelier. Chambers éteignit aussitôt sa torche et demeura complètement immobile. Pendant quelques secondes, seul lui parvint le fracas de l'averse.

Soudain, la porte métallique s'ouvrit.

Il se cacha rapidement derrière la statue la plus proche et tressaillit quand les plafonniers s'allumèrent. Puis quelqu'un avança dans sa direction d'un pas tranquille.

— Ah, te voilà ! annonça victorieusement Sleepe.

Chambers retint son souffle, s'attendant à être découvert. Mais il entendit un cliquetis de clés, suivi de pas qui s'éloignaient… et… une pause… Il se risqua à jeter un coup d'œil de l'autre côté de la statue, et ne vit que l'ombre de Sleepe en train de se baisser pour ramasser quelque chose. Le sergent grimaça. Il savait de quoi il s'agissait.

— Hello ? appela Sleepe. Il y a quelqu'un ?

Chambers regarda la silhouette s'armer d'un outil.

— S'il y a quelqu'un, sortez tout de suite !

Les pas se rapprochèrent.

Chambers était piégé au milieu de la pièce avec nulle part où aller et aucune cachette. Conscient de retarder l'inévitable, il fit le tour de la statue en se coordonnant avec le bruit que faisait Sleepe. La sortie était à présent toute proche et pourtant hors d'atteinte. C'est alors qu'une rafale fit claquer violemment la porte du bureau, attirant l'attention de Sleepe.

— Y a quelqu'un là-haut ?

Chambers le regarda jeter un dernier coup d'œil dans l'atelier avant de monter lentement l'escalier. Le sergent courut pour rejoindre la statue suivante et s'assura qu'il n'avait pas été entendu, puis il fonça jusqu'à un saint de bronze, derrière lequel il s'accroupit. Il sentait le vent sur son visage et les éclaboussures de la pluie sur le dos de sa main. Il était tiré d'affaire.

— *Merde. Merde. Merde*, murmura-t-il en se retournant pour jeter un coup d'œil à sa preuve au centre de la pièce.

Il ne pouvait pas la laisser là. Pas alors qu'il était si proche.

Sleepe entra dans le bureau.

Saisissant l'occasion, Chambers s'élança à découvert. Pas le temps pour les gants ou le sachet. Il agrippa une poignée de fibres ensanglantée, en espérant avoir attrapé au passage quelques cheveux, et fonça vers la sortie.

La branche à la main, Sleepe entendit quelqu'un passer en courant sous la fenêtre brisée. Il se précipita vers l'escalier et balaya l'atelier du regard où la corde suspendue se balançait tel un collet ayant raté sa cible. Cependant, depuis son point de vue en hauteur, des empreintes de pas humides étaient visibles comme le nez au milieu de la figure ; elles serpentaient entre les statues, avant de revenir chercher quelque chose et de s'échapper dans la nuit orageuse.

Jeudi

8

CHAMBERS ET WINTER ne se parlaient pas.

Un silence glacial s'était installé tout le long de Wandsworth High Street alors qu'ils subissaient la circulation matinale. Le feu rouge devant eux devint flou à travers le pare-brise quand la « bruine » se transforma en quelque chose entre le « crachin » et la « pluie fine » ; les Britanniques ayant une dizaine de mots différents pour désigner une seule et même chose : un temps de chiotte.

Chambers soupira.

— Vous comptez faire la tête pendant tout le trajet ?

— J'ai l'impression que vous ne voulez même pas lui donner une chance.

— J'ai accepté de le rencontrer, non ?

— À contrecœur, ronchonna Winter.

— C'est juste que je ne suis pas sûr que ce soit « le bon », dit Chambers en leur faisant gagner une place dans la file.

— Parce que vous croyez peut-être que c'est *votre* gars ? Le mien est parfait ! argumenta Winter. Il est grand. Il est musclé.

— Et il vit chez sa mère, commenta Chambers.

— Au moins, il n'est pas vieux, lui.

— Mon homme a de l'expérience. De plus, il est intelligent.

— Le mien aussi ! s'énerva Winter. Il est maître de conférences à l'université !

— Mon gars travaille seul parce qu'il a sa propre boîte !

— Ah oui ? Eh bien, le *mien*…

Winter laissa sa phrase en suspens en prenant conscience que leur conversation commençait à prendre une tournure bizarre.

— Tout ce que je vous demande c'est de garder l'esprit ouvert jusqu'à ce que Sykes nous donne les résultats des tests.

— Évidemment, le rassura Chambers.

Ils passèrent enfin le feu et bifurquèrent pour s'engager dans un quartier résidentiel.

— Regardez, nous y sommes, dit-il en se garant en face d'une charmante maison de ville devant laquelle une armée de nains de jardin était en train de pêcher, pousser des brouettes et crapahuter sur la pelouse impeccable. Pas vraiment la tanière de Scaramanga[1], qu'en dites-vous ?

— La ferme, rétorqua Winter en sortant de voiture.

Il désigna la Cavalier Vauxhall bordeaux, puis franchit le portillon et marcha d'un pas décidé jusqu'à la porte. Les deux hommes tendirent en même temps le doigt vers la sonnette.

— Vous voulez le faire ? demanda Winter, agacé.

— Non, non. À vous l'honneur, répondit Chambers avec un sourire en retirant sa main.

Il regarda autour de lui les décorations charmantes pendant que la sonnerie musicale retentissait à l'intérieur. Il y avait dans le jardin un minuscule bassin de pierre avec la fontaine incorporée, ainsi que des jouets pour chien mâchouillés et à peu près tous les journaux en circulation qui attendaient sur le pas de la porte.

Une silhouette déformée approcha de la vitre. Trois verrous plus tard, elle ouvrit enfin la porte.

Winter ouvrit la bouche pour se présenter, mais il oublia complètement ce qu'il avait eu l'intention de dire. Les deux policiers demeurèrent figés, les yeux rivés sur l'étrange homme qui se tenait devant eux. Comme l'avait décrit l'adolescente, il était grand, avec des cheveux raides d'un brun terne, coupés

1. Francisco Scaramanga est le nom d'un tueur à gages tiré du roman d'espionnage de 1965 *L'Homme au pistolet d'or*, de l'écrivain et ancien espion britannique Ian Fleming.

en strates qui semblaient bouger indépendamment les unes des autres et, en accord avec les stéréotypes de sa profession, il portait un pantalon marron déjection ainsi qu'une veste de tweed. La jeune fille avait cependant oublié de leur parler de ses caractéristiques insectoïdes : des petits yeux noirs qui s'agitaient derrière une paire de lunettes rondes à verre épais, et des lèvres retroussées sur des dents qui paraissaient prêtes à mordre.

— Agent de police Adam Winter, du poste de police de Shepherd's Bush Green, je présume ? dit-il, mettant fin au silence.

— Heu... Oui, confirma Winter, légèrement surpris qu'il se souvienne avec une telle précision de leur brève conversation téléphonique. Et ce monsieur est...

— Chambers, intervint Chambers avant que son collègue ait pu répondre... Juste Chambers.

L'homme les considéra un moment, presque comme s'il était en train de les étudier.

Mal à l'aise, Winter esquissa un sourire nerveux.

— Merci de nous recevoir.

— J'ai informé à temps ma hiérarchie de mon inévitable retard. Elle devrait être en mesure de prendre les dispositions nécessaires.

Ni Winter ni Chambers ne sachant comment répondre à cela, ils s'abstinrent.

— Peut-on entrer ? s'enquit Winter en espérant à moitié qu'il refuserait.

Mais il s'écarta pour les laisser passer. Ils s'engagèrent sans grand enthousiasme dans le sinistre couloir, et entendirent les verrous être refermés derrière eux.

Dans le salon aux voilages jaunis par la nicotine, plusieurs fauteuils dépareillés étaient tournés vers une cheminée à foyer ouvert.

— Je ne suis pas très rassuré, chuchota Winter.

— Moi non plus, admit Chambers.

Tous deux sourirent aimablement quand leur hôte les rejoignit.

— Asseyez-vous, je vous prie, dit-il.

L'indécision évidente sur leurs visages, les deux policiers essayaient de déterminer lequel des fauteuils usés jusqu'à la corde était le moins hanté. Quand il comprit qu'ils avaient jeté leur dévolu sur le même, Winter bondit à travers la pièce, et afficha un petit air satisfait en laissant tomber ses fesses dessus.

— Thé ? offrit l'homme. Café ? Biscuits à la vanille ?

— Non, merci, répondit Chambers.

— Je viens justement de prendre un café, mentit Winter… et des biscuits à la vanille.

Chambers secoua la tête.

L'homme alla s'asseoir et ils constatèrent qu'il boitait. Il se positionna tout au bord d'un siège, comme prêt à bondir, ses yeux sombres observant leurs moindres mouvements.

Winter sortit son calepin et l'ouvrit.

— Donc, monsieur Robert Douglas Coates…

— Robert Douglas *Seymour* Coates, le corrigea l'homme.

— Bien sûr, dit Winter. Permettez que je le note…

Connard

— Et votre âge ?

— Vingt-quatre ans.

— Savez-vous pourquoi nous sommes là ? s'enquit Winter, qui remarqua le tic-tac de la pendulette d'officier sur le manteau de la cheminée dans le silence qui précéda la réponse.

Coates hocha tristement la tête.

— J'ai entendu la nouvelle aux informations. Vous êtes ici à propos d'Alphonse.

— Exact. Alors, vous le connaissiez ?

— J'ai eu cette chance, en effet.

— Et puis-je vous demander où vous vous êtes rencontrés ?

Chambers ôta son manteau, il avait malencontreusement choisi le fauteuil le plus proche du radiateur qui chauffait à plein régime.

— Au centre sportif.

— Où vous allez pour… ? Winter laissa la question en suspens.

— Nager.

— Donc, vous étiez… amis ?

— Je dirais plutôt qu'il s'agissait d'une relation de nature élève/professeur. Je me retrouvais beaucoup en lui, notamment dans l'ampleur de son potentiel inexploité.

Il y eut un silence légèrement gêné pendant lequel Winter et Chambers contemplèrent autour d'eux la synthèse de l'ampleur du potentiel inexploité de Robert Douglas Connard Coates.

— Vous habitez avec votre mère ? s'enquit Chambers, s'attirant un regard noir de Winter qui n'appréciait pas de le voir s'incruster dans son interrogatoire.

— Plus maintenant, répondit Coates. Elle est partie vivre dans une maison de retraite il y a un mois.

— Pourriez-vous me dire ce qui est arrivé à votre pied ? demanda Winter en reprenant la main.

Coates ne semblait pas avoir entendu la question, aussi Winter entreprit de la répéter :

— Monsieur Coates, pourriez-vous me dire…

— Je me suis coupé… sur du verre.

Inconsciemment, Winter et Chambers se penchèrent en avant, imitant la position instable de leur hôte.

— Où est-ce arrivé ? insista Winter.

— Au centre sportif. Dans les douches.

Les deux enquêteurs échangèrent un regard, tandis que Winter essayait de se rappeler dans quelle poche il avait mis ses menottes.

— J'imagine mal en quoi cela pourrait intéresser la police, poursuivit Coates, mais on aurait dit qu'une seringue avait été écrasée sur le sol. Je me suis coupé le dessous du pied sur les débris. C'était très douloureux. J'ai ensuite poussé tous les morceaux que j'ai pu trouver dans la grille d'évacuation afin que personne d'autre ne se blesse. Inutile de vous dire que je n'y suis pas retourné depuis.

Les policiers se détendirent légèrement, désarmés par la vraisemblance de son récit.

— Vous êtes maître de conférences à l'université de Birkbeck, c'est bien ça ? demanda Winter en changeant d'approche.

— C'est exact.

— Histoire de l'art ?

— Au sens large.

— Donc, vous devez en connaître un rayon sur la… *sculpture* ?

Coates ne laissa rien paraître, mais les deux hommes l'observèrent attentivement pendant que Winter poursuivait :

— *Le Penseur* de Rodin ? La *Pietà* de Michel-Ange ?

— Évidemment. Ce sont deux des œuvres les plus connues au monde.

— Et en tant qu'expert…

— L'histoire de l'art est un très vaste sujet, l'interrompit Coates.

— Comparé à nous, corrigea Winter, et Coates hocha la tête en accord avec ce constat. Avez-vous une idée de ce que pourraient avoir en commun ces deux œuvres d'art ?

— Vous cherchez un lien ?

— N'importe lequel.

Coates le dévisagea d'un air perplexe.

— Je croyais que vous étiez là au sujet du meurtre d'Alphonse.

— S'il vous plaît.

Le maître de conférences sembla se perdre dans ses pensées, et se rongea les ongles en réfléchissant à la question.

— De ce que je sais, à l'origine, *Le Penseur* était seulement une petite partie d'un projet bien plus ambitieux appelé *La Porte de l'Enfer*… (Légèrement déconcerté, Winter prit des notes.) Nombreux sont ceux à être convaincus qu'il s'agit de Dante, mais d'autres soupçonnent la statue d'incarner Rodin lui-même. La *Pietà*, quant à elle, représente Marie tenant son fils dans ses bras. La première statue se trouve à Paris, la seconde à Rome. Elles ont été créées à plusieurs siècles d'écart. L'une est en bronze, l'autre en marbre… Honnêtement, je ne vois absolument rien qui les relie.

— Nous allons avoir besoin d'un échantillon de votre sang, lâcha soudain Chambers, prenant Coates et Winter au dépourvu.

— Mon… sang ?

— Afin de vous exclure de l'enquête.

— Bien sûr. Je ferai mon possible pour vous aider.

— Merci. Puis-je utiliser vos toilettes ?

Une fois encore, Coates ne répondit pas immédiatement, comme s'il se retirait dans sa tête pour calculer sa réponse.

— À l'étage. Première porte sur votre gauche. Veuillez ne pas me tenir rigueur du désordre.

Chambers hocha la tête et se leva, laissant le soin à Winter de terminer l'entrevue. En passant, il jeta un coup d'œil à la cuisine d'un autre temps sans rien remarquer d'inhabituel. Puis il monta l'escalier jusqu'au palier recouvert d'une couche de poils de chien de différentes couleurs. Quelque chose lui disait que d'ordinaire toute la maison ressemblait à ça et que le rez-de-chaussée avait été nettoyé à la hâte en prévision de leur visite. À sa grande déception, les portes des deux chambres étaient fermées et il n'osa pas essayer de les ouvrir, car l'habitation grinçait et craquait à tout va, informant le propriétaire de ses moindres mouvements.

Une fois dans la salle de bains, il s'enferma et se précipita vers l'armoire à pharmacie. Il y trouva une quantité impressionnante de médicaments ; la plupart appartenaient à Mme Coates, mais aucun ne pouvait avoir de lien avec l'enquête. Déçu, il observa la pièce dans l'espoir d'en apprendre un peu plus sur cet étrange personnage. N'ayant pas de meilleure idée, il entra dans la baignoire pour atteindre la fenêtre en verre dépoli et força l'espagnolette rouillée pour jeter un coup d'œil au jardin. Comparé à l'avant, impeccablement tenu avec son armée de nains de jardin, l'arrière, envahi par les mauvaises herbes à l'exception d'une bande de terre retournée tout au fond, ressemblait à un terrain vague.

Conscient d'avoir déjà pris trop de temps, Chambers referma la fenêtre, tira la chasse d'eau et se lava les mains pour faire bonne mesure. Il s'apprêtait à actionner la poignée de la porte quand il se figea en voyant la décoration faite maison qui y était accrochée. Il la retourna afin de lire l'inscription gravée dans le bois.

« Si vos péchés sont comme le cramoisi,
ils deviendront blancs comme la neige. »

ÉSAÏE 1, 18

Perplexe, il ouvrit la porte et descendit au rez-de-chaussée où Winter était déjà debout, prêt à partir.

— Je n'ai pas vu vos chiens, dit Chambers en récupérant son manteau.

Coates lui lança un regard méfiant.

— Les poils sur la moquette, expliqua-t-il.

— Un seul chien, lui répondit Coates. Malheureusement, il est décédé. Très récemment à dire vrai. Je pense que ça a été la goutte de trop pour ma mère.

— Désolé, dit Chambers. Quelle race était-ce ?

— Un corniaud. Nous avons toujours adopté des chiens abandonnés.

— « Ne fais pas à autrui ce que tu ne voudrais pas qu'on te fît », dit Chambers sans se préoccuper du regard interrogateur de Winter.

Coates sembla momentanément perdu puis, pour la première fois depuis leur arrivée, il sourit.

— On croirait entendre ma mère, dit-il en les reconduisant à la porte.

Alors qu'ils montaient en voiture, Winter se tourna vers son collègue.

— *Alors*... Qu'en pensez-vous ?

— OK. J'avais tort, admit le sergent en démarrant. Je comprends pourquoi vous vous intéressez à lui.

9

AVEC UN RENIFLEMENT DE MÉPRIS, Mme Chambers poussa le contenu de son assiette du bout de sa fourchette. De toute évidence, l'unique cuillerée de l'entrée qu'elle avait daigné manger avait suffi à la caler.

— C'est quoi, déjà ? demanda-t-elle en plantant un doigt dans la sauce.

— Du poulet, répondit sèchement Eve. Un oiseau incapable de voler qu'on a par chez nous. Une recette de ma mère.

— Et c'est où par chez vous, déjà ?

— En Jamaïque, contente ?

— Hmmm, répliqua la femme en balayant d'un regard désapprobateur son environnement. Alors c'est ça qu'ils appellent un loft ? demanda-t-elle en repoussant son assiette.

— En effet.

— C'est juste un mot à la mode pour « appartement », non ?

— Sûrement, oui.

— Un appartement qui coûte aussi cher qu'une maison.

— Ça dépend de la maison.

Avec un autre reniflement de mécontentement, Mme Chambers considéra un moment son hôtesse assise en face d'elle. Et Eve serra la main de son mari en se préparant à ce qui allait suivre.

— Vous êtes plutôt jolie…
— Merci. Comme c'est aimable à vous de le remarquer.
— … Pour l'une d'entre eux.
— Aïe ! s'exclama Chambers quand les ongles d'Eve finirent par lui transpercer la peau.
Il fit naviguer son regard entre les deux femmes, aucune des deux ne semblait particulièrement ravie, et il comprit qu'il avait dû louper quelque chose.
— Avez-vous terminé, Lucile ? s'enquit Eve en se levant de table.
— Oh, mais certainement, dit-elle en tendant son assiette avec empressement, comme pour l'éloigner au plus vite.
— Veux-tu bien m'aider pour le dessert ? demanda Eve à Chambers.
— Je croyais que tu l'avais déjà…
— Viens m'aider !
Il se leva docilement.
— Maman, veux-tu de… l'eau du robinet ?
— Non. Merci, dit-elle en couvrant son verre de sa main, comme s'il risquait d'essayer de le remplir sans son accord.
— Tu as entendu ? dit Eve, agacée, tandis qu'ils rapportaient les assiettes dans la cuisine. Même l'eau n'est pas à son goût.
— Ça se passe plutôt bien, non ? dit Chambers avec un sourire.
Pour toute réponse elle lui décocha un regard signifiant clairement qu'il allait dormir dans la chambre d'amis.
— Tu n'as pas dîné à la même table que nous, ce n'est pas possible ?!
— *Chut*… Qu'est-ce qui ne va pas ?
— Ne t'avise pas de me faire taire !
— Désolé. Tu ne l'aimes pas ?
— L'aimer ? cracha Eve, encore une fois un peu trop fort. J'espère qu'elle va s'étrangler avec ma tarte à la mangue !
Chambers parut légèrement surpris par sa véhémence… puis devint nerveux.
— Elle n'aime pas vraiment les mangues… ni les tartes.
Lâchant les assiettes magnifiquement présentées dans l'évier, elle lui donna un coup de poing dans le bras.

— Aïe !

— Pourquoi ne m'as-tu pas défendue ?

— Je n'ai même pas entendu ce qu'elle t'a dit !

— Parce que tu rêvassais... comme d'habitude, ronchonna-t-elle.

— Écoute, dit Chambers. Ma mère est juste un peu... vieux jeu. Elle est très fière de notre héritage ghanéen et d'être britannique.

— Et elle n'aime pas que tu perdes ton temps avec une pauvre fille de la Jamaïque.

Chambers soupira.

— Je n'ai pas dit ça.

— C'était inutile... Et nos enfants ? Elle les traitera de la même façon ?

Chambers la regarda, abasourdi :

— Es-tu... ? Tu es en train de m'annoncer que tu...

Eve croisa les bras.

— Et si je te disais que oui ?

— Je dirais que c'est... merveilleux.

— Eh bien, je ne sais pas.

— Oh, bon sang ! Dieu merci ! s'exclama-t-il en portant la main à son cœur.

Elle esquissa un sourire.

— Qu'est-ce que je vais faire de toi ? Est-ce qu'il s'est passé quelque chose en rapport avec l'enquête aujourd'hui ?

Chambers jeta un coup d'œil à sa mère pour s'assurer qu'elle avait toujours l'air aussi ennuyée, dégoûtée et outragée, par l'unique étage de leur espace de vie.

— Le sang et les poils que j'ai arrachés à la corde ne correspondent pas à notre « penseur »... ni aux deux autres victimes.

— Ça reste du sang et des cheveux. Qu'est-ce que ça faisait là ?

— Exactement, approuva Chambers.

— On parlera de ça plus tard, lui dit Eve en serrant la main blessée de son compagnon. Aide-moi juste à survivre à cette soirée. J'ai besoin de toi.

Le lendemain matin, Chambers arriva en clopinant au travail, de toute évidence le lit de la chambre d'amis s'était rangé dans le camp d'Eve. Sautant les politesses d'usage, il fit signe à Winter de le suivre dans la salle de réunion, ferma la porte derrière eux, et s'allongea en laissant échapper un grognement soulagé.

Impassible, Winter sortit son calepin, s'assit sur le sol à côté de lui, et leva les yeux sur les plaques tachées du plafond.

— Comment quelqu'un a-t-il réussi à envoyer du café là-haut ? demanda-t-il.

— Le patron en a lancé un sur quelqu'un qu'il n'aimait pas.

— Qui ça ?

— Moi.

— Oh. On dirait le Faucon Millenium, dit-il en plissant les yeux.

— Je pensais plutôt à la lame d'une hache, répliqua Chambers. Mais en tant que potentiel inspecteur de la criminelle, il est intéressant de savoir ce que vous avez dans la tête. Et donc, concernant l'alibi de Coates pour la nuit du meurtre ?

— Il était chez lui. Seul.

— Peu importe. J'ai un nouvel angle d'attaque, annonça Chambers en plongeant la main dans sa poche pour en sortir un jouet en caoutchouc orange vif qu'il tendit à Winter. Les chiens.

— Super, dit le policier avec enthousiasme. Attendez... quoi ?

— Les chiens, répéta Chambers. J'ai ramassé ça dans le jardin en partant.

— Peut-être que vous devriez prendre votre journée, suggéra le jeune homme.

— Regardez les empreintes de dents, lui dit Chambers. Il y a une série de sept marques proches les unes des autres, et une autre de quatre plus écartées, puis d'autres plus profondes, complètement différentes.

— Et ?

— Au moins trois chiens distincts ont mâchouillé ce jouet. Et quand je suis monté à l'étage, la moquette était couverte de poils de toutes les couleurs possibles.

— Et ?

— Et il y a une tombe dans le jardin arrière.

— Une tombe ?

— … une zone de terre retournée.

— Ça ne veut pas dire que c'est une tombe, répliqua Winter, dubitatif.

— Souvenez-vous de ce que nous avons dit la nuit où nous avons trouvé Henry John Dolan sur ce piédestal.

— C'est-à-dire ?

— Que c'était un meurtre « approximatif ». Une première tentative, peut-être ? Il a tout préparé, mais il a laissé la météo faire le sale boulot à sa place. Savez-vous par quoi commencent la plupart des tueurs en série avant de s'attaquer à des gens ?

— Par des animaux, dit Winter en comprenant où il voulait en venir.

— L'un de nos deux principaux suspects semble enchaîner les chiens à un rythme inquiétant.

— Mais, et Tobias Sleepe ? demanda Winter. Il a un engin, avec lequel il pourrait facilement soulever une personne, couvert de cheveux et de sang. Il a l'air tout aussi coupable.

— Mon gars vous plaît, maintenant ?

— Des deux, je pense que c'est le meilleur candidat, oui.

— Eh bien, le vôtre me plaît bien.

— Bon, sur lequel on part ? Parce que si on se trompe de type, on perd l'affaire.

Chambers réfléchit un moment.

— Les deux. En même temps. L'un de nous va creuser dans le jardin pendant que l'autre va saisir la poulie.

— Sans mandat ?

— Sans mandat, répéta Chambers. On fonce. La clé, c'est la confiance en soi.

— L'un de nous va se planter.

— Mais l'un de nous aura bon, répliqua Chambers. Même Hamm ne pourra le nier. Pour moi, il ne fait aucun doute que l'un de ces deux cinglés est notre tueur… Qu'en pensez-vous ?

— Aucun doute.

— Alors, on ne peut pas perdre, n'est-ce pas ? Vous me suivez ?

— OK… Quand ?

— Le plus tôt sera le mieux, dit Chambers. Plus nous attendons, plus il y aura de risques qu'on se retrouve avec un autre cadavre sur les bras.

La porte de la salle de réunion s'ouvrit et Lewis trébucha sur les deux hommes, envoyant du café éclabousser le mur.

— Que faites-vous ? demanda-t-il en secouant la main pour atténuer la sensation de brûlure.

— Je soigne mon dos, répondit Chambers sans bouger. Ma tendre moitié m'a fait passer la nuit dans la chambre d'amis.

— Bienvenue au club, dit Lewis en posant son café sur la table avant de s'allonger à côté de lui.

Il poussa un soupir de soulagement.

— Je ne me souviens pas de la dernière fois où j'ai été autorisé à dormir dans mon propre lit… Le patron te cherche.

— T'as un autre scoop ?

Un silence paisible descendit sur les trois hommes, seulement interrompu quand Winter désigna la tache de café sur le mur et demanda :

— Quelqu'un d'autre voit un sabre laser ?

— Moi je vois un tournevis, répondit Lewis.

— Ouais, pas de doute, c'est un tournevis, renchérit Chambers. Ne vous en faites pas, Winter. Ça viendra.

Chambers était garé dans la rue de Robert Coates, à une vingtaine de mètres de sa maison. Il avait tripoté deux fois tous les boutons du tableau de bord en attendant l'heure sur laquelle il s'était mis d'accord avec Winter, afin que ce dernier ait le temps de rejoindre sa position. Il regarda le ciel chargé.

— Pitié, pas la pluie. Pitié, pas la p…

Comme en réponse à ses prières, l'averse éclata, inondant les rues en quelques secondes.

— … Merci bien, marmonna-t-il en jetant un énième coup d'œil impatient à l'horloge :

13:42

Ça ira bien, décida-t-il en attrapant la pelle côté passager avant de descendre de voiture. Lorsqu'il arriva devant la maison de Coates, il était trempé jusqu'aux os. Il franchit le portillon sous le regard attentif des nains souriants. Le bruit de la pluie sur leurs corps de céramique semblait leur donner vie, évoquant de minuscules outils en plein travail sous le couvert de l'orage.

Un seul coup de pied suffit à briser le portillon menant au terrain en friche situé à l'arrière, qu'il traversa malgré les ronces qui s'accrochaient à son pantalon et essayaient de le tirer en arrière. Non sans remarquer les mouvements de rideaux dans les propriétés voisines, Chambers atteignit enfin le fond du jardin, où la terre avait été récemment retournée. Conscient que le temps lui était compté, il s'empara de la pelle, leva haut les mains et les abattit violemment. L'outil s'enfonça profondément dans le sol gorgé d'eau.

— Police ! Ouvrez ! hurla Winter en frappant contre le volet roulant métallique de Sleepe & Co. Ouvrez !

Le volet se releva et Tobias Sleepe apparut, égal à lui-même, crasseux et débraillé. Ses lunettes de protection noires dissimulaient ses yeux et il tenait à la main un chalumeau.

— Posez ça au sol ! lui ordonna Winter en regardant l'objet avec inquiétude. Posez ça !

Sleepe suivit ses instructions et retira ses lunettes, l'air troublé.

— Je suis venu saisir votre système de poulie, lui dit Winter en entrant dans le bâtiment.

— J'en ai besoin pour mon travail.

— Je m'en doute bien, dit Winter d'un air entendu. C'est une pièce à conviction dans une enquête de meurtre.

Il s'empara de la corde suspendue au centre de la salle, et essaya de dissimuler son effroi en ne voyant nulle trace de sang ou de cheveux ; juste un bout de corde effiloché et propre au bout d'un nœud complexe.

— Quand a-t-elle été coupée ? demanda-t-il à Sleepe avec inquiétude.

— Ma mémoire n'est plus ce qu'elle était, répondit-il, hypocrite. Je ne me souviens pas.

— Montez dans votre bureau et attendez-moi là-haut ! aboya Winter avec un tremblement dans la voix trahissant sa détresse.

Le rictus triomphant sur le visage de l'autre homme lui confirma qu'il l'avait perçue.

— J'ai besoin d'avoir accès à vos poubelles, ajouta-t-il.

— Vous les trouverez dans l'allée de derrière. Servez-vous, dit Sleepe en montant l'escalier.

Reportant son attention sur la corde, Winter sentit la nausée le gagner.

Ils avaient tout misé là-dessus.

— Merde, chuchota-t-il en espérant que ça se passait mieux pour Chambers.

— Excusez-moi, sergent !… Excusez-moi ! appela Robert Coates, à l'abri sous son parapluie en pataugeant dans le jardin pour rejoindre un Chambers épuisé qui s'acharnait à donner des coups de pelle inefficaces au fond d'un trou d'un mètre cinquante de profondeur.

Le tas de gadoue au-dessus de lui se dissolvait sous l'averse, remplissant l'excavation plus vite qu'il ne la creusait.

— Que diable faites-vous là ? s'enquit le propriétaire des lieux.

— J'enquête… sur le meurtre… d'Alphonse… Cotillard, haleta Chambers en jetant une autre pelletée de terre derrière lui.

— Je suppose que vous avez un mandat ?

Chambers l'ignora et continua à creuser.

— Sergent ?

— Qu'avez-vous enterré ici ? demanda Chambers en se cognant dans le mur de terre.

— C'était le potager de ma mère, répondit Coates en s'accroupissant pour le regarder dans les yeux tandis que son parapluie noir éclipsait le ciel et faisait barrage à la pluie. Sergent. Avez-vous… un… mandat ?

Vaincu, Chambers jeta la pelle et, affichant une expression défiante, il riva son regard sur les petits yeux noirs de son interlocuteur.

— Non. Je n'en ai pas.

— Dans ce cas, dit Coates avec calme, je vous demanderai de bien vouloir quitter ma propriété sur-le-champ, et attendez-vous à recevoir un appel de mon avocat d'ici la fin de la journée.

La pluie, impitoyable, revint dès qu'il se leva pour rentrer chez lui.

Tenant debout avec difficulté, Chambers regarda l'eau monter autour de ses pieds, conscient de l'ironie qu'il y avait à voir sa carrière se terminer dans une tombe qu'il avait lui-même creusée.

Il avait salement merdé.

10

Le quai bondé fut remplacé par les ténèbres.

James Metcalf, dit Jimmy, avait l'impression de regarder le voyage se dérouler plutôt que d'être en train de le vivre lui-même quand la femme qu'il fixait depuis cinq minutes se leva et partit. Sortant de sa torpeur, il prit conscience de s'être copieusement bavé dessus, mais ça lui était égal. Il savourait ce trip d'adieu, son dernier avant très longtemps, peut-être même le dernier tout court. À dire vrai, cette fois, il n'était pas sûr du tout de survivre au sevrage. Et quand bien même il ne survivrait pas, cela restait préférable à l'autre possibilité.

Il sortit en titubant du métro à Westminster et émergea dans la rue animée, les sens saturés par le bruit de la circulation, les voix, les travaux, qui se disputaient son attention sous le ciel gris aveuglant. Le monde entier lui semblait plus vif après son voyage souterrain. Il fit un effort pour se concentrer.

— Excusez…

Le jeune homme passa devant lui comme s'il était un fantôme.

— Excusez-moi, essaya-t-il à nouveau.

— Non, désolée, répondit une femme en se détournant, jusqu'à ce qu'il la laisse tranquille.

Après des années à vivre à la dure, avec l'intégralité de ses possessions qui remplissait à peine les deux tiers de son sac à dos, il était habitué à ce genre de réaction.

— Excusez-moi, s'il vous plaît, dit-il avec un sourire, surprenant un homme qui sortait de chez un marchand de journaux en comptant sa monnaie.

Il vit les rouages se mettre à tourner dans la tête de l'inconnu qui faisait naviguer son regard entre l'argent dans sa main et le personnage insalubre debout devant lui. Ne voyant pas d'autre échappatoire, il récupéra une pièce d'une livre et lui tendit le reste à contrecœur.

— Non, merci, répondit Jimmy avec un sourire en pensant *je n'en aurai pas besoin*. Pouvez-vous m'indiquer comment aller à New Scotland Yard, s'il vous plaît ?

Moins de dix minutes plus tard, il traversa l'ombre projetée par le signe giratoire emblématique des lieux, attirant aussitôt l'attention des agents en faction. Il zigzagua vers eux d'un pas chancelant, hocha la tête pour les saluer, puis frappa un grand coup. Son poing américain démantibula la mâchoire du policier qui perdit connaissance avant même d'avoir touché le sol.

Il se précipita dans le bâtiment, sauta par-dessus la barrière de sécurité avant que quiconque ait eu le temps de réagir, et bouscula plusieurs personnes lorsqu'il traversa l'atrium en courant. Des policiers arrivèrent de toute part, certains avaient dégainé leurs armes, mais la plupart se contentaient de brandir leur matraque.

— Pas un geste ! Restez où vous êtes ! ordonna un agent en le mettant en joue. Arrêtez, ou je tire !

Conscient qu'il était cerné, le sans-abri se figea et laissa tomber à terre l'arme ensanglantée.

— OK ! haleta-t-il. Je m'rends ! Je m'rends !

Il leva les bras, révélant dans sa main gauche un petit sachet plastique.

— Qu'est-ce que c'est ? lui demanda le policier en s'approchant avec précaution.

— … preuve… articula péniblement l'homme qui n'avait pas encore recouvré son souffle.

— Preuve de quoi ? rétorqua l'agent en arrachant le sachet à son prisonnier, tandis que l'un de ses collègues lui entravait les bras.

— Ma culpabilité, répondit le sans-abri en souriant pendant qu'il se faisait menotter. J'ai fait quelque chose de mal, de très mal.

— … Et maintenant, deux plaintes en un seul après-midi ? beugla Hamm tandis que Chambers et Winter, de l'autre côté du bureau, avaient le bon sens de garder le silence. Nous avons déjà l'avocat de Coates qui nous attaque pour harcèlement. À votre avis, il va s'écouler combien de temps avant que celui de Sleepe nous tombe dessus ? Et vous voulez savoir comment je vais passer mon vendredi soir ? Avec mon patron et l'équipe juridique afin de déterminer si ça vaut la peine de payer pour que ça ne soit pas publié dans la presse ! Je vous avais bien dit de traiter ces deux affaires sé-pa-ré-ment !

Winter leva la main.

— Si ce qui est sur le point de sortir de votre foutu clapet contient le mot « statue », l'avertit Hamm, je vous conseille de le refermer.

Ce qu'il fit.

— Il y a autre chose, commença Chambers.

— Autre chose ? s'esclaffa Hamm. Vous voulez dire en plus de l'homme payé pour restaurer les statues endommagées qui fait exactement ce pour quoi il est embauché, et de deux membres d'un centre sportif discutant ensemble de temps à autre ?! Il n'y a rien d'autre. Vous… n'avez… rien !

— Il y a autre chose, répéta Chambers, agitant sa cape rouge devant le taureau. Quelque chose que nous n'avons pas encore officiellement enregistré. Nous avons trouvé une aiguille et du verre brisé à l'endroit où l'adolescent a été tué. Nous croyons que…

— Vous avez tort.

— Mais…

— J'ai dit : vous avez tort ! hurla Hamm.

Tous les gens présents qui faisaient mine de ne pas écouter dans l'open space sursautèrent.

— Monsieur ?

Hamm jeta une liasse de papiers devant lui.

— La confession complète d'un certain James Metcalf pour le meurtre de Henry John Dolan dans Hyde Park.

Chambers et Winter échangèrent un regard d'incompréhension.

— Qui ?

— Vingt-cinq ans. SDF. Ce parc était son lieu de prédilection, expliqua Hamm. Il a vu une occasion, et il l'a saisie.

— Vous êtes en train de nous dire que c'était juste un vol ? demanda Chambers. C'est impossible.

— Vraiment ? (Hamm récupéra le dossier et commença à le feuilleter.) Là, il explique qu'il a attiré la victime dans le parc sous prétexte de lui vendre de la drogue. Là, il décrit comment il a convaincu Dolan de grimper sur le piédestal en lui disant que c'était là qu'il cachait sa marchandise. Et *là*, il raconte qu'il lui a fait une piqûre dans la nuque afin de le paralyser et de lui prendre son portefeuille, sa montre et ses vêtements avant de le laisser crever sur place.

— Mais, comment…, tenta Chambers.

— Il avait la putain de seringue ! hurla Hamm, le réduisant ainsi au silence. Avec l'aiguille couverte du sang de la victime, et la drogue à l'intérieur n'a même pas encore séché. Cette *putain* d'affaire est classée !

Chambers parut anéanti.

— Ces meurtres n'ont jamais été liés, espèce de connard prétentieux ! lui dit Hamm, savourant clairement ce moment. Ça n'a jamais eu aucun rapport avec vos foutues statues. Vous avez récolté une suspension pour rien !

— Une suspension ?

— Vous m'avez bien entendu. (Hamm se tourna vers Winter.) Je laisse votre chef décider quoi faire de vous. Vous n'êtes plus mon problème.

— Et en ce qui concerne Alphonse et Nicolette Cotillard ? demanda Winter tandis que Chambers digérait la nouvelle.

— Cette enquête est encore en cours. Je vais l'assigner à quelqu'un de compétent.

— Et le sang que nous avons trouvé sur la corde ?

— Oh, désolé, dit Hamm, sarcastique. Je n'avais pas compris que c'était votre premier jour. Il ne compte pas ! Car, idiots que vous êtes, vous l'avez obtenu illégalement.

Nous ne pouvons pas prouver d'où il vient, et comme vous l'avez dit, la poulie a été nettoyée. Il n'y a rien à en tirer ! Maintenant, disparaissez ! Tous les deux !

Encore sous le choc, Chambers suivit Winter dans l'open space sans se préoccuper des sourires narquois, et des remarques méprisantes de leurs collègues aux oreilles indiscrètes.

Lewis, qui les attendait près de l'ascenseur, donna une tape amicale dans le dos de son ami.

Chambers le regarda d'un air perdu.

— J'étais si sûr de moi.

— Je sais bien, lui répondit son collègue en souriant avec compassion tandis que les portes se refermaient entre eux.

Chambers entendit claquer la porte d'entrée, et se servit en vitesse un verre de vin avant qu'Eve entre dans la pièce. Elle embrassa la scène du regard : la poêle en train de grésiller sur la cuisinière, la chandelle allumée au centre de la table, le verre de vin dans sa main, son pouce exagérément bandé, et son sourire… Un sourire né de la pratique, qui était composé d'une dose de « je suis vraiment désolé », de deux doses de « on en est où ? », d'une pincée de « je suis tellement content de te voir » et d'un soupçon de « je me suis méchamment brûlé le pouce en cuisinant pour toi, et je souris malgré la douleur ».

Son expression s'adoucit, et après un moment elle lui rendit son sourire.

Gagné.

— Je croyais que tu travaillais ce soir, dit-elle en acceptant le verre qu'il lui tendait.

— C'est une drôle d'histoire, commença-t-il avant de boire plusieurs gorgées de son propre verre pour retarder le moment de vérité.

— … Oui ?

— Je te raconterai ça après le dîner.

— Non. Tu vas me raconter ça maintenant, rétorqua Eve en posant son verre.

— D'accord, mais ne te mets pas en colère. Tu sais cette affaire sur laquelle je travaillais ? Et tu te rappelles que tu m'as toujours dit de suivre mon instinct, de rester fidèle à moi-même et à mes convictions ?

— Ces mots ne sont littéralement *jamais* sortis de ma bouche.

— D'accord, je paraphrasais.

— La fois où je t'ai dit « ne suis *pas* ton instinct, mais assure-toi, quoi que tu fasses, de garder ton boulot » ? « Ne sois pas fidèle à toi-même, parce qu'on a des factures à payer » ? « Et au diable tes convictions, car mon seul salaire ne suffira pas pour garder cet appart » ?

— Hmmm.

— Ben, est-ce que tu t'es fait virer ?

— Non ! Bien sûr que non, je ne me suis pas fait virer ! s'esclaffa-t-il.

Eve se détendit légèrement.

— J'ai juste été suspendu.

— Je sors.

— Quoi ?

— Je sors. Tu étais *censé* travailler, lui dit-elle en se dirigeant d'un pas rageur vers leur chambre. C'est ma soirée avec les filles du boulot.

— Quoi ? Ces partenaires et associées coincées qui te prennent toujours de haut ?

Elle lui claqua la porte au nez. Conscient que lui courir après dans tout le loft ne serait pas une bonne idée, il s'assit par terre.

— J'irai ramper à la première heure, lundi matin. Promis, lui dit-il à travers la porte. J'ai merdé. J'ai vraiment, *vraiment*, merdé. Je voulais juste… Je voulais l'attraper avant qu'il fasse du mal à quelqu'un d'autre. Je sais que d'après toi je voulais prouver quelque chose, prouver que je suis plus malin qu'eux, mais ce n'est pas ça. (Il soupira, et prit un moment de réflexion dans son monologue improvisé.) J'ai simplement cru être en mesure d'empêcher que quelque chose d'horrible arrive à quelqu'un qui ne le méritait pas. Je devais essayer. Je suis désolé que tu sois en pétard contre moi, mais je ne suis pas désolé pour ça.

La porte de la chambre s'entrouvrit, et Eve apparut vêtue de sa deuxième robe préférée. Elle lui sourit, et lui tendit la main.

— Et je n'en attends pas moins de toi.

— Tu veux toujours que j'aille ramper devant Hamm ? demanda-t-il plein d'espoir.

— Oh que oui, lui dit-elle. Pour être tout à fait honnête, je suis contente que ce soit fini. Cette enquête te mettait à cran. (Elle se renfrogna.) C'est bien fini, au moins ?

— C'est juste que ça ne tient pas debout.

— Tu dois lâcher l'affaire, maintenant. Pour ton boulot… pour moi.

Chambers hésita.

— Ben ! Dis-moi que c'est fini !

— C'est fini. C'est fini, capitula-t-il.

— Promis ?

— … Promis.

À 20 h 15, Chambers était garé devant l'université de Birkbeck. Un groupe d'étudiants bruyants passa de chaque côté de sa voiture, et ce fut à peine s'il s'en rendit compte. Même leurs tenues extravagantes ne détournèrent pas son attention de la fenêtre du premier étage où Robert Coates, qui était en train de travailler, apparaissait par intermittence.

Après un moment, il décida qu'il n'avait rien à gagner à rester assis dans le froid pendant que son suspect notait des copies, il remit alors son moteur en route avec pour objectif de passer devant Sleepe & Co. en rentrant chez lui. S'il n'avait pas été occupé à essayer de régler son chauffage capricieux, il aurait peut-être jeté un dernier coup d'œil à la fenêtre et il aurait vu le visage insectoïde de Robert Coates, les yeux rivés sur son véhicule… en train de le regarder partir.

Lundi

11

— HELLO. C'EST MOI, dit Chambers en mettant une autre pièce de dix pence dans la fente, le combiné coincé entre son épaule et son oreille.

— Allô ?

— C'est moi !

— Allô, qui est-ce ?

— Ben !… Benjamin Chambers… Le type qui vit avec toi.

— Ben ? La communication est terrible. Où es-tu ?

Il jeta un coup d'œil à travers la vitre et fut récompensé par le spectacle d'un homme déjà saoul à l'heure du petit déjeuner en train d'uriner contre le mur d'une agence pour l'emploi.

— Westminster, mentit-il. J'ai le palais à ma droite et à ma gauche… (Il tourna la tête pour voir un chat sauvage visiblement en train de dévorer un rat mort.) Bref, tu vois le tableau. Je voulais t'appeler directement. Devine qui a obtenu une période de probation !

— Tu n'es plus suspendu ?

— Non. Tu aurais dû me voir. J'ai fait irruption calmement dans le bureau de Hamm, j'ai fermé la porte doucement, je me suis assis quand il me l'a demandé, et je lui ai dit en face à quel point j'étais sincèrement désolé.

— Merci.

— Je recommence à bosser dès demain.

— Je dois y aller, mais c'est vraiment une bonne nouvelle. Notre vie va pouvoir reprendre un cours normal, maintenant, n'est-ce pas ?

— Oui, répondit Chambers, qui réussit presque à lui dire qu'il l'aimait avant qu'elle raccroche. Un cours normal. Un cours normal, marmonna-t-il en traversant la rue pour entrer dans une boucherie miteuse.

L'homme derrière le comptoir le dévisagea d'un air méfiant quand, tel un serpent, un bout de corde essaya de s'échapper de son sac.

— Qu'est-ce qu'il vous faut ?

— Un litre de votre meilleur sang de porc, s'il vous plaît.

Winter se serait bien passé d'être en retard au travail. Vêtu d'un jean et d'un sweater, il sauta du bus à Uxbridge Road, puis il partit au petit trot en direction du poste de police de Shepherd's Bush Green. Il était si pressé qu'il ne remarqua pas Chambers qui l'attendait devant l'entrée.

— Winter ! cria le sergent.

— Oh, non. Non, non, non. Je ne vous parle pas, à vous, dit-il en continuant sa route. Vous ne croyez pas que vous m'avez déjà causé assez d'ennuis ?

— J'en déduis que vous n'êtes pas suspendu ?

— Non, admit-il. Dernière chance.

— J'ai besoin de votre aide.

Le jeune homme éclata d'un rire plein d'amertume et le fusilla du regard.

— Allez. Nous savons *tous les deux* que ça ne tient pas debout. Vous *savez* que ces deux affaires sont liées.

— Je ne sais rien ! rétorqua Winter alors qu'il se mettait à bruiner. Le gars a avoué, Chambers !

— Et si nous arrivions à prouver qu'il ment ? Que c'est nous qui avions raison depuis le début ?

Winter jeta un coup d'œil à sa montre.

— Comment ?

— En les provoquant. En les poussant à agir sous le coup de l'émotion, à commettre une erreur.

— Pourquoi ai-je l'impression d'avoir déjà entendu ce genre de discours ? répliqua-t-il sèchement en détaillant son collègue débraillé de la tête aux pieds.

— Je vais bien.

— Il y a du sang sur vos chaussures.

Chambers baissa brièvement les yeux, mais ne donna aucune explication.

— Je ne peux pas le faire seul. Je ne peux pas les surveiller tous les deux en même temps.

— Désolé, dit Winter en se détournant.

— Écoutez, vous avez rencontré ces types. Ils sont dérangés. Je sais que si nous les poussons, l'un des deux va craquer et révéler son véritable visage. Et quand ça arrivera, nous serons là.

— C'est vous qui avez l'air dérangé.

— Est-ce un *oui* ? demanda Chambers avec un sourire désespéré.

Winter secoua la tête.

— Je ne vous aiderai pas. Ne venez plus ici, merci... Au revoir, Chambers.

Sur ces mots, il tourna les talons et partit.

Tobias Sleepe se précipita à l'intérieur sans prendre le temps d'éteindre l'alarme, laissant dans son sillage une traînée rouge. Il jeta par terre la corde imbibée de sang terminée par un nœud coulant qu'il avait trouvée sur le capot de sa camionnette. Un message on ne peut plus clair d'un sergent de la criminelle qui ne savait pas quand s'arrêter et qui allait le payer cher.

Il s'essuya les mains sur son tablier, gravit l'escalier métallique jusqu'à son bureau et s'assit devant l'écran de sécurité. Il revint en arrière de quelques minutes sur l'enregistrement concerné, puis appuya sur *play*. La camionnette, encore intacte, était visible dans le coin inférieur de l'écran. Trente secondes s'écoulèrent sans incident. Sleepe se penchait de plus en plus pour se rapprocher de l'image en noir et blanc, brûlant d'impatience...

Surgissant de nulle part, une ombre s'étira sur le béton devant le véhicule... Et... la lourde corde atterrit en tas sur la carrosserie, lancée depuis le pont pour permettre au coupable d'échapper aux caméras.

Sleepe poussa un cri de colère et abattit son poing sur le bureau, faisant sauter l'image en noir et blanc qui sembla descendre sur l'écran comme le générique à la fin d'un film.

Chambers était encore en train de se frotter les mains au savon quand Eve rentra de son cours du soir. Après avoir posé ses lourds manuels de droit, elle lui lança un regard surpris.

— Tu fais une lessive ? demanda-t-elle en entendant le lave-linge vrombir dans le placard.

— Oui.

— De ta propre initiative ?

— Oui.

— … Pourquoi ?

— Pour aider.

— Pourquoi ?

— Comme ça, dit-il avec un haussement d'épaules tout en luttant pour ôter les dernières traces de sang sous ses ongles. Ça te dirait de sortir ce soir ?

— Je suis fatiguée.

— Un ciné ?

— Je vais m'endormir en plein milieu du film.

— Du coup, je pourrai choisir le film, pour une fois. (Il ferma le robinet et se sécha les mains avec le torchon.) Allez. J'ai envie de faire la fête.

— Pour avoir seulement failli te faire virer ?

— Pas que pour ça.

— Pour quoi d'autre, alors ?

Chambers s'avança vers elle et l'enlaça.

— Je ne sais pas vraiment : nous… toi… tout. Je suis de bonne humeur. J'ai comme l'impression que tout va s'arranger.

Robert Coates passa sous les lampadaires qui repoussaient les ténèbres glaciales. Remarquant l'absence de la MG Maestro argentée qu'il avait vue garée devant chez lui à deux reprises au cours du week-end, il tourna dans son allée. Une enveloppe avait été déposée au beau milieu du paillasson au lieu d'être glissée dans la fente prévue à cet effet. Il s'accroupit et la ramassa. À l'intérieur, il trouva un morceau de papier plié sur lequel était inscrit avec ce qui semblait être du sang :

Si vos péchés sont comme le cramoisi,
ils deviendront blancs comme la neige.

Il balaya du regard la rue déserte, scrutant la rangée de voitures sombres, vides, immobiles et froides. Le seul son qui lui parvenait était celui du vent dans les arbres tandis que les ombres projetées par leurs branches dansaient dans les taches de lumière orange. Sans paraître affecté, il remit le mot dans l'enveloppe et ouvrit la porte de sa petite maison.

Mardi

12

PRESQUE NEUF HEURES après le début de son service, l'enthousiasme de Chambers commençait à s'essouffler. La neige annoncée avait été remplacée par un déluge de pluie et de grésil. Cela avait réduit le nombre d'appels qu'il était censé traiter, tout en quadruplant le temps de trajet entre chaque déplacement.

Il avait la tête ailleurs. Pendant l'heure qu'il avait passée au bureau, conscient qu'il était déjà sur la corde raide, il s'était gardé de poser des questions à propos du meurtre des Cotillard. Sans doute la conduite la plus raisonnable, un résidu d'instinct de conservation. Mais après une journée entière à ronger son frein en se demandant s'il y avait eu des avancées, il commençait à regretter de ne pas avoir pris le risque.

Découragé par le bouchon de Great Portland Street, il décida de se garer. Le destin le fit s'arrêter juste en face d'une animalerie. Entraîné par une idée soudaine, il brava le mauvais temps, slaloma entre les voitures bloquées par la circulation et pénétra dans le petit magasin.

Il fut accueilli par le propriétaire qui lui lança :

— Il fait un temps de chien !

Supposant que c'était une tentative d'humour, il lui adressa un sourire poli, et se dirigea vers les accessoires. Il fut aussitôt attiré par une laisse de cuir sur laquelle étaient représentées différentes silhouettes de chiens.

— Besoin d'aide ?

— Non, répondit Chambers avec un sourire satisfait. Je crois que j'ai exactement ce qu'il me faut.

Deux heures et demie plus tard, Chambers se trouvait aux environs de l'université de Birkbeck. Plus que trente minutes avant la fin de son service ; il ne lui restait plus qu'à espérer ne pas recevoir d'appel. Instinctivement de retour à l'endroit où il s'était garé la dernière fois pour observer la fenêtre du premier étage, il décida de patienter sur place.

Un visage familier jeta un coup d'œil dans la rue. Même s'il était certain que Coates ne pouvait pas le voir à l'intérieur du véhicule plongé dans l'ombre, il se recroquevilla sur son siège jusqu'à ce qu'il ait disparu. Nerveux, il consulta l'heure, puis il chercha une station de radio et dut monter le volume à fond pour l'entendre par-dessus les rafales.

Trois chansons plus tard, toute la chaleur accumulée à l'intérieur de l'habitacle avait réussi à s'échapper, et même si la lumière du bureau de Coates était toujours allumée, cela faisait un moment que Chambers n'avait pas aperçu le maître de conférences. Il contempla la fenêtre, rassuré de savoir où étaient Coates et Sleepe à tout moment.

L'inévitable grésillement de statique interrompit le dernier titre de Bon Jovi. Il jeta un coup d'œil à l'horloge du tableau de bord et soupira.

« À toutes les unités. À toutes les unités », appela le répartiteur. « Possible tentative de meurtre en cours au British Museum. »

Évidemment, pensa le sergent, conscient qu'il était juste à côté.

— Chambers. Assignez-moi l'appel.

— Bien reçu. L'interlocuteur affirme avoir été attaqué par un individu avec une seringue et ne plus sentir ses jambes.

Chambers se redressa et démarra. Les essuie-glaces se mirent en route tandis qu'il allumait ses phares.

— D'autres précisions ? demanda-t-il en accélérant.

— L'interlocuteur s'est caché à l'intérieur d'une salle réservée au personnel dans la galerie des sculptures grecques... Maintenant, il dit ne plus rien sentir au-dessous de son nombril. Il dit qu'il entend son agresseur, mais qu'il est piégé.

— Bien reçu.

— Les renforts sont en route.

— Merci.

À quelques kilomètres de là, Winter et Reilly écoutaient l'échange sur leur radio. Quelques secondes après l'arrêt du grésillement, Winter avait toujours les yeux rivés sur la petite boîte noire.

— N'y pense même pas, l'avertit Reilly, dont le ton habituellement sec était pour la première fois empreint d'une inquiétude sincère.

Ils étaient à quinze minutes de la fin de leur service, et déjà partis pour finir tard. De plus, il devait y avoir une dizaine d'autres équipes bien plus proches en mesure de venir en aide à Chambers.

— Winter... Winter ! (Il leva sur elle un regard vide.) Ça ne passera pas. Ils me l'ont dit. Laisse tomber.

Il roula jusqu'au bout de la rue et s'arrêta au carrefour. À gauche, le chemin pour rentrer chez lui ; à droite, la route menant à Chambers et probablement à la fin de sa carrière...

Après avoir abandonné sa voiture au milieu d'une zone piétonnière, Chambers fonça vers l'escalier qu'il monta quatre à quatre. Il s'élança ensuite entre les colonnes de la majestueuse façade, et franchit les portes si immenses qu'elles semblaient prêtes à accueillir un dieu de passage pour admirer son œuvre. Le sergent parcourut du regard la liste des galeries partant dans toutes les directions.

— Les sculptures grecques ?! hurla-t-il en brandissant son badge.

La femme derrière le comptoir de l'accueil le dévisagea, interloquée.

— Les sculptures grecques ?! répéta-t-il.

Elle lui indiqua la direction.

Chambers pénétra dans le labyrinthe de couloirs feutrés et suivit les flèches placées en hauteur. Des images surréalistes traversèrent son champ de vision, mais s'attardèrent dans son esprit : des sarcophages ouverts, des créatures évoquant des dragons, taillées dans la pierre, la moitié de la tête gigantesque d'une divinité barbue. Enfin, il arriva devant un panneau sur lequel était écrit : *Grecs et Lyciens 400-325 avant J.-C.*

Il dégaina son couteau à cran d'arrêt, similaire à celui que possèdent la plupart des policiers comme arme de dernier recours, et pénétra dans la première salle faiblement éclairée où, tels des géants endormis, l'attendait une pléiade de dieux. Trop exposé à son goût, il resta sur le fin chemin de lumière, qui traversait la pièce comme s'il s'agissait d'un pont au-dessus du vide, jusqu'à l'entrée du mausolée d'Halicarnasse.

Les spots placés près des statues incomplètes et ravagées par le temps projetaient de longues ombres. Chambers repéra une porte discrète dans le mur. Il l'ouvrit et ne vit que des produits de nettoyage. Sentant un mouvement derrière lui, il leva son arme et se retourna. La galerie semblait toujours aussi déserte… C'est alors qu'il entendit des pas précipités dans la salle suivante.

S'élançant à la poursuite du bruit, il déboucha dans une autre pièce dont l'ambiance était perturbée par un rectangle de lumière qui s'échappait d'une porte ouverte. Sur ses gardes, Chambers approcha doucement jusqu'à arriver sur le seuil d'un bureau vide, à l'intérieur duquel un combiné décroché émettait le bip caractéristique d'une communication coupée.

Le bruit de course retentit à nouveau.

Chambers réagit trop tard. Une douleur aiguë lui transperça la nuque. Il tenta un coup de couteau en tombant et parvint malgré tout à repousser la porte du pied sur son agresseur au moment de heurter le sol. Le fragile panneau de bois rebondit, et Chambers donna un second coup de pied. Cette fois la porte se ferma réellement. Il se releva tant bien que mal pour la verrouiller. Elle trembla et se fendit sous les assauts répétés de la personne de l'autre côté, tandis que la poignée s'agitait de haut en bas, comme animée d'une vie propre.

Et aussi soudainement que cela avait commencé, le chaos cessa.

Chambers porta la main à sa nuque. Ses doigts revinrent humides de sang. Tout en essayant de conserver son calme, il pinça la plaie afin de la faire saigner, comme n'importe quelle blessure par aiguille. Il sentit les gouttes de sang chaud lui couler dans le dos. Sans se préoccuper des fourmis qui envahissaient ses doigts et ses orteils, il ramassa son couteau et ouvrit la porte : aucun signe de son agresseur jusqu'à ce qu'une alarme se déclenche à proximité.

Avec l'impression d'être ivre, il courut en direction du bruit et, empruntant une sortie de secours, il fit irruption dans une allée de service. Un véhicule démarra et l'aveugla de ses phares tandis que la neige fondue distordait l'air autour de lui. La Ford Transit recula à vive allure. Chambers s'élança à sa poursuite, mais sa vision lui semblait légèrement décalée, donnant à ses mouvements un aspect presque onirique. Les picotements dans ses doigts s'étendaient désormais à ses paumes. La camionnette orange brûlée heurta le trottoir et repartit en avant sur les chapeaux de roues. Chambers fonça vers sa voiture.

Il tâtonna pour attraper le micro, tout en faisant rugir le moteur, et engagea la poursuite.

— Central ?... Central ?

— Nous vous recevons.

— Chambers. Je poursuis un Transit orange qui se dirige vers l'est sur Bloomsbury Place, bafouilla-t-il d'une voix pâteuse.

— Quelle rue ? Vous pouvez répéter ?

— *Boom... sby... Pace.*

— Sergent Chambers, je ne comprends pas ce que vous dites. J'ai absolument besoin de savoir où vous êtes.

La camionnette accéléra et grilla un feu rouge. Chambers appuya à son tour sur la pédale, son bras gauche pendouillant mollement le long de son corps, tandis que des lumières aveuglantes défilaient derrière la vitre. Le moteur hurlait pour qu'il change de vitesse et l'aiguille du compteur ne cessait de monter : quatre-vingts kilomètres à l'heure... quatre-vingt-dix...

Avachi sur le volant, il passa devant l'hôtel Kimpton Fitzroy et réussit à se placer à hauteur de la camionnette sans pour autant parvenir à distinguer le visage du conducteur. Sentant l'engourdissement gagner son cou, et poussé par le désespoir, il fit une violente embardée.

Il percuta l'arrière de la camionnette qui se mit à tournoyer pendant que son propre véhicule heurtait la glissière de sécurité et partait en tonneau. Du métal et des morceaux de verre fusèrent en tous sens avant que la voiture s'arrête enfin sur le flanc.

Chambers reprit connaissance allongé face contre terre sur la route près du véhicule dont il avait été éjecté et qui tanguait encore dangereusement. Il était incapable de bouger la moindre partie de son corps. Incapable de parler. Incapable de faire autre chose que regarder la camionnette endommagée remonter la rue en reculant dans sa direction.

Il voulut appeler à l'aide, mais ne réussit qu'à émettre un faible gémissement tandis que des bottes apparaissaient dans son champ de vision. Leur propriétaire récupéra quelque chose à l'arrière du Transit avant de revenir vers lui. Il essaya de crier, de supplier. Des larmes d'angoisse se mirent à couler sur son visage lorsqu'il vit que l'on déposait une scie rouillée sur le sol à côté de lui. Il percevait la présence de la silhouette au-dessus de lui et il regarda son ombre s'agenouiller. La panique et un terrifiant sentiment d'impuissance le submergèrent quand une main gantée ramassa la scie.

Il avait beau être dans l'incapacité d'éprouver de la douleur, Chambers sentit néanmoins qu'on lui tirait les cheveux quand l'ombre repositionna sa tête, tout comme il sentit la pression de la lame dentelée contre sa nuque, la vibration des dents ripant sur l'os…

Le rugissement d'un moteur précéda l'arrivée d'une voiture de patrouille qui dérapa à l'angle de la rue. La lumière bleue du gyrophare fit scintiller les éclats de verre, et la sirène résonna dans la nuit. L'ombre relâcha la tête de Chambers et repartit en courant vers son véhicule.

— Camionnette orange, endommagée à l'arrière, actuellement sur Bernard Street ! cria Winter dans la radio tandis que Reilly ouvrait sa portière à la volée et s'élançait à la poursuite du suspect.

— Et envoyez une ambulance au Kimpton Fitzroy ! Maintenant ! ajouta-t-il en sortant à son tour.

Il lui fallut quelques secondes pour comprendre le carnage qu'il avait sous les yeux. Des débris de la voiture accidentée étaient répandus partout sur la route, éclairés par le phare qui n'avait pas été cassé.

Bouche bée, il regarda ce qui semblait être d'énormes serpents ramper vers eux, leurs yeux d'un vert perçant accrochant la lumière.

— Police ! Arrêtez ! entendit-il crier sa partenaire.

Il arracha son attention à la scène surréaliste et se précipita auprès de Chambers. Quand il vit l'os à travers l'abominable blessure de son cou, et sa jambe droite à vif encore partiellement coincée sous le véhicule en équilibre précaire, le jeune homme en eut le souffle coupé et crut que le sergent était mort.

— Arrêtez ! hurla Reilly alors que le conducteur du van passait la première et démarrait dans un crissement, la porte arrière encore ouverte.

Winter s'agenouilla auprès de Chambers et fut soulagé de trouver un pouls, même s'il était faible. Il remarqua alors l'odeur de carburant de plus en plus forte : le réservoir était en train de se vider sur l'asphalte. Il retira prestement sa ceinture afin de fabriquer un garrot de fortune, tout en regardant la marée de lumière tournoyante apparaître au loin. La camionnette pila et fit demi-tour avant d'accélérer à nouveau dans leur direction.

— Hé. C'est Winter, dit-il à son collègue gravement blessé. Vous allez vous en tirer, promit-il en gardant un œil sur le van qui leur fonçait droit dessus tandis qu'une borne brisée envoyait des étincelles vers la flaque grandissante d'essence et d'huile.

Il serra la ceinture de cuir au maximum, mais ne réussit qu'à ralentir l'hémorragie.

Le moteur du Transit émit un grondement guttural en montant en puissance.

— Écarte-toi de la route ! hurla Reilly en s'élançant vers leur véhicule de patrouille.

Winter tenta de soulever Chambers, mais échoua : le pied du détective était toujours coincé sous la voiture renversée. Il essaya de nouveau. Au même moment, une étincelle atterrit dans la flaque sombre et enflamma la rue alors que la camionnette n'était plus qu'à quelques centaines de mètres.

— Laisse-le, Winter ! le supplia sa partenaire. Laisse-le.

Avec une grimace, Winter saisit ce qu'il restait de la jambe de Chambers et la tordit en tirant jusqu'à enfin libérer le pied. Il s'empara alors de la main du sergent paralysé et le traîna à l'écart du véhicule qui prit feu quelques secondes plus tard. Le réservoir d'essence endommagé s'enflamma presque aussitôt.

L'explosion aveugla momentanément tout le monde. Winter se frotta les yeux et vit avec horreur la camionnette orange faire une embardée et foncer droit sur la voiture de patrouille.

— Reilly ! cria-t-il tandis que sa coéquipière se tordait sous les roues du Transit telle une poupée de chiffon.

Le véhicule accéléra et disparut dans la nuit.

— Reilly ?! hurla le jeune homme, les yeux rivés sur la masse immobile éclairée par le feu.

Alors qu'il faisait un pas vers elle, il remarqua la mare rouge dans laquelle il se tenait, alimentée par le sang qui coulait généreusement de la jambe de Chambers.

Choqué, il se laissa tomber à genoux pour réajuster le garrot en pesant de tout son poids sur l'artère afin de ralentir l'hémorragie, et se trouva face à un choix impossible lorsque sa partenaire tendit sa main vers lui. Winter était incapable de bouger, incapable d'aller à son secours.

— Les renforts sont en chemin ! cria-t-il avec désespoir alors que les gyrophares se rapprochaient. Je suis là, Reilly ! Tiens bon ! Trente secondes, promis ! Tiens bon !

La main de sa coéquipière retomba sur l'asphalte.

— Reilly ? appela-t-il… Reilly ?!

Un chœur de sirènes emplit la nuit. Effondré, le jeune policier regarda la neige fondue tomber à la lueur des boutiques de l'autre côté de la rue. Un décor bien ordinaire pour un moment qui allait marquer sa vie à jamais. Et aucun signe des serpents d'un noir de jais qu'il avait vus à peine une minute auparavant. Se demandant s'ils avaient été réels, si tout ça était bien réel, Winter ferma les yeux en priant pour se réveiller.

Sept ans plus tard…

Vendredi 15 novembre
1996

13

Elle ne savait pas trop ce qui l'avait réveillée : la lumière du soleil teintée par les rideaux tachés, la fraîcheur de novembre sur ses épaules dénudées, ou les claquements de portières dans la rue.

Libérant son bras de sous le corps émacié de son ami, dealer et partenaire occasionnel, elle s'assit sur le matelas déchiré. Le drap se mit à glisser petit à petit, comme pour révéler une œuvre d'art. Des tatouages complexes luttaient pour revendiquer le terrain de sa peau envahie par la chair de poule. Ils coulaient le long de ses deux bras et éclaboussaient ses mains après avoir complètement envahi son dos et sa poitrine. En faisant attention à ne pas marcher sur les aiguilles éparpillées par terre et auxquelles elle devait sa nuit reposante, elle se levait pour s'habiller lorsqu'elle entendit la porte d'entrée au rez-de-chaussée s'ouvrir à la volée.

— Police !

— À terre ! J'ai dit : à terre !

Des pas lourds résonnèrent dans l'escalier. Elle abandonna son compagnon inconscient pour aller jeter un coup d'œil à l'angle du mur. Alors qu'elle enfilait un pull en maille, une autre porte dans le couloir fut enfoncée :

— Police ! À genoux !

Ils étaient dans la chambre de son ami Greg – une caverne d'Ali Baba de drogue, de contrefaçon, et de pièces de vélo haut de gamme acquises de façon douteuse.

Elle lâcha une bordée de jurons en repérant son sac à dos et ses bottes sur le seuil, puis elle sortit discrètement pour les récupérer au moment même où de nouveaux policiers montaient les marches au pas de charge.

Elle fonça dans la pièce suivante, poussa la porte et attendit qu'ils soient passés.

— Quoi ?… Qu'est-ce qui se passe ? demanda une fille qu'elle ne reconnut pas, effondrée sur un canapé élimé, les cheveux retombant sur ses yeux cernés de mascara, une aiguille encore plantée dans chacun de ses bras.

— Chuuut ! murmura-t-elle en réponse. C'est rien. Rendors-toi.

Plus qu'heureuse d'obéir, la fille se rallongea et ramena le duvet sur sa tête.

Elle leva les yeux au ciel, sans se sentir le moins du monde coupable. Si elle s'encombrait d'une des poufiasses à moitié cramées de son ancien pote d'école, elle n'aurait aucune chance.

Profitant de l'occasion, elle regagna le couloir sur la pointe des pieds, et commença à descendre l'escalier, avant de se figer lorsque quatre policiers supplémentaires déboulèrent dans le squat, bloquant la sortie. Impossible de partir par là. Faute de choix, elle remonta en vitesse et retourna dans la pièce qu'elle venait de quitter au moment même où éclatait une bagarre : Greg, aussi accro aux mauvaises décisions qu'à n'importe quelle drogue, n'avait rien trouvé de mieux que de résister.

Elle ferma doucement la porte et fonça vers la fenêtre en verre dépoli, en remettant la tête de la fille sur le coussin lorsqu'elle passa à côté d'elle. Après avoir ouvert le haut de la fenêtre et y avoir glissé son sac, ce fut le tour de ses bottes. Puis elle se hissa sur le rebord, récoltant au passage plusieurs traces de griffures blanches, et se laissa tomber sur le palier de l'issue de secours.

Londres avait revêtu son habituel manteau gris. Elle enfila ses bottes, balança son sac sur son épaule et commença à descendre vers la rue. Son petit diable intérieur réussit à la convaincre de sauter les derniers barreaux. Elle atterrit sur le capot de la voiture de police qui, contrairement à ce qu'elle avait cru, était occupée.

Le jeune policier assis côté conducteur la contempla abasourdi, le micro de la radio en suspens devant sa bouche grande ouverte.

— Et merde, marmonna-t-elle avant de bondir à terre et de s'élancer en courant dans l'allée opposée.

Elle arriva dans Parliament Street et rejoignit la procession des employés de bureau en route pour leur travail. Consciente qu'elle était bien trop voyante au milieu de tous ces cols blancs, elle attacha ses cheveux mi-longs et subtilisa une paire de lunettes de soleil en plastique sur un étalage.

Un véhicule de police apparut au carrefour devant elle. Elle se força à demeurer impassible et à continuer à marcher dans sa direction. Elle le regarda du coin de l'œil tourner dans la rue principale et passer à côté d'elle. À peine avait-elle fait cinq pas de plus qu'elle entendit le hurlement des sirènes.

Elle se mit à courir, bousculant un homme d'affaires, et traversa la rue au milieu de la circulation. Le concert de Klaxon la suivit jusqu'à l'intérieur du Red Lion Pub. Elle ressortit sur Derby Gate, et alors qu'elle fonçait vers l'entrée de service d'un immeuble voisin, elle entendit les sirènes de plus en plus proches… la voiture de police qui prenait le virage à pleine vitesse…

— Allez. Allez, murmura-t-elle en avançant d'une place dans la file.

Elle présenta son badge à l'agent posté à l'entrée et franchit juste à temps les portes de New Scotland Yard. Avec un sourire satisfait, elle regarda le véhicule abandonner la poursuite et faire demi-tour.

Comme tous les matins, elle sortit de l'ascenseur deux étages plus haut que nécessaire, car le court chemin jusqu'à l'escalier lui permettait de jeter un coup d'œil par les portes vitrées de la criminelle. Un gel récent dans les recrutements associé à une opportunité exceptionnelle à la brigade des stupéfiants avait provisoirement dévié son plan de carrière ; mais s'il y avait une chose qu'elle avait apprise depuis qu'elle travaillait au sein des forces de l'ordre, même si cela ne faisait pas très longtemps, c'était que bouger via les transferts était plus facile que de compter sur les promotions.

Une fois sortie de la cage d'escalier, elle se dirigea vers les toilettes afin de se rendre un peu plus présentable. Elle se lava le visage, retira les anneaux de son nez et de sa lèvre avant d'aller voir son hyperconservateur officier de formation, Dennis Trout, qui devait déjà être à son bureau, impatient de commencer.

★

— Bonté divine, mademoiselle Marshall, s'exclama-t-il quand elle se laissa tomber sur la chaise en face de lui.

La cinquantaine bien tassée, Dennis était un homme foncièrement bienveillant, doux et barbant. Il ne fumait pas. Ne buvait pas. Et il aimait les maquettes d'avions. Qu'il ait survécu à une carrière aux stups quand il semblait du genre à diluer le sirop pour la toux dépassait l'entendement de la jeune femme.

— Vous avez presque une heure d'avance, l'informa-t-il avant de considérer son pull un peu trop transparent et son jean déchiré d'un air désapprobateur. Hmmm, Marshall.

— Je sais. Je sais, le coupa-t-elle. Hé, il y avait une descente de prévue ce matin, et on m'a rien dit ? J'ai cru voir une intervention en venant au boulot.

Sourcils froncés, il cliqua plusieurs fois sur son écran avant de balayer l'open space du regard.

— Ce n'était pas nous, répondit-il avec un haussement d'épaules.

— Tant que je ne manque rien, dit-elle avec un sourire. Café ?

— Ce serait merveilleux. Mais d'abord… Je sais que ce n'est pas à moi de vous dire ça, mais…

— Allez-y, dit-elle, blasée.

— C'est juste que… je ne m'étais jamais rendu compte que vous aviez autant de…

— Tatouages ?

— Oui.

Elle attendit de voir où il voulait en venir.
— Peut-être que je pourrais vous donner un petit conseil amical, de la part de quelqu'un qui a aussi été « encré »...
— J'adorerais, dit Marshall, sarcastique.
— Arrêtez-vous là.
— Super.
— Ne vous méprenez pas, ça vous va très bien, et vous maîtrisez parfaitement le look motarde en colère. Mais très rapidement, ils vont se décolorer et tourner au bleu. Au final, arrivée à mon âge, vous ressemblerez à un...
— Un... ? répéta-t-elle tandis qu'il cherchait le bon mot.
— Schtroumpf.
Incapable de réprimer un sourire, elle se leva et serra affectueusement l'épaule de Dennis.
— J'en prends note. Toujours partant pour ce café ?

★

À 19 h 15 Chambers remonta l'allée jusqu'à sa porte. Chaque fois qu'il rentrait chez lui, l'échafaudage qui se dressait entre lui et la maison lui rappelait désagréablement des cellules de prison et le stress du boulot. Le nez rouge à force de se moucher, les yeux larmoyants, il souffrait d'un gros rhume, et, pour couronner le tout, il avait quarante-cinq minutes de retard. Assez pour que l'ambiance à l'intérieur se soit envenimée au-delà de tout espoir.
Il retira ses chaussures et évalua du regard le champ de bataille : Eve était en train de se démener dans la cuisine, avec une bouteille de vin à moitié vide sur le plan de travail, pendant que sa mère lançait des remarques désobligeantes depuis la table de la salle à manger.
— Vous nous tuerez si vous réchauffez ça.
— Si seulement, marmonna Eve avant de répondre à voix haute : Je ne le réchauffe pas. Je le fais juste chauffer. Ce n'est pas la même chose.
Mme Chambers s'esclaffa.
— Peut-être là d'où vous venez.
— Bonsoir, vous deux, les salua-t-il afin de couper court à l'échange. Je suis désolé d'être en retard.

Il se dépêcha d'aller aider Eve qui l'embrassa distraitement sur l'œil.

— Des soucis au boulot ?

— Il y a toujours des soucis au boulot, dirent-ils en chœur, au grand déplaisir de la vieille femme.

Lorsqu'ils s'assirent enfin pour manger, Chambers soupira de soulagement en frottant son genou droit tandis qu'Eve l'observait avec inquiétude.

— Tu as encore trop forcé, lui dit-elle d'une voix légèrement pâteuse.

Après avoir tenté de lui tenir tête, de l'étouffer de gentillesse, et avoir menacé une fois cette vieille peau de la priver de petits-enfants, juste pour l'emmerder, elle avait décidé d'essayer l'alcool pour survivre à la visite bisannuelle de son insupportable belle-mère.

— Tu dois leur dire que tu ne peux pas rester debout toute la journée.

— Je vais bien. Et je ne veux pas que tout le monde soit au courant de ma vie.

— C'est ta jambe, pas tes espoirs et tes rêves !

— Je ne veux pas qu'ils sachent !

Le visage triste, Chambers lui prit la main tandis que sa mère semblait sur le point d'utiliser son couteau pour les séparer.

— Parce que c'est un rappel constant de la seule fois où j'ai rompu une promesse que je t'avais faite. Et je déteste ça.

Eve lui serra tendrement la main.

— Alors, bungalow, c'est juste un mot à la mode pour un appartement avec un toit, c'est ça ? cracha Mme Chambers pour gâcher le moment.

— Putain ! Mais pourquoi est-ce que vous aimez autant les escaliers ?! s'énerva Eve, visiblement à bout de patience.

Même la hotte aspirante s'arrêta pour participer au silence choqué qui suivit.

Chambers décida qu'il valait mieux faire comme s'il ne s'était rien passé : il lâcha la main d'Eve et s'empara de ses couverts en souriant.

— Ça a l'air délicieux. Et si on mangeait ?

Treize heures et un service sans histoires plus tard, Marshall était de retour dans son minuscule studio, dont le seul avantage était le semblant de balcon en béton qui donnait sur le fleuve. Elle lança son sac sur le canapé, puis elle entama son rituel du soir qui consistait à mettre un plat pour une personne dans le micro-ondes en allumant une cigarette, puis à sortir regarder les lumières de la ville qui se reflétaient dans l'eau.

Elle enfourna des lasagnes insipides dans sa bouche, ouvrit une bouteille de bière et s'assit par terre à côté des boîtes d'archives, dont le contenu était déjà étalé sur le tapis. Elle ramassa une copie de la confession de James « Jimmy » Metcalf, le sans-abri qui avait avoué avoir assassiné Henry John Dolan dans le parc et qui venait de passer pratiquement sept ans de sa vie en taule pour cette raison.

Après avoir rapproché le téléphone autant que le câble le lui permettait, elle composa le numéro de la prison de Belmarsh griffonné tout en bas de la page puis, pendant que ça sonnait, elle se mit à ajouter distraitement des ombres à un croquis sur lequel elle travaillait.

— Bonjour. Ici l'inspectrice stagiaire Mar... Oui, encore moi. Alors, vous lui avez demandé ?... Oui... Vous déconnez ?! Désolée. Je veux dire : c'est génial ! Demain ça vous irait ?... Dans ce cas, à demain.

Elle raccrocha et baissa les yeux sur le sol couvert de papiers : le cas non résolu d'Alphonse et Nicolette Cotillard ; la page cornée d'une encyclopédie pharmaceutique décrivant les effets du bromure de pancuronium ; le rapport sur l'agression d'un certain sergent Benjamin Chambers ; et trois livres d'histoire qui auraient dû depuis longtemps être rendus à la bibliothèque, dont un était ouvert à une double page représentant *La Porte de l'Enfer*. Marshall leva sa bouteille pour porter un toast à la magnifique représentation du tourment et de la souffrance réalisée par Rodin, consciente que la part d'elle-même la plus sombre mourait d'envie de jeter un rapide coup d'œil de l'autre côté.

Elle but une longue gorgée pour célébrer sa victoire, et sourit.

Enfin, elle avançait.

Samedi

14

— Bonjour, tout le monde. Nous avons un homme blanc, costaud, blond foncé… apparemment assez beau.

— On dirait moi, lança Winter dans son talkie-walkie en balayant les alentours du regard.

Un léger bruit de statique.

— Ouais, si par « blond foncé » tu entends « dégarni », et par « costaud » juste… « gros ». En plus, ce type n'est pas vieux.

— Vieux ? Tu penses que je suis vieux ? demanda Winter, perplexe.

— … Les gars ? (Pour toute réponse, une alarme retentit, tandis qu'un individu correspondant à la description franchissait les portes en courant.) Nous avons un fuyard.

Winter jaillit dans Fulham High Street, et ses yeux, fatigués par la lumière des néons, mirent un moment à s'ajuster. Il vit le voleur en survêtement passer à toute vitesse devant les vitrines fissurées d'Argos. Il s'élança alors à sa poursuite en slalomant entre les voitures et le suivit dans le parc.

— Hé ! toussa Winter qui, déjà méchamment essoufflé, était en train de perdre du terrain.

Il envisagea un instant de sauter par-dessus un banc, mais se ravisa. Au lieu de ça, il fonça sur un homme âgé qui roulait tranquillement sur un vélo encore plus vieux.

— Monsieur, j'ai besoin de réquisitionner votre véhicule.

— Hé, c'est ma femme qui m'a offert ce vélo.

— Ça sera l'occasion d'en changer.

— De femme ? dit l'homme à qui l'idée semblait ne pas déplaire.

— De vélo.

— Oh… Alors, non.

— D'accord. Je vous le rapporte après. Promis.

À contrecœur, le retraité céda son moyen de locomotion à Winter qui, après un départ vacillant, se lança à la poursuite du criminel.

Il gagna de la vitesse et ne se trouvait plus qu'à quelques mètres du voleur quand ce dernier franchit la grille et prit la direction des terrains de sport.

— Stop, haleta Winter qui commençait à se sentir sacrément mal. Arrête-toi, connard !

Comme l'interpellé refusait d'obéir, Winter se leva sur les pédales, et accéléra encore… Et dans une ultime pointe de vitesse, il visa le dos de sa cible avec le guidon du vélo.

Il ferma les yeux en grimaçant avant la collision. L'instant d'après il atterrissait en un tas confus de roues et de membres au milieu de la route.

Winter laissa mollement retomber son bras sur le torse du voleur.

— Au titre du pouvoir qui m'a été conféré par la multinationale Sainsbury's, je vous déclare : non autorisé à partir.

— OK. OK. Vous avez gagné.

Alors que le bouchon qu'ils avaient provoqué devenait de plus en plus dense, l'homme ouvrit sa veste et en sortit une cannette de Irn-Bru[1], et une cassette VHS de *Jurassic Park*.

— Je dois quand même vous ramener, lui dit Winter en luttant pour libérer sa jambe coincée sous le vélo.

— D'accord.

— … Et il va peut-être falloir que vous me portiez.

1. L'Irn-Bru est une boisson gazeuse, de couleur orange vif fabriquée depuis 1901 par l'entreprise A.G. Barr de Glasgow.

Avec l'assistance de son prisonnier, Winter, fier comme un paon, franchit en boitillant l'entrée du supermarché tandis que l'alarme annonçait son retour triomphant tel un chœur de trompettes. Son patron, Dan, un adolescent à la peau grasse et acnéique, prit la marchandise qu'il lui tendait, l'air visiblement mécontent.

— Une cannette d'horreur gazeuse, et une aventure qui a demandé 65 millions d'années de préparation, déclara-t-il en paraphrasant la citation sur la boîte. De rien.

— Ça fait des plombes que vous êtes partis ! (La réprimande surprit Winter.) L'alarme s'est déclenchée au moins cinq fois pendant que vous jouiez au gendarme et au voleur.

— Il a même bousillé le vélo d'un papy, ajouta le chapardeur en sentant que le vent tournait en sa faveur.

— Merci, lui lança Winter, sarcastique.

L'homme sourit.

— Laissez-le partir, dit Dan.

— Quoi ?!

— Laissez-le partir. Ça me fera économiser des frais, et puis vous serez six pieds sous terre avant que la police se décide à venir le chercher.

— Je ne suis pas vieux !

— Nous avons récupéré la marchandise. Et puis, je le connais. Sa mamie vit dans ma rue. Marcus, c'est ça ?

— Hmm, marmonna le voleur qui soutenait toujours Winter.

— Mais...

— C'est un ordre direct de votre supérieur, l'interrompit Dan.

Un doigt à la fois, Winter relâcha sa prise sur le jeune homme qui ajusta son survêtement comme si c'était un costume trois pièces. Abasourdi, il s'éloigna lentement à reculons.

— Vous savez pourquoi j'ai l'étoffe d'un manager ? Je peux lire les gens. Il ne recommencera pas, dit Dan, l'air sûr de lui en regardant la proie de Winter partir en gambadant dans les rayons, tel un animal sauvage remis en liberté.

— Il fonce tout droit vers les vidéos, lui signala Winter.

— C'est votre dernier avertissement. Compris ?

— Oui, monsieur.

L'alarme retentit une fois de plus, et Marcus le voleur n'était nulle part en vue.

Winter reporta son attention sur Dan en se mordant réellement la langue pour ne pas se griller.

— Eh bien, le houspilla l'adolescent, comme si c'était lui le responsable. Qu'est-ce que vous attendez, attrapez-le !

Winter sentait à présent le goût du sang dans sa bouche.

— Voleur à l'étalage. Je le prends en chasse !

Alors qu'il boitillait vers les portes, il marmonna dans sa barbe :

— Peut-être que je suis vraiment trop vieux pour ça.

★

Marshall ne savait pas trop combien de temps elle avait passé le regard perdu dans le vide quand la porte de métal émit un bruit sourd et un gardien de prison escorta un homme vaguement familier dans la salle des visites. Il avait l'air en forme, bien plus que sur la photo qui figurait sur sa fiche d'arrestation. Il était de taille et de corpulence moyennes, rasé de près, et ses longs cheveux hirsutes étaient désormais coupés juste au-dessous des oreilles. Même la combinaison bleu foncé paraissait presque avoir été faite sur mesure.

— James Metcalf ? demanda-t-elle avec un sourire.

Elle se leva et lui tendit la main.

— Je suis Jordan Marshall, agent de police stagiaire, dit-elle, préférant taire son grade d'inspectrice.

— Jimmy, répondit l'homme. Et…

Il tendit ses mains menottées comme pour s'excuser.

— Pouvez-vous lui enlever ça ? demanda-t-elle au gardien que la requête mettait visiblement mal à l'aise. C'est bon. J'ai déjà obtenu l'accord du directeur et signé une décharge. Retirez-les-lui, s'il vous plaît.

L'employé de la prison s'exécuta.

— Merci, Frank, dit aimablement Jimmy.

— Voulez-vous que je reste avec vous ? s'enquit le garde.

— Non. Merci. Ça ira.

— Tiens-toi bien, Jimmy, dit l'homme avec un sourire. Et ne crois pas que j'ai oublié le match des Spurs.

— Ouais, ouais, s'esclaffa le prisonnier.

Une fois la porte refermée, il reporta son attention sur Marshall.

— C'est peut-être un maton, mais il est cool, Frank.

Elle lui fit signe de prendre place en face de la pile de documents, où une bouteille d'eau fraîche l'attendait déjà, posée sur la table.

— Tout d'abord, je voulais vous remercier d'avoir accepté de me parler.

— Je ne pouvais pas passer ma vie à dire non. Surtout après que vous avez demandé si gentiment pas loin de vingt fois.

— Vingt-deux, le corrigea Marshall, mais on ne va pas pinailler.

Elle avait dit ça sur le ton de la plaisanterie, mais elle savait parfaitement pourquoi, cette fois, il avait accepté de la voir. James Metcalf s'exprimait étonnamment bien pour quelqu'un qui avait passé la majorité de sa vie d'adulte dans la rue. Aussitôt que cette pensée lui eut traversé l'esprit, elle se reprocha de se comporter en garce pleine de préjugés. Elle savait pourtant mieux que quiconque comment une seule décision pouvait changer le cours d'une vie.

— Voulez-vous boire ou manger quelque chose avant que nous commencions ?

— Ça va.

— OK. Vous l'avez sûrement déjà compris, je suis le larbin qu'ils ont chargé de passer au crible l'équivalent d'un entrepôt rempli de vieux dossiers. Ce n'est qu'une formalité, mais comme je l'ai dit à votre directeur l'autre jour, lors de mon travail de vérification, je suis tombée sur une incohérence qui pourrait avoir une influence majeure sur les preuves ayant conduit à votre condamnation. C'est pourquoi il m'a semblé important de venir discuter avec vous. Cela dans l'espoir de clarifier certains détails concernant le meurtre de Henry John Dolan que vous avez prétendument commis et pour lequel vous avez signé des aveux.

— Je l'ai fait, lâcha Jimmy.

— Pardon ?

— Je dis juste que je l'ai fait. Il n'y a pas de « prétendument ». Je l'ai fait, et j'ai avoué. Fin de l'histoire.

— Bien sûr, sourit Marshall. (Elle jeta un coup d'œil à l'une des piles de paperasse devant elle.) Je vois dans votre dossier que depuis vos dix-huit ans vous avez cumulé les séjours en prison. Et avant ça, en centre de détention juvénile. Toujours pour des infractions non violentes : vol, cambriolage, violation de propriété.

— C'est ça.

— Et vous avez fait une tentative de suicide en 1986.

— C'était un appel au secours, répliqua Jimmy avec un haussement d'épaules.

— Vous avez sauté d'un pont.

— Mais il n'était pas très haut.

— D'après ce que je lis là, vous êtes resté à l'hôpital presque cinq mois.

Comme il se contentait de hausser à nouveau les épaules, Marshall poursuivit.

— Votre plus longue période dehors, dans le monde réel, a été de juin 1987 à octobre de la même année. Qu'est-ce qui était différent ?

— Pour la première fois de ma vie, quelqu'un prenait soin de moi.

— Et que s'est-il passé ?

— Il n'a pas pris soin de lui, répondit Jimmy d'une voix brisée.

Visiblement, ce souvenir était encore extrêmement douloureux.

— Mais c'est ça la vie dans la rue, poursuivit-il, à nouveau sur ses gardes. D'une façon ou d'une autre, on finit par perdre tout le monde.

Il prit la bouteille d'eau et la déboucha.

— Je suis navrée, dit sincèrement Marshall avant de sembler légèrement pensive. J'espère que vous ne m'en voudrez pas de vous dire ça, mais vous ne correspondez pas du tout à ce à quoi je m'attendais.

— Et vous vous attendiez à quoi ?

— Oh, je ne sais pas. Au drogué famélique, crasseux, au regard traqué du dossier d'arrestation. Mais vous n'avez rien à voir avec cet homme, ce serait même plutôt le contraire. On dirait que la prison vous réussit, dit-elle avec juste une pointe de flirt ; mais qui suffit à arracher à son interlocuteur l'ombre d'un sourire.

— Ils disent que cet endroit est censé être un purgatoire, mais ils veillent sur nous.

— Je suis heureuse de l'entendre, dit Marshall. Pourquoi vous êtes-vous rendu ? demanda-t-elle, changeant brusquement de sujet pour le déstabiliser.

— Je… heu… La culpabilité… je suppose.

— Culpabilité qui s'est bien gardée de se manifester pendant les *douze* heures que Dolan a passées à geler à mort sur ce piédestal ?

— Faut croire, répondit-il sur la défensive en croisant les bras.

— Oh, j'ai presque oublié, dit Marshall en reposant ses papiers et en se rapprochant légèrement de lui avant de reprendre, un ton plus bas : Pourriez-vous faire quelque chose pour moi ? Discrètement. (Il la regarda d'un air méfiant.) Un vieil ami à moi est enfermé ici depuis un petit moment. Et, vu ma position, je ne peux pas lui rendre visite. Du coup, j'ai pensé que vous pourriez peut-être lui faire passer un message. Juste lui dire que sa mère et Sammy vont bien.

— Sa mère et Sammy.

— Oui. Ça ne vous dérange pas ?

— Non, bien sûr. Quel est son nom ? s'enquit Jimmy en décroisant les bras.

— Vous le connaissez probablement sous le nom de « Roady »… Auguste Rodin ?

Elle l'observa attentivement. Il réfléchit quelques instants, sans manifester de réaction particulière à la mention du célèbre artiste français.

— Ça ne me dit rien, répondit-il. Mais je demanderai autour de moi.

Marshall lui adressa un sourire aimable.

— Où avez-vous trouvé le paralysant ?

— Je l'ai dit à la police quand ils m'ont arrêté. Auprès d'un gars qui trafiquait dans le parc.

— Ah, oui. C'était qui déjà ? Big Tony ou Micky D. ?

— Big Tony.

— Aussi connu sous le nom d'Anthony Stuart Baker, dit-elle en prenant un autre dossier, qui s'est justement fait choper une semaine après votre arrestation pour vente de drogue à la sortie des écoles. (Elle feuilleta le dossier jusqu'à un marque-page.) Et là, j'ai sous les yeux la liste complète de ce qui a été saisi. Il avait un éventail de produits assez varié, mais pas de bromure de pancuronium. Bizarre, non ?

— … Si vous le dites. (Jimmy porta la main à son ventre.) Vous savez quoi ? Je ne me sens pas très bien. Je crois que je ferais mieux d'aller m'allonger.

— Une dernière question.

— Désolé. Il faut vraiment que j'y aille, dit-il en se levant.

— Une toute dernière question, insista Marshall, et après vous n'entendrez plus jamais parler de moi. Promis.

— … Une seule question, dit Jimmy en se rasseyant avant de recroiser les bras.

— OK. Donc, Jimmy, est-ce que vous croyez que j'aurais demandé au gardien de retirer vos menottes et de nous laisser seuls si j'avais cru, ne serait-ce qu'un instant, que vous aviez réellement assassiné quelqu'un ? (À présent Jimmy semblait bel et bien malade.) Ne vous inquiétez pas. Votre secret ne craint rien avec moi. Je comprends. La vie est dure dehors. Et je parie que si on passe suffisamment de temps en enfer, le purgatoire peut paraître alléchant.

— Je pige rien à ce que vous racontez, rétorqua-t-il sans grande conviction en buvant une gorgée d'eau pour se donner de la contenance.

— Vous êtes gaucher, commenta Marshall.

Devant l'air désorienté de Jimmy, elle précisa :

— La bouteille d'eau.

— Oui. Et alors ?

— La police scientifique a connu d'énormes avancées au cours des sept années que vous avez passées enfermé ici. Notre tueur était droitier, dit-elle simplement, décidée à tout risquer sur un coup de bluff. Pied d'appui droit également, d'après les empreintes de pas retrouvées sur le piédestal. C'est une question de distribution de poids, et d'autres détails que je n'ai pas retenus. (Elle prit un dossier au hasard, l'ouvrit à une page blanche et fit semblant de lire.) Étant donné l'angle de l'injection et les traces de doigts parfaitement visibles sur les bleus autour du cou, il est physiquement impossible que le meurtre ait été commis par un gaucher.

Elle ferma le dossier et le jeta sur la table.

— Mis à part le fait que je peux prouver votre innocence, et mettre fin à cette petite existence confortable que vous vous êtes fabriquée ici, il y a quelqu'un qui a fait ça à Henry Dolan ; un individu qui a également assassiné une femme nommée Nicolette Cotillard et son fils, Alphonse, à qui je tenais beaucoup. Cet individu est toujours dehors. Qui sait combien d'autres victimes il a faites au cours des dernières années ? Nous pouvons l'arrêter, mais j'ai besoin de votre aide.

— C'est-à-dire ?

— Dites-moi la vérité. Officieusement, bien sûr. J'ai besoin de savoir tout ce qui s'est passé cette nuit-là. Comment vous vous êtes retrouvé en possession de l'aiguille et de la seringue couverte du sang de Dolan, comment vous saviez qu'elle contenait un paralysant…

Jimmy enfouit le visage dans ses mains et lâcha un profond soupir.

— Jimmy, vous avez gagné. Vous avez eu ce que vous vouliez. Vous avez échappé à la rue grâce à un mensonge convaincant et un coup de poing à un policier. Mais vous n'êtes plus « innocent »… plus maintenant que vous savez qu'il a fait la même chose à d'autres personnes.

Il leva sur elle un regard incertain.

— Officieusement ?

— Officieusement… et tout ça, dit-elle en désignant les papiers sur la table, disparaîtra.

— Juré ?

— Juré !

Il inspira profondément, puis hocha la tête.

— … OK.

— Goth, allée deux. Je répète, une gothique allée deux. Elle demande à parler à la sécurité.

Winter, qui était encore dans les toilettes en train de nettoyer la boue qui lui maculait le visage, prit son talkie-walkie.

— J'y vais, dit-il.

Il descendit à l'étage du magasin dans son uniforme sale et déchiré. Une jeune femme brune vêtue de cuir l'attendait au bout de l'allée ; elle semblait tout droit sortie d'un film d'horreur.

— Bonjour ! l'accueillit-il aimablement.

Puis remarquant son regard désapprobateur, il ajouta :

— Désolé, journée chargée. J'ai dû poursuivre un voleur à l'étalage… deux fois.

Voyant qu'elle ne semblait pas particulièrement intéressée, il bafouilla :

— Les gens étaient épatés. Ils ont dit que j'avais été très courageux. Il y a même une personne qui a applaudi !

— Cette personne c'était pas vous, par hasard ?

— Que voulez-vous que je vous dise ? J'étais impressionné… Vous vouliez me parler ?

Le visage déplaisant de Dan, le manager, apparut à côté des conserves de haricots.

— *Dos minutos*, et retour à la porte !

Winter confirma d'un signe.

— Je pense qu'il doit y avoir un malentendu, lui dit Marshall. Je cherchais l'agent de police Adam Winter.

— … pour lui jeter un sort ?

Il regretta d'avoir provoqué l'effrayante jeune femme quand elle planta son regard noir dans le sien.

— Inspectrice Jordan Marshall, annonça-t-elle en montrant son badge, le pouce judicieusement positionné sur le « stagiaire ».

— Eh bien, dans ce cas… je suis lui… moi… Je veux dire, je suis Adam Winter.

Elle le dévisagea d'un air dubitatif.

— Ah… Ah d'accord. Il faut que nous discutions.

— C'est ce que nous sommes en train de faire.

— Trente secondes, marmonna Dan qui passa devant eux en fronçant les sourcils un peu trop fort, ce qui fit éclater un de ses plus gros boutons.

— Je veux parler d'une véritable conversation, précisa Marshall.

— Vous êtes au courant que je ne suis plus en service, n'est-ce pas ? D'où… ça.

— Oui. J'avais compris.

— D'accord. J'ai une pause à 14 heures.

Elle consulta sa montre, et s'apprêta à partir.

— À tout à l'heure.

— Hé, attendez ! C'est à quel sujet ?

Elle se tourna vers lui en soufflant.

— Vous ne vous souvenez pas de moi, mais nous nous sommes déjà rencontrés… Le centre sportif de Bridge Street. Il y a un peu plus de sept ans. Vous « enquêtiez » sur un meurtre, mais je doute que…

— Alphonse Cotillard, marmonna Winter, perdu dans ses pensées, et sa mère Nicolette. Et vous… Tu es la fille aux cigarettes.

— Oui, dit Marshall, en essayant de dissimuler sa surprise. Tant que tu y es, est-ce que le nom de Jimmy Metcalf te dit quelque chose ?

— Oui. Il a reconnu avoir tué Henry John Dolan, ce qui a complètement torpillé notre enquête.

— C'est ça. Eh bien, je lui ai parlé ce matin.

— Pourquoi ?

— Parce que j'avais besoin de l'entendre de sa bouche. J'avais besoin de l'entendre avouer.

— Heu… Il avait déjà avoué.

Marshall secoua la tête.

— Avouer qu'il ne l'avait pas fait… parce que ça signifie que le sergent Chambers et toi aviez raison depuis le début : ils ont arrêté la mauvaise personne. Vous aviez également raison sur le fait que les meurtres étaient liés, et que le meurtrier reproduisait des œuvres d'art célèbres… vous aviez raison sur toute la ligne.

15

— C'EST BON POUR TOI ? s'enquit Marshall en franchissant les portes du supermarché.

Winter hocha la tête, et enfila une polaire par-dessus son uniforme.

— Il y a un café plus bas dans la rue, si tu veux…

— À dire vrai, l'interrompit-elle, j'avais un endroit un peu plus éloigné à l'esprit. Tu as un véhicule ?

— Non.

— Alors, on va prendre le mien.

Ils sortirent et Winter regarda déconcerté Marshall se diriger vers une moto garée illégalement devant le magasin. Elle décrocha un casque à l'arrière du deux-roues et le lui tendit.

— Heu… Je ne sais pas comment…

— Te tenir ? demanda-t-elle impatiemment. Monte.

Boitillant encore à la suite de sa désagréable expérience en deux-roues un peu plus tôt dans la journée, il obéit sans chercher à dissimuler son manque d'enthousiasme.

— Et, je te… je te prends par-derrière ? lui demanda-t-il.

Marshall le dévisagea comme si elle avait affaire à un pervers.

— Tu me tiens ici et là, lui montra-t-elle en le considérant avec méfiance pendant quelques secondes.

Winter avait les bras si serrés autour de la taille de Marshall qu'elle pouvait à peine respirer. Elle bifurqua sur la route menant au cimetière de Old Mortlake, dont l'extérieur était bordé d'arbres qui offraient un millier de nuances de rouge et de brun.

Dès qu'elle arrêta la moto, Winter sauta à terre. Il retira son casque en prenant une grande inspiration et se laissa tomber sur le sol avec l'euphorie d'un astronaute de retour sur le plancher des vaches.

— Un cimetière ? s'exclama-t-il avec colère. Tu m'as fait subir ça pour m'emmener dans un cimetière ?!

— C'est calme, lui répondit Marshall. Et nous ne serons pas dérangés. Allons marcher un peu.

Winter se releva et ils se mirent à déambuler entre les rangées de pierres tombales.

— Depuis combien de temps tu n'es plus dans la police ? s'enquit la jeune fille sur le ton de la conversation.

— Heuuu. Cinq mois… cette fois. C'est un truc médical, expliqua-t-il.

— Oh. Désolée. Ce ne sont pas mes oignons.

— Pas de problème. Je suis actuellement en passe de reprendre du service. Mais, en attendant, Sainsbury's est un bon plan. J'aime dormir, et maintenant je ne finis jamais après 21 heures. La vie est belle ! Donc… Jimmy Metcalf ? dit-il, changeant de sujet avec empressement.

Il était inquiet, car un tiers de sa pause déjeuner s'était déjà écoulé et, ce matin, il avait vu une grosse croix rouge à côté de son nom dans le bureau de Dan.

Marshall hésita.

— Il ne me reste plus que dix-sept minutes, lui rappela-t-il.

Une rafale balaya le cimetière et le son de la mort bruissa à travers les corps d'innombrables feuilles décolorées et pétrifiées comme par la rigidité cadavérique.

Marshall inspira profondément. Elle était sur le point de partager sa quête solitaire avec une autre personne, et cela la rendait nerveuse…

Jimmy Metcalf tremblait sans pouvoir s'en empêcher. Le froid ne se contentait plus de l'envelopper, il l'avait infecté.

— Stanley ?

Il secoua doucement son ami, et le vieillard s'effondra dans l'encadrement de la porte où il avait sans le savoir choisi de passer ses dernières heures. Les deux hommes s'étaient parlé dans l'après-midi, quand le vétéran sans abri avait promis de se rendre dans un foyer ; mais la bouteille à moitié vide sur la marche à côté de lui prouvait qu'il avait jeté son dévolu sur un autre moyen pour essayer de survivre à cette nuit.

— Oh, Stanley, soupira tristement Jimmy avant de s'agenouiller afin de lui faire les poches.

Il le soulagea de trois livres et soixante-douze cents en petite monnaie, d'un chapeau à pompon dont il n'aurait plus l'usage et du reste de la bouteille de whisky.

Il but une rasade à la mémoire de son ami, puis il lui serra affectueusement la main avant de se relever et de partir sans un regard en arrière.

Deux heures plus tard, à peine capable de garder les yeux ouverts, Jimmy se força à continuer à avancer. Il était déterminé à parcourir la ville toute la nuit, conscient que s'arrêter signifiait geler. Il tourna à l'angle de Bayswater Road, un de ses coins habituels, et fut surpris d'entendre des voix. Pourquoi quelqu'un choisirait-il d'être dehors à cette heure dans des conditions pareilles ?

Un peu plus haut dans la rue, deux hommes marchaient le long du parc, l'un des deux était grand et musclé, l'autre plus fin et plus petit. Visiblement saoul, le plus grand glissa sur la glace. Son ami tenta sans succès de le retenir et ils finirent tous les deux les quatre fers en l'air sur le trottoir. Les deux silhouettes éclatèrent de rire sans même essayer de se relever. Le plus mince roula sur son compagnon et ils échangèrent un baiser…

— Hé là, attends, dit Winter qui s'était arrêté de marcher. Je suppose que le plus grand est Henry John Dolan ? Donc tu es en train de me dire qu'il avait un amant dont nous ignorions l'existence ?!

— Tu vas me laisser finir mon histoire ou non ? demanda Marshall.

— Désolé. Continue, s'il te plaît.

★

Gêné d'interrompre un tel moment d'intimité, Jimmy avança lentement dans leur direction. De son point de vue, les circonstances désespérées justifiaient l'intrusion, sans compter que les gens ivres avaient tendance à être plus généreux que ceux qui n'avaient pas bu.

D'énormes flocons de neige se relayaient pour éclipser la lumière des lampadaires et Jimmy était à moins de dix mètres quand le couple se remit debout. Le plus frêle guida Dolan vers l'entrée du parc.

Ignorant sa présence, les deux silhouettes titubèrent sur le chemin sinueux pendant que Jimmy les regardait depuis le portail. Il plongea la main dans sa poche et la referma sur le manche de son couteau tout en réfléchissant. Il ne l'avait bien évidemment jamais utilisé. Il avait juste besoin de leur faire un peu peur. La seule fois où il l'avait sorti, cela avait duré moins de trente secondes. L'homme d'affaires rougeaud lui avait comme prévu tendu son portefeuille, personne n'avait été blessé et ça lui avait fait une bonne histoire à raconter aux collègues le lendemain matin. Mais la culpabilité lui nouait encore le ventre. Jimmy était beaucoup de choses, et sa vie n'avait pas vraiment été à la hauteur de ses espérances, mais il ne s'était jamais considéré comme une mauvaise personne.

Toujours indécis, il les suivit en gardant ses distances. La voix de Dolan résonna dans le silence.

— Je suis bien content que tu m'aies poussé à venir avec toi.

— Et toi qui croyais te coucher tôt ! s'esclaffa l'autre.

Voyant là sa chance, Jimmy sortit le couteau de sa poche et accéléra le pas. Mais l'homme prit la main de Dolan et l'entraîna hors du chemin vers les arbres.

Les jurons formèrent de la buée devant le visage de Jimmy qui jeta un coup d'œil derrière lui. Le parc était toujours désert. L'occasion était bien trop belle, et s'il y avait bien une nuit où il avait besoin d'une chambre, c'était celle-là.

Il marcha dans la neige fraîche jusqu'à la lisière des arbres. Les deux hommes se trouvaient dans une petite clairière à l'intérieur de laquelle se dressait un piédestal de pierre curieusement vide, comme si son occupant était parti faire un tour à la faveur des ténèbres. Jimmy s'accroupit pour ne pas être vu, et regarda le plus maigre des deux escalader le socle.

— Où vas-tu ? s'écria Dolan. Tu es fou ?

— Allez, viens, lui répondit son compagnon. J'ai une surprise.

— Non ! Hors de question que tu me fasses monter là-dessus.

— Hors de question ? répéta-t-il, taquin, en disparaissant quelques secondes avant de revenir avec un panier de pique-nique et une couverture qu'il avait dû planquer là plus tôt dans la journée.

Il sortit une bouteille de champagne et en fit sauter le bouchon.

— Comme tu veux.

Dolan souffla, faussement agacé, et entreprit de grimper l'échelle gelée vers le sommet de la pierre.

Riant de son manque de chance, Jimmy rangea son couteau avec un certain soulagement. Il était sur le point de se retourner pour partir, quand un brusque changement dans le langage corporel du plus mince attira son attention. Alors que Dolan poursuivait son ascension, l'homme sortit quelque chose du panier. Soudain, il n'avait plus du tout l'air ivre et c'est d'une main ferme qu'il assembla l'engin.

Jimmy fut presque tenté de crier un avertissement, mais il ne savait pas quoi dire… Juste que quelque chose clochait. Il demeura donc silencieux et regarda avec une anticipation morbide Dolan atteindre le dernier barreau.

— Aide-moi un peu, là ! s'esclaffa-t-il en luttant pour enjamber le rebord.

L'autre homme s'approcha lentement, tendit sa main gauche pour aider son compagnon et de sa main droite il lui planta quelque chose dans le cou.

— Hé, mais ça va pas ! hurla Dolan en se redressant tant bien que mal pendant que l'autre reculait. Qu'est-ce que t'as foutu ?! cria-t-il.

Il grimaça en se frottant à l'endroit de la piqûre.

L'homme dans l'ombre garda le silence pendant que Dolan tombait à genoux.

Sans même s'en rendre compte, Jimmy avait quitté le couvert des arbres pour se rapprocher, fasciné par les événements qui se déroulaient au-dessus de lui.

— *Je ne sens plus mes jambes, haleta Dolan, en pleine confusion et terrifié. Qu'est-ce que tu m'as fait ? Je ne sens plus... rien... Je ne peux... Je...*

Revenant à lui, Jimmy se précipita vers la base du piédestal, hors de vue de l'homme qui se tenait dessus. Alors qu'il essayait de mettre de l'ordre dans ses pensées pour se rappeler où se trouvait la cabine téléphonique la plus proche, une paire de chaussures marron de bonne qualité tombèrent par terre à côté de lui. Elles furent suivies quelques secondes plus tard par une chaussette noire... puis une autre.

Le moment était venu pour Jimmy de mettre les voiles, mais il hésita quand une chemise déchirée claqua dans le vent, tel un oiseau avec une aile brisée. Lorsqu'elle toucha le sol, un petit objet atterrit en plein milieu.

Jimmy s'écarta autant qu'il put de la sécurité du piédestal et vit une seringue humide à laquelle était fixée une aiguille à la pointe couverte de sang. Il entendit alors que l'on traînait quelque chose sur la pierre au-dessus de lui. Le cœur battant à tout rompre, il s'empara des chaussures et de la seringue avant de foncer vers les arbres, en marmonnant une litanie de « désolé » entrecoupés de sanglots.

— Il pleurait ? demanda Winter, incrédule.

— Apparemment, oui.

L'ancien policier semblait perdu.

— Et ?

— Jimmy Metcalf a gardé les pompes pour lui, et la seringue pour la remettre à la police, mais le temps d'arriver à la cabine téléphonique, il a eu une autre idée. Il était certain que Dolan était déjà mort et tout à coup il a vu l'arme du crime dans sa main comme un moyen de quitter la rue une fois pour toutes. Tu as écouté l'enregistrement de son interrogatoire ?

Winter secoua la tête.

— L'inspecteur s'est comporté comme si Noël était en avance : il a posé des questions orientées, lui a soufflé les détails sur lesquels il rencontrait des difficultés, et a bouclé l'affaire sans chercher plus loin.

— Il suivait sûrement les instructions de Hamm. Il aurait été capable d'avouer lui-même le meurtre plutôt que de reconnaître que Chambers avait raison. (Winter soupira au moment où le soleil faisait une percée à travers les nuages.) S'il te plaît, dis-moi que Metcalf t'a décrit le tueur.

— Pas vraiment, répondit Marshall. Caucasien. Environ un mètre quatre-vingts. Probablement entre vingt et trente-cinq ans, mais peut-être plus vieux. Cheveux noirs. Voix BCBG. Et il était mince.

— C'est tout ?

— C'est tout.

— Tu as dit que le tueur avait manipulé la seringue, tenta-t-il.

— Et Metcalf l'a bien nettoyée avant de la couvrir de ses propres empreintes. Il ne voulait pas courir le risque de voir son histoire remise en cause.

— Putain de Jimmy Metcalf, ronchonna Winter.

— Putain de Jimmy Metcalf, renchérit Marshall.

— Et il ne nous laissera pas utiliser ça pour rouvrir l'affaire ? Il se prendra quelques années de plus pour avoir détruit des preuves et menti…

— Non, n'y compte pas.

— Putain de Jimmy Metcalf, répéta Winter. OK. Et maintenant, si on s'occupait de l'éléphant dans… le cimetière : pourquoi me dis-tu tout ça à moi ? Pourquoi ne pas être allée voir Chambers ?

— Dans l'idéal, j'aurais préféré éviter de venir vous trouver, aussi bien l'un que l'autre, admit franchement Marshall. Mais je n'avais pas vraiment le choix. (Winter fronça les sourcils à l'amertume perceptible dans sa voix.) Un jour, je serai inspectrice à la criminelle. Sauf que le meilleur moyen de m'assurer que cela n'arrive jamais est de débouler dans le service et de piéger mon futur patron avec une théorie foireuse. Si j'ai besoin de toi en particulier, c'est parce que nous savons tous les deux comment ce boulot fonctionne. Il y a eu des choses qui n'ont pas été mentionnées dans les rapports. J'ai besoin que tu remplisses les vides.

— Comme ?

— Que cherchait Chambers quand il est allé creuser dans le jardin arrière de Robert Coates ? Il n'espérait quand même pas trouver un corps ?

— Des chiens.

— … Des chiens ?

— Chambers avait des raisons de croire que Robert Coates recueillait et perdait les chiens errants à un rythme anormal, et que Henry John Dolan était un premier essai de meurtre. Le passage classique d'un tueur d'animaux aux humains.

— Intéressant, dit Marshall, l'air songeur. Autre chose : j'ai lu deux récits différents de la soirée où Chambers a été attaqué… les deux venant de toi.

— Et alors ? dit Winter, légèrement sur la défensive.

— Le premier était la retranscription de ton interrogatoire le soir même, et l'autre, ton rapport officiel rédigé le lendemain… Qu'est-il arrivé aux serpents ?

Il sembla tenté de ne pas lui répondre.

— Pour dire la vérité, j'ignore s'ils étaient réels. Chambers était en train de se vider de son sang sur la route. La voiture était en feu, et Reilly était… (Winter fit brièvement un saut dans le temps.) Ça a été la pire soirée de ma vie. Même après toutes ces années, j'ai encore l'impression que c'était un cauchemar. Et je ne serais pas surpris d'avoir imaginé des choses. Le lendemain, quand j'ai constaté qu'aucun serpent n'avait été signalé dans les rues de Bloomsbury, j'ai décidé de m'épargner une évaluation psychologique, et j'ai laissé de côté ce détail.

— Tu sais ce que tu as vu, insista Marshall. (Elle s'arrêta de marcher.) As-tu vu des serpents ?

— Je viens de te dire…

— As-tu… vu… des… serpents ?

Winter se dandina d'un air gêné.

— … Oui.

— Je te crois… Ils ont continué à refuser de lier les trois incidents, même après que Chambers s'est fait attaquer ?

— Je n'ai été que très peu impliqué après cette soirée-là, mais je sais que quand Chambers a été en état de leur dire qu'on lui avait injecté quelque chose, il s'était écoulé trois jours, il avait subi deux opérations, et reçu une transfusion.

— La preuve avait disparu.

— La preuve avait disparu, approuva Winter. Et je ne crois pas qu'il ait insisté.

— Pourquoi ? Pourquoi Chambers n'aurait-il fait aucun effort pour retrouver la personne qui avait essayé de le tuer ?

— Il faudra voir ça avec lui.

— Je le ferai. Alors, comme ça, tu n'as pas du tout suivi l'enquête sur le meurtre d'Alfie et Nicolette ? demanda-t-elle, avec dans la voix une pointe de reproche.

Winter secoua la tête.

— Pas vraiment. Ils refusaient que je m'en approche. Je sais que pendant un moment ils se sont intéressés à un revendeur de drogue du coin, et je crois même qu'ils l'ont arrêté, mais ça n'a rien donné au final.

Marshall acquiesça :

— J'ai le dossier.

— Et puis il y a eu le gars louche qui vivait dans un appartement en face du centre sportif, se souvint-il. Mais à ce stade, ils raclaient les fonds de tiroir. Ce ne sont pas les détraqués qui manquent, mais ça ne veut pas dire que c'est ceux-là qu'on recherche.

— Je vais aller poser quelques questions à la petite amie de Henry Dolan, dit Marshall en réfléchissant à voix haute. Voir si elle était au courant qu'il aimait se promener main dans la main avec des types bizarres dans les parcs après la tombée de la nuit. Et je veux savoir où se trouve Robert Coates. C'était le suspect principal à l'époque ; et il l'est encore aujourd'hui.

— Et Tobias Sleepe ? s'enquit Winter. On l'élimine simplement à cause de la vague description de Jimmy Metcalf, issue d'un souvenir vieux de sept ans ?

— Non, pas juste à cause de ça.

Marshall désigna du menton la pierre tombale à côté de laquelle ils s'étaient arrêtés tandis qu'une nouvelle rafale secouait les arbres.

TOBIAS PERCIVAL SLEEPE
1932 – 1996
Dévoué à son travail

— Ça aurait quand même pu être lui, dit Winter en lisant l'inscription avec mépris.

— Ça aurait pu, concéda Marshall qui avait pâli. Bon sang, j'espère vraiment que c'était lui. Mais j'ai besoin d'en être certaine.

Dimanche

16

WINTER SE RÉVEILLA dans le noir.

Trempé de sueur, il prit conscience qu'il était assis droit comme un piquet, son duvet en boule au milieu de la pièce. Le souffle court, il tendit précipitamment les mains vers ses jambes pour vérifier qu'elles étaient toujours intactes avant d'allumer sa lampe. Les quatre murs ternes de sa chambre ne lui apportèrent qu'un maigre réconfort.

— *Et merde*, chuchota-t-il.

Il se frotta les yeux et sortit de son lit pour aller regarder par la fenêtre. La rue était encore sombre, et le seul signe de vie était le bruit des boulangers déjà au travail.

Quand il lâcha le rideau, la « récompense » sous verre posée sur le rebord de la fenêtre tomba à l'envers sur la moquette. Il fut tenté de la laisser là, mais s'accroupit pour la ramasser. Il ne savait pas vraiment pourquoi il avait gardé si longtemps ce morceau de papier, reconnaissance de sa « bravoure », rappel constant d'une nuit qu'il aurait voulu oublier.

Oublier combien il avait été brave en regardant sa coéquipière mourir sur la route comme un animal.

Oublier avec quelle bravoure il avait pleuré tout en maintenant la jambe de Chambers.

Et oublier la bravoure dont il avait fait preuve au cours des cinq périodes où il avait dû cesser de travailler parce qu'il n'était pas capable de faire face à ses propres souvenirs.

Il l'emporta dans la cuisine, le jeta dans la poubelle, et se sentit aussitôt un peu mieux.

Un courant d'air entrait dans l'appartement par la fenêtre mal ajustée de la salle de bains où il était venu chercher une boîte de Deroxat au fin fond d'une étagère. Le fait qu'il ait gardé le médicament prouvait le peu de foi qu'il avait en lui-même.

Il avala deux comprimés avec une gorgée d'eau, puis regarda son reflet dans le miroir : des kilos en trop, un début de calvitie, incapable de faire son travail, et maintenant, comme c'était déjà arrivé trop souvent, terrifié à l'idée de s'endormir.

Pathétique.

Déterminé à remonter la pente, il retourna dans sa chambre où il enfila un bas de survêtement et un sweat-shirt afin d'aller faire un footing avant que le monde se réveille. Sortant sur la pointe des pieds pour ne pas déranger ses voisins, il referma doucement la porte derrière lui.

Marshall remonta le couloir d'un pas lourd, ce qui déclencha les aboiements du chien du voisin. Une fois devant chez elle, elle ouvrit la porte d'un coup de pied et, épuisée, elle s'écroula à plat ventre sur son lit sans même retirer ses bottes.

Au fil des ans, son apparence non conformiste lui avait souvent valu d'être comparée à un vampire, comparaison qui sonnait encore plus juste quand elle travaillait de nuit en hiver. Il lui arrivait alors de passer plusieurs jours sans voir la lumière du soleil. Dans ces moments-là, elle n'avait même plus besoin de toucher aux stores, et son studio de la taille d'un cercueil devenait une boîte noire dans laquelle dormir la journée.

Elle était si fatiguée. Sur le point de tomber dans le précipice du sommeil, elle ne parvenait pas à se laisser aller, coincée dans ce no man's land où les pensées échappent à tout contrôle et nous conduisent là où elles veulent…

Il neigeait depuis plusieurs jours et d'énormes congères avaient assiégé les arches de l'ancien chemin de fer. La route était presque impraticable. Elle passa sous le pont où une bannière déchirée pendouillait tel un serpent :

nne Année 1996 !

Les locaux adjacents se dressaient gelés et oubliés, soit vidés depuis longtemps, soit encore fermés après les fêtes de fin d'année. Elle fut donc soulagée quand les empreintes solitaires qu'elle avait suivies depuis la route principale bifurquèrent sur la droite et s'arrêtèrent brusquement devant le volet roulant de Sleepe & Co. Restauration. Le silence humide de neige jouait clairement avec son esprit, car elle n'avait aucun mal à imaginer près d'elle un fantôme attendant d'être invité à entrer. Elle avança jusqu'au volet et frappa contre le métal, l'écho tonitruant donnant l'illusion d'une assurance qu'elle était loin de ressentir…

La température chuta quand elle pénétra dans le monde de Sleepe, la buée de sa respiration trahissant son malaise. Elle leva les yeux sur le toit, tranchant comme une lame de rasoir et surréaliste, perforé par un million de stalactites.

Son badge tout neuf, qu'elle tenait fermement à la main, la rassura tandis que l'homme voûté lui désignait l'escalier de métal recouvert d'une couche de glace scintillante qui montait dans les ténèbres.

Dans le bureau chauffé par un vieux radiateur rougeoyant comme un feu, ils discutèrent des affaires dont les dossiers étaient ouverts sur le plan de travail.

Il la narguait. Chacun de ses mots était teinté de malveillance. Il se croyait, à tort, irréprochable, protégé par son âge avancé.

Révulsée par son sourire pourrissant, elle baissa les yeux sur l'image en noir et blanc d'Alfie – collection de formes imprimées sur un document photocopié. Elle sentait la rage monter alors que l'homme qui était peut-être responsable de sa mort se délectait de cette nouvelle occasion de jouer avec les forces de l'ordre…

Ils étaient tous les deux debout, le frêle vieillard fuyait la petite pièce, poursuivi par les cris de la jeune femme. Les feuilles de papier à en-tête de la Metropolitan Police tombèrent dans l'atelier, évoquant des flocons de neige géants, tandis qu'elle sortait derrière lui...

Le corps gisait au bas des marches, tel un îlot dans une flaque écarlate qui ne cessait de grandir sur le sol.

Elle resta là un long moment à le regarder, attendant de ressentir quelque chose, mais rien ne vint.

De retour dans le bureau, elle ramassa les dossiers et retira la cassette de vidéosurveillance du magnétoscope. Puis elle utilisa la manche de son pull-over pour essuyer la table, sans oublier la poignée de la porte ainsi que la rambarde de l'escalier. Après avoir ramassé les dernières feuilles détrempées par le sang de Sleepe, elle enroula son écharpe autour de son cou et ressortit dans la neige.

Lundi

17

Après deux services particulièrement difficiles, Marshall se sentait un peu jalouse des fins de journée à 21 heures de Winter. Trois descentes et une opération coordonnée avec l'aéroport de Londres avaient pris le pas sur son enquête personnelle. En manque terrible de sommeil, elle fut soulagée quand Rita, l'ancienne petite amie de Henry Dolan, lui annonça qu'elle ne pourrait la rencontrer qu'après le travail.

Bravant la pluie torrentielle, Marshall frappa à la porte du salon de beauté. Elle se sentit légèrement mal à l'aise quand une femme parfaitement soignée l'invita à prendre place sur le canapé de la salle d'attente en la considérant avec une pitié à peine voilée. La jeune policière sortit de quoi prendre des notes en essayant d'ignorer les regards tout aussi moralisateurs des autres femmes qui s'affairaient pour fermer la boutique.

— Oh, j'ai demandé à Dave de venir ; j'espère que ça ne vous dérange pas, dit Rita avec un accent de l'Essex aussi artificiel que son bronzage.

— Dave ? s'enquit Marshall.

— Dave Thornton. Mon petit ami. Il connaissait Henry aussi bien que moi.

Marshall gribouilla une note pendant que l'homme le plus imposant qu'elle avait jamais vu en chair et en os les rejoignait. Il était à la fois extraordinairement imposant et absurde avec sa démarche raide digne d'un robot et on avait l'impression qu'il risquait d'exploser si Rita l'effleurait d'un de ses ongles acérés comme des griffes.

— J'adore les culturistes, n'est-ce pas, mon amour ? dit-elle en pinçant dangereusement Dave, tandis que les premiers lampadaires s'allumaient de l'autre côté de la baie vitrée.

— Merci d'avoir accepté de me rencontrer, commença Marshall.

— Pas vraiment le choix quand c'est la police qui demande, non ?

Marshall enchaîna sans relever :

— Je ne suis pas venue pour rouvrir de vieilles blessures. Par ailleurs, je connais par cœur votre déclaration de l'époque, et je n'ai pas l'intention de revenir sur ce qui a déjà été dit.

— Alors qu'est-ce que vous faites là ? s'enquit Dave en se penchant en avant, le mâle alpha dans toute sa splendeur.

— De nouvelles informations nous sont parvenues, expliqua Marshall. Et c'est sur ça que je souhaiterais me concentrer.

— Ils ont pourtant chopé le gars, non ? demanda Dave, prêt à saisir la moindre occasion de s'énerver. Ce SDF. Il a avoué !

— Et mon boulot est de faire en sorte qu'il ne revoie jamais la lumière du jour, mentit-elle en sentant l'atmosphère s'échauffer. Je dois m'assurer que toutes les cases sont bien cochées, sinon, vous connaissez les avocats, ils trouveront une faille… Ils en trouvent toujours.

— Donc vous êtes juste là pour cocher des cases ? demanda Dave.

Marshall ne parvint pas à cacher son effarement devant tant de bêtise.

— C'est exactement ce qu'elle vient de dire, non ? le réprimanda Rita.

— Oh, ça va, dit-il avec un haussement d'épaules, en se reculant dans le canapé aussi loin que le lui permettait son corps.

— Et c'est quoi, cette nouvelle information ? s'enquit Rita en reportant son attention sur la policière.

Consciente des oreilles indiscrètes qui traînaient à l'arrière de la salle, Marshall baissa le ton.

— Ça concerne Henry et… son orientation sexuelle.

Rita la regarda avec des yeux ronds.

— Heu ? Vous voulez savoir dans quel sens il le faisait ?

— Hmmm. Non. Son orientation sexuelle au sens d'hétéro… ou homosexuel.

Elle vit Dave prendre la main de sa petite amie.

— De quoi vous causez ? demanda Rita d'une façon qui laissait entendre qu'elle était déjà au courant.

— Il a été vu avec un homme la nuit où il a été tué.

— Et alors, s'esclaffa Rita, ça ne veut pas dire…

— Un témoin les a vus se tenir la main, l'interrompit Marshall. Il les a aussi vus s'embrasser.

— Je le savais. J'te l'avais bien dit, non ? dit-elle à l'intention de Dave. Putain ! Je l'savais !

— Vous saviez ? répéta Marshall.

— Enfin, pas vraiment, mais je le sentais.

— Il y avait des rumeurs, ajouta Dave d'un air énigmatique en passant un bras autour des épaules de Rita.

— J'ai besoin d'identifier l'homme avec qui il était, leur dit Marshall.

— Et comment je l'saurais ?! rétorqua Rita.

La femme était de plus en plus contrariée, et les larmes menaçaient de ruiner son maquillage si parfait.

— Il n'y avait pas un homme avec qui il passait beaucoup de temps ?

— Non. (Elle secoua la tête.) Mais…

Marshall se redressa.

— Mais ?

Rita se tourna vers Dave.

— Il y avait ce type qu'on n'avait jamais vu avant… à son anniversaire, tu te rappelles ?

— Oui. Je me rappelle.

— Vous connaissez son nom ? s'enquit Marshall.

Tous deux secouèrent la tête.

— Il s'est barré vite fait quand je suis arrivée, dit Rita avec amertume. Je comprends mieux pourquoi, maintenant.

— Vous souvenez-vous de quoi il avait l'air ?

— Blanc. Avec un accent du Sud, genre un peu snob. Il n'était pas très grand, plutôt normal, en fait. Les cheveux bruns. Assez beau gosse, je crois. C'était il y a longtemps.

— Est-ce que vous reconnaissez l'un de ces deux hommes ? leur demanda Marshall en leur tendant des photos de Tobias Sleepe et Robert Coates.

Elle retint son souffle…

— … Non, répondit Rita.

— Nan, confirma Dave en lui rendant les clichés.

Incapable de dissimuler la déception dans sa voix, Marshall reprit son calepin.

— Est-ce que vous vous souvenez d'autre chose concernant cet individu ? N'importe quoi.

Dave pensa à quelque chose et le lampadaire derrière sa tête s'alluma comme pour le souligner.

— Il conduisait une sorte de camionnette.

— Une… camionnette ? répéta Marshall en se redressant.

— Comment le sais-tu ? lui demanda Rita.

— À l'anniversaire, expliqua Dave. Il m'a fait bouger ma voiture pour pouvoir partir. Tu sais comment est le parking au George.

— Couleur ? lui cria presque Marshall.

Dave grimaça en se creusant la cervelle.

— … Orange. Je crois.

— Merci, dit Marshall en rangeant ses affaires dans son sac. Vous m'avez été d'une grande aide.

Dès 20 h 40 Sainsbury's était presque désert, Winter avait donc été enrôlé pour réapprovisionner les rayons, et il avait à son tour enrôlé Marshall.

— C'est énorme, non ? dit-elle en lui tendant des boîtes de thé en sachet. Chambers et toi avez tous les deux mentionné une camionnette orange le soir où il a été attaqué. Et là, nous découvrons que quelqu'un correspondant à la description du tueur de Henry Dolan conduisait le même véhicule.

— C'est quelque chose, approuva Winter.

— C'est plus que juste « quelque chose », protesta-t-elle alors qu'ils passaient au Nescafé, car personne n'avait acheté les espèces d'infusions bizarres entre les deux.

— Il n'y a toujours pas de quoi faire le lien avec Alphonse ou sa mère.

— Tu ne crois pas que la description de Rita et de Jimmy Metcalf pourrait s'appliquer à Robert Coates ?

— Non. Aucune chance. La petite amie de Dolan a dit qu'il était « beau gosse ».

— OK. Mais c'est subjectif.

— Pas à ce point. Ce type ressemble à une mante religieuse.

— D'accord, alors que penses-tu de ça ? Henry John Dolan et Alfie ont tous les deux fait une nouvelle connaissance dans les semaines qui ont précédé leur mort, une connaissance qui s'est arrangée pour rester complètement en dehors de leurs cercles sociaux, tout en nouant une relation proche de façon inhabituellement rapide. Relation romantique dans le cas de Dolan, et plus ou moins de mentor dans le cas d'Alfie. Ça ne peut pas être une simple coïncidence.

Winter la dévisagea, visiblement impressionné.

— Tu es sacrément douée pour ce travail d'enquête, dis donc.

Marshall sourit.

— C'est ce que tu m'as dit il y a sept ans.

— Mais tu oublies un élément crucial, rétorqua-t-il. Tu as montré à la petite amie et à son copain une photo de Robert Coates, et aucun des deux ne l'a reconnu.

Marshall n'avait pas vraiment de réponse pour ce point de détail.

— … Nous passons à côté de quelque chose.

— Peut-être que le moment est venu d'en parler à Chambers.

Elle hocha la tête avec réticence.

— Tu veux l'appeler ?

— C'est ta quête de vengeance. Pourquoi tu ne l'appellerais pas, toi ?

— Je ne le connais pas !

— Très bien, souffla Winter… Je m'en charge.

Le soir suivant, Marshall et Winter partagèrent un taxi pour se rendre au Black Dog, sur Camden Road, où Chambers avait accepté de rencontrer un homme qu'il n'avait pas vu depuis des années et une femme dont il ne savait absolument rien. Winter se rongeait les ongles et tapait nerveusement du pied tout en regardant la pluie tomber sur la ville qui défilait de l'autre côté de la vitre.

— Tu as l'air un peu à cran, lui dit Marshall pendant qu'à l'avant le chauffeur bataillait avec son autoradio.

— Ça va. C'est juste que je ne l'ai pas vu depuis…

— Depuis…

— Depuis que j'ai aidé à le mettre dans l'ambulance.

— Mais vous n'étiez pas coéquipiers ? demanda-t-elle, troublée.

— Non.

— Tu ne lui as pas rendu visite à l'hôpital ?

— Non.

— Tu crois qu'il t'a pardonné ?

— Non.

— Et tu ne crois pas que tu aurais éventuellement pu m'en parler avant ?

— … Non.

Le Chien mouillé aurait été un nom plus approprié pour le petit établissement froid et humide situé sur les berges du canal. Le musc dégagé par les chaussures trempées, ajouté à l'odeur de la bière éventée et à celle du doberman couché près de la cheminée, offrait un cocktail nauséabond. Winter et Marshall s'installèrent dans un recoin à côté de la fenêtre. Ils sirotèrent leur bière en silence, tout en observant la foule bruyante des habitués qui échangeaient des insultes bon enfant d'un bout à l'autre du bar.

— Le voilà. Le voilà, chuchota Winter, en se levant.

Contaminée par sa nervosité, Marshall se mit également debout pour l'accueillir. Entre eux deux et l'homme qui attendait pour aller aux toilettes, on aurait pu croire que c'était une tête couronnée qui était reçue dans ce coin isolé.

— Chambers ! dit-il avec un sourire en lui serrant la main.

— Ça fait un bail, répondit le sergent, non sans remarquer le coup d'œil de Marshall à sa jambe.

— Merci d'être venu. J'aimerais vous présenter l'inspectrice de police Jordan Marshall.

— Chambers, se présenta-t-il en retour.

Il lui serra la main un peu plus longtemps que nécessaire en considérant les tatouages qui lui couvraient le bras, ses vêtements noirs et ses nombreux piercings.

— Criminelle ?

— Stups… pour le moment, répondit-elle.

Il lui adressa un sourire aimable et s'assit.

— Nous avons commandé pour vous, dit Winter en poussant une pinte devant lui.

— Ce n'est pas ce que j'aurais pris. Mais merci.

Le silence s'installa tandis qu'il buvait une longue gorgée de bière. Puis il essuya la moustache de Guinness au-dessus de sa lèvre et les dévisagea calmement.

— Alors… (Winter hésita et se dégonfla.) Vous habitez dans le coin ?

Marshall leva les yeux au ciel.

— Avant, oui, confirma Chambers avec un hochement de tête en balayant la pièce du regard. Ça fait des années que je n'étais pas venu. Mais ça me semblait approprié, d'une certaine façon… Et pas de cérémonies entre nous. Tu es toujours à Shepherd's Bush ?

— Sainsbury's pour le moment, répondit gaiement Winter. Mais j'espère bientôt reprendre du service. D'ailleurs j'ai eu un rendez-vous avec la médecine du travail aujourd'hui.

— Bien, dit Chambers. C'est bien.

Le silence tendu revint et ils burent tous une longue rasade.

— Alors, commença Winter une nouvelle fois, comme je te l'ai dit au téléphone, nous voulions te parler de…

— Henry Dolan, Alphonse Cotillard et sa mère, Nicolette, termina Chambers à sa place.

— C'est ça.

— Et comme je te l'ai dit, rétorqua fermement Chambers, je ne suis pas intéressé, et la seule aide que vous obtiendrez de moi sera ce que vous pourrez m'extorquer pendant que je boirai les deux prochaines pintes et demie.

— Pourquoi vous êtes-vous donné la peine de venir, dans ce cas ? le provoqua Marshall.

— Je peux partir maintenant, si c'est ce que tu veux ? proposa-t-il en se levant.

— Bien sûr que non, dit Winter, en fusillant Marshall du regard. Nous avons besoin de ton aide.

Chambers dévisagea l'inspectrice d'un air interrogateur. Les excuses de la jeune femme furent suffisamment sincères pour le convaincre de se rasseoir.

— Mais c'est quand même une bonne question. La seule et unique raison de ma présence ce soir, c'est qu'il y a sept ans, *cet* homme-là m'a sauvé la vie. Mais je t'en prie, vas-y, je t'écoute, que voulais-tu me dire ?

Pendant les vingt-cinq minutes suivantes, qui furent accompagnées d'une seconde tournée, Marshall expliqua son lien avec l'affaire. Elle lui parla de la confession officieuse de Jimmy Metcalf, de l'amant secret de Henry Dolan, de la camionnette orange, et de la version officielle de la mort de Tobias Sleepe. Puis elle partagea avec lui sa théorie sur les mystérieux étrangers qui étaient apparus dans la vie des victimes.

— Je pense que la prochaine étape est d'aller voir Robert Coates, dit-elle. Demain. J'organiserai une rencontre « fortuite » en me faisant passer pour une étudiante, et j'en profiterai pour commencer à établir un lien.

— « Établir un lien ? » (Chambers hocha la tête avec enthousiasme, vida le reste de sa chope d'un trait et la reposa brusquement sur la table.) Soyez prudents, ajouta-t-il en se levant, avant de partir sans un mot de plus.

Marshall se tourna vers Winter.

— C'est quoi ce plan ?

— On savait que ce n'était pas gagné, lui dit-il.

— Il en a vraiment rien à foutre, c'est ça ? explosa-t-elle en attrapant son manteau.

— Hmmm. Où vas-tu ?

— Lui dire *exactement* ce que je pense de lui.

— Attends. Je ne crois pas que… Attends ! cria-t-il trop tard en luttant pour dégager ses jambes de dessous la table, tout en la regardant suivre le sergent d'un pas rageur.

— Hé ! aboya Marshall en longeant le chemin sombre qui bordait le canal. Chambers !

Avec un soupir d'exaspération, il s'arrêta de marcher et se retourna au moment où Winter arrivait en courant, prêt à intervenir.

— Vous devriez avoir honte de vous, lui dit-elle.

— Tiens donc ?

— Combien de temps il faut exactement pour devenir si amer et indifférent que les victimes cessent d'être de vraies personnes à vos yeux ? lui demanda-t-elle. Vous n'avez eu aucun mal à lâcher l'affaire, n'est-ce pas ? Vous n'en aviez rien à faire d'Alfie. Vous vous moquiez bien de trouver son tueur. L'un comme l'autre ! hurla-t-elle en fusillant également Winter du regard. Vous avez laissé couler, ramassé votre paye et attendu d'être réassigné à une enquête plus facile… ou vous vous êtes fait arrêter par un médecin, ajouta-t-elle en reportant une fois de plus son attention sur Winter.

— Tu ne sais pas de quoi tu parles, lui dit Chambers d'une voix calme que démentait son regard.

Après plusieurs heures de sursis, les premières gouttes de pluie choisirent ce moment pour se mettre à tomber, faisant frémir l'eau du canal comme si elle était en train de bouillir.

Chambers se tourna vers Winter.

— Et tu croyais que j'allais me laisser embarquer dans la croisade de cette furie ? lui demanda-t-il avant de s'adresser à Marshall. Tu n'es pas inspectrice. Pas vraiment. Tu t'imagines peut-être que je n'ai pas remarqué Marie et Jésus tatoués sur ton avant-bras… par-dessus les traces de piqûres ? Où est le Rodin ?

Les yeux de Marshall se portèrent involontairement sur son autre bras.

— … Tu te racontes que tu fais tout ça pour ton béguin d'adolescente ? lui demanda Chambers. *Foutaises*. Je parie que tu ne te souviens même pas à quoi il ressemblait. Tu n'es qu'une gamine paumée qui s'est jetée sur la première chose qu'elle a trouvée pour donner un sens à sa vie. Et tu te sers de ça pour justifier ton comportement chaotique. S'il y a bien quelqu'un qui n'en a rien à foutre des victimes ici, c'est toi !

— Chambers ! intervint Winter sur un ton lui signifiant qu'il allait trop loin.

Marshall se détourna, au bord des larmes.

Se sentant légèrement coupable de s'être emporté de la sorte, Chambers soupira :

— Je veux juste oublier tout ça. Chaque pas est un rappel de ce qui s'est passé. Je n'ai pas besoin d'en savoir davantage.

— Et tu crois que moi, oui ? lui demanda Winter. À ton avis, pourquoi je ne suis jamais venu te voir à l'hôpital ? Pourquoi j'ai à peine réussi à tenir un mois de plus avant d'être arrêté ? Parce que chaque fois que je fermais les yeux, j'étais à nouveau là-bas, en train de faire un garrot sur ce qu'il restait de ta jambe, avec des serpents qui rampaient autour de nous comme si l'Enfer se déversait sur terre, et Reilly qui agonisait seule à quelques mètres de moi, parce que je ne pouvais pas lâcher ton artère !... Je ne supportais pas l'idée de te voir. (Alors que les larmes roulaient sur son visage, il se mit à pleuvoir des cordes. Il leva la tête et éclata d'un rire amer.) Et devine quoi ? Les cauchemars sont de retour. Mais je suis toujours là, non ?

Marshall, se sentant fautive de l'avoir entraîné avec lui dans son obsession, évita son regard.

— Je l'ignorais, dit Chambers en donnant une tape amicale dans le dos de son ancien collègue.

Il se racla la gorge et reprit :

— Tant que nous sommes dans les confidences, il y a quelque chose que je ne t'ai jamais raconté... que je n'ai jamais raconté à personne. Quand j'ai dit qu'il y a sept ans tu m'avais sauvé la vie, je ne parlais pas seulement de ma jambe. Peut-être que je me serais vidé de mon sang, peut-être pas, ce n'est pas l'important ; parce que alors que j'étais étendu par terre... paralysé... il est revenu.

— Le tueur ? demanda Marshall.

Chambers confirma d'un signe de tête.

— Il a fait marche arrière. Il est descendu de sa camionnette et il s'est dirigé vers moi.

À présent, en racontant le secret qu'il avait gardé pendant si longtemps, même Chambers avait les yeux rouges.

— Il tenait une scie à métaux...

Marshall se couvrit la bouche de sa main.

— Il m'a attrapé par les cheveux, et il a fait basculer ma tête... J'ai senti les dents de la lame s'enfoncer dans ma peau… Cette plaie sur ma nuque n'est pas due à l'accident de voiture. (Winter avait pâli.) Et quand tu as déboulé au coin de la rue, alors que tu n'étais même pas censé être là… Tu m'as sauvé la vie.

— Bon Dieu, dit Winter en se frottant le visage.

Marshall resta silencieuse, soudain consciente d'avoir mal jugé ces deux hommes qui avaient poursuivi le tueur jusqu'en enfer, et qui en gardaient encore des séquelles.

— Cette affaire a déjà failli me coûter la vie une fois, leur dit Chambers, à présent trempé jusqu'aux os. Tout ça parce que je n'ai pas tenu une promesse faite à ma femme. Je suis désolé, mais je ne peux pas commettre une nouvelle fois la même erreur. Maintenant, si vous voulez bien m'excuser, je ne me sens pas très bien.

Il fit demi-tour pour s'en aller, mais pas avant d'avoir ajouté :

— Soyez prudents, tous les deux. Je suis sérieux…

Mercredi

18

La lame fendit la peau avec une facilité déconcertante et la première goutte de sang roula sur sa joue, telle une larme écarlate.

— Et merde, marmonna Chambers, incapable de dire depuis combien de temps il se regardait dans le miroir.

Il posa son rasoir et se lava le visage.

— J'aimais bien ta barbe, lui dit Eve depuis la chambre tout en enfilant un collant.

— Elle devenait blanche, lui rappela-t-il la tête dans la serviette.

— Je trouvais que ça te donnait l'air très…

— Vieux ?

— Sage.

— Ça revient au même.

Tandis qu'il soignait sa dernière blessure, Eve lança :

— Je vais nous préparer une omelette nature.

— Avec du fromage ? demanda-t-il, plein d'espoir.

— Pas de fromage pour toi.

Tenant d'une main un mouchoir contre sa joue, Chambers picorait distraitement son petit déjeuner.

— Des soucis au boulot ? s'enquit Eve en le regardant par-dessus le rebord de sa tasse.

Alors qu'elle s'apprêtait à reprendre en chœur avec lui l'habituelle réponse, elle n'eut le droit qu'à un :

— … quoi ?

Elle posa sa tasse.

— Que se passe-t-il ?

Il lui adressa un sourire triste.

— Rien. C'est juste que je n'ai pas très bien dormi.

— Ta jambe, encore ?

— Oui, mentit-il.

Eve but d'une traite le reste de son café et jeta un coup d'œil à l'horloge.

— Il faut que j'aille bosser. Journée au tribunal. Tu as terminé ? demanda-t-elle en tendant la main vers son assiette.

— Pardon. Quoi ? dit-il, hébété.

— Tu as terminé ? répéta-t-elle. Ou tu vas finir ça ?

Il leva sur Eve un regard peiné, et lui serra tendrement la main.

— … Je n'ai pas encore décidé.

Son sac à dos sur l'épaule, Marshall, vêtue d'un jean déchiré ainsi que d'une chemise en flanelle, parcourait les couloirs de l'université de Birkbeck. Elle n'avait pas fait beaucoup d'efforts pour se fondre dans la masse de tee-shirts de Nirvana et Rage Against the Machine. Elle suivit les panneaux à travers des couloirs en verrière qui menaient à des bâtiments secondaires, tels des rejets qui auraient fleuri autour du pied principal.

Son plan : pour l'instant, établir un premier contact. Sa couverture : étudiante en lettres éplorée, convaincue de s'être trompée d'orientation et d'avoir fichu sa vie en l'air, cherchant de l'aide pour changer de cursus afin de se spécialiser dans sa véritable passion, la sculpture. Mais comme elle n'avait accordé qu'une soirée à réviser et étoffer ce qu'il lui restait de ses cours d'art de terminale, elle ne se sentait pas capable de soutenir une conversation approfondie sur le sujet ; elle avait donc prévu d'éclater en sanglots chaque fois qu'une de ses énormes lacunes menacerait d'être percée à jour.

Il y avait malgré tout une part d'elle qui craignait d'être reconnue par Robert Coates. C'était évidemment absurde. La dernière fois qu'il l'avait vue elle n'était qu'une insignifiante employée du complexe sportif. Néanmoins, après la discussion avec Chambers et les douloureuses vérités contenues dans le portrait qu'il avait dressé d'elle, cela faisait longtemps qu'elle ne s'était pas sentie aussi proche de l'adolescente paumée qu'elle avait été à l'époque.

L'odeur de renfermé revint dès qu'elle quitta l'extension moderne pour un corridor silencieux. Les plaques nominatives sur les portes semblaient indiquer qu'elle se trouvait au bon endroit. Arrivée à peu près à la moitié du long couloir, elle s'arrêta :

Prof. Robert D. S. Coates Ph. D.

Elle inspira profondément en essayant de faire monter les larmes, puis frappa à la porte.

... Pas de réponse.

Elle frappa à nouveau, et attendit quelques instants avant d'actionner la poignée. Verrouillée. Un coup d'œil à gauche... à droite... elle sortit discrètement son couteau suisse de sa poche, certaine d'être capable de crocheter l'antique mécanisme. Elle inséra la lime à ongles entre la porte et le montant, et s'en servit pour faire levier jusqu'à entendre un déclic.

— Puis-je vous aider ? demanda quelqu'un depuis le seuil d'un bureau voisin.

Marshall glissa l'outil dans sa poche arrière et se retourna, le visage rouge et la morve au nez.

— Je cherche le professeur Coates, renifla-t-elle.

— Il n'est pas là, dit le petit homme en débardeur, l'air soupçonneux.

— Mais j'ai absolument besoin de lui parler. C'est urgent !

— Le mercredi il est avec sa mère. Il sera de retour demain matin.

— OK, sanglota-t-elle en repartant sans plus attendre.

— Puis-je lui dire qui cherchait à le voir ? lança l'homme tandis qu'elle s'éloignait.

— OK ! cria Marshall en réponse et en se dirigeant vers la sortie la plus proche.

Garé de l'autre côté de la rue, face à l'entrée principale, Winter avait déjà englouti la moitié d'un *breakfast bap* lorsque

Marshall sortit précipitamment du bâtiment. Jetant le reste de son sandwich dans la poubelle, il se lécha les doigts et s'apprêtait à traverser la chaussée pour rejoindre la jeune femme quand il vit Chambers aller à sa rencontre. Après avoir décidé qu'il valait mieux se tenir à l'écart, il se rassit sur le mur et observa avec intérêt leur langage corporel, ainsi que les mouvements de leurs lèvres, convaincu de saisir l'essentiel de ce qui se passait, malgré la distance :

« Vous, monsieur, vous avez été très grossier avec moi l'autre soir ! » dit probablement Marshall en gesticulant avec animation.

Chambers leva les mains en signe de paix, ou pour un optimiste, quoique totalement inapproprié, « tope là ». Puis il posa sa main droite sur sa poitrine.

« J'ai mal au cœur, tant je suis navré. »

— Waouh, je suis doué, se complimenta Winter en jetant un coup d'œil à la moitié de son petit déjeuner dans la poubelle.

À première vue, rien ne s'était échappé de l'emballage, en tout cas pas assez pour être entré en contact avec les autres déchets. Après avoir vérifié que personne ne le regardait, il récupéra en vitesse le sandwich, ce qui lui fit rater une partie de la conversation.

« ... vous avez été *parfaitement* clair *bla bla bla... bla* », sembla dire Marshall.

Chambers secoua la tête avec regret.

« Je n'ai pas *quelque chose quelque chose* vous. »

Winter fut alors distrait par son petit déjeuner qui, en y regardant de plus près, avait bel et bien touché autre chose durant son séjour dans la poubelle.

« Avez-vous trouvé Coates ? » demanda Chambers à la jeune femme.

Facile, celle-là.

« Non », répondit Marshall, « il passe ses mercredis au McDo. »

« Au McDo ? »

« Au McDo », confirma Marshall.

« Alors, allons-y. Attendez, où est Winter ? »

« Là-bas », répondit la policière en le montrant du doigt.

Winter le salua en levant son sandwich assaisonné aux détritus.

« J'ai beaucoup de respect pour ce gars », dit peut-être Chambers. « C'est le meilleur. »

Marshall approuva d'un signe de tête.

« Ouais, il est super cool. »

— C'est vrai que je suis super cool, dit Winter avec un sourire en jetant pour de bon le sandwich souillé avant de se lever pendant qu'ils traversaient la chaussée.

— Bonjour, leur dit-il sur le ton de la conversation.

— Désolé pour hier soir, dit Chambers.

Cela sonnait plus juste, mais sans mention de son cœur brisé, ça semblait d'une certaine façon moins sincère, songea Winter.

— C'est à toi ? demanda le sergent en considérant d'un air perplexe la camionnette dans laquelle il était en train de monter.

Winter tapota fièrement le tableau de bord, puis essuya sa main collante sur le siège.

— Je l'ai louée ce matin... Au cas où nous aurions besoin de transporter un prisonnier à l'arrière.

Vu qu'ils venaient seulement de se réconcilier, Chambers décida de faire preuve de diplomatie, et ravala le commentaire qui lui brûlait les lèvres. Il monta à la suite de Marshall dans la cabine et attacha sa ceinture. Ils étaient à présent assis en rang, comme des spectateurs en train de regarder le plus rasoir des films jamais réalisés.

— On ferait mieux de faire un résumé de notre discussion, dit Marshall.

— Pas besoin, dit Winter d'un air entendu. En route pour le McDo ?

Marshall et Chambers le dévisagèrent avec des yeux ronds. Winter en déduisit qu'il avait encore des progrès à faire en matière de lecture sur les lèvres. Il mit le moteur en route et dit :

— Peut-être que vous feriez mieux de me faire un résumé.

Les places de parking de la maison de retraite des Grands Chênes n'avaient pas été conçues pour les camionnettes de location à empattement long, pilotées par un conducteur maladroit.

— Tu vas toucher, l'avertit Chambers les yeux rivés sur l'écart de plus en plus ténu entre eux et une Fiesta neuve.

— Mais non, insista Winter.

— Pourquoi je mentirais ?! lui demanda Chambers.

— Recule et essaye encore une fois, lui dit Marshall.

— D'accord ! souffla Winter agacé en cherchant la marche arrière. Lâchez-moi un peu la grappe ; ça fait longtemps que je n'ai pas conduit.

« *Attention : véhicule en marche arrière. Attention : véhicule en marche arrière…* »

— Bon sang, marmonna Chambers en se cachant le visage dans les mains. Si Coates voit l'un de nous, ce sera fini. Va te garer dans la rue.

Après avoir trouvé une place de l'autre côté de la rue, en face de la maison de retraite, tous trois s'installèrent à l'arrière de la camionnette pour mettre au point leur plan.

— Vous avez remarqué la Vauxhall Cavalier bordeaux que Winter a failli percuter ? leur demanda Chambers. C'est celle de Coates. Il est là.

Il sortit quelque chose de la poche de son manteau.

— Est-ce que c'est… un micro ? s'enquit Winter, les yeux brillants d'excitation.

— Je ne voulais pas que tu ailles là-dedans complètement seule, dit-il à Marshall en le lui tendant.

La jeune femme se sentit légèrement stupide de ne pas y avoir pensé elle-même et le mit en place sous sa chemise.

— Nous écouterons, lui assura Chambers. Au moindre problème, Winter et moi accourrons.

— Ça ira, dit-elle en remontant son col vers sa bouche, tandis que Chambers portait une paire d'écouteurs à son oreille. Test : Un. Deux. Un. Deux.

Il hocha la tête.

— Quelle sera ton approche ?

— Je suis là, car je cherche un établissement pour ma mère. Ça fait un an que je m'occupe d'elle et c'est devenu trop lourd, sans compter que ça m'empêche d'aller à l'université étudier ma passion…

— « La sculpture », dirent-ils tous les trois d'une seule voix.

— Ça me plaît, dit Chambers.

— Est-ce que nous savons de quoi souffre sa mère ? s'enquit Marshall.

— Malheureusement, non.

— Dommage, soupira-t-elle. J'aurais pu m'en servir pour nous inventer un autre point commun. Bon, bah, souhaitez-moi bonne chance, dit-elle en se levant.

Elle sortit sans hésiter et ferma la portière derrière elle.

— À tout à l'heure, marmonna Chambers.

Il tendit une paire d'écouteurs à Winter qui s'empressa de s'en équiper.

— C'est bien que tu sois revenu ! cria-t-il en jouant avec les boutons du volume.

— Je ne suis pas revenu, ronchonna Chambers, plus pour lui-même que pour l'homme qui ne pouvait de toute évidence pas l'entendre.

C'était l'heure de la pause-café du matin. Le moment idéal. Personne n'accorda un regard à Marshall qui déambula parmi les résidents et les membres de leurs familles dans la petite salle commune. Il ne lui fallut pas longtemps pour constater que Coates n'était pas là. Elle se rapprocha alors d'une double porte portant la mention : appartements.

Elle attendit quelques minutes qu'une occasion se présente. Par chance, une dispute autour d'une partie de Scrabble ne tarda pas à accaparer l'attention de plusieurs employés, ce qui lui permit de se faufiler discrètement de l'autre côté. Un tableau blanc en piteux état lui apporta l'information dont elle avait besoin :

Chambre 20 : Judith Hart

Chambre 21 : Meredith Coates

Chambre 22 : Carol McNiell

Des cris de détresse résonnèrent dans le couloir, de plus en plus fort à mesure que les numéros des chambres augmentaient. Quand elle arriva au niveau de la chambre 17, Marshall distingua quelques mots :

— C'est du poison ! C'est rien que du poison !

Il y eut un fracas retentissant et un aide-soignant contrarié sortit d'une pièce quelques portes plus loin, son uniforme maculé de café. Marshall se figea, l'air coupable, mais il passa devant elle sans même lui jeter un regard.

Poursuivant son chemin, elle s'arrêta devant la porte entrouverte de la chambre 21. Le vacarme à l'intérieur contrastait avec le son apaisant d'une personne en train de chanter :

— Si tout... ce que nous avons... est le temps... passé ensemble... alors j'ai... tout... ce qu'il... me faut.

Les cris s'atténuèrent et une seconde voix se joignit à la première :

— Et si je... peux passer... tout mon temps... avec toi... alors le temps... est mon héros.

— Ça va mieux, Maman ? s'enquit l'homme en prenant la main ridée de sa mère dans la sienne. Allez. Je vais t'aider à t'asseoir, et boire un peu de ce café, d'accord ?

Décidant qu'il n'y avait pas moyen de provoquer une rencontre « fortuite » dans ces conditions, Marshall fit demi-tour et s'empressa de sortir avant d'être vue. Quelque chose dans l'échange auquel elle venait d'assister la tracassait encore quand elle remonta dans la camionnette.

— Tu as oublié pourquoi tu étais allée là-bas ? la taquina Winter. Un tueur en série. Tu y es allée pour un tueur en série.

— Ce n'était pas le bon moment, rétorqua-t-elle. Il donnait à manger à sa mère dans sa chambre. Elle avait l'air perturbée.

— Crois-tu qu'on pourra tirer quelque chose d'elle ? demanda Chambers.

— D'après ce que j'ai vu, c'est peu probable. Mais peut-être sera-t-elle dans de meilleures dispositions plus tard.

Il hocha la tête.

— Voyons où il va se rendre maintenant.

Quarante minutes s'écoulèrent avant que Robert Coates sorte de la maison de retraite. Il sifflotait en faisant tourner ses clés autour de son index. Ses cheveux étaient désormais plus courts et ses traits insectoïdes considérablement adoucis par une paire de lunettes modernes qui lui allait bien mieux que la précédente.

— On dirait que quelqu'un a changé de look depuis la dernière fois qu'on l'a vu, commenta Winter.

Marshall se renfrogna en regardant le professeur monter dans sa voiture et partir, à nouveau assaillie par l'impression de passer à côté de quelque chose.

— OK, dit Chambers. Suivons-le.

Winter démarra la camionnette.

« *Attention : véhicule en marche arrière...* »

— Il rentre chez lui, leur dit Chambers en reconnaissant le quartier.

— Peux-tu le devancer ? demanda Marshall à Winter qui prit le virage en accélérant.

Le bruit de la caution qui s'envolait résonna dans l'habitacle quand il franchit les dos-d'âne à plus de soixante-dix kilomètres à l'heure.

— Qu'est-ce que tu as derrière la tête ? s'enquit Chambers avec intérêt.

— Une rencontre fortuite... en quelque sorte.

— Nous y sommes ! annonça Winter en pilant avant de désigner la maison. C'est celle avec les nains.

Elle attrapa son sac à dos, et ouvrit la portière.

— Hé, l'appela Chambers. Nous écouterons. (Elle claqua la portière et fonça vers le perron.) Encore une fois : salut, marmonna-t-il.

Winter partit se garer un peu plus bas dans la rue, et tous deux se baissèrent quand une voiture bordeaux désormais familière les dépassa.

Winter fut le premier à remettre son casque.

— Un. Deux. Test : Un. Deux, chuchota Marshall dans le micro d'une voix inhabituellement anxieuse. J'espère vraiment que vous pouvez m'entendre. (Dans le rétroviseur extérieur, les deux hommes virent Coates descendre de sa voiture et marquer une pause devant le portillon ouvert.)... parce qu'il arrive.

19

— QUE FAITES-VOUS ?

Surprise, Marshall lâcha son calepin qui atterrit sur le « Welcome » du paillasson, lequel était apparemment ironique. Elle fit volte-face en affichant un air à la fois coupable et gêné.

— Je vous ai demandé ce que vous faisiez ?

— Je... heu... monsieur Coates ? s'enquit-elle timidement. Désolée. Je devrais plutôt dire : *Professeur* Coates.

À l'instant où le titre quitta la bouche de la jeune femme, elle vit l'homme devant elle se transformer en une tout autre personne : sa posture se raidit, il grandit de cinq centimètres, ses lèvres se retroussèrent sur ses dents de lapin, et ses yeux semblèrent rétrécir derrière ses lunettes. Marshall avait beau être en train de jouer le rôle de l'étudiante déboussolée, l'espace d'un instant, elle en resta réellement bouche bée.

— C'est bien ça, répondit-il en l'examinant avec autant d'intensité qu'elle le faisait elle-même.

— Oh ! J'étais en train de glisser un mot sous votre porte, dit Marshall. Je ne pensais pas que... (Elle tendit la main et fit un pas vers lui.) Laissez-moi recommencer à zéro. Bonjour ! Je m'appelle Laura.

Il lui serra mollement la main et fit aussitôt un pas en arrière pour rétablir de la distance entre eux pendant qu'il attendait une explication.

— … Je vais bientôt emménager dans la rue. Au 65, mentit-elle, grâce à la pancarte « Loué » aperçue dans le jardin lorsqu'ils étaient passés devant. J'étais en train de discuter avec la dame d'à côté… Vous ne connaîtriez pas son nom par hasard ?

Coates secoua la tête. Il ne semblait pas vraiment apprécier sa visiteuse surprise.

— Bref, peu importe, poursuivit-elle. On s'est mis à parler art, tout ça, et je lui ai montré certains de mes dessins. (Elle agita le calepin dans ses mains.) Et puis, je lui ai dit que je voulais étudier à l'université. C'est là qu'elle m'a dit qu'un professeur d'art de Birkbeck vivait dans la rue !

— Je vois, dit Coates en se détendant légèrement.

— Donc en bonne voisine… ou juste parce que je suis effrontée, tout dépend comment on le voit, j'espérais pouvoir discuter avec vous autour d'une tasse de thé, ou autre chose ? Histoire d'avoir des conseils sur les meilleurs cours à demander, et ce que je pourrais faire pour augmenter mes chances d'être acceptée.

Elle lui adressa un sourire plein d'espoir.

Coates jeta un coup d'œil à sa montre.

— Malheureusement, aujourd'hui n'est pas…

— Juste une tasse de thé, insista Marshall. Tout le monde a besoin de thé !

— Je n'ai pas beaucoup de temps, lui dit-il, l'air partagé.

— Oh génial. Merci beaucoup ! (Il fit demi-tour en direction du portillon.) En fait ! j'aurais sûrement dû préciser que je n'ai pas encore de meubles… ni de vaisselle… ni même une bouilloire. J'avoue que ça faisait partie de mes raisons cachées ! s'esclaffa-t-elle, consciente de tirer sur la corde.

Les yeux d'insecte de Coates rivés sur elle, Marshall ne put se retenir de se dandiner avec gêne ; elle avait l'impression qu'il voyait clair dans son jeu minable.

— Votre matière principale ? lui demanda-t-il pour la tester.

— La sculpture, répondit-elle du tac au tac.

— Moderne ? Abstraite ?

— Classique.

Il hocha la tête d'un air approbateur.

— Une femme selon mon cœur… Artiste favori ?

— Vous êtes dur. Vous pourriez en choisir juste un, vous ?

— Bernin.

— Dans ce cas, je dirais… (Elle inspira profondément le temps de décider jusqu'où elle oserait le pousser aussi vite.) Cellini.

À une centaine de mètres de là, Winter vit Chambers se raidir et joindre les mains comme pour prier, à croire que la jeune femme avait donné un mauvais nom.

Marshall retint son souffle en regardant Coates réfléchir à sa réponse sans rien laisser transparaître de ses émotions. Puis son visage s'éclaira d'un sourire tout en dents.

— L'un des rares véritables maîtres de la discipline, dit-il, complimentant en même temps le goût de Marshall et l'artiste lui-même.

Il désigna la porte de sa maison.

— Oh merde ! s'exclama Winter bien plus fort que nécessaire. Elle va à l'intérieur.

— Elle gère, dit Chambers malgré l'inquiétude qui se lisait sur ses traits.

— Vous avez réfléchi à une réplique ? demanda Winter en soulevant son casque.

— Quoi ?

— Bah oui, si nous devons débouler dans la maison, expliqua-t-il. Ça fait sept ans. L'un de nous devrait dire quelque chose de cool, vous ne croyez pas ?

Chambers dévisagea son collègue comme s'il était idiot.

— Faites-vous plaisir, lui dit-il en essayant de se concentrer sur la transmission de Marshall qui était en train de rentrer chez leur suspect.

Tandis que Coates se baissait pour ramasser le courrier et le message froissé, Marshall considéra les piles de papier vacillantes entassées dans le couloir qui représentaient visiblement plusieurs années de factures et de correspondance. Une lettre attira son attention ; mais alors qu'elle s'apprêtait à la regarder de plus près, elle entendit des pas dans l'escalier qui semblaient foncer droit sur elle.

Un jeune labrador noir faillit la faire tomber en lui sautant dessus pour lui faire la fête.

— Salut, rit-elle en lui frottant la tête. Il est magnifique, dit-elle à Coates qui ne montra pas le moindre signe d'affection quand l'animal lui donna des coups de patte dans les jambes. Il s'appelle comment ?

— Je n'ai pas encore trouvé, répondit-il en la précédant jusqu'à la cuisine, suivi par un chiot bondissant.

— Dois-je enlever mes chaussures ? s'enquit Marshall en s'attardant dans le couloir.

— Pas besoin.

La maison, bien trop chaude pour que l'atmosphère y soit agréable, sentait le renfermé. Un vieux papier peint montait jusqu'à un plafond couvert d'Artex aux motifs complexes, et des bibelots d'un autre temps occupaient la moindre surface. C'était un environnement inhabituel pour un homme de trente et un ans avec un travail. Le couloir débouchait sur une cuisine des années soixante, où Coates était en train de verser de la nourriture pour chien dans une gamelle.

— Vous vivez seul ? s'enquit Marshall sur le ton de la conversation.

— Oui, répondit-il en se lavant les mains avant de remplir la bouilloire. Ma mère a dû aller en maison de retraite, expliqua-t-il. Je garde l'endroit en l'état au cas où elle reviendrait, mais cela semble désormais peu probable. (Il alluma la cuisinière et mit l'eau à chauffer.) Puis-je ? demanda-t-il en indiquant le calepin dans les mains de la jeune femme.

— Oh, dit Marshall, gênée.

Elle se sentait stupide de ne pas avoir envisagé cette éventualité, car les trois dessins qui se trouvaient à l'intérieur pouvaient faire voler en éclats sa couverture.

— Ils ne sont pas très bons, dit-elle timidement.

— Néanmoins, j'aimerais beaucoup les voir.

— Je suis désolée, mais c'est non, dit-elle avec un petit rire en le posant derrière elle.

Alors que l'eau commençait à frémir, Coates ôta ses lunettes et se frotta les yeux. Le labrador gémit en se cachant sous la table de la cuisine.

Sentant aussi le brusque changement d'ambiance, Marshall fut tentée de trouver une excuse pour partir, mais, au lieu de ça, elle réussit à esquisser un sourire pudique.

— OK. OK. Mais soyez sympa, dit-elle en reprenant le calepin pour le lui tendre.

Coates remit ses lunettes, emporta le carnet jusqu'à la table et s'assit. La vapeur qui s'échappait de la bouilloire faisait parfois jaillir une note, comme si l'ustensile apprenait à siffler. Anxieuse, Marshall observait son hôte de l'autre côté de la pièce alors qu'il découvrait le premier croquis, *Le Penseur* de Rodin, dessiné au stylo avec des espaces négatifs.

— C'est bien, lui dit-il alors que la bouilloire se mettait à chanter.

Marshall lui adressa un sourire nerveux.

— OK. Ça suffit. Vous pouvez me le rendre, maintenant ?

Il fit comme s'il n'avait pas entendu et tourna la page. Ses traits ne trahirent aucune émotion lorsqu'il découvrit la scène tragique sculptée par Michel-Ange représentant le sauveur de l'humanité, gisant sur les genoux de sa mère. La *Pietà*.

La bouilloire se mit à trembler, comme si elle essayait d'échapper aux flammes. Coates resta assis et tourna la page sur le dernier dessin inachevé : *Persée tenant la tête de Méduse* tel qu'imaginé par Benvenuto Cellini. La tête à la chevelure de serpents dans toute son horreur, brandie tel un trophée par le demi-dieu.

Après avoir constaté que le reste du calepin était vide, Coates le referma et se leva. La vapeur qui sortait de la bouilloire émettait désormais un cri strident derrière lui. Il se décida à la retirer du feu, et demeura immobile, le regard braqué sur son invitée.

Consciente qu'il venait de s'armer, Marshall garda les yeux rivés sur le récipient plein de liquide brûlant qu'il tenait à la main.

— Vous êtes une jeune personne très intelligente, Jordan, lui dit-il.

— Merci, répondit-elle, avant de comprendre son erreur, et de corriger d'une voix rauque : ... C'est Laura.

— Je ne vous ai pas reconnue tout de suite, dit-il tandis que son affreuse petite bouche se retroussait en un rictus déplaisant.

Marshall eut l'impression de recevoir un coup de pied dans le ventre. Elle jeta un coup d'œil anxieux vers la porte d'entrée au bout du couloir.

— Cela ne me ressemble pas du tout, poursuivit-il sans reposer la bouilloire. Je me souviens de tout le monde... Je me demande ce que cela dit de vous.

Tu n'es qu'une gamine paumée qui s'est jetée sur la première chose qu'elle a trouvée pour donner un sens à sa vie. Les mots de Chambers lui revinrent à l'esprit, comme pour aller dans le sens de leur ennemi.

Quand il fit un pas vers elle, elle recula et se cogna contre un meuble. Une des figurines de céramique dégringola par terre.

— Oh, mince ! Je suis désolée, dit-elle.

Elle se baissa pour ramasser les morceaux d'une main si tremblante qu'elle se coupa.

— Vous devez me confondre avec quelqu'un d'autre, ajouta-t-elle d'une voix peu convaincante tandis qu'un filet de sang coulait le long de son bras.

— Je ne pense pas, non. Vous êtes l'amie d'Alphonse, dit-il en hochant la tête, les yeux fermés pour se replonger dans ses souvenirs. Vous travailliez ensemble au complexe sportif. Il parlait beaucoup de vous. Pas toujours en bien, je le crains.

Les larmes montèrent aux yeux de Marshall qui secoua la tête.

— Que faites-vous réellement ici ? demanda-t-il en se plaçant entre elle et la porte.

— Je suis désolée. Je ne vois vraiment pas de quoi vous parlez. Je dois y aller. Pardon.

Coates continua à bloquer le passage tout en observant avec fascination les émotions défiler sur le visage de la jeune femme.

— Vous êtes libre de partir, lui dit-il, la bouilloire dans sa main agitée de secousses.

Marshall demeura où elle était, craignant de passer aussi près de lui.

— Je n'ai pas la place.

— Bien sûr que si, lui assura-t-il.

Mais son sourire s'affaissa quand il la vit lever son col vers sa bouche.

— Je ne peux pas sortir, dit-elle d'une voix forte. J'ai besoin d'aide.

Les portes de devant et de derrière s'ouvrirent en même temps sur Chambers et Winter qui firent irruption dans la maison, encerclant leur principal suspect dans sa propre cuisine.

— Ça va ? demanda Chambers en remarquant le sang frais sur le sol.

Elle acquiesça et se rapprocha de lui.

— Je prendrais bien un biscuit en fin de compte, dit Winter, conscient d'être loin du Schwarzenegger qu'il avait visé.

Coates posa la bouilloire et dévisagea un à un ses invités.

— *Ah.* Chambers, dit-il en le saluant d'un hochement de tête. Et l'agent… Adam Winter, se rappela-t-il, comme si tout faisait enfin sens. Je pensais que nous avions tourné la page.

— Nous étions dans le coin, dit Chambers avec un haussement d'épaules. On s'est dit qu'on allait passer prendre notre amie.

— Et le chien, ajouta Marshall avec un geste en direction du labrador terrifié, tapi dans un coin.

— Et le chien, approuva Chambers.

— L'animal reste avec moi, rétorqua calmement Coates. Je suppose que ce serait une perte de temps de vous demander si vous avez un mandat vous autorisant à être ici ?

Le silence tint lieu de réponse.

— Dans ce cas, j'exige que vous partiez sur-le-champ. Au revoir, dit-il sèchement avant de se tourner vers Marshall. C'était un plaisir de vous revoir, Jordan.

Il sourit, avant de les accompagner jusqu'à la sortie, puis il les regarda traverser le jardin depuis l'encadrement de sa porte désormais cassée.

Mais, alors qu'ils étaient sur le point de quitter la propriété, Chambers porta deux doigts à sa bouche et émit un sifflement strident.

— Viens, mon chien ! appela-t-il.

Le chiot remonta le couloir à toutes pattes et passa comme une flèche à côté de Coates pour les rejoindre à l'extérieur sans demander son reste.

— Désolée, dit Marshall tandis qu'ils s'entassaient dans la camionnette.

Winter démarra le véhicule.

— On va où ?

— Loin d'ici, répondit Chambers avec un coup d'œil en direction de Coates qui les regardait partir.

— Cellini ?! beugla Chambers.

Winter, qui venait de se garer devant une aire de jeux, était maintenant convaincu qu'il était passé à côté de quelque chose.

— Je savais qu'il approuverait, protesta Marshall.

— C'était trop, trop tôt, et ça a fait sauter ta couverture !

— Ce n'est pas ça qui a fait sauter ma couverture, soupira Marshall, consciente que la vérité n'était pas beaucoup plus reluisante.

— Peu importe, dit Chambers, c'est terminé.

Il descendit de la camionnette, claqua la porte et s'éloigna.

— … Cellini ? demanda Winter, tandis que le chien en profitait pour monter sur le siège vacant.

— J'ignorais qu'il savait, dit-elle en appuyant sa manche sur la coupure douloureuse de sa main.

— Coates ?

— Chambers, répondit-elle tristement en regardant le sergent faire les cent pas à la lisière des arbres. *Persée tenant la tête de Méduse*. La nuit où il a été attaqué, je pense que le tueur avait l'intention de recréer cette sculpture… Ça aurait été sa troisième œuvre d'art.

— Méduse ? demanda Winter. La Méduse avec les serpents ?

— Et la tête fraîchement coupée d'un ennemi, dit-elle.

Elle voulut prendre son calepin, mais se rendit compte que, dans sa hâte, elle l'avait oublié dans la cuisine de Coates.

— Bon sang, souffla Winter.

— C'est lui... Coates, dit Marshall d'une voix déterminée alors que l'image du corps brisé de Tobias Sleepe surgissait malgré elle dans son esprit. Ça a toujours été lui. Et maintenant, j'en suis encore plus convaincue. Ce n'était pas le même Robert Coates que j'ai rencontré, il y a sept ans. (Elle marqua une pause pour essayer de mettre de l'ordre dans ses pensées.) Enfin, c'était le même homme, mais ce n'était pas la même personne. Je ne sais pas si je suis très claire ?

— Pas du tout.

— Ce n'était même pas le Robert Coates que j'ai vu à la maison de retraite tout à l'heure.

— Qu'est-ce que tu racontes ?

— Que je crois avoir compris pourquoi la petite amie de Henry John Dolan n'a pas reconnu la photo que je lui ai montrée... Coates est un caméléon.

— Un caméléon ?

— Il endosse différentes personnalités et modifie son apparence pour devenir celui qu'il a besoin d'être. (Elle se tourna vers Winter, qui semblait un peu perdu.) Qu'en penses-tu ?

— Je pense... qu'on devrait en parler avec Chambers.

Ils descendirent de la camionnette sous un arbre si rouge qu'il teintait la lumière autour de lui, et se dirigèrent vers le sergent pendant que leur nouvel animal de compagnie se défoulait.

— Ça va ? demanda Marshall.

— J'avais juste besoin de quelques minutes, répondit Chambers. C'était une erreur. C'est ma faute. Je n'aurais pas dû me laisser à nouveau embarquer dans cette histoire. Et tout ça pour rien, qui plus est.

— Je ne dirais pas « pour rien », protesta Winter. Nous avons récupéré un chien.

Il désigna l'animal en train de poursuivre un écureuil, avant de s'arrêter et… de faire une énorme crotte.

Chambers afficha une expression blasée.

— Et puis j'ai pris ça, annonça Marshall qui sortit de sa poche une lettre froissée et la lui tendit. Sa mère loue un jardin ouvrier dans West Putney depuis avant sa naissance, expliqua-t-elle. Peut-être que vous aviez raison de chercher quelque chose le jour où vous avez creusé sur son terrain… Je me demande si vous ne vous étiez pas simplement trompé d'endroit.

20

Après avoir attendu plus de sept ans et demi une véritable percée dans cette enquête, Chambers se sentit un peu déçu quand l'adresse en haut à gauche de la lettre volée le conduisit au bout d'un couloir sinistre dans les entrailles des locaux de la municipalité de Wandsworth. Une femme assise à son bureau derrière une vitre de sécurité, probablement superflue, lui ordonna de s'asseoir. Visiblement, les responsables des lieux s'attendaient à ce que leurs administrés déboulent à tout moment pour voler au Service des parcs et des espaces verts ses « trésors ».

Robert Coates ayant sûrement déjà appelé son bouledogue d'avocat afin de porter plainte, ils n'avaient plus que quelques heures pour dégoter une preuve tangible ; faute de quoi la paperasse et les sanctions disciplinaires rendraient leur principal suspect intouchable. Ainsi pressés par le temps, ils avaient décidé de se répartir les tâches. Pendant que Chambers suivait la piste du jardin ouvrier, Marshall et Winter étaient retournés à la maison de retraite des Grands Chênes ; la mère de Coates leur semblait en effet un bon point de départ pour vérifier la théorie de la jeune femme.

L'odeur nauséabonde d'un millier de cigarettes annonça l'arrivée d'un « volontaire » rétif venu s'occuper de lui.

L'homme gratta sans complexe le bas de son ventre d'amateur de bière, tout en relisant la lettre froissée :

— Lot 861, dit-il en guise de bonjour, faisant fi de la politesse. C'est heu… sur Doverhouse Road.

Il rendit la lettre à Chambers et fit demi-tour. Encore une mission rondement menée.

— Super, dit Chambers. Allons-y.

L'homme le regarda comme s'il venait de recevoir une gifle.

— Je vais avoir besoin que vous m'emmeniez là-bas, précisa Chambers… Maintenant.

— Winter, la vitre ! s'exclama Marshall après avoir montré son badge à un employé de la maison de retraite et demandé à voir Mme Coates.

— La voiture n'a rien, c'est à peine si je l'ai touchée ! rétorqua Winter sur la défensive.

— Non, je parlais du chien. Est-ce que tu as entrouvert la vitre ?

— Ah… ça… oui.

Une femme vint à leur rencontre.

— Bonjour ! Je suis Maisey ! leur lança la femme comme s'ils venaient d'arriver à une fête. Je suis l'aide attitrée de Meredith. Suivez-moi, je vais vous conduire à sa chambre.

La femme était tout le contraire de Marshall, elle semblait ivre des joies de la vie – le genre de personne à prendre des photos de fleurs et à soigner les oisillons tombés du nid –, pleine de bonnes intentions, mais inconsciente des réalités du monde qui finiraient un jour par la dévorer toute crue.

— Oh, qui a fait tomber ça ? demanda l'auxiliaire de vie en s'arrêtant devant eux.

Un peu à l'étroit dans son uniforme, elle ramassa non sans peine une brosse à cheveux, exposant ainsi ses reins et un tatouage insolite à la vue de Winter et Marshall.

— Est-ce que c'est… Marvin le Martien[1] ? demanda Winter.

— Oui, en effet ! répondit Maisey avec un sourire. Vous êtes un fan ?

1. Personnage des *Looney Tunes*.

— Bah, heu… plus ou moins comme tout le monde, dit-il, mal à l'aise.

— J'ai entendu dire que Mme Coates pouvait être parfois difficile à gérer, dit Marshall, mettant fin à cette conversation sans intérêt tout en prenant garde à ne pas révéler comment elle était au courant.

— Oh, c'est une adorable vieille dame, dit Maisey. Mais, oui, il lui arrive parfois d'avoir des moments *compliqués*. C'est pour cette raison que je suis devenue son auxiliaire de vie principale. Vous savez, son fils m'a dit un jour qu'il ne connaissait que deux personnes sachant mieux s'y prendre avec sa mère que lui, et que j'étais l'une d'elles. (Elle sourit avec fierté.) C'est ce genre de petites choses qui font que ce métier en vaut la peine. N'est-ce pas ? Nous y sommes.

Elle frappa deux fois, puis ouvrit la porte de la chambre de Meredith Coates. La vieille femme, allongée sur le dos, contemplait le plafond d'un air absent.

— Je suis désolée, mais cette conversation est confidentielle, dit Marshall à leur guide.

— Bien sûr. Dans ce cas, je ne vais pas entrer avec vous, sinon elle voudra que je reste, chuchota Maisey.

— Merci pour votre aide, dit Marshall en fermant la porte sur l'auxiliaire de vie avant de s'asseoir sur une chaise à côté du lit. Madame Coates ?… Madame Coates ?

La vieille dame tourna la tête, mais, perdue en elle-même, elle regarda à travers la jeune femme comme si cette dernière n'était pas là.

— Puis-je vous appeler Meredith ? (Elle sourit et un éclair de lucidité reconnaissance s'afficha brièvement sur son visage.) Très bien, Meredith. Je suis ici pour vous poser quelques questions à propos de votre fils.

Pendant que Marshall persévérait dans sa vaine entreprise, Winter se dirigea vers la coiffeuse. Il s'aperçut dans le miroir et, gêné, se passa la main dans les cheveux pour les repeigner, puis il s'arrêta quelques secondes pour observer sa calvitie naissante qui ne semblait pas pire que la dernière fois où il s'y était attardé. Dans un effort pour se concentrer sur l'objet de leur visite, il se détourna du reflet et ouvrit sans faire de bruit le premier tiroir de la commode, à l'intérieur duquel il trouva des chemises de nuit et de la lingerie. Il le referma aussitôt, et s'attaqua au suivant : encore des vêtements. Dans l'incapacité d'atteindre le dernier tiroir discrètement, il se baissa prestement et tira sur la poignée...

Alors qu'il se relevait avec un vieil album photo entre les mains, quelque chose tomba par terre. Il s'accroupit à nouveau pour le ramasser.

— *Hmmm*, Marshall, l'interrompit-il en lui tendant une enveloppe.

Celle-ci contenait les clichés les plus récents qui n'avaient pas encore été ajoutés aux pages jaunies de l'album. Sur la première, un Robert Coates séduisant enlaçait une superbe femme. Ils semblaient réellement heureux.

— On dirait que c'était une de ses étudiantes, dit-il en voyant que la seconde photographie représentait la belle inconnue le jour de sa remise de diplôme, avec en arrière-plan une bannière sur laquelle on pouvait lire « Promotion 1994 ».

Après avoir échangé avec Winter un regard entendu, elle reporta son attention sur l'occupante de la chambre.

— Meredith, pouvez-vous me dire qui c'est ?

Levant une main tremblante vers la photo, elle répondit :

— C'est mon Robert.

— Et la femme ? demanda-t-elle avec patience. Qui est avec Robert ?

Dans un bref moment de lucidité, la vieille dame esquissa un sourire empreint de tristesse avant de croiser pour la première fois le regard de Marshall.

— ... Eloise. Une fille merveilleuse.

— Eloise ? Connaîtriez-vous son nom de famille ? s'enquit Marshall d'une voix douce.

Elle secoua la tête.

— Elle me rendait visite avant.

— Ici ? Quand l'avez-vous vue pour la dernière fois ?

Mais elle était déjà repartie. Son visage devint totalement inexpressif, comme si elle venait d'être réinitialisée.

Marshall laissa échapper un long soupir et se leva pour rejoindre Winter qui feuilletait le fragile album. L'assortiment de photos de Robert Coates au fil des ans ressemblait plus à celui d'une fratrie, avec des changements drastiques d'apparence, de poids et de goûts vestimentaires, allant du hippie au costume-cravate en passant par tous les styles ayant été à la mode entre les deux.

— Nous allons avoir besoin de ça, lui dit Marshall à voix basse en vérifiant qu'il n'y avait personne en vue pendant que Winter cachait l'objet à l'intérieur de sa veste.

En soupirant à chaque pas, le gardien conduisit Chambers jusqu'à un lopin de terre quelconque.

— 861, annonça-t-il en sortant une nouvelle cigarette.

Un cabanon branlant régnait sur des légumes jaunis et sur les buissons de ronces qui avaient envahi le fin fond du jardin.

— Vous permettez ? demanda Chambers en désignant une pelle sur le terrain voisin.

L'homme, qui de toute évidence n'en avait rien à faire, haussa les épaules.

Chambers prit l'outil, revint au même endroit et se mit à creuser.

Les vieux registres des visiteurs de la maison de retraite étaient conservés ailleurs. De fait, vu qu'ils disposaient de peu de temps, et ne savaient pas par quelle année commencer, ils choisirent une autre approche.

— Va avec la camionnette à l'université, dit Marshall à Winter tandis qu'ils traversaient le parking, et trouve tout ce que tu pourras sur cette Eloise.

— OK. Juste une chose… En ce moment, je suis agent de sécurité, et plus policier.

— Et alors ? Improvise ! Fais appel à ton imagination. Nous n'avons plus beaucoup de temps ! Et je vais avoir besoin des photos.

Winter ouvrit sa veste et lui tendit l'album.

— Pourquoi ? Où vas-tu ?

— Si nous voulons que l'affaire soit rouverte, nous devons absolument prouver qu'il y a un lien entre Coates et le meurtre de Henry Dolan, expliqua-t-elle. Et, grâce à ça, je vais pouvoir obtenir une identification.

Le métal rouillé heurta quelque chose de solide à environ un mètre de la surface.

Chambers jeta la pelle, se laissa tomber à genoux et se pencha sur le trou. Il dégagea le reste à la main. Le blanc crayeux semblait presque luminescent contre la terre sombre. Il enfonça ses doigts dans le sol et en extirpa sa trouvaille avec précaution : long de quelques centimètres et plus pointu à une extrémité, il s'agissait indubitablement d'un os.

Le sergent bondit sur ses pieds et balaya du regard les terrains déserts à la recherche du représentant aigri de la municipalité.

— Hé ! appela Chambers pour attirer l'attention de l'homme. Savez-vous conduire ça ? cria-t-il en désignant une mini-pelleteuse près de l'entrée.

Équipé de trois photographies d'Eloise, Winter franchit les portes de l'université de Birkbeck en se demandant encore comment il allait faire pour sortir de là avec des informations personnelles sur une étudiante, sans badge et surtout sans mandat. Ses idées les plus prometteuses à ce stade étaient : se faire passer pour un membre de la famille perdu de vue, déclencher l'alarme incendie, ou (celle-là dépendait d'un certain nombre de facteurs)… séduire la documentaliste.

Alors qu'il était presque au niveau de l'escalier principal, il ralentit et revint sur ses pas jusqu'à une gigantesque vitrine à trophées. Il plaça l'un de ses clichés à côté de la photographie de l'équipe championne de lacrosse de 1992, et fit naviguer son regard entre la jeune femme qui brandissait la coupe en or au-dessus de sa tête et celle de la remise de diplôme, et lut Eloise Brown (capitaine d'équipe).

— Oh. (Il sourit, content de lui.) Un vrai cadeau.

La nuit semblait être tombée pendant les dix minutes qu'avait duré le trajet en taxi. Marshall descendit devant le salon de beauté et trouva porte close. Voyant la pancarte « fermé » suspendue de travers, elle vérifia l'heure. Tout en marmonnant des jurons, elle tambourina contre la vitre jusqu'à être enfin baignée de lumière, face à trois visages immaculés.

— Désolée de débarquer sans prévenir, dit Marshall en s'asseyant face à l'ancienne petite amie de Dolan pour la seconde fois en si peu de jours. Mais je me demandais si vous reconnaîtriez l'un de ces hommes.

Cette formulation lui avait semblé plus simple que d'expliquer qu'il s'agissait toujours du même sur toutes les photos.

Rita feuilleta l'album, et Marshall sentit ses espoirs s'évanouir à mesure qu'elle avançait... Mais, alors qu'elle venait de tourner une page, la femme s'attarda sur l'un des clichés.

— Celui-là, dit-elle en le tapotant de son ongle rouge sang.

— Vous en êtes certaine ? lui demanda Marshall.

— À cent dix pour cent, dit-elle. C'est lui. C'est « l'ami » de Henry.

Le froid s'était installé, réveillant sa blessure à la jambe, et les cachets suffisaient tout juste à rendre la douleur supportable. À peine capable de s'agripper à son café, Chambers regarda l'équipe de la municipalité creuser le terrain à la lampe torche. Depuis deux heures, des pelleteuses déplaçaient la terre tandis que le reste des hommes travaillaient manuellement. Le remue-ménage avait attiré un public d'adolescents en mal d'activité, et de riverains en mal de commérages, venus des maisons derrière le site. Les policiers qu'il avait appelés avaient sécurisé le périmètre et, jusque-là, avaient admirablement réussi à tenir les curieux à l'écart.

— Excusez-moi, sergent, dit un homme maculé de terre de la tête aux pieds. Vous vouliez être prévenu une fois le premier carré terminé ? dit-il, l'air légèrement traumatisé.

Chambers hocha la tête et le suivit jusqu'à un trou de cinq mètres sur cinq. Il traversa avec précaution le tapis d'os constitué de dizaines de squelettes d'animaux pour la plupart encore parfaitement assemblés. Un charnier dont la création remontait à plusieurs années.

— Combien de personnes supplémentaires pouvez-vous faire venir ? demanda-t-il à l'homme.

— Le carré trois est presque fini, répondit-il. Et le deux est en bonne voie. Je pense que nous pouvons y arriver ainsi.

Chambers considéra l'étendue de jardins ouvriers et ressentit un pincement de culpabilité. Avec ses cabanons et ses clôtures qui encadraient des terrains aux mesures identiques, dans l'obscurité l'endroit ressemblait à un village miniature.

— Ça, c'est juste pour ce soir, dit-il. Demain, nous nous occuperons du reste.

— *Heu...* Pardon ?

— Vous m'avez bien entendu. On va *tout* retourner.

Le chien s'était roulé en boule sur le plancher. Avec le chauffage qui soufflait de l'air chaud dans la cabine et le moteur qui vibrait doucement, la camionnette était un endroit où passer la soirée étonnamment confortable. Winter s'était garé devant le même arbre que précédemment. Le choix du parc peu fréquenté à l'angle de la rue de Coates leur avait semblé logique pour leur rendez-vous avec les forces de la Metropolitan Police.

Le chien leva la tête en entendant un coup frappé au carreau.

— Marshall ? demanda un officier en uniforme quand elle abaissa la vitre.

— Oui ?

— J'ai un sergent Chambers pour vous sur la radio.

— Merci. (Elle se tourna vers Winter.) Tu viens ?

— Non, répondit-il en bâillant. Je vais rester ici et m'occuper du chien.

Elle suivit le policier jusqu'à sa voiture et s'assit à l'intérieur pour prendre le micro. L'homme et son collègue partirent fumer une cigarette pour lui permettre d'avoir une conversation privée.

— Chambers ?

Un déclic.

— Je venais simplement aux nouvelles... À vous.

— On attend l'unité d'intervention rapide, mais on a des uniformes qui surveillent la maison. À vous.

— Ils ont délivré le mandat d'arrêt... À vous.

— Juste à temps. Vous devriez être là pour ça. À vous.

— Je suis occupé ici. À vous.

— Je suppose que vous n'avez pas encore trouvé de restes humains ? À vous.

— Négatif. Je pense toujours que Dolan était son premier. À vous.

Marshall dut se protéger les yeux des phares qui venaient de tourner au coin de la rue.

— On dirait qu'ils sont arrivés. Je ferais mieux d'y aller. À vous.

— Faites attention. À vous.

— Compris… Terminé.

« Go ! Go ! Go ! »

Winter se sentit un peu inutile en regardant l'équipe d'agents armés envahir la propriété de Robert Coates, et le premier officier s'attribuer le mérite pour la porte qu'il avait lui-même défoncée plus tôt dans la journée. Les silhouettes sombres se découpèrent sur les voilages pendant qu'ils se dispersaient dans la petite maison, une descente de police en ombres chinoises.

Marshall fut la dernière à entrer, et encore, elle avait dû négocier âprement pour avoir cet honneur. Des « RAS ! » commencèrent à retentir à travers toutes les pièces lorsqu'elle pénétra dans le couloir étonnamment vide. Les meubles étaient toujours là, mais les piles de paperasses avaient disparu. Un coup d'œil en passant devant le salon lui apprit qu'il était tout aussi dégagé.

— Quelqu'un a fait un feu de joie, commenta un agent alors qu'elle arrivait dans la cuisine ; quatre poubelles en métal encore fumantes étaient rassemblées sur la terrasse.

Elle se renfrogna en voyant son calepin en évidence sur la table et s'avança pour le récupérer tandis que des policiers dépités quittaient les lieux. Coates semblait avoir brûlé toutes ses possessions, et, pourtant, il avait laissé ça. Un acte de bonté dont elle l'estimait incapable, ce qui signifiait qu'il l'avait abandonné là dans un but bien précis.

D'une main hésitante, elle l'ouvrit, passa un à un ses dessins du *Penseur*, de la *Pietà*… et son croquis inachevé de *Persée tenant la tête de Méduse.* Elle retint son souffle au moment de passer à la page suivante, et sentit son ventre se nouer quand Winter déboula derrière elle dans la pièce.

— Ils ont dit qu'il était parti ? dit-il, haletant. Marshall ? Que se passe-t-il ?

Il la rejoignit près de la table et jeta un coup d'œil par-dessus son épaule au nouveau dessin qu'elle était en train de regarder, puis elle tourna la page sur un autre… et puis un autre.

— Qu'est-ce que c'est que ça ? demanda-t-il.

Comme elle ne semblait pas l'avoir entendu, il l'appela :

— Marshall ?

Elle pivota lentement pour lui faire face.

— Mon Dieu, Winter, dit-elle d'une voix blanche. Qu'avons-nous fait ?

Jeudi

21

Eve se leva cinq minutes avant l'heure programmée sur son réveil. Cela arrivait souvent quand elle devait passer une journée entière au tribunal. En tâtonnant dans le noir afin de ne pas réveiller Chambers, elle réussit à désactiver l'alarme, récupérer ses vêtements sur le dossier d'une chaise, et sortir de la chambre en ne se cognant les orteils que deux fois – un nouveau record.

Elle ferma la porte et se détendit légèrement, puis alluma la télévision sur le comptoir de la cuisine dont le volume était à peine plus élevé que celui d'un murmure. En préparant le café, elle fut surprise de constater que la machine était toujours chaude de la veille – encore quelque chose qu'il allait falloir remplacer. Elle était en train de prendre le lait dans le réfrigérateur quand des bribes du journal du matin lui parvinrent.

« … ce matin les résidents de ce lotissement tranquille ont découvert à leur réveil un crime affreux… »

En bâillant, elle versa deux cuillerées à café de sucre dans sa tasse favorite… puis une troisième.

« … Le corps d'une jeune femme. Des rapports venant de la scène de crime semblent indiquer qu'il lui manquerait au moins un membre. Pour l'heure, nous ignorons s'il s'agit d'une blessure antérieure au décès ou infligée au cours de l'agression…

Les oreilles bourdonnantes à l'écoute de l'horrible histoire qui continuait à être diffusée par les haut-parleurs, Eve prit la télécommande :

Vol IIII

« … comme cela a déjà été dit, ces rapports n'ont, pour le moment, pas été confirmés. Cependant, différentes sources nous ont informés que la disposition du corps présente une ressemblance troublante avec une célèbre œuvre d'art… »

Saisie par une désagréable impression de déjà-vu, Eve coupa le son de la télévision, comme si le fait de ne plus entendre ce qui se disait sur ce crime pouvait le faire disparaître. Elle n'avait pas du tout envie d'en parler à son mari et demeura debout quelques minutes à réfléchir avant de se résigner à l'idée qu'il devait être mis au courant. Sans se préoccuper du cliquetis de la machine à café indiquant qu'elle avait atteint la température voulue, elle retourna dans la chambre. Le rai de lumière qui s'échappait de la porte entrouverte tranchait l'obscurité. Elle s'approcha du lit sur la pointe des pieds.

— Ben, chuchota-t-elle en s'asseyant à côté de lui.

Sa main tendue ne rencontra que le matelas. Surprise, elle tira sur la couette. Le lit était vide. Elle bondit sur ses pieds, et alluma la lampe de chevet en appelant :

— … Ben ?

Armé d'un thermos de café, Chambers se faufila sous la rubalise et montra son badge à l'agent qui arrivait en courant.

— Chambers. Criminelle, annonça-t-il.

— Mon Dieu ! s'exclama le jeune homme en poussant un soupir de soulagement.

— … *Chambers*, répéta le sergent, craignant dans le délire induit par le manque de sommeil de s'être d'une façon ou d'une autre survendu.

L'agent sourit.

— Je veux dire, *mon Dieu*, ce que je suis content de vous voir ! Suivez-moi. C'est par là.

Il descendit la colline en direction de la rivière, où une couverture crasseuse dissimulait une forme de taille humaine.

Avec l'aube froide en toile de fond, la silhouette ressemblait à un costume de Halloween minable.

— C'était tout ce que j'avais dans la voiture, expliqua le policier en remarquant l'expression désapprobatrice du sergent.

— Enlevez-moi ça.

— Mais… les journalistes…

— … sont le problème de personnes bien mieux payées que nous, termina Chambers à sa place. Et ne sont rien par rapport à la nécessité de préserver les preuves.

— Oui, mais…

— Écoutez ! aboya Chambers pour qui il était décidément beaucoup trop tôt. Si ça vous ennuie à ce point, vous avez ma bénédiction pour tenir votre couverture dégueulasse à bout de bras jusqu'à ce qu'on nous installe un écran. Mais ôtez-la !

Pendant que le jeune homme réprimandé découvrait la victime, Chambers se rendit au bord de l'eau afin de se préparer, comme il le faisait toujours avant de poser les yeux sur un cadavre : une âme arrachée à l'existence contre son gré ; avec pour conséquence le chagrin, la perte et la colère qui touchaient un nombre incalculable d'autres vies – celles de ceux qui avaient connu ces victimes… ainsi que celles de ceux qui désormais ne les connaîtraient jamais.

Chambers secoua la tête pour sortir de son introspection ; les idées philosophiques d'Eve commençaient vraiment à entraver la carrière qu'il s'était choisie.

Les yeux rivés sur le reflet de l'eau qui clapotait contre la berge, il vit la couverture tomber et révéler l'œuvre défigurée qu'il avait redoutée. Le cœur lourd, il se força à se retourner pour la regarder en face.

Les cheveux tressés autour de sa couronne, des feuilles mêlées à sa coiffure complexe, la magnifique jeune femme était debout avec pour seul vêtement un simple pan de tissu agité par la brise et lâchement enroulé autour de sa taille. Contre toute attente, elle semblait paisible, voire heureuse. L'esquisse d'un sourire aux coins de ses lèvres ne faisait qu'accentuer l'aspect perturbant des mutilations encore fraîches juste au-dessous de ses épaules. Amputée des deux bras, la silhouette projetait une ombre inégale, et la peau s'arrêtait de manière abrupte, artificielle, comme du marbre brisé – la *Vénus de Milo* réincarnée en chair mutilée.

Considérant qu'il en avait assez vu, Chambers commença à remonter la pente herbeuse pendant que le policier inexpérimenté tenait toujours galamment sa couverture miteuse.

— Hé, cria-t-il après Chambers. Où allez-vous ?

— Sortir du lit quelqu'un qui pourra vous aider.

— Donc… pas vous ?

Sans un regard en arrière, Chambers secoua la tête.

— Pas moi.

★

— OK, dit l'inspectrice en chef Wainwright, qui veut m'expliquer comment une stagiaire des stups… (Marshall, qui avait presque elle-même oublié qu'elle était une bleue, évita le regard des autres personnes présentes dans la pièce)… un sergent de la criminelle expérimenté, et un… (la femme à l'allure austère vérifia la feuille de papier posée devant elle) un agent de sécurité de Sainsbury's se sont retrouvés à mener une enquête non autorisée sur une affaire vieille de sept ans ?

Wainwright était la troisième personne à occuper ce poste depuis le départ de Hamm. Dans un retournement de situation que personne n'avait vu venir, ce dernier avait pris la porte « pour convenance personnelle » ; un motif qui d'après Chambers ne reflétait pas la violence avec laquelle il avait frappé l'un de ses agents… qui, lui non plus, ne l'avait pas vu venir. Toute l'histoire avait évidemment été étouffée, car une vieille connaissance de Hamm était intervenue, permettant au chef de service, aussi incompétent que dérangé, de s'en aller la tête haute, avec sa retraite complète et une fête de départ digne d'un héros.

En comparaison, Wainwright était une agréable bouffée d'air frais ; bien que parfois un peu trop à cheval sur les procédures, elle était en général juste et accessible. Le poste qu'elle avait gagné grâce à un travail acharné, les années à bosser la nuit, la junk food et une dépendance à l'alcool induite par son employeur avaient, comme pour ses collègues, laissé des séquelles visibles. Les rides profondes qui marquaient sa peau, tels des lits de rivières asséchés, la faisaient paraître âgée de dix ans de plus.

— … Eh bien ? dit-elle en constatant que personne ne lui répondait.

Winter se racla la gorge.

— Tout a commencé après une course-poursuite à grande vitesse… heu… vitesse moyenne serait plus exact. On était tous les deux fatigués à la suite de sa première tentative de vol d'une cassette vidéo de *Jurassic Park*, que je…

Sentant qu'il était en train de perdre son public, et ayant entendu Chambers se frapper le front, il laissa sa phrase en suspens.

— Hmmm. Vous préférez peut-être que ce soit eux qui vous racontent, conclut-il en se reculant maladroitement sur sa chaise.

Wainwright se tourna vers Chambers.

— Expliquez-moi comment vous est venue l'idée d'enquêter sur un homme qui avait été lavé de tout soupçon.

Chambers se renfrogna.

— Mais qui était bien coupable.

— Mais sur lequel vous n'auriez pas dû enquêter, contra l'inspectrice en chef pendant que Winter et Marshall suivaient du regard les arguments qui rebondissaient d'un côté à l'autre du bureau.

— Mais qui, si nous ne l'avions pas fait, n'aurait jamais été démasqué parce que aucun autre gogo ne s'intéressait à lui, dit Chambers qui commençait à s'agacer.

— Vous auriez dû d'abord demander l'autorisation.

— Vous nous l'auriez donnée ?

— Non.

Visiblement sur le point d'exploser, le sergent leva les bras au ciel en signe d'exaspération.

— Écoutez, dit calmement Wainwright. Je ne dis pas que je ne suis pas contente que vous l'ayez fait. Je dis juste que je vais devoir vous sanctionner pour l'avoir fait. Est-ce que vous comprenez ?

— Absolument pas.

Winter leva timidement la main.

— Oui ? demanda Wainwright en se tournant vers lui.

— Est-ce que ma sanction pourrait être décidée par les grands patrons de Sainsbury's ? Parce que je suis encore une fois en retard au boulot et mon chef, Dan, va chier une pendule.

— D'accord.

— Super. Alors, je peux y aller ?

— Non. (Wainwright semblait déjà fatiguée.) *Vous*, dit-elle à l'attention de Marshall. Vous ne m'avez pas encore énervée. Et si vous me mettiez au courant ?

— … et il a ajouté cinq nouveaux dessins ? demanda Wainwright, l'air malade, prenant la parole pour la première fois en quinze minutes. Il reste donc quatre meurtres ?

— Je pense que nous pouvons partir du principe que c'est son intention, dit Marshall, le cœur au bord des lèvres, comme cela avait été le cas toute la journée.

— Mon Dieu, grogna l'inspectrice en chef en s'affalant dans son fauteuil. Pourquoi nous dire ça ? Pourquoi laisser ces croquis ?

— Aucune idée, dit Marshall en haussant les épaules. Pour nous narguer ? Nous tester ? En tout cas, après nos petites retrouvailles dans sa cuisine, il savait que nous étions après lui et qu'il n'avait plus rien à perdre, termina-t-elle d'un air coupable.

— OK, dit Wainwright d'une voix déterminée en reportant son attention sur Chambers. Je vous nomme responsable de l'affaire.

— Pardon ? demanda-t-il, surpris.

— C'est votre affaire.

— Non. Non. Non, dit-il. Refilez-la à quelqu'un d'autre.

— Vous avez travaillé sur la première enquête, dit-elle. Et vous aviez raison sur toute la ligne, ce qui fait de vous la personne la plus qualifiée pour attraper cet homme. Pouvez-vous me donner un argument valable pour justifier votre refus ?

Winter s'agita nerveusement en jetant un coup d'œil à son collègue, tandis que de l'autre côté le regard de Marshall se posait brièvement sur la jambe du sergent.

— … Non, répondit-il en secouant la tête de contrariété.

— Alors, c'est réglé, dit Wainwright. Voulez-vous que je demande le transfert de Marshall pour vous assister ?... Si vous êtes d'accord, évidemment ?

La jeune policière hocha la tête avec enthousiasme.

— Ouais, ronchonna Chambers. Plus on est de fous, plus on rit.

— Et Winter..., commença l'inspectrice en chef. (Il se redressa plein d'espoir.)... Vous devriez retourner au boulot avant que « Dan » ne chie cette pendule dont vous nous parliez tout à l'heure.

— Oh, soupira-t-il l'air déçu.

— Alors, quelle est la prochaine étape ? demanda Wainwright.

— Eloise Brown, répondit Marshall. Nous pensons qu'elle a eu une relation avec Coates à un moment donné. Nous devons l'interroger.

— Et maintenant que c'est officiel, renchérit Chambers avec amertume, j'aimerais fouiller son bureau à l'université.

— Ce sont les étapes deux et trois, leur rétorqua Wainwright. En premier lieu, nous devons faire en sorte que tous les yeux du pays cherchent cet homme. J'aurais besoin que vous me fournissiez une sélection de photos à faire circuler dans les médias.

— Êtes-vous certaine de vouloir impliquer la presse là-dedans ? s'étonna Chambers.

— L'envie n'a rien à voir avec ça. Mais je ne vois pas quelle autre possibilité nous avons. Comme Marshall l'a astucieusement formulé : cet homme est un caméléon. Nous n'arriverons pas à le retrouver seuls.

— Et qu'allons-nous leur dire ? s'enquit Chambers en se demandant quelles étaient ses chances de cacher tout ça à Eve.

— Suffisamment de choses, répondit Wainwright, pensive... La vérité. Qu'aujourd'hui, après avoir échappé à nos radars pendant sept ans, Robert Coates est *officiellement* considéré comme un tueur en série.

22

Chambers proposa de déposer Winter à son travail en allant rencontrer Eloise Brown, mais, sans grande surprise, l'implacable circulation londonienne transforma ce geste de bonne volonté en un calvaire.

— Hé, les gars ? appela Winter depuis le siège arrière.

Marshall se tourna et le regretta aussitôt.

— Bon sang, Winter ! Mets un pantalon !

— Je ne m'attendais pas à ce que tu regardes !

— Tu as dit « Hé, les gars », évidemment que j'allais te regarder ! rétorqua-t-elle sèchement, les yeux rivés sur la voiture devant eux, pendant qu'il plantait ses pieds sur la vitre pour enfiler son uniforme.

Ils roulèrent en silence quelques minutes.

— … Hé, les gars ?

— Quoi ?!

— Je me demandais… ou plutôt, je me disais que vous pourriez peut-être… je sais pas, attendre que j'aie fini mon service pour aller voir Eloise Brown.

— C'est une blague, j'espère ? s'exclama Chambers.

— Je pensais juste…

— Nous enquêtons sur des meurtres. Coates nous a déjà informés qu'il allait tuer à nouveau. Chaque seconde compte. Et tu veux qu'on t'attende ?

— Dit comme ça…, dit Winter, gêné. Ouais. Vous avez raison. Oubliez.

— Soyez sympa avec lui, demanda Marshall à Chambers. Sans Winter, nous ne serions même pas au courant de l'existence d'Eloise Brown. (Elle se tourna pour lui adresser un sourire d'encouragement.) Mais bon sang ! Où est ton haut ?!

— Coincé dans ta portière, répondit-il, le ventre pendouillant par-dessus sa ceinture.

Marshall ouvrit et ferma la portière en vitesse, puis jeta le polo à l'arrière.

— Et si, avec la permission de Chambers, bien sûr, dit-elle avec un coup d'œil à son supérieur, je passais te voir plus tard pour te mettre au courant de tout ce qu'on aura appris ?… Ça t'irait ?

— Ça serait possible ? demanda Winter, avec un sourire radieux.

Chambers acquiesça avec réticence en s'arrêtant devant les portes du supermarché.

— À tout à l'heure, dit Winter en bondissant sur la chaussée.

— Sac ! lui rappela Marshall.

— Merci. À plus ! s'écria-t-il après avoir récupéré ses affaires.

Chambers et Marshall le saluèrent de la main tels des parents fiers de leur bambin tandis qu'il sautillait quasiment jusqu'à son travail.

— Vous êtes sûre que c'est là ? s'enquit Chambers avec un manque d'enthousiasme évident en regardant l'entrée de toilettes souterraines.

— Tout à fait, répondit Marshall en désignant un panneau flambeau neuf.

Gallery.sw 7

Ils poussèrent la grille et descendirent l'escalier de pierre en direction du bruit de travaux. Quand ils arrivèrent dans l'espace souterrain, l'odeur d'urine était si forte qu'elle leur fit littéralement monter les larmes aux yeux.

— Ah ! Bonjour ! sourit une belle femme vêtue d'une chemise trop grande couverte de peinture sèche et dont les cheveux, châtain clair, étaient attachés en une multitude de petites couettes. Vous êtes le gars des toilettes ?

Marshall ricana. Gêné, car il portait son pantalon le plus chic, Chambers fusilla sa collègue du regard et sortit son badge.

— Non, je suis le sergent de la criminelle.

— C'était aujourd'hui ? s'esclaffa-t-elle avant de se renfrogner. Mais, du coup, il vient quand le gars des toilettes ?

Tous trois restèrent un moment silencieux, comme si elle s'attendait réellement à ce que Chambers réponde à sa question.

— ... Je ne peux vraiment pas vous aider sur ce point. Êtes-vous bien Eloise Brown ? ressentit-il le besoin de lui demander afin de s'assurer que cette tête en l'air était bien la personne qu'ils cherchaient.

— Oui, c'est moi. Je vous aurais bien serré la main, mais... (Elle baissa les yeux sur la sienne.) Je ne suis pas entièrement certaine de ce qu'il y a dessus.

Elle s'essuya sur sa chemise, et voyant le regard dégoûté des deux policiers s'excusa :

— Désolée. Est-ce que je suis encore dégueu ? Je ne m'en rends même plus compte. Je sais que ça ne ressemble pas à grand-chose pour l'instant, mais avec quelques couches de peinture ça deviendra la galerie la plus branchée de la ville.

Le dicton *astiquer un étron n'en fait pas un diamant* lui vint un peu trop vite à l'esprit, mais Chambers décida de le garder pour lui.

— En surface, je n'aurais jamais pu me payer un tel espace, leur dit-elle sur un ton enjoué en embrassant du regard son royaume de canalisations. Mais ce lieu... C'était comme trouver un gisement de pétrole en plein centre de Londres.

— Je ne suis pas sûr que ce soit du pétrole, marmonna Chambers en enjambant une flaque à l'aspect répugnant. Est-ce qu'il serait possible de discuter dans un endroit un peu plus... Ailleurs ?

— Bien sûr, répondit Eloise avec un haussement d'épaules.

Marshall et Eloise lorgnèrent avec envie du côté de l'hôtel Rembrandt, mais comme c'était Chambers qui payait, elles acceptèrent poliment sa suggestion, et tous trois se retrouvèrent assis à une table collante dans un McDonald's plus bas dans la rue. Tout en se goinfrant, Chambers écouta Marshall mener l'interrogatoire.

— Je vais commencer par quelques questions simples, dit-elle à Eloise. Avez-vous eu une relation avec Robert Coates ?

— Elle est facile, celle-là ! Oui.

— De quand à quand ?

Elle réfléchit un moment et compta sur ses doigts.

— De mars à novembre 1994. Huit mois. Nous discutions dans les couloirs quand il n'y avait personne, nous volions quelques minutes ensemble dès que l'occasion se présentait. Il ne voulait pas que ça se sache. Il était parano à ce sujet. Les règles c'était les règles. Nous avons eu notre premier rencard « officiel » le jour où j'ai reçu mon diplôme. (Elle lança à Chambers un regard désapprobateur.) C'est votre second burger ?

— Je suis debout depuis 5 heures du matin !

Les deux femmes s'éloignèrent du morceau de viande mâchée que Chambers avait postillonné sur la table.

— Comment décririez-vous Robert ? poursuivit Marshall.

Une fois de plus Eloise prit le temps de la réflexion.

— Bel homme, charmant, dit-elle le rouge aux joues comme s'il venait de passer et de lui faire un compliment, terriblement intelligent et… intense.

— Intense ? Dans quel sens ?

— Dans tous les sens. Par exemple, il m'a demandée en mariage après seulement trois mois de relation… (Marshall haussa les sourcils, elle avait la ferme intention d'attendre que le prétendant qu'elle se choisirait ait prouvé sa valeur, et soit six pieds sous terre, avant de se lamenter sur le fait qu'après tout ils auraient peut-être dû se marier.) Et *chaque jour* après ça, ajouta tristement Eloise. À l'époque, je trouvais ça romantique. Avec le recul, je n'en suis plus si sûre.

— Est-ce que vous étiez souvent… intimes ?

— Waouh ! Même si j'adorerais partager les détails de ma vie sexuelle avec vous et Hamburgoinfre, je crois qu'il est temps que vous me disiez ce qui se passe.

— Votre ex est un tueur en série, répondit Chambers sans ménagement. Il a assassiné trois personnes en 1989, et une autre ce matin : une jeune femme… à qui il a coupé les bras.

Marshall le regarda comme s'il avait perdu la raison.

— Quoi ? dit-il en prenant une poignée de frites. Ça va faire la une des journaux de toute façon.

Eloise prit quelques minutes pour digérer la nouvelle, puis hocha la tête.

— Excusez-moi, dit Marshall, mais pour quelqu'un qui a passé huit mois de sa vie avec lui, vous n'avez pas l'air particulièrement choquée.

— En tant que personne qui a mis fin à cette relation et qui a ensuite essayé de ne plus jamais avoir affaire à lui… je ne le suis pas.

— Essayé ? répéta Marshall.

— Robert tente régulièrement de renouer le contact en m'envoyant des lettres… des fleurs. Je me contente de l'ignorer.

— À quand remonte la dernière fois ?

— Je ne sais pas. Plusieurs mois.

Elle haussa les épaules.

— Vous aviez des soupçons à l'époque ?

— Ce n'était qu'un détail, dit Eloise, la tête tournée vers la fenêtre, comme si elle regardait l'histoire se dérouler quelque part dans la rue. Il était de plus en plus souvent chez moi. Tout se passait bien. Nous étions heureux. Mais chaque soir, il y avait des grattements dans les murs, le bruit de quelque chose qui marchait à côté de nos têtes.

— Une souris ? demanda Marshall.

— C'est ça. Et qu'est-ce que vous faites quand vous avez une souris ? Vous achetez des pièges. Ce que j'ai fait. Je n'ai pas pris le piège humain qui permet de les relâcher dehors. Non. J'ai choisi le truc avec la barre de métal et le ressort qui les écrase. Je voulais que cette créature meure… Puis, un matin, j'ai remarqué que le piège avait disparu. Je suis descendue pour me rendre dans la cuisine, et je ne me suis jamais sentie aussi dégoûtée que quand j'ai vu ce petit animal à l'agonie qui se débattait. Je n'avais qu'une envie : remonter le temps, soigner cette pauvre bête, et lui construire une confortable petite maison dans le mur, avec une petite lumière. Parce que, en y repensant, l'entendre gratter la nuit avait quelque chose de rassurant. Ça signifiait que je n'étais jamais vraiment seule.

» Bref, visiblement Robert venait de la trouver et avait décidé de mettre fin au calvaire de la pauvre créature pour éviter que je sois bouleversée. J'étais sur le point de sortir de la pièce, quand je l'ai vu prendre le couteau à fromage dans le tiroir. Un de ces couteaux superaiguisés à la lame incurvée, terminée par deux pointes, vous voyez ? Et c'est à ce moment-là que j'ai remarqué les deux autres couteaux sur le plan de travail, déjà tachés de sang. J'ai étouffé un cri, et il s'est tourné vers moi. Il n'a rien dit… Il est juste resté là avec cette expression dépourvue d'émotion et ces yeux morts. Ça a été comme si je le voyais pour la première fois… Comme si je voyais le vrai lui.

» Vous savez, quand un enfant arrache les ailes d'un cousin ? C'est un acte de domination cruel, mais personne ne s'inquiète, car cela passe pour de la curiosité naïve, justifiée par le fait que son cerveau est encore en plein développement et qu'il n'a pas conscience des conséquences ; de plus, c'est également considéré comme une façon d'accepter sa place dans l'ordre naturel des choses, dit-elle, sa personnalité évaporée soudain remplacée par l'esprit clair et précis d'une universitaire. Le changement dans son comportement a été aussi drastique que tout ce qu'aurait pu conjurer Robert Coates.

— C'était plus ou moins ça, poursuivit Eloise. Il ne semblait pas vraiment prendre plaisir à torturer le minuscule animal, mais plutôt répondre à un besoin.

L'appétit coupé, Chambers remit son hamburger dans l'emballage.

— L'avez-vous signalé ? lui demanda Marshall.

— À qui ? rétorqua Eloise d'une voix agacée. La police ? Pour leur parler de quoi ? D'une souris presque déjà morte et d'un regard flippant ? Je ne crois pas qu'ils auraient envoyé les hélicoptères, et vous ?

Gênée, Marshall baissa les yeux.

— Aviez-vous un chien ensemble ? s'enquit Chambers.

Cette question fit surgir en lui une inquiétude plus urgente, et il se tourna vers Marshall :

— Qu'est-il arrivé à notre chien ?

— Il est chez la mère de Winter, pour l'instant.

— Oh, dit-il, soulagé.

— Elle l'a appelé Bertie.

— *Bertie* ? Ce n'est pas un Bertie, s'offusqua-t-il avant de revenir à la conversation d'origine. Donc aviez-vous un chien ?

— Non. Pourquoi ?

— Comme ça.

Eloise le dévisagea un moment, puis saisit l'occasion de poser à son tour une question :

— Vous avez dit qu'il… qu'il avait coupé les bras de cette fille ? chuchota-t-elle, l'air naturellement effaré.

— Pendant qu'elle était immobilisée… un peu comme votre souris, répondit Chambers sur un ton accusateur, comme si elle aurait dû voir les signes.

— Mon Dieu.

— … Avant de la mettre en scène pour recréer la *Vénus de Milo*, ajouta-t-il.

Eloise ne cilla pas, mais elle perdit de ses couleurs tandis que dehors des nuages menaçants assombrissaient tout le restaurant.

— Qu'est-ce qu'il y a ? demanda Marshall en remarquant son changement d'expression.

— C'est juste que… ça lui ressemble tellement, répondit-elle. Il a ce… ce besoin viscéral de créer de la beauté en partant de la laideur. C'était probablement ce que j'aimais le plus chez lui. (Elle éclata d'un rire amer.) C'est tordu, non ? Je suppose que ça peut paraître étrange, mais c'est en quelque sorte sa façon de gérer ce qu'il ne parvient pas à accepter.

— Comme ? demanda Marshall.

— Comme quand il y a eu un incendie à l'université. Ils ont perdu la moitié de la section arts. Des années de travail irremplaçable…, impossible à reproduire. Et vous savez ce que Robert a fait ? Il a passé une semaine entière plongé dans les débris, à recréer ce qu'il pouvait de mémoire… cela a donné naissance à d'incroyables sculptures de cendres.

— Des sculptures ? répéta Marshall en échangeant un regard avec son collègue.

Eloise hocha la tête en souriant avec nostalgie malgré ce qu'elle venait d'apprendre sur le héros de son histoire.

— C'était vraiment extraordinaire… vraiment. Oh ! Il y a aussi eu la fois où je me suis cassé le bras et où on m'a dit que je ne pourrais pas peindre avant des mois. J'étais inconsolable. Mais Robert est resté près de moi non-stop pendant presque deux jours à recouvrir mon plâtre d'une des plus merveilleuses peintures que j'ai jamais vues, pour me remonter le moral.

— Qu'a-t-il peint ? s'enquit Marshall qui à cet instant s'exprimait plus comme une amie envieuse que comme une policière.

— Nous. (Eloise sourit, des étoiles dans les yeux.) Nous, en Apollon et Daphné… Quoi ? demanda-t-elle en remarquant l'expression inquiète sur les visages de ses deux interlocuteurs… Qu'est-ce qu'il y a ?!

— Nous allons vous demander de venir avec nous.

— T'aurais peut-être pu balancer un peu de faux sang dans la pièce, histoire de rendre l'endroit encore plus cauchemardesque, non ? dit Chambers, agacé, à l'agent Larbin (personne ne connaissait son vrai nom) en voyant la galerie d'agrandissements des scènes de crime aux côtés de reproductions des œuvres d'art qui les avaient inspirées. À court de place, le jeune homme, dans un excès de zèle, avait même recouvert les fenêtres. La lumière qui filtrait entre les bords des clichés collés contre les vitres leur donnait un aspect encore plus perturbant.

Ils avaient ramené Eloise à New Scotland Yard dans le but d'approfondir leur interrogatoire, et l'avaient conduite dans la terrifiante pièce que la criminelle avait mise à leur disposition afin d'enquêter sur les meurtres avec leur équipe qui grandissait à toute allure. Fascinée par les terribles images qui l'entouraient, Eloise longea le mur d'investigation pendant que

Chambers faisait sortir ses subordonnés et allumait davantage de lumières.

— C'est Robert qui a fait *tout* ça ? demanda-t-elle d'une voix lointaine et hébétée.

— Oui, répondit Marshall dans un murmure respectueux.

— Vous ne trouvez pas qu'elles ont quelque chose de magnifique ? commenta Eloise… Enfin, c'est horrible, bien sûr. Ces pauvres gens, ajouta-t-elle précipitamment sans pouvoir cacher l'étincelle d'émerveillement qui faisait briller ses yeux noisette.

— Prenez votre temps, lui dit Marshall. Tout ce que vous pourrez nous dire, même si ça vous paraît insignifiant, est susceptible de nous aider.

— Je ne vois pas ce que je pourrais vous dire, en dehors du fait que Robert est clairement en train de recréer les moments clés de sa vie… Mais je suppose que vous le saviez déjà.

Voyant qu'ils semblaient perdus, elle ajouta :

— … Vous ne le saviez pas ?

— Peut-être que vous pourriez développer un peu ? suggéra Marshall pour ne pas avoir à admettre franchement que cela ne les avait pas effleurés.

— Elles ont été trouvées dans cet ordre ? s'enquit Eloise.

— En effet.

Elle sortit une paire de lunettes de sa poche et les mit sur son nez pour examiner les photos de l'autopsie de Henry John Dolan, comme s'il s'agissait d'une peinture dont elle s'apprêtait à faire la critique.

— Robert a toujours eu un faible pour *Le Penseur* ; ce personnage solitaire, perdu dans ses pensées au milieu du chaos représentant *La Porte de l'Enfer* : à la fois inclus et séparé, expliqua-t-elle. Cette statue a fait l'objet de différentes interprétations, certains croient qu'il s'agit de Dante en train de réfléchir à ses neuf cercles de l'Enfer, tandis que d'autres sont convaincus qu'il s'agit de…

— Rodin, lui-même, termina Chambers à sa place, en regrettant qu'il n'y ait pas davantage de personnes dans la pièce pour entendre la chose la plus cultivée qui sortirait probablement jamais de sa bouche.

— Robert faisait partie de la seconde école de pensée, car c'était ainsi qu'il se voyait lui-même, d'un point de vue intellectuel... Créatif... prisonnier d'une scène à laquelle il n'appartenait pas, son potentiel gâché dans un monde incapable de l'apprécier.

— Et cela ne vous a pas alertée ? lui demanda Chambers.

— L'arrogance et l'art ont tendance à aller de pair, rétorqua Eloise avec un haussement d'épaules. Il le dessinait tout le temps. C'était comme une obsession. Là où d'autres personnes seraient restées assises à rêvasser, ou à gribouiller, il griffonnait ces extraordinaires croquis sans même s'en rendre compte.

Elle se déplaça jusqu'à la zone du mur dédiée à Nicolette Cotillard tenant son fils mort en hommage à l'œuvre de Michel-Ange.

— *Pietà*. Celle-ci fait clairement référence à sa mère, annonça-t-elle.

— Meredith ? lâcha Marshall, surprise, avec le sentiment qu'un nain de jardin d'un mètre quatre-vingts aurait été plus approprié.

— Non. Je parle de sa mère biologique.

Chambers et Marshall échangèrent un regard, c'était probablement le moment idéal pour ressortir le « pourriez-vous développer »...

— C'était une toxicomane, poursuivit Eloise tandis que Marshall grattait inconsciemment les traces de piqûre sur l'intérieur de son bras... Accro à l'héroïne, un vice qu'elle a transmis à son fils à la naissance. Meredith ne vous a rien dit de tout ça ? leur demanda-t-elle, surprise.

Marshall se contenta de secouer la tête, peu désireuse de s'écarter du sujet pour parler de la santé mentale dégénérescente de la vieille femme.

— Pour faire court : Robert était un bébé incroyablement petit et en mauvaise santé. Il a cessé de respirer deux fois durant ses premiers jours de vie. Le fait d'avoir été si près de ne pas exister est quelque chose qu'il a toujours eu du mal à concevoir. Tout ce qu'il avait accompli et créé, effacé comme ça, dit-elle en claquant des doigts. Gisant dans les bras d'une femme trop défoncée pour s'en rendre compte.

— Sauf que la Vierge Marie n'était pas une toxico, signala Marshall.

— Mais Nicolette Cotillard, oui, lui rappela Chambers. Et tu es bien placée pour savoir combien Alphonse était prometteur. (Eloise releva l'étrange commentaire, et regarda les deux enquêteurs d'un air interrogateur, mais aucun ne développa.) Peut-être même assez pour mériter de tenir le rôle de Robert Coates dans un de ses « chefs-d'œuvre ».

— Si on suit cette logique, ça signifie que c'est aussi le cas de Henry John Dolan, répliqua Marshall, sceptique. Et je ne vois pas trop de ressemblance entre eux.

— Peut-être qu'on est trop rationnels, dit Chambers. Peut-être que c'est plus symbolique que ça. Henry Dolan était un spécimen masculin impressionnant. En d'autres temps, il aurait été gladiateur, ou chef de guerre, et non pas « gâché » à jouer les simples danseurs ou à faire de la figuration à la télé.

— Maintenant, vous pensez comme Robert, approuva Eloise. La vérité est que nous sommes dans sa tête ici, et je doute que nous arrivions à comprendre quelque chose. Ce que nous savons, c'est qu'à sa façon tordue il essaye de trouver du sens et de la beauté dans les actes abominables qu'il commet. Et, pour une raison qui nous échappe, il a choisi cette image, dit-elle en désignant un cliché de la sculpture originale, et l'a associée à son traumatisme.

— *Persée tenant la tête de Méduse*, dit Eloise. Pourquoi n'y a-t-il pas de photo des corps ?

— Parce qu'il n'a pas pu aller jusqu'au bout.

— Oh. À mon avis : cela le représente se libérant d'elle une fois pour toutes.

— De sa mère ? s'enquit Marshall.

Eloise confirma d'un signe de tête.

— Même s'il a été adopté par Meredith, il a eu le droit à des rencontres hebdomadaires avec sa mère jusqu'à l'âge de onze ans. Elle a eu une grosse influence sur sa vie jusqu'à...

Elle laissa sa phrase en suspens, puis reprit :

— Je suppose que ça ne changera rien, maintenant. Un jour, il a volé des médicaments opiacés dans l'armoire à pharmacie de Meredith, et il en a mis dans le thé de sa mère qui était en période de sevrage. À la fin de la même semaine, elle a été retrouvée inconsciente dans un squat et s'est vue privée de son droit de visite jusqu'à ce qu'elle soit en mesure de prouver qu'elle avait complètement arrêté la drogue... ce qui n'est jamais arrivé. Cette petite action représente sa victoire sur le pire monstre de sa vie... Qui avait-il élu pour être son Persée ?

— Nous n'avons jamais trouvé de cadavre, admit Chambers.

— Alors qui avait-il choisi pour être la tête tranchée de Méduse ?

— ... Moi.

La réponse sembla la perturber.

— Waouh. Il doit vraiment vous haïr.

— Y a des chances, oui.

Elle se dirigea vers les photographies de la dernière scène de crime : le corps mutilé et à moitié nu de la *Vénus de Milo* au bord de la rivière.

— Qui était-ce ?

Marshall n'eut même pas besoin de consulter ses notes.

— Tamsin Fuller, une technicienne de la section arts de l'université.

— Elle a dû arriver après mon départ. Et ça, qu'est-ce que c'est ? demanda-t-elle en désignant les feuilles d'un vert lustré rassemblées dans un sachet plastique.

— Il y en avait tout autour de la victime, expliqua Chambers, mais elles n'ont l'air de correspondre à aucun des arbres de la zone. Quelqu'un essaye d'identifier...

— Du laurier, l'interrompit-elle. Ce sont des feuilles de laurier... C'est un message, dit-elle en regardant pour la première fois le corps mutilé avec le dégoût et la peine appropriés.

— Un message ? répéta Marshall.

Eloise hocha la tête et inspira profondément avant de répondre :

— ... Celle-ci, c'est moi.

23

BARRY « LES SALES BOULOTS » King portait bien son surnom. Tandis que ses collègues Rangers passaient leurs journées à parler aux filles, à planter des arbres et à faire ami, ami avec des écureuils, c'était toujours lui qui éteignait les incendies, virait les groupes de mineurs bourrés et s'occupait des animaux en fin de vie. Et c'était en vue d'accomplir cette dernière tâche désagréable qu'il conduisait son 4 × 4 sur la piste de gravier cahoteuse menant au lac. Tout ça à cause d'un rapport mentionnant du sang et des plumes sur le chemin, alors que son service aurait dû être terminé depuis deux minutes. Comme d'habitude, la personne qui avait appelé n'avait pas pu attendre son arrivée, ce qui signifiait qu'il était bon pour une demi-heure à déambuler dans la nuit avant de trouver ce que les renards avaient daigné laisser.

Il coupa le moteur lorsque la lumière des phares se refléta sur l'eau et le frein à main grinça bizarrement quand il descendit du véhicule pour entamer son tour du lac. Tout en balayant le terrain irrégulier avec le faisceau de sa lampe torche, Barry priait pour que ce soit seulement l'une de ces saloperies d'oies du Canada.

— Faites que ce soit pas Big Bob, le canard, chuchota-t-il. Pitié, pas Big Bob.

Il avait parcouru un quart du trajet, dans une zone boueuse de la berge, quand les premières plumes blanches accrochèrent la lumière, tremblant dans la brise comme si elles étaient sous le choc de l'horreur dont elles venaient d'être le témoin. Tels des flocons sur la terre, il les suivit jusqu'à la lisière des arbres, où la blancheur fut progressivement remplacée par l'écarlate… des plumes complètement figées… gorgées de sang… mortes.

Ayant remarqué une traînée d'un rouge luisant sur un arbre tombé, il escalada le tronc et se tordit la cheville sur ce qui l'attendait de l'autre côté : les restes de deux cygnes adultes, avec leurs longs cous inertes dans une position qui n'avait rien de naturel, et deux trous béants là où auraient dû se trouver leurs ailes.

— C'est quoi ce bordel ? marmonna-t-il en balayant la zone avec sa torche à la recherche des membres manquants ; tout en étant conscient qu'aucun renard n'aurait pu avoir raison de deux animaux de cette taille en une fois ni les mutiler de la sorte.

Il se sentit soudain bien seul et vulnérable au milieu du silence, et revint précipitamment sur ses pas. Ce sale boulot pouvait bien attendre jusqu'au matin.

Marshall baissa les yeux sur la tente d'exposition multicolore… puis reporta son attention sur Winter.

— Je ne comprends pas.

— Allez, viens, lui dit-il. J'en ai encore pour quarante minutes.

— Je suis officier de police. Je ne vais pas me cacher de ton…

— Merde ! Dan arrive, chuchota Winter, apparemment via son ample postérieur, avant de disparaître à travers l'ouverture.

— Winter ! Hors de question que…

Elle laissa sa phrase en suspens en entendant des voix se rapprocher.

— S'il est encore avec cette gothique flippante, c'est la porte direct !

— Oh, bon sang, bouge ! souffla-t-elle en plongeant à l'intérieur de la tente à la dernière seconde, juste à temps pour voir passer deux paires de jambes.

Elle tourna la tête et fusilla Winter du regard.
— C'est complètement ridicule !
— Bienvenue dans ma vie, dit-il avec un haussement d'épaules. Donc, tu disais ?

Marshall lui relata la conversation étonnamment instructive qu'ils avaient eue avec Eloise Brown et, ayant obtenu l'accord préalable de Chambers, l'invita à la réunion prévue le lendemain durant laquelle la jeune femme allait présenter un par un les croquis restants.
— Je ne comprends pas le coup des feuilles de laurier, chuchota-t-il en repoussant un bambin qui essayait de les rejoindre à l'intérieur.
— C'était juste un truc entre eux, expliqua-t-elle sans rien expliquer du tout. Il a éparpillé des feuilles tout autour de notre *Vénus de Milo*... Quelque chose en rapport avec l'art, le mariage et des nymphes, peut-être ?
— Ah, bah voilà qui est clair.
— Ça m'est passé au-dessus de la tête, OK ? Mais elle était formelle, c'était lié à elle.
— Du coup, nous l'avons mise sous protection ?
— Chambers a arrangé ça. Mais elle est convaincue que Coates ne lui ferait jamais de mal.
Winter afficha une expression sceptique... puis un peu affamée.
— Tu veux un truc à grignoter... ou à boire, peut-être ?
— Qu'est-ce que tu as ?
— Tout ce que tu veux, répondit-il en indiquant le supermarché au-delà de la toile.
— Une bouteille de rouge à partager ?
— Comme si c'était fait.
— ... Malbec ou bordeaux.
— Hmmm. Je vais voir ce que je peux faire, sourit Winter, à peu près sûr d'avoir déjà oublié.
— ... Mais du français, pas de l'argentin, si tu prends du malbec.
À moitié dehors, Winter tourna la tête pour lui lancer un regard exaspéré.

— Mon père était très porté sur le vin, dit Marshall comme pour s'excuser.

— Sommelier ?

— Poivrot. Oh, et du fromage et des crackers ne seraient pas de trop… et, Winter ?

— Oui ? demanda-t-il depuis quelque part à l'extérieur de la tente.

— Pourrais-tu me rapporter des pansements et des antidouleurs ?… Ma main commence vraiment à me faire mal.

Winter revint quelques minutes plus tard avec leur dîner « emprunté ». Heureusement, il ne remarqua pas l'expression horrifiée de Marshall quand il lui tendit la bouteille de merlot de… elle ne termina même pas de lire l'étiquette pour découvrir qui en assumait la responsabilité.

— J'ai pensé à un truc, quand j'étais au rayon fromages, dit Winter en se demandant à lui-même en quoi ce dernier détail était pertinent. Au risque de passer pour un snob…

Ils étaient en train de boire du merlot en mangeant de la Vache qui rit.

— … Vu que sa mère était une toxico, il semblerait logique que Robert Coates et elle aient vécu dans un logement social… avant qu'il lui soit retiré.

— Je peux vérifier. Pourquoi ? À quoi penses-tu ?

— Qu'Alphonse et sa mère toxico vivaient eux aussi dans un logement social.

— Tu crois que c'est le même ? demanda Marshall, intriguée.

— C'est juste que tu as dit que les statues représentaient des événements majeurs pour lui, et que les victimes partageaient certaines caractéristiques avec les personnes ayant joué un rôle dans sa vie, j'ai pensé que les lieux pouvaient aussi avoir de l'importance.

— Hmmm, dit Marshall, en partie parce qu'elle réfléchissait, mais surtout parce qu'elle avait la bouche pleine. Tu sais, si de temps en temps tu balançais des trucs aussi intelligents devant Chambers, il t'attendrait et on ne serait pas en train d'avoir cette conversation dans une tente.

— Mais ça enlèverait tout le fun, dit-il avec un sourire en levant son gobelet en carton pour trinquer avec elle.

— Chérie, je suis…

Chambers se figea sur le pas de la porte. Eve l'attendait, les bras croisés et déjà en tenue pour aller se coucher.

— … désolé pour quelque chose ? demanda-t-il avec un sourire penaud, car il venait de passer ce qui aurait dû être leur soirée en amoureux seul à fouiller le bureau de Coates. Qu'est-ce que j'ai fait ?

— Qu'est-ce que tu as fait ?! Qu'est-ce que tu as fait ?!

— Je… Je ne sais pas, bafouilla-t-il.

Elle se dirigea d'un pas rageur vers la télévision et appuya sur la touche *play* du magnétoscope.

« … tueur en série. La personne chargée de l'affaire est le sergent Benjamin Chambers, ici pris en photo sur la scène du dernier crime en… »

Elle arrêta l'enregistrement.

— Oh, dit Chambers. Ça.

— C'est encore lui… le gars aux statues ! Celui qui t'a fait *ça* ! (Elle désigna sa jambe.) Tu m'avais promis !

— Chérie, je…

— N'essaye pas de m'attendrir avec des « chérie » !

— D'accord, dit-il en levant les mains. Eve… J'ai essayé de dire non, mais…

— Tu as essayé ? (Elle éclata d'un rire amer.) Eh bien, tu n'as pas dû essayer assez fort ! Tu leur as dit que cette affaire avait déjà failli te coûter la vie ?

— C'est dans les dossiers.

— Et tu leur as dit que tu ne peux toujours pas traverser le hall d'entrée du travail sans faire une pause ?

— Je…

— Tu leur as dit que tu démissionnerais s'ils t'obligeaient à mener cette enquête ?

Chambers laissa échapper un soupir.

— … non.

— Alors tu n'as pas vraiment essayé, n'est-ce pas ?

Il ouvrit la bouche, mais hésita, conscient qu'il ne pourrait pas dormir si, en plus d'avoir rompu une promesse, il lui mentait dans la même journée.

Exaspérée par son silence, Eve quitta la pièce et claqua la porte de la chambre derrière elle.

De retour dans ce qu'ils avaient rebaptisé le QG Sainsbury's de la criminelle, Marshall et Winter avaient méchamment entamé leur bouteille de vin, ainsi que des fromages fabriqués essentiellement à destination des enfants. L'action combinée de l'alcool et de la lumière verdâtre à l'intérieur de la tente avait mis Marshall d'humeur mélancolique.

— Elle serait encore en vie, si je ne m'en étais pas mêlée, dit-elle en épluchant un Babybel.

Winter lui lança un regard perplexe.

— Qui ça ?

— Tamsin Fuller.

Voyant qu'il semblait toujours perdu, elle précisa d'un ton sec, furieuse qu'il ait oublié le nom qui ne quittait pas ses pensées à elle :

— La *Vénus de Milo* ! Si je lui avais foutu la paix... Il s'était arrêté. Il se tenait tranquille jusqu'à ce que je me pointe chez lui. (Elle plongea les yeux dans le liquide rouge sang.) C'est ma faute. À partir de ce jour-là... toutes ses victimes... sont de ma responsabilité.

Winter souffla, et remplit le gobelet de sa partenaire.

— Avec tout le respect que je te dois, j'ai jamais entendu une connerie pareille. Nous sommes des policiers, lui dit-il fièrement, en oubliant a priori qu'il n'en était présentement pas un. Et les policiers attrapent les méchants, même s'ils risquent de mal réagir. Robert Coates est le seul responsable de la mort de cette femme... Le seul. C'est horrible, c'est vrai, mais pas plus que les trois vies qu'il avait déjà prises sans en subir les conséquences. Alors, arrête de penser comme ça.

Marshall replaça ses cheveux sombres derrière son oreille, comme s'ils lui avaient servi à se cacher.

— Je peux te demander quelque chose ? dit Winter en baissant la voix jusqu'à murmurer.

— Bien sûr.

— Ce soir-là, quand Chambers nous a rejoints au pub, il a fait une remarque. (Marshall comprit aussitôt à quoi il faisait allusion.) Il a dit que tu avais des marques de piqûres sur les bras.

— Je me souviens, dit-elle avec un hochement de tête. Rien ne lui échappe, n'est-ce pas ?

— Alors... c'est vrai ?

— Hmmm-hmm.

— C'est pour le boulot ? demanda-t-il, gêné. Un genre d'enquête sous couverture ?

— Tu as regardé trop de films.

Il la dévisagea d'un air perplexe.

— Mais... tu travailles aux stups.

— Ce qui fait que je suis extrêmement douée pour le cacher.

— Ils ne vérifient pas ce genre de choses ?

— Ils font souvent des tests d'urine sans prévenir, révéla-t-elle sans changer d'expression. Rien qu'un jour sur trois sans rien et une prescription renouvelée de codéine ne puissent couvrir. (Elle sourit.)... Mal de dos.

Winter comprit qu'il était dépassé.

— Est-ce que tu... vas bien ?

— Tu veux dire : est-ce que je suis une toxico ?

— Oui.

— Non. Je ne suis pas une toxico et, oui, je vais bien.

— Mais alors...

Elle poussa un soupir de lassitude.

— Il y a cette croyance selon laquelle toute personne qui prend de l'héroïne devient aussitôt un zombie décharné avec le visage creusé et les yeux cernés, mais la vérité c'est que c'est beaucoup plus proche de l'alcool que ce que les gens veulent bien admettre. Il y a ceux qui ont assez de self-control pour en prendre de temps en temps et qui connaissent leurs limites. Et il y a ceux qui en deviennent esclaves et se laissent complètement consumer. J'ai la chance de faire partie de la première catégorie. Mais de toute façon ce sont de vieilles traces. Pour la plupart. Souvenirs d'une jeunesse dissolue, à l'exception de quelques rares rechutes.

— Rares comment ?

— Tu n'as jamais des jours comme ça ? Ces jours où tu as l'impression que ton esprit est en train de te hurler dessus ?

Quand il se passe trop de choses en même temps, et que tu as le sentiment de ne pas assurer, qu'il t'est impossible de te concentrer, comme si tu allais exploser ?... Des jours où tu es simplement crevé de faire semblant, et où tu n'as qu'une envie, rentrer chez toi, faire ton sac, te barrer... et ne pas t'arrêter ? Tout lâcher et ne jamais regarder en arrière ?

— Je... Peut-être que tu devrais parler à quelqu'un ? suggéra Winter.

— Je suis en train de te parler, non ? rétorqua Marshall. Donc, oui, il y a des traces de piqûres sur mes bras, stratégiquement recouvertes par des tatouages, et chacune d'elles représente un de ces jours-là. Et tu sais quoi ? Je suis heureuse de les avoir, car elles m'ont empêchée de faire bien pire.

— Bien pire ? demanda Winter avec un intérêt sincère.

— Certaines personnes ont des amis, d'autres ont des tas d'autres addictions. Moi... j'ai ça. (Marshall ferma les yeux et inspira profondément, gagnée par le fantôme d'une montée d'euphorie rien qu'au souvenir de l'aiguille plantée dans sa peau.) C'est comme... comme éclater un ballon. Tu ne mets pas quelque chose en toi, tu fais sortir quelque chose : une piqûre ici, et ensuite ça part du haut de ta tête et ça coule jusqu'en bas, tous les problèmes, les soucis, le stress, les regrets... emportés... et tu es réinitialisé, juste pour une nuit. Tu es en paix, et c'est infiniment précieux.

Elle ouvrit les yeux sur l'expression inquiète de Winter et prit conscience que son pouce droit était encore en position sur un piston imaginaire.

— Hé, dit-elle avec un haussement d'épaules. C'est toi qui as demandé.

Quinze minutes plus tard, Winter ayant enfin terminé son service, ils se retrouvèrent dans la rue.

— La soirée ne fait que commencer, dit-il en remontant la fermeture Éclair de sa veste. Tu as encore faim ? Ça te dirait d'aller boire un verre quelque part ?

— Non. Mais merci. Je suis épuisée. Je ferais mieux de rentrer.

— OK, dit-il avec un sourire, un peu inquiet à l'idée d'avoir donné l'impression de l'inviter à sortir « avec » lui.

— Ne t'en fais pas, le rassura-t-elle en lisant son expression avec une précision déconcertante. Je sais que ce n'était pas ce que tu avais en tête.

— Hein ? Non ! Évidemment. Je ne pensais pas… Et puis, on se voit demain.

— Oui. À demain.

— Hé, Marshall ! lâcha-t-il alors qu'elle se tournait pour partir… Jordan. Je suis ton ami, dit-il avec sincérité.

Elle sourit.

— … Je sais.

Winter hocha la tête, et s'éloigna dans la direction opposée. Le visage de la jeune femme s'assombrit. Son esprit hurlait, tandis qu'elle essayait désespérément de déterminer si elle était plus près du squat de Maida Vale ou du club de strip-tease de Farringdon, sans parvenir à se concentrer sur quoi que ce soit.

Une chose était certaine, elle ne rentrerait pas chez elle ce soir.

Vendredi

24

— Tu es un génie, dit Marshall à Winter qui l'attendait assis dans l'un des canapés élimés de la réception de New Scotland Yard.

La jeune femme portait les mêmes vêtements que la veille.

— Je sais, dit-il en hochant la tête tandis qu'ils se dirigeaient vers les ascenseurs.

Il était soulagé de s'éloigner des journaux étalés, qui avaient tous en première page le même cliché de leur *Vénus de Milo*.

— Mais… pourquoi ? demanda-t-il.

— La maison d'Alfie et Nicolette… tu avais raison. C'est celle où Coates a vécu avec sa mère. Je ne pense pas que ça soit une coïncidence.

Ayant revêtu un costume dans l'espoir d'impressionner Chambers avec son professionnalisme, Winter ne se sentait pas très à l'aise. Apparemment, il avait pris quelques kilos depuis la dernière fois qu'il l'avait porté, et il nota mentalement de desserrer sa ceinture d'un cran dès que l'occasion se présenterait.

— Et les autres endroits ? s'enquit-il alors qu'ils montaient les étages.

— Coates n'a vécu qu'à deux endroits, mais nous sommes en train de répertorier ses anciens employeurs et sa banque est censée nous signaler toutes ses dépenses récurrentes, ou conséquentes… En attendant, notre meilleur espoir est Eloise Brown.

— Et qu'a-t-elle dit ? demanda-t-il, désireux d'être mis au courant de tout ce qu'il aurait pu louper afin de ne pas se ridiculiser, comme la cinquième roue du carrosse qu'il avait conscience d'être.

Quand la porte de l'ascenseur s'ouvrit, Marshall sortit et se tourna vers lui l'air surpris.

— Nous avons pensé que tu aimerais l'interroger toi-même.

L'expression de fierté sur le visage de Winter céda aussitôt la place à la suspicion.

— Et Wainwright est d'accord ?

Marshall mit un peu trop longtemps à répondre.

— … Évidemment.

— Elle ne sait pas que je suis là, c'est ça ?

— Pas vraiment.

Winter ne quittait pas Eloise du regard.

Ça commençait à devenir légèrement perturbant.

Tout le monde avait remarqué.

Mais que Robert Coates ait réussi à séduire une femme aussi belle et intelligente dépassait sa compréhension. Même dans les confins de cette salle d'enquête sinistre, elle semblait rayonner de joie et de positivité, égayant sans même y penser la journée de tous ceux assez chanceux pour…

— Tu recommences, dit Marshall en lui donnant un petit coup de coude.

— Désolé.

Il se força à baisser les yeux sur la liste posée devant lui.

Le bureau était en effervescence. Des gens entraient et sortaient, les bras chargés de papiers, tandis que les téléphones sonnaient sans discontinuer, pour absorber l'excédent de communications reçues par le numéro d'appel à témoins. La couverture nationale de l'affaire prenait rapidement de l'ampleur.

Ils avaient l'impression d'avancer. Après avoir montré à Eloise sur une carte l'emplacement où la *Vénus de Milo* avait été trouvée, un souvenir avait refait surface : elle et Coates, sortant du Tube à Pimlico pour aller marcher au bord de la rivière. Ils rassemblèrent une sélection de photos de la scène de crime sans les récents immeubles en arrière-plan, et elle reconnut l'endroit où ils avaient échangé leur premier baiser. Et quand la liste des anciens employeurs révéla que Coates avait passé trois étés consécutifs à travailler au British Museum, il devint indéniable que le choix des lieux était tout aussi important que celui des œuvres d'art qu'il imitait.

— Je crois que j'ai quelque chose ! appela Marshall en attrapant la carte sur le bureau voisin. L'établissement scolaire de Tyburnia, annonça-t-elle en désignant une grande étendue de verdure. Il y est allé. Et ce n'est qu'à quelques rues de Hyde Park.

Chambers se pencha pour regarder de plus près, mais se renfrogna, les quatre rues entre l'école et le parc le perturbaient. Sous le coup d'une idée, il alla chercher à sa place une carte du métro londonien et une autre montrant un enchevêtrement confus de lignes de bus.

— Il partait de la maison des nains de jardin à Wandsworth, c'est bien ça ?

— C'est ça, confirma Marshall.

Il tapota la carte avec satisfaction.

— Aucune station de métro à proximité. Le bus 28 l'aurait amené jusqu'ici, mais du mauvais côté du parc… Le crime a donc eu lieu sur le chemin qu'il empruntait chaque jour pour se rendre à l'école.

— On se rapproche, dit Marshall avec un sourire soulagé.

Chambers hocha la tête.

— On se rapproche.

L'être humain est une créature simple et superficielle, et la beauté n'est rien d'autre qu'un outil pour exploiter cette faiblesse fondamentale – afin de s'intégrer dans un groupe spécifique, projeter une image fausse de soi-même, ou séduire une compagne ou un compagnon viable. C'était un comportement animal dans sa forme la plus primitive, et Robert Coates comprenait ce concept bien mieux que la plupart des gens.

Là où un professeur d'université bizarre et dégingandé pouvait décourager tout rapprochement dans un contexte où il était inévitable d'attirer l'attention, un bel étranger charmeur nouait sans difficulté de nouvelles amitiés, avec ceux qui voulaient être *avec* lui, et avec ceux qui voulaient être *comme* lui, tout en laissant une impression durable. Aujourd'hui, il allait se tenir courbé et marcher en traînant des pieds, comme s'il portait le poids du monde sur ses épaules. Il adresserait un sourire implorant à toute personne qui poserait les yeux sur lui, comme pour dire « Pitié, permettez-moi de vous déballer mes malheurs », et les regarderait s'éloigner de lui. Il avait rasé le début de barbe qui soulignait avantageusement sa mâchoire, et choisi ses vêtements les plus ternes, un camaïeu de beige et de marron qui lui donnait l'apparence d'un rocher dès qu'il cessait de bouger.

Parce que aujourd'hui il avait besoin d'être invisible.

★

Statue	*Lieu*	*Victime*	*Événement*
Le Penseur	*Hyde Park*	*Henry John Dolan*	*Sa naissance ? Un artiste et un intellectuel qui ne trouve pas sa place dans le monde*
Pietà	*Logement social Cranbrook*	*Alphonse et Nicolette Cotillard*	*Une toxicomane et son enfant presque mort dans ses bras*
Persée tenant la tête de Méduse	*British Museum*	*(Benjamin Chambers) et ???*	*Coates se débarrassant enfin de sa mère toxicomane*
Vénus de Milo	*Berge de Riverside*	*Tamsin Fuller*	

Chambers remit le bouchon de son stylo et se tourna vers Eloise :

— Parlez-nous de la *Vénus de Milo*.

Vêtue d'une autre chemise maculée de peinture, elle se leva avec à la main la présentation sur laquelle elle avait travaillé toute la matinée.

— La *Vénus de Milo* est une sculpture de marbre attribuée à Alexandre d'Antioche vers l'an 100 avant J.-C. Elle est un peu plus grande qu'une femme grandeur nature, et on peut la voir au musée du Louvre, à Paris.

Winter lui adressa un sourire d'encouragement, tout en prenant des notes détaillées sur son introduction qui n'était d'aucune utilité pour leur affaire, ce que même le plus méticuleux des enquêteurs n'aurait pu nier.

— On l'appelle aussi l'*Aphrodite de Milos*.

— Aphrodite ? répéta Chambers, qui avait reconnu le nom.

Eloise hocha la tête.

— La déesse de l'amour et de la beauté.

— C'est pour ça que nous savons que c'est vous qu'elle représente, lâcha Winter.

Chambers et Marshall se tournèrent vers lui d'un même mouvement.

— Je veux dire, c'est pour ça que nous pensons qu'il pense que c'est vous, ajouta-t-il prestement, tout en virant au rouge pivoine.

Eloise esquissa un sourire gêné.

Marshall leva les yeux au ciel.

Chambers secoua la tête.

Les deux policiers se tournèrent à nouveau face à la jeune femme.

— Et donc, c'est Aphrodite ou Vénus ? s'enquit Chambers.

— Les deux, répondit Eloise. Aphrodite est grecque, Vénus est romaine. Même déesse avec un nom différent. Mais, bien entendu, quand il s'agit d'art, il y a plusieurs interprétations. Certaines personnes, dont Robert, croient qu'en réalité cette statue ne représente pas Aphrodite, mais *Amphitrite* qui, lorsque Poséidon a demandé sa main, s'est enfuie jusqu'aux monts Atlas à l'autre bout du monde.

— C'est vous, refusant les propositions de mariage de Coates, dit Marshall qui comprenait à présent pourquoi Eloise avait été si catégorique en affirmant que la statue symbolisait son arrivée dans la vie du tueur.

— Exactement.

— Ça se tient, conclut Chambers en retirant le bouchon de son stylo, pour écrire le nom de la prochaine statue sur la liste.

— Passons à la suite : *Psyché ranimée par le baiser de Cupidon.*

Les yeux baissés, une coupe de cheveux quelconque, et un bouquet de fleurs aux couleurs fades à la main, Robert Coates déambulait dans les couloirs de l'hôpital Queen Elizabeth sans attirer l'attention, malgré son gros sac à dos, lequel était bien plus lourd que ce qu'il avait imaginé. Il le remonta sur son épaule et observa avec intérêt deux aides-soignants éreintés qui venaient dans sa direction, leur conversation de plus en plus forte à mesure qu'ils approchaient :

« … déjà en retard. Sérieusement, si je rate ce train, elle va me tuer. Ça ne te dérangerait pas de déposer… »

Coates fit demi-tour pour les suivre, tandis que le plus bavard commençait à ôter sa blouse en vue de son départ. Il s'arrêta comme pour lire un panneau lorsque les deux employés de l'hôpital atteignirent une porte avec la mention « réservé au personnel » derrière laquelle ils disparurent après avoir tapé un code à quatre chiffres.

Il retint la lourde porte juste avant sa fermeture, puis, une fois les voix suffisamment loin, il se glissa dans les vestiaires. La conversation redevint audible tandis qu'il suivait les deux hommes à travers le labyrinthe de casiers.

— C'est le pire strip-tease auquel j'ai jamais assisté ! s'esclaffa une nouvelle voix alors qu'un pantalon retombait en tas sur le sol. Allez, allez ! Dépêche-toi !

Le bruit de pieds nus sur le parquet céda la place à celui d'un jet de douche.

Coates posa le sac à dos et s'avança jusqu'au bout de la rangée suivante en prenant garde à rester hors de vue. L'homme n'était plus qu'à quelques centimètres de lui et il apercevait de temps à autre des bouts de peau tandis que ce dernier suspendait sa tenue dans son casier.

— Et merde !

Le fracas d'un objet heurtant le carrelage résonna dans la pièce.

Sentant qu'une occasion se présentait, Coates sortit de derrière les casiers. L'aide-soignant, inconscient de sa présence, tâtonnait à genoux sous le banc couvert de vêtements.

Il approcha en silence…

— L'histoire raconte qu'il y a bien longtemps, dans une prestigieuse cité au nom tombé dans l'oubli, se trouvaient trois princesses. La plus jeune, appelée Psyché, était d'une telle beauté qu'on la disait capable de rivaliser avec Vénus elle-même. Le compliment parvint aux oreilles de la déesse qui en prit ombrage. Jalouse, Vénus envoya son fils Cupidon lui tirer une de ses flèches afin de la faire tomber amoureuse d'une hideuse créature. Mais ce faisant, Cupidon s'égratigna avec ladite flèche, et s'éprit du premier être vivant sur lequel il posa les yeux : Psyché.

» Bla. Bla. Bla. Il est ensuite question de fourmis serviables, de brebis dorées, de séquestration et d'amant invisible. Bref, c'est un peu le bazar, jusqu'à la scène représentée par la sculpture.

» Vénus a demandé à Psyché de descendre aux enfers avec un coffret pour y récolter un soupçon de la beauté de Proserpine. Après avoir accompli sa tâche avec succès, Psyché revient sur terre, mais elle est dévorée de curiosité. Ne tenant pas compte des avertissements reçus, elle soulève le couvercle et jette un coup d'œil à l'intérieur de la boîte. Cette dernière ne contient pas la beauté de Proserpine, mais La Nuit du Styx qui l'enveloppe et la plonge dans un profond sommeil jusqu'à ce que Cupidon la découvre, la prenne dans ses bras, et la ramène à la vie en la piquant de la pointe de sa flèche.

» Enfin libérée du joug de Vénus, Psyché se voit accorder l'immortalité afin de pouvoir épouser Cupidon et passer l'éternité avec lui.

Une serviette autour de la taille, l'aide-soignant, en retard, sortit de la douche, juste à temps pour voir son collègue récupérer la bombe de déodorant qui avait roulé sous le banc.

— Pardon, dit-il en passant tant bien que mal pour atteindre ses vêtements en tas.

Remarquant qu'il manquait quelque chose, il se tourna vers son ami :

— Hé ? Tu as vu mon uniforme ?

Les tasses de céramique cliquetaient sur leurs soucoupes comme si le chariot de service était la proie d'un tremblement de terre et non en train de rouler sur un sol lisse. Vêtu d'une blouse blanche et d'un pantalon noir, Robert Coates poussa le chariot à travers les portes du service de réanimation sans attirer un seul regard, aidé par le vrombissement d'un puissant ventilateur de plancher qui participait à le rendre une fois encore invisible. Placé à l'entrée du service, telle une sentinelle, il envoyait de l'air frais dans toutes les directions. Coates arrêta le chariot près du poste des infirmiers et brancha la bouilloire sur l'une des prises disponibles. Distraites et épuisées, plusieurs personnes passèrent à côté de lui, mais aucune ne lui accorda la moindre attention tandis qu'il mettait l'appareil en marche et quittait les lieux.

— Donc..., dit Chambers, visiblement perplexe. Dans cette histoire, vous seriez Psyché ?

— Oui, confirma Eloise.

— Et ça fait référence à la fois où vous êtes revenue des enfers après être allée y chercher quelque chose ?

— Ça fait référence à mon accident, répondit-elle avec tristesse. C'était l'automne et j'avais quitté le travail un peu moins d'une heure après la tombée de la nuit. J'étais en train de rentrer à vélo par mon chemin préféré qui traverse Greenwich Park quand... (Elle inspira profondément.) j'ai été renversée par une voiture. (Elle marqua une pause, comme si elle n'arrivait toujours pas à croire ce qui s'était passé ensuite.) J'ai entendu le véhicule s'arrêter... juste un instant... et s'éloigner. Ils m'ont laissée là, et ils sont partis.

» J'avais été projetée avec le vélo hors de la route. Personne ne savait que j'étais là, à terre, à peine consciente et gravement blessée. (Elle releva la tête et sourit.) Mais il m'a trouvée. Comme je ne rentrais pas, Robert a passé toute la nuit à me chercher. Je me souviens encore de ce que j'ai ressenti quand il m'a prise dans ses bras pour me déposer à l'arrière de sa voiture.

— Quelle partie du parc ? demanda Marshall, prête à l'ajouter à la liste d'endroits importants.

— Juste à côté de l'Observatoire royal, répondit Eloise. C'est comme ça que je me suis cassé le bras. Il a peint une véritable œuvre d'art sur mon plâtre avec un kit de peinture pour enfant acheté à la boutique de l'hôpital. Il n'a pas quitté mon chevet de tout le séjour.

Chambers et Marshall échangèrent un regard.

— Quel hôpital ? demandèrent-ils en chœur.

★

ENTRÉE INTERDITE
DÉSINFECTION EN COURS

— Qu'est-ce qui se passe ? demanda un aide-soignant devant les portes fermées et les cônes jaunes qui bloquaient l'accès à l'entrée du service.

Coates qui traînait dans le couloir répondit d'une voix blasée :

— Un patient hautement contagieux.

L'homme grimaça.

— Ils ont dit combien de temps ça allait durer ? s'enquit-il en baissant les yeux sur le vieillard dans le fauteuil roulant, comme s'il envisageait de l'abandonner quelque part.

— Une demi-heure… Quarante-cinq minutes. Mais à mon avis, ça risque de s'éterniser, dit Coates avec un hochement de tête entendu, exploitant la loyauté qui unissait les employés du bas de l'échelle. Tu pourras le dire aux autres ?

— Je m'en charge. Merci, dit l'homme qui n'avait pas besoin de davantage de détails pour commencer à répandre des théories complotistes sur des faits que les « gens d'en haut » refusaient de leur révéler.

— Allez, on va vous ramener dans la salle d'attente, Des ! hurla-t-il à son patient qui semblait pourtant disposer d'une audition tout à faire correcte.

Coates les regarda s'éloigner juste au moment où le minuteur de sa montre, réglé sur cinq minutes, affichait enfin « zéro ».

Il franchit sa propre barricade, et, après s'être assuré que personne ne lui prêtait attention, il se faufila de l'autre côté. Il s'arrêta brièvement pour mettre un masque à oxygène et ouvrir la bouteille qui y était attachée. Puis il la saisit par la poignée et traversa le petit couloir qui menait à une autre double porte.

Le service qu'il avait quitté bourdonnant d'activité était désormais comme figé, à l'exception du ventilateur qui continuait à souffler l'air vicié sur les gens effondrés par terre et sur les bureaux. Il enjamba une infirmière trapue qui essayait de ramper, puis alla éteindre la bouilloire avant d'ouvrir le placard du chariot pour en sortir son sac à dos.

Suivant les indications trouvées sur la liste des patients griffonnée derrière le poste des infirmières, il se rendit dans l'une des chambres de six lits. Après un regard méprisant à la frêle femme endormie dans le lit à sa gauche, il passa devant trois alcôves vides et arriva au niveau des deux personnes installées tout au bout de la pièce. Elles étaient l'une comme l'autre inconscientes, pathétiquement vulnérables, leurs vies à la merci d'une batterie de machines obsolètes – il y en avait même une qui était rafistolée avec du scotch.

Il approcha de la femme étendue dans le lit près de la fenêtre et, sans hésitation, il éteignit un par un les appareils, faisant ainsi taire les avertissements et les alarmes. Puis il regarda, fasciné, les sacs qui envoyaient de l'air dans ses poumons simplement cesser de fonctionner, et le sang chaud renvoyé dans son corps devenir visqueux et lent.

Il gagna ensuite le lit situé en face et considéra l'homme qui, grâce aux sédatifs, semblait dormir d'un sommeil paisible malgré les bandages récents qui indiquaient le contraire. Fermant les yeux, Coates prit conscience d'avoir accordé sa respiration sur le rythme du respirateur artificiel, et trouva ça étrangement apaisant dans le silence des lieux. Il répugnait presque à l'éteindre.

Il appuya le pouce sur l'interrupteur de la machine et s'arrêta un instant pour observer une dernière fois l'une des rares personnes sur cette planète infernale dont il se sentait proche…

Il méritait mieux… une fin bien plus belle.

Il ôta sa main de l'appareil et posa la bouteille d'oxygène pour ouvrir son sac à dos, révélant des barres de métal et un sac plastique plein à craquer. Puis il tira le rideau sur le bout de la pièce.

Car il lui restait encore beaucoup à faire.

25

— Attendez dans la voiture ! aboya Chambers en freinant brutalement devant l'entrée de l'hôpital à côté de trois autres véhicules de police abandonnés sur la route.

Marshall et Winter s'apprêtèrent à descendre en même temps que lui.

— J'ai dit : attendez dans la voiture !

— Désolé. J'ai cru que tu parlais à..., commença Winter, mais les deux enquêteurs étaient déjà hors de portée en train de traverser aussi vite que possible la foule de journalistes maintenue à distance devant les portes vitrées.

— Ouais, c'est pas grave.

Légèrement gêné, il remonta dans le véhicule à côté d'Eloise en haussant les épaules comme pour dire « Qu'est-ce qu'on y peut ? ».

Elle ouvrit la portière de son côté et sortit.

— Hé ! appela-t-il tandis qu'elle s'élançait à leur suite... Hé !

Ils montrèrent leur badge à l'homme qui gardait l'entrée afin de franchir les portes du service en effervescence. Après avoir éliminé la thèse de la fuite de gaz, l'équipe de maintenance avait retiré la bouilloire suspecte. Les infirmières, imperturbables, avaient ouvert toutes les fenêtres et faisaient à présent leur travail normalement au milieu de leurs collègues en train de se faire soigner et malgré la scène de crime dans la pièce voisine. Chambers tourna à l'angle du mur sans avoir eu le temps de se préparer : le spectacle qui les attendait lui coupa le souffle avec autant de puissance qu'un coup de poing dans le ventre.

Surréaliste… Élégant… Brutal.

— Oh mon Dieu, s'exclama Marshall qui s'était arrêtée à côté de lui, incapable elle aussi d'aller plus loin.

À distance égale des deux alcôves situées au fond de la pièce, une paire d'ailes blanches déployées semblait avoir jailli de la colonne vertébrale d'un homme à genoux. Étirées vers le plafond, elles éclipsaient la lumière qui se déversait par les fenêtres, projetant de longues ombres dont les deux enquêteurs s'écartèrent d'instinct.

— Chambers ?! chuchota Marshall… Chambers ?

— J'ai besoin d'une minute, avoua-t-il.

Elle hocha la tête en signe d'assentiment et alla intercepter leurs collègues afin d'éviter qu'ils le voient ainsi.

Marshall se présenta à un policier en uniforme qui avait l'air d'être complètement perdu et de ne savoir par où commencer.

— Je travaille avec le sergent Chambers.

— Oh ! Je n'ai réellement jamais été aussi ravi de voir quelqu'un ! lui dit-il avant de se tourner vers l'abomination ailée. C'est vrai, quoi ? C'est quoi ce bordel ?!

Elle examina les deux cadavres, un homme et une femme, et comprit que ce qui depuis l'autre bout de la pièce avait pu sembler être une masse informe était en réalité une pose mise en scène avec soin. Le poids de l'homme complètement nu était supporté par sa jambe droite tendue, et il tenait dans ses bras le corps sans vie de la femme.

Marshall passa derrière l'installation, côté fenêtre. De petits fils sur lesquels se reflétait la lumière du soleil maintenaient les ailes en place. La jeune femme fut horrifiée en découvrant que les appendices angéliques étaient réellement plantés dans le dos de la victime et qu'un sang noir suintait encore des plaies.

— Cygne… enfin, je crois, commenta l'officier.

Elle hocha la tête et s'accroupit afin d'examiner le support de métal, courbé par endroits, qui semblait être sorti du sol pour soutenir les deux « sujets » et les maintenir dans la position choisie.

— Il n'a pas fabriqué ça ici, dit Chambers.

Marshall, qui visiblement ne l'avait pas entendu approcher, sursauta. Il enfila une paire de gants et tendit la main pour toucher l'une des extrémités de l'armature qu'il réussit à remodeler sans avoir à y mettre beaucoup de force.

— C'est relativement malléable. Une sorte d'aluminium, peut-être ? Avez-vous vu une marque ou un symbole sur le carquois ? demanda-t-il.

— Le carquois ? répéta Marshall.

Elle n'en était pas encore arrivée là.

— Il y avait ça aussi, intervint le policier en désignant le sol.

— La flèche qu'il a utilisée pour la ramener à la vie, et le flacon contenant La Nuit du Styx, marmonna-t-il.

— Heu… Pardon ?

— Ce n'est rien, ne vous occupez pas de ça, lui dit Marshall. Quand ont-ils été trouvés ?

— Il y a environ trente minutes, quand un membre de l'équipe de nettoyage est entré dans le service et a découvert tout le monde évanoui.

— Évanoui, ou conscient, mais incapable de bouger ? lui demanda-t-elle. Il y a une différence.

— Heu… Je vais vérifier. Personne ne semble se souvenir avoir vu quiconque entrer ou sortir. C'est comme si celui qui a fait ça était invisible ou un truc dans le genre.

— Peut-être qu'il l'était, marmonna Chambers d'un air abattu.

L'agent lui lança un coup d'œil perplexe, ne sachant pas trop si le sergent venait de lui adresser une critique sur son travail, ou s'il croyait réellement aux fantômes.

— C'est encore Robert Coates ? leur demanda-t-il. Les statues ?

Chambers se tourna calmement et lui dit :

— La presse est déjà là. Nous pouvons compter sur votre discrétion, n'est-ce pas ?

— Bien sûr, monsieur.

— Parfait... Maintenant, sortez.

— Oui, monsieur.

Marshall et Chambers échangèrent un regard à travers les ailes de Cupidon.

— J'avais vu les images, dit-elle, sous le choc, tandis que les pas du policier s'éloignaient, indiquant qu'il avait quitté la pièce. Je savais à quoi m'attendre... Et pourtant, je ne m'attendais pas à *ça*.

— Avez-vous vérifié le flacon ? demanda quelqu'un depuis le seuil de la pièce.

Eloise se tenait à l'entrée de la chambre. Son visage ne reflétait pas la moindre trace de peur ou dégoût, seulement de l'émerveillement.

Winter arriva en trottinant sur ses talons, suivi de près par l'officier qu'ils avaient réussi à esquiver pour les rejoindre.

— Ils sont avec moi, lui dit Chambers en le renvoyant avant de reporter son attention sur les deux autres. Je vous avais dit de rester dans la voiture.

— J'ai essayé de l'arrêter, haleta Winter dont le visage n'exprimait pas la moindre trace d'émerveillement, seulement de la peur et du dégoût.

— Vous n'avez rien à faire ici, leur dit Chambers.

— Avez-vous vérifié le flacon ? demanda à nouveau Eloise, comme si elle ne l'avait pas entendu.

— C'est une scène de crime !

— C'est Robert ! rétorqua-t-elle en se rapprochant du dieu ailé et de sa princesse.

Les yeux brillants, elle dévorait la scène du regard en admirant chaque détail.

Visiblement contrarié, Chambers alla chercher la fiole de céramique, posée sur le drap qui cascadait jusqu'au sol. Il s'accroupit et referma les doigts sur le bouchon avec un instant d'hésitation tandis que des histoires de déesse vindicatives et de malédictions issues des enfers défilaient dans son esprit.

Puis il le retira doucement... et jeta un coup d'œil à l'intérieur.

— Qu'est-ce que c'est ? demanda Winter qui, par sécurité, avait décidé de rester dans le couloir.

— Des feuilles, répondit Chambers en levant un regard inquiet sur Eloise… Des feuilles de laurier.

— Je n'aime pas ça, dit Chambers à l'intention de Marshall avec qui il était sorti pour prendre un café et un peu d'air frais dans une cour que les fumeurs du personnel avaient depuis longtemps revendiquée.

— Jusqu'à maintenant, elle nous a été d'une aide précieuse.

— Tu as vu son visage, là-bas. Elle n'a pas été très discrète. Il est clair qu'elle prend autant son pied que Coates.

— Ça ne signifie pas pour autant qu'elle est impliquée, commenta Marshall.

— Et le fait qu'elle nous aide ne signifie pas nécessairement qu'elle ne l'est pas.

La jeune femme hocha la tête en plissant les yeux pour se protéger du soleil de novembre qui venait de faire une apparition.

— Je reconnais que c'est une possibilité.

— Et puis, poursuivit Chambers, il y a les feuilles qu'il ne cesse de semer afin qu'on les trouve pour elle, comme des petites déclarations d'amour.

— Admettons que vous ayez raison… Pourquoi nous aiderait-elle ?

— Pour la même raison que lui. Pourquoi Coates nous a laissé les croquis ?

— Comme nous l'avons déjà dit : pour nous narguer, proposa Marshall. À moins que ça n'ait été une menace ?… Un appel à l'aide ?

Chambers secoua la tête.

— Je ne pense pas que Robert Coates soit intéressé par ce genre de petits jeux. Il aurait pu à n'importe quel moment s'adresser à la presse, mais il ne l'a pas fait. Il ne recherche pas la notoriété et ne s'attend pas à ce que le monde comprenne ce qu'il fait, de toute façon. Il fait ça pour lui-même.

— Alors, pourquoi pensez-vous qu'il les a laissés ?

— Je me sentirais sacrément mieux si je le savais. Mais peu importe la raison, il a fait ça pour lui, et non pour nous. Et nous ferions bien de ne pas l'oublier. (Il consulta sa montre.) Wainwright sera là dans quelques minutes. Je vais devoir expliquer pourquoi nous avons deux victimes supplémentaires et un service entier drogué avec ce qui semble être un paralysant.

— Je viens avec vous.

— Je peux m'en occuper. Tu devrais avoir une discussion avec Eloise, histoire de décider si on la garde sous le coude ou pas.

— Vous me faites confiance pour prendre une décision pareille ? demanda-t-elle, surprise.

— J'ai bien assez à faire, répondit-il simplement en retournant à l'intérieur.

— Qui étaient-ce ? s'enquit l'inspectrice principale Wainwright, les yeux rivés sur les ailes du faux dieu comme si elle s'attendait à tout moment à les voir s'animer à nouveau.

— Javier Ruiz et Audrey Fairchild.

— Ceux qui sont passés aux infos ?! demanda-t-elle avec inquiétude.

Chambers consulta ses notes à la recherche d'une réponse et prit conscience qu'il n'avait pas eu le temps de lire un journal ou de s'asseoir devant un poste de télévision depuis que tout ça avait commencé.

— Le couple qui a fait une greffe ? ajouta-t-elle pour l'aider.

— Alors oui. Greffe de poumon. Elle avait...

— La mucoviscidose, l'interrompit Wainwright en regardant les victimes avec une expression différente. Les médecins lui avaient donné six mois à vivre.

— OK, dit Chambers en pliant sa feuille de papier, désormais inutile.

— Son petit ami s'est proposé comme donneur. Les docteurs ont rétorqué que ce n'était pas si facile : qu'il faudrait une compatibilité parfaite et qu'en l'absence de second donneur ils allaient devoir prendre une quantité telle que cela aurait des conséquences sur sa vie après l'opération. Mais, malgré ça, il a insisté, et d'une certaine façon la chance a été de leur côté... L'histoire a été relayée dans la presse, car ils ont fixé la date de leur mariage avant d'entrer à l'hôpital, il devait avoir lieu six mois après le diagnostic d'Audrey, dit Wainwright avec tristesse.

Elle avait presque l'air tentée de prendre dans ses bras les amoureux au destin si tragique.

— … Pourquoi eux ? demanda-t-elle après un court silence.

— Mauvais hôpital au mauvais moment, dit Chambers avec un haussement d'épaules. Le mariage semble être un thème récurrent. Ça peut même être simplement « un homme sauvant la femme qu'il aime ». En vérité, qui sait ?

Sa patronne parut légèrement surprise par sa franchise.

— Ce type est complètement barré, poursuivit Chambers d'une voix tendue. Nous ne savons pas vraiment comment son esprit tordu crée de vagues connexions avec les victimes, nous n'avons aucun moyen de prévoir sur qui il fera sa prochaine fixette, aucun schéma comportemental sur lequel travailler, parce qu'il n'est pas une véritable personne ; c'est un miroir qui ne peut qu'imiter les autres… Les lieux, dit-il avec fermeté. Tout tourne autour des lieux. Ils sont notre seule constante, notre seul avantage sur lui.

Wainwright écouta son résumé en hochant la tête.

— De quoi avez-vous besoin ?

— Son ex nous a fourni une liste des lieux importants pour lui. J'aimerais qu'ils soient tous sous surveillance vingt-quatre heures sur vingt-quatre jusqu'à ce que ce soit fini.

— Combien de lieux ?

— Quatre, peut-être.

— Je vous donne une semaine, lui dit Wainwright. De toute façon, si d'ici une semaine vous n'avez toujours rien, nous serons probablement tous démis de l'enquête.

Marshall et Eloise avaient trouvé une table dans un coin isolé de la cantine de l'hôpital. Les deux femmes offraient un contraste frappant : Eloise naturellement belle sans maquillage, vêtue d'une tenue colorée et confortable, ses cheveux bouclés rassemblés en une queue-de-cheval ébouriffée ; Marshall, arborant comme toujours ses peintures de guerre monochromes, ses mouvements restreints par des couches de vêtements noirs et de cuir.

Winter était resté aussi longtemps que possible, allant jusqu'à se donner quarante-cinq minutes pour faire le trajet d'une heure entre l'hôpital et son travail. Il serait en retard, mais il arriverait avant Dan le boutonneux. Ce qui serait suffisant pour lui épargner les ennuis à condition que Sophie la coincée, qui venait de débarquer de l'autre magasin, ne cafte pas.

Marshall secoua la tête en se demandant comment et pourquoi elle savait tout ça.

Conscientes d'éviter les sujets à la fois évidents et déplaisants, les deux femmes avaient discuté à bâtons rompus, principalement de la galerie : Eloise avait décrit avec passion ses projets pour le lieu, et Marshall avait quelque peu douché son enthousiasme en l'ajoutant à la liste des endroits où Coates pouvait choisir d'abandonner un corps.

Lors d'une pause naturelle dans la conversation, Marshall aborda le problème qui la tracassait réellement.

— C'est étrange… de voir un cadavre pour la première fois, commença-t-elle. Ce n'est pas comme à la télé, une personne immobile. La mort les change d'une certaine façon.

— Je vais bien, lui assura Eloise.

— En effet, vous semblez prendre la chose étonnamment bien : d'abord il y a eu les photos des scènes de crime au bureau… et maintenant *ça*…

Elle se tut dans l'attente d'une réaction.

— Je ne sais pas trop ce que vous aimeriez que je vous dise.

— Pourquoi n'êtes-vous pas en train de flipper ? lâcha Marshall. Vous venez de voir une des scènes de crime les plus perturbantes que moi, et même Chambers, ayons vues.

Eloise se laissa aller contre le dossier de sa chaise en jouant avec la touillette en plastique de sa tasse de thé.

— Parce que c'était magnifique.

— Magnifique ? On est en train de parler de cadavres.

— Certaines choses peuvent être à la fois tragiques et magnifiques.

Marshall observa Eloise avec attention en se demandant comment amener la suite, avant de décider de jouer franc jeu.

— Chambers s'inquiète à votre sujet. Et pour être tout à fait honnête, moi aussi.

— Comment ça ?

— Nous craignons que vous souhaitiez la réussite de Coates.

— … En effet.

Prise de court, Marshall croisa les bras et planta son regard dans celui de son interlocutrice.

— Alors, nous avons un sérieux problème.

— Je ne vois pas pourquoi. D'un point de vue moral, je veux vous aider à l'arrêter avant qu'il fasse du mal à quelqu'un d'autre. Mais d'un point de vue artistique, je trouve que c'est pour nous tous un grand honneur d'être les témoins de son génie, quelle que soit la forme qu'il prend. Et je ne peux nier qu'une partie de moi a envie de le voir terminer sa… collection.

— Sa collection ? répéta Marshall, horrifiée, sentant poindre une migraine. OK. Dites-moi : s'il se présentait une situation où vous deviez choisir, quel camp l'emporterait ?

— Honnêtement, je n'en sais rien.

Exaspérée, la policière secoua la tête :

— Êtes-vous encore amoureuse de lui ?… Même après tout ça ?

— … Oui.

— Vous n'avez pas peur de lui ?

— Il me terrifie.

— Parce que c'est un monstre ! s'exclama Marshall, avec le sentiment de tourner en rond.

— Oh, ça ne fait aucun doute, reconnut Eloise… Mais c'est *mon* monstre.

26

Avec sa chemise beigeasse et sa veste mangée aux mites au point qu'on pouvait se demander comment elle ne tombait pas en lambeaux, le sergent Phillip Easton était l'illustration parfaite du policier au bout du rouleau, attendant désespérément son départ à la retraite.

Il avait tout vu, tout fait, et il était parvenu à l'inévitable conclusion qu'en effet, moins on en sait, mieux on se porte.

Après une matinée déjà bien chargée, il était de retour au poste de police de Harrow on the Hill, avec son menu acheté à la boulangerie, et se dirigeait vers son bureau.

— Tu as un client, l'accueillit un de ses collègues.

Il soupira.

— J'ai besoin de manger. Tu ne peux pas t'en occuper ?

— C'est pour une personne disparue… Ton domaine.

Easton leva les yeux sur le Velux parfaitement placé pour fusiller Dieu du regard.

— Je ne peux même pas avoir un foutu moment à moi ?! cracha-t-il.

Il traversa le bureau en poursuivant sa diatribe :

— Tout ce que je voulais c'était manger un putain de… Bonjour ! (Il sourit en posant son déjeuner à l'écart, et s'assit.) Je suis le sergent Easton. Mais vous pouvez m'appeler Phil, si vous préférez.

La femme mal fagotée installée en face lui le dévisagea comme si elle n'avait pas compris un mot de ce qu'il venait de dire.

— Bon, d'accord, dit-il en jetant un coup d'œil aux quelques informations que son collègue s'était donné la peine de noter. Vous êtes grecque ? commenta-t-il en se forçant à prendre l'air intéressé. Alors, que puis-je faire pour vous, madame… ? (Il plissa les yeux pour déchiffrer le formulaire.)… Pap… a… dop… ou… lou.

— Papadopoulou, lui dit-elle avec un accent très prononcé.

— Papadopoulou, répéta-t-il. On m'a dit que vous étiez là pour signaler une personne disparue.

— Mon fils, répondit-elle dans un anglais approximatif, mais l'inquiétude dans sa voix était indéniable. Lui pas rentré du…

Elle semblait bloquée.

— … travail ? suggéra Easton.

— Oui ! Travail. Lui pas rentré du travail aujourd'hui.

— Aujourd'hui ? demanda-t-il avec une pointe de lassitude. Le souci, c'est que normalement nous ne…

— Lui a… esprit… d'enfant, l'interrompit-elle.

— Je vois, dit Easton en encerclant la mention *Adulte vulnérable* sur le formulaire. Et a-t-il déjà fait ça auparavant ?

— Non ! répondit la femme en éclatant en sanglots.

Il lui tendit un mouchoir et lui offrit sa meilleure tentative de sourire rassurant.

— Essayons d'avoir plus de détails. Pourriez-vous me donner son nom complet, je vous prie ?

— Evan Ioannou Papadopoulos.

— Pas Papadopoulou ?

— Papadopou*los*.

Il réussit à le lui faire épeler.

— Date de naissance ?

— Sept octobre, mille neuf cent soixante-treize.

— Ce qui lui fait… Vingt-deux ans, dit Easton un peu plus fort que nécessaire pour mettre en avant sa capacité à compter comme Rainman… Heu… Attendez… Vingt-trois ?

Il finit par se résoudre à compter sur ses doigts.

— Ensuite : taille ?

— Oh ! Deux et cinquante-six.

Easton lui lança un regard déconcerté.

— En mètre et centimètres si possible ?

— Oui. Deux et cinquante-six.

Il reboucha son stylo-bille et tapota avec impatience sur son bureau.

— Vous savez quoi ? On reviendra là-dessus tout à l'heure. Avez-vous une photo récente d'Evan sur vous ?

— Oui, répondit-elle en fouillant dans son sac à main avant de lui tendre une photographie de son fils au milieu du reste de la famille Papadopoulos.

Easton considéra la photo, puis leva les yeux sur la femme au désespoir avant de balayer la pièce du regard à la recherche de collègues en train de ricaner. Méfiant, il déboucha à nouveau son stylo.

— Taille : Deux mètres et cinquante-six centimètres.

★

L'Observatoire royal (l'accident)
La section arts ravagée
par le feu (Birkbeck College)
La tombe de sa mère
Le bois de lauriers

Après avoir supervisé l'enlèvement des corps, durant lequel la vue des plumes blanches traînées sur le sol sous une couverture lui avait fourni de quoi alimenter plusieurs années de cauchemars, Chambers avait réquisitionné l'amphithéâtre de l'hôpital. Avant que les autres arrivent, il avait écrit sur le tableau blanc la liste des lieux importants aux yeux de Robert Coates avec ce qu'il soupçonnait à présent être un feutre indélébile.

L'inspectrice en chef Wainwright, l'air lasse après s'être adressée aux journalistes, fut la première à le rejoindre et s'installa au premier rang. Elle fut rapidement suivie de Marshall qui, de toute évidence, se demandait à quelle distance de l'impressionnante femme elle pouvait s'asseoir sans paraître grossière. Visiblement, la réponse était à deux chaises d'écart.

— Nous sommes tous là ? s'enquit Chambers, vu qu'ils n'avaient pas eu le temps de faire le point depuis leur conversation dans la cour.

Au même moment, Eloise entra précipitamment dans la salle.

— Désolée ! dit-elle, essoufflée, un gobelet de café à la main.

Puis elle s'installa à deux chaises de Marshall.

— OK, dit Chambers. Eloise Brown, ma patronne, l'inspectrice en chef Wainwright. Patronne, voici l'ex de Robert Coates : Eloise Brown.

Les présentations faites, il entra dans le vif du sujet.

— Voici les quatre lieux potentiels pour les trois meurtres restants, dit-il en désignant le tableau.

— Il y en a peut-être un cinquième, intervint Marshall. La galerie d'Eloise ?

Chambers jeta un coup d'œil à Wainwright qui hocha la tête à contrecœur.

Il l'ajouta à la liste.

— La patronne a accepté que nous les mettions sous surveillance pendant la semaine à venir, à condition que nous en assurions une partie, dit-il en regardant Marshall.

Avide de faire bonne impression devant sa future supérieure hiérarchique, Marshall semblait quasiment folle de joie à l'idée de perdre les sept prochains jours de sa vie à poireauter dans des véhicules gelés.

— ... et peut-être Winter aussi, avec un peu de chance, ajouta-t-il après réflexion.

Il avait en effet convaincu Wainwright d'accélérer le retour de l'agent qui n'avait plus qu'à obtenir la bénédiction de son médecin et à passer un entretien avec les RH.

Le sergent reporta son attention sur Eloise.

— Pensez-vous pouvoir classer ces lieux du plus au moins probable ?

— Je... ne sais pas... trop, bafouilla la jeune femme qui se sentait mise sur la sellette.

— Faites de votre mieux, l'encouragea-t-il.

Elle posa sa boisson, se leva et lui prit le marqueur des mains en passant devant lui. Après avoir examiné le tableau pendant un moment, elle entreprit d'effacer énergiquement la première ligne.

— … Ça ne part pas.

Chambers grimaça.

— Faites une nouvelle liste, lui dit-il en désignant le paper-board.

1. L'incendie
2. La tombe
3. Le bois
4. L'observatoire
5. La galerie

Elle lui rendit le marqueur.

— Expliquez-nous votre raisonnement, lui dit Chambers.

— Eh bien, la galerie compte énormément pour moi, mais pas vraiment pour lui. C'est pourquoi, même si ça reste une possibilité, je l'ai mise en dernier. Et je dirais que mon accident a été traité ici, à l'hôpital. (Elle jeta un coup d'œil à la nouvelle liste.) Ce qu'il y a de plus important pour Robert, ce qui le définit, c'est son art… suivi par la haine qu'il porte à sa mère… et ensuite seulement, moi et notre relation, conclut-elle avec amertume.

— Les feuilles de laurier tendent à indiquer le contraire, rétorqua Chambers. Peut-être qu'il fait tout ça pour vous… ou pour vous atteindre.

— Robert ne me ferait jamais de mal.

— Ce n'est pas un risque que je suis prêt à courir, dit-il avec un coup d'œil à Wainwright. Nous nous sommes mis d'accord sur le fait qu'à partir de maintenant vous serez sous protection vingt-quatre heures sur vingt-quatre. Quand vous ne serez pas avec nous, vous serez accompagnée d'un officier compétent en uniforme… ou de Winter. (Il se tourna à nouveau vers le tableau blanc.) Je pense que nous devrions donner la priorité à…

Wainwright l'interrompit en se raclant la gorge.

— Excusez-moi, sergent, mais on dirait bien que vous êtes déjà en train de vous occuper de la prochaine victime sans rien faire pour enquêter sur les deux que nous venons de mettre à l'arrière d'une camionnette.

Chambers la défia du regard.

— Nous n'avons rien à apprendre d'elles.

— Vous faites preuve d'un terrible manque de considération.

— Je fais preuve de réalisme.

— Je doute que les familles de nos deux victimes se sentent rassurées par un tel constat.

— Pas plus que les millions de gens qui vont nous juger vautrés devant leur télé, rétorqua-t-il. Mais on se fout de ce qu'ils pensent, non ?

— Et moi qui croyais que vous faisiez preuve de réalisme, dit calmement Wainwright. Tout le pays a les yeux rivés sur nous. Est-ce trop demander de leur part que de voir le sergent chargé de l'enquête faire un effort pour découvrir ce qui s'est passé ?

Au même moment, les portes s'ouvrirent à la volée, heurtant le mur avec fracas, et un homme essoufflé vêtu d'un costume rayé déboula dans la salle.

— Est-ce que c'est la conférence... (il jeta un coup d'œil à son passe visiteur) « coloscopies préventives, *vs* coloscopies injustifiées » ?

— Non. Mais ça commence à y ressembler, marmonna Chambers en faisant signe à l'homme de repartir.

Puis il se tourna à nouveau pour s'adresser à Wainwright :

— Nos ressources sont limitées et nous ne pouvons pas sauver les morts. Nous savons avec certitude que ce couple a été assassiné par Robert Coates. Lequel aura modifié son apparence pour arriver jusqu'à eux. Rien de tout ça ne nous est d'une aide quelconque.

» Nous avons réquisitionné les enregistrements de vidéosurveillance en mettant la priorité sur les caméras extérieures au cas où il aurait été assez stupide pour monter dans une voiture ou dans un bus. Nous avons des gens en train de contacter les parcs locaux avec des lacs afin de savoir si des cygnes ont été découverts mutilés. Il y avait des traces de terre sur les feuilles trouvées à l'intérieur du flacon. J'ai demandé au labo d'en faire une analyse poussée dans l'espoir de déterminer avec le plus de précision possible de quelle partie de la ville elles viennent. Nous enquêtons bel et bien sur la mort de Javier Ruiz et Audrey Fairchild, mais je ferais bien mal mon boulot si je n'étais pas déjà en train d'anticiper.

L'exposé fut suivi d'un silence tendu qui prit fin quand Wainwright céda d'un bref hochement de tête.

— Parlez-nous de la prochaine statue, demanda Chambers à Eloise, la mettant sur la sellette pour la deuxième fois en quelques minutes.

Il consulta ses notes :

— La *Victoire de Samothrace* ?

— Je n'ai pas ma présentation sur moi, mais je peux vous faire un résumé, dit-elle avec un sourire que démentait le ton tranchant de sa voix.

— Encore une statue avec des ailes, je n'aime pas ça, commenta Marshall. Un autre dieu ?

— Une déesse, la corrigea Eloise. Plus exactement, la déesse Niké.

— Jamais entendu parler, dit Chambers en s'asseyant.

— Bien sûr que si. À votre avis, de qui la célèbre marque de sport tient-elle son nom ? Et vous avez sûrement vu la femme argentée qu'elle a inspirée sur l'avant de chaque Rolls-Royce. Elle est même représentée sur la médaille olympique. Niké est la déesse de la victoire, fille de Pallas et du Styx.

— Oh, encore le Styx ! soupira Chambers en se frottant le visage avec lassitude.

Wainwright lui lança un regard interrogateur.

— C'est le nom du fleuve qui sépare la terre de la porte de l'Enfer… Rha ! *La Porte de l'Enfer* ! se lamenta-t-il en regrettant d'avoir ouvert la bouche.

— Les Grecs croyaient que Niké pouvait les rendre invincibles, mais aussi leur donner la force et la vitesse nécessaires à réussir n'importe quelle entreprise, expliqua Eloise. Elle récompensait ensuite les vainqueurs avec une couronne de laurier.

Il y eut un bref silence pendant lequel personne ne prit la peine de relever la signification des feuilles sur cette troisième statue de femme.

— Et ça fait référence à quel événement ? demanda Chambers.

— Je l'ignore, répondit Eloise.
— C'est vous, n'est-ce pas ?
— Oui.
— Donc, vous savez, insista-t-il.
— Lâchez-la un peu, Chambers, intervint sèchement Marshall.
Il se leva, soudain conscient qu'il avait déjà un avis arrêté sur l'ex de Coates, indépendamment de ce que pouvait penser la jeune femme.
— Il y a des vies en jeu ! cria-t-il. Réfléchissez !
— Sergent ! le rappela à l'ordre Wainwright.
Mais il ne renonça pas pour autant.
— Qu'avez-vous donné à Coates ? Comment l'avez-vous récompensé ? Pour quelle entreprise a-t-il eu besoin de votre aide ? Qu'est-ce qu'il n'aurait pas pu accomplir sans vous ?!
Eloise était au bord des larmes. Soudain, son expression se transforma, elle venait de comprendre.
— Le feu ! s'exclama-t-elle dans un souffle. La création des sculptures de cendres… C'est le feu !
— Et la récompense ? insista-t-il.
Eloise se remémora un souvenir qu'elle n'avait pas évoqué depuis très longtemps.
— La nuit où nous les avons terminées, alors que nous nous tenions au milieu de ces formes et de ces silhouettes monochromes faites de poussière, il m'a demandé une fois de plus de l'épouser. À cet instant, Robert et moi étions les deux seules taches de couleur dans une image en noir et blanc… C'est la seule fois où je lui ai dit *oui*.
Satisfait, Chambers se tourna vers Marshall :
— Et alors, qu'attendons-nous ?

Le petit groupe parcourait les interminables couloirs de l'hôpital à la recherche d'une sortie relativement peu fréquentée, et ses trois gardes du corps discutaient entre eux quelques pas devant Eloise. Être forcée de se remémorer ce souvenir avait éveillé en elle des sentiments surprenants. Cela lui avait rappelé les mensonges qu'elle s'était racontés, la façon dont elle avait estampillé une des nuits les plus magiques de sa vie, comme une erreur à oublier, blâmant l'impulsivité de la jeunesse alors qu'en réalité elle n'avait jamais été aussi sûre de quoi que ce soit.

Ils étaient en train de parler d'elle. Elle le savait, car Marshall se tournait sans cesse vers elle en souriant. L'intention était probablement gentille, mais le résultat était plutôt sinistre sur son visage pâle de fiancée de Dracula digne d'un soir de Halloween.

Alors qu'elle lui rendait son sourire, Eloise remarqua un homme qui arrivait en face d'eux et qui paraissait particulièrement intéressé par ses compagnons. Elle lui trouva un quelque chose de vaguement familier : *pas sa démarche… ni ses cheveux… ni même ce qu'elle distinguait de son visage… mais il y avait quelque chose.*

Alors que l'écart entre eux continuait de se réduire, Eloise croisa le regard de l'étranger et le reconnut instantanément. Une exclamation étouffée, mais audible, lui échappa. Coates eut l'air tout aussi surpris de la voir derrière ce mur de flics et il ralentit le pas quand Marshall se tourna vers la jeune femme.

Eloise n'arrivait plus à respirer. Elle ouvrit la bouche, mais aucun son ne sortit. Coates n'était plus qu'à quelques mètres de distance. Il ne s'arrêta pas pour autant, au lieu de ça, il continua à marcher droit vers eux, montrant sa totale confiance en elle lorsqu'il écarta discrètement de lui sa main gauche.

Marshall se renfrogna.

— Eloise ? Tout va bien ?

La jeune artiste avait l'impression d'être déchirée en deux. Elle était toujours incapable de respirer. Sans le savoir, son groupe arrivait au niveau de Coates et la discussion qu'elle avait eue un peu plus tôt avec Marshall résonnait dans sa tête : *S'il se présentait une situation où vous deviez choisir, quel camp l'emporterait ? — Honnêtement, je n'en sais rien.*

Sans un mot, elle hocha la tête, et Marshall se retourna au moment où Eloise imitait le geste de Coates en ouvrant la main. Leurs doigts s'effleurèrent un court instant… puis il disparut.

Le cœur battant la chamade, elle dut faire un effort pour ne pas regarder en arrière ; le désir était si puissant qu'elle avait la sensation d'être sur le point d'exploser. Un immense sourire l'accompagna durant tout le chemin jusqu'à la sortie.

Parce que, maintenant, elle savait.

— Je veux que cette grille soit verrouillée, quelqu'un à cette fenêtre, et quelqu'un d'autre dans l'immeuble en face, aboya Chambers dont les chaussures, à force de faire les cent pas, se couvraient de terre mêlée de cendre.

Après avoir laissé Eloise à l'hôpital avec Wainwright, lui et Marshall avaient foncé à travers la ville jusqu'à l'université de Birkbeck afin d'arriver sur les lieux tant qu'il y avait encore de la lumière.

Telle une jeune pousse sur une plante abîmée, la nouvelle extension avait trouvé sa propre voie en s'enroulant autour de la structure existante. Seule son ombre tombait sur le site de l'incendie.

L'École des arts de Gordon Square avait été en mesure d'accueillir la grande majorité des classes, faisant perdre aux rénovations tout caractère d'urgence. L'endroit était désormais composé de barrières de métal, de signalisation de sécurité aux couleurs criardes, et de bennes débordantes de débris. Le sol était encore noirci par la cendre, et les pelleteuses depuis longtemps parties avaient formé au centre trois gros monticules. Chambers devait s'estimer heureux qu'il n'ait pas plu depuis plusieurs jours, car la plupart du temps le site devait être un bourbier impraticable. Une grande barrière séparait les locaux de l'université d'une scène similaire de l'autre côté, où le feu s'était répandu comme une infection.

— Trouvez comment allumer ces projecteurs, ordonna-t-il aux policiers en désignant la boîte de contrôle fermée à l'intérieur de laquelle entraient d'épais câbles.

— Oui, monsieur.

— Je veux que tout le personnel et les véhicules soient en position et hors de vue d'ici une demi-heure ! hurla-t-il au reste de l'équipe. Et vous… Oui, vous ! cria-t-il à l'intention d'un agent. On dirait qu'une armée est passée par là. Quand tout le monde sera parti, trouvez un balai et couvrez nos traces du mieux que vous pourrez. Nous ne pouvons pas prendre le risque de le faire fuir.

Il repéra alors Marshall près du portail et se dirigea vers elle.

— Ça va ?

— Un chemin pour entrer. Un pour sortir, l'informa-t-elle. Les deux autres issues sont à présent bloquées.

— Bien, dit-il.

Satisfait, il balaya du regard l'endroit qui désormais, à ses yeux, ressemblait davantage à un piège qu'à un chantier.

— Mais tu n'as pas répondu à ma question. Ça va ?

— C'est seulement que…

— Que quoi ?

— Tout ça, c'est bien beau, mais…

— Mais quelqu'un va quand même mourir, termina-t-il à sa place.

Elle confirma d'un signe de tête.

— Et il n'y a rien que nous puissions faire, ou que nous soyons en train de faire pour l'éviter. Ça ne me semble pas juste… Je sais, je sais, poursuivit-elle avant qu'il ait eu le temps de répliquer quoi que ce soit. Il n'y a pas moyen de savoir qui sera sa prochaine cible. N'empêche que ce n'est pas agréable. Mais comme vous l'avez dit à l'hôpital, « nous ne pouvons pas sauver les morts ».

Chambers s'appuya contre le mur à côté d'elle.

— Tout le pays est à sa recherche, et des agents interrogent toutes les personnes qu'il a connues.

— Ils ne le trouveront pas.

— Non… en effet, dit-il, pensif. Mais ça y est. C'est ici que ça se termine après toutes ces années… Merci.

Marshall lui lança un regard d'incompréhension.

— J'avais laissé tomber l'enquête, expliqua-t-il… j'avais cessé de le traquer. Mais nous sommes là, maintenant, et pour la toute première fois, nous avons l'avantage. Coates va venir ; il ne pourra pas s'en empêcher. Et quand il viendra, nous serons là. Alors… merci.

Reconnaissante, Marshall lui tapota affectueusement le bras.

— Vous me remercierez quand ce sera terminé.

— Sergent ! appela un agent accroupi à côté du boîtier de contrôle. Je crois qu'on essaye de vous joindre ! dit-il en désignant sa radio.

Sourcils froncés, Chambers monta le volume et saisit la fin déformée d'une transmission.

— ... requiert dès maintenant votre présence. À vous.

Il retira la radio de son étui.

— Chambers à l'appareil. La communication était pour moi ? À vous.

— Affirmatif. Nous avons reçu un appel d'un agent de la mairie travaillant sur un terrain de Putney, expliqua le répartiteur tandis que Chambers tenait la radio de façon que Marshall entende également la conversation. Il dit avoir découvert des os et il pense qu'il s'agit d'os humains. À vous.

Marshall et lui échangèrent un regard.

— Reçu. Dites-lui de cesser immédiatement toute activité sur le site et demandez à une équipe médico-légale de me retrouver sur place. À vous.

— Wilco. Terminé.

— Pas de repos pour les braves, bâilla Chambers. Une longue nuit nous attend, dit-il à Marshall. Ne te sens pas obligée de...

— Je viens avec vous, l'interrompit-elle.

— Comme tu veux.

— Il n'était pas enterré aussi profondément que les autres, expliqua l'employé de la mairie barbu qui coordonnait les fouilles.

L'oasis de verdure était méconnaissable : les cabanons déracinés avaient été regroupés derrière les lignes de travaux et la majorité des terrains n'étaient plus que terre retournée et trous de recherche. L'homme leur montra le chemin. Juste après avoir dépassé une mini-pelleteuse à l'arrêt, tous trois encerclèrent une tombe avec en son centre un cadavre partiellement exposé. Il était à un stade avancé de décomposition, presque réduit au squelette. Une épée de pierre avait été posée sur le corps, rappelant les chevaliers de l'ancien temps, et des vêtements en lambeaux enveloppaient encore les os. Le trou devait faire tout au plus un mètre de profondeur et avait de toute évidence été creusé à la hâte.

— Je pense pouvoir deviner d'où vient l'épée, dit Chambers. Ce corps est là depuis des années. Il ne va pas être facile à identifier.

— Christopher Ryan, les informa leur guide.

Chambers lui lança un regard étonné.

— Vous l'avez… reconnu ? lui demanda-t-il sèchement en reportant son attention sur le spectacle qui n'aurait pas déparé la pochette d'un album d'Iron Maiden.

L'employé municipal lui tendit un badge plastifié recouvert de terre.

— Nous l'avons trouvé avant qu'on nous dise d'arrêter, expliqua-t-il. Il dépassait de sous le macchabée. Je suppose qu'il devait être dans sa poche arrière.

Le fait que Coates ne l'ait pas vu semblait confirmer la théorie selon laquelle il s'était débarrassé du corps à la hâte.

Chambers hocha la tête pour remercier l'homme qui partit rejoindre ses collègues, les laissant en compagnie du cadavre.

— Ça ne ressemble pas à Coates, de gâcher un corps, dit Marshall qui venait de décider qu'elle voulait être incinérée. Qu'en pensez-vous ?

— J'en pense que, sans sa Méduse, il n'avait plus l'usage d'un Persée, répondit Chambers qui sentit la cicatrice sur sa nuque le tirailler.

Il leva le visage vers le soleil de novembre qui était bas dans le ciel et savoura sa chaleur. Puis il inspira profondément et sourit.

— Ça va être un magnifique coucher de soleil, commenta-t-il.

Ce brusque changement de sujet provoqua chez Marshall un froncement de sourcil, tandis qu'il tournait le dos à la tombe et repartait d'un pas tranquille vers la voiture.

27

La dernière parcelle de ciel flamboyant dans les tons roses et orange était en train de se faire grignoter par la nuit. Les nuages sombres amenaient avec eux un prédateur en chasse, ainsi qu'une fin violente et indigne pour sa proie.

Chambers regarda le feu céleste s'éteindre et être remplacé par son reflet épuisé sur la vitre. Il était encore un jeune homme quand toute cette histoire avait commencé, et non l'épave grisonnante, bourrée de cachetons qui lui faisait face. Lui dont la présence avait été autrefois imposante était encore grand, mais n'avait plus rien d'impressionnant. Lui qui, à l'époque, était capable de rester éveillé pendant quarante-huit heures d'affilée en demeurant fonctionnel semblait à présent perpétuellement exténué. Et alors qu'il avait toujours eu un esprit affûté comme une lame de rasoir, il se sentait de plus en plus lent…

Quelque chose lui échappait, il le savait.

— Oh, super ! Vous êtes là, s'exclama quelqu'un dans le couloir derrière lui.

Il se retourna et vit le docteur Drew Sykes en train de marcher vers lui. Ayant entretenu d'excellents rapports avec sa mère, Chambers avait placé de grands espoirs dans le jeune homme lorsqu'il lui avait succédé. Malheureusement, prétentieux et agressif, le nouveau médecin légiste n'avait pas hérité des qualités humaines de la doctoresse partie à la retraite. Néanmoins, il avait l'air d'apprécier Chambers qui semblait rencontrer avec lui moins de problèmes que la plupart des gens.

Ils avancèrent ensemble vers les portes tout au bout du couloir.

— Voulez-vous la bonne ou la mauvaise nouvelle ? s'enquit Sykes.

— La bonne.

— Vous vous rappelez cette fille dont je vous avais parlé, Fiona ? Troisième rencard, ce soir. Et vous savez ce que ça veut dire !

Chambers fit comme s'il n'avait pas vu la main levée du jeune homme pour un « tope là » et demanda avec impatience :

— Une bonne nouvelle concernant les cadavres ?

— Oh, mon Dieu, non. Non. De ce côté-là, je n'ai que de mauvaises nouvelles.

— Fantastique.

Ils pénétrèrent dans le labo, où les victimes de l'hôpital étaient déjà étendues sur des tables d'autopsie métalliques. Une table supplémentaire avait été tirée à côté pour accueillir les deux masses de plumes maculées de sang. Le cœur au bord des lèvres, Chambers se rappela quelque chose qu'Eloise avait dit en parlant de Robert Coates : qu'il était comme un enfant qui arrachait les ailes d'un cousin.

— Il devient de plus en plus taré, dit Sykes en gonflant les joues. Les deux étaient sous sédation profonde de base, donc pas de trace de piqûre. La nana…

— Audrey Fairchild, précisa Chambers, irrité par ce manque de professionnalisme.

— D'accord, Audrey Fairchild. C'est un simple cas d'asphyxie. Il a éteint le respirateur… et game over. L'homme, en revanche… (Ils allèrent se placer près de l'autre brancard.) Ses ailes ont été « attachées » à son corps alors qu'il était encore en vie. Inconscient, mais vivant.

Chambers jeta un coup d'œil au tas de plumes blanches. Le long os brisé qui dépassait du bord de la table évoquait une lame.

— Mon Dieu.

— Horrible, hein ? Les ailes lui ont perforé les poumons par-derrière des deux côtés – ce qui explique les éclaboussures de sang sur les plumes –, ce qui a causé un terrible hémopneumothorax.

Constatant que Chambers n'avait pas l'air de comprendre ce que ça impliquait, il précisa :

— En gros, il s'est noyé dans son propre sang.

Cette pensée sembla ébranler son arrogance.

— Asphyxie et noyade le lendemain d'une greffe de poumon, réfléchit Chambers à voix haute. Je suppose qu'on pourrait y voir une forme de poésie tordue.

Il consulta sa montre.

— Vous avez mauvaise mine. Vous tenez le coup ? s'enquit Sykes, qui paraissait sincèrement inquiet.

À ce point ?

— Je vais bien. Il faut juste que j'aille quelque part. Et la bouilloire ? demanda-t-il en remarquant l'ustensile confisqué à l'hôpital, posé à côté des ailes.

— Un véritable trait de génie, répondit Sykes en se tournant vers l'appareil en apparence inoffensif.

— C'est donc bien avec ça qu'il a drogué tous ces gens en même temps ?

— Oh, ça ne fait aucun doute, confirma le médecin légiste… Mais ce n'est pas une bouilloire.

Chambers lui lança un regard perplexe.

— Vous m'avez perdu.

— Ça en était une, autrefois, mais elle a été modifiée. Il a procédé à un recâblage, la résistance a été remplacée par une membrane à ultrasons, et la forme du bec a été altérée pour augmenter la dispersion.

— Et… ? demanda Chambers qui n'était pas plus avancé.

— C'est un diffuseur déguisé en bouilloire. Faire bouillir du bromure de pancuronium n'aurait rien donné. L'eau se serait évaporée à 100 °C et le bromure se serait accumulé au fond du récipient. Mais en réglant la membrane à ultrasons sur la bonne fréquence, l'eau *et* la drogue sont vaporisées en une brume sèche. Apparemment, il y avait un ventilateur pas loin ?

— Je ne sais pas, peut-être, répondit Chambers, qui sur le moment avait été distrait par le cadavre ailé dans l'autre pièce.

— Il a permis de diffuser le mélange à plusieurs mètres de distance dans toutes les directions, distribuant à toutes les personnes qui se trouvaient dans les parages une dose incapacitante, mais non mortelle… Comme je l'ai dit : du pur génie.

Un peu moins emballé par ce nouveau développement, Chambers se frotta les yeux avec lassitude.

— Donc, si j'ai bien compris, désormais, il n'a même plus besoin de faire une injection à quelqu'un pour le paralyser. Fantastique. Comme s'il n'avait pas déjà tout pour lui.

Une autre pensée lui fit froncer les sourcils.

— Il y a traitement, non ?… Pour annihiler l'effet paralysant.

— En effet… Un mélange d'atropine et de néostigmine.

— Et les ambulanciers en ont ?

— L'atropine, sans doute, mais ils n'auront pas l'idée d'en donner… Pourquoi ?

— Dans ce cas, vu qu'il y a de fortes probabilités que nous soyons les premiers sur les lieux, ne croyez-vous pas que nous devrions en avoir ?

Comprenant enfin, Sykes s'agita, mal à l'aise.

— Vous n'êtes pas médecin.

— Ça ne veut pas dire que je ne peux pas sauver la vie de quelqu'un, rétorqua le sergent. Surtout si notre tueur est maintenant capable de gazer des pièces pleines de gens d'un seul coup.

Sykes semblait toujours incertain.

— Allez, Drew. Ça pourrait sauver la vie de quelqu'un, peut-être même celle de l'un des nôtres.

Le jeune homme soupira.

— Je ne promets rien, mais je vais regarder ce que je peux faire.

— Merci.

Conscient qu'il n'obtiendrait rien de plus, Chambers changea de sujet.

— Vous avez du nouveau sur la terre ?

— Nous avons fait analyser les composants, mais nous attendons toujours les retours sur certains échantillons. (Chambers consulta sa montre pour la seconde fois en deux minutes.) En revanche, j'ai pensé à un truc, poursuivit Sykes. Nous pourrions utiliser la même technique pour déterminer d'où viennent les cygnes. Il y a encore des traces d'eau sur ces plumes. Je pourrais les récupérer pour la faire analyser et la comparer avec d'autres échantillons prélevés à travers la ville.

Sans marquer de pause pour reprendre son souffle, il se précipita vers un ordinateur.

— Ça va exiger un gros travail, c'est certain. Et du temps. Mais comme on dit : « Les bonnes choses viennent à qui sait...

Il leva les yeux de son écran pour découvrir qu'il était seul. Décontenancé, il regarda sous les tables, et se demanda depuis quand il parlait dans le vide.

— ... attendre. »

— Je vais bien.

— Et en vous replongeant dans cette affaire après toutes ces années, vous ne vous êtes pas remis à rêver de l'incident ?

— Non, mentit Winter.

La remplisseuse de formulaire des RH remplit diligemment son formulaire.

— Et la collaboration avec le sergent Chambers... Comment ça se passe jusque-là ?

— Bien.

— Pas de tensions ?

Winter se rappela le moment où le policier les avait plantés dans le pub de Camden.

— ... Pas de disputes ?

Il se vit avec Marshall et Chambers, tous les trois en train de se hurler dessus sous la pluie sur les berges du canal.

— ... Pas d'émotions intenses ?

Lui, Marshall et Chambers, tous les trois en larmes.

Winter fit la moue et secoua la tête.

— Pas que je me souvienne.

— Votre médecin me dit que ça fait un moment que vous n'avez pas renouvelé votre prescription de... (Elle jeta un coup d'œil au fax.)... Deroxat. Vous pensez pouvoir vous en passer, désormais ?

Il sentit dans sa poche le poids de la boîte contre sa jambe.
— … Oui. Comme je vous l'ai dit : je vais bien.

Cela faisait plus de dix minutes qu'Easton attendait à l'entrée du magasin de jardinage de Thornbee en regardant les décorations de Noël clignoter de façon hypnotique depuis un coin sombre de la boutique.

Un homme moustachu le sortit de sa rêverie.

— Sergent Easton ? Justin Hume. Je suis le gérant. (Ils échangèrent une poignée de main.) Nous sommes tous terriblement inquiets pour Evan. Je ne dis pas ça uniquement parce qu'il a disparu. C'est sincèrement l'un des êtres les plus gentils et les plus doux que j'ai jamais rencontrés.

Il conduisit Easton jusqu'à une porte donnant sur un couloir de service miteux et mal éclairé.

— Que fait Evan ici ?

— Il travaille essentiellement dans l'arrière-boutique, dit l'homme avec une pointe de culpabilité. Ça semble horrible, dit comme ça, mais je vous assure que ça n'a rien à voir avec sa taille. C'est vrai, il adore les gosses, et les gosses l'adorent. Un vrai géant avec qui jouer ! Mais l'anglais d'Evan est limité et il est un peu… (Il lui fallut un moment pour trouver le mot exact.)… lent, expliqua-t-il, faute de mieux.

— Est-ce une caractéristique habituelle du gigantisme ? s'enquit Easton en prenant conscience que, en tant qu'employeur d'Evan, l'homme devait probablement avoir un dossier médical susceptible de combler certains blancs dus aux lacunes en anglais de sa mère.

— Evan ne souffre pas de gigantisme.

Sous l'effet de la surprise, Easton s'arrêta de marcher et se tourna vers son interlocuteur.

— Il fait plus de deux mètres cinquante !

— Médicalement parlant, je veux dire, précisa le gérant. Il souffre d'une maladie appelée le syndrome de Sotos. Si j'ai bien compris, il s'agit d'une croissance anormale dans l'enfance qui ralentit en arrivant à l'âge adulte… la plupart du temps. C'est ça la raison de ses…

— Difficultés d'apprentissage ? suggéra Easton avant qu'il tienne d'autres propos offensants.

— C'est ça. (Il ouvrit la porte donnant sur une petite pièce où des cassettes vidéo avaient été empilées sur un bureau.) C'est pour vous. C'est tous les enregistrements de ce matin.

— Je les prendrai en partant, dit Easton. Est-ce que Evan a un casier ou des affaires personnelles ici ?

— Bien sûr. Par là.

Ils traversèrent une salle de pause déprimante au mur du fond couvert de fragiles portes bleues. Quand le gérant en déverrouilla une, apparemment au hasard, la jambe du pantalon du géant disparu dégringola sur le sol, tel un tentacule. Une photographie d'Evan plié en deux pour embrasser sa mère était accrochée à l'intérieur du battant.

Easton regarda le gérant, puis ses employés attablés, habillés à l'identique.

— Il a lui aussi un uniforme comme celui-ci ? demanda-t-il.

— Oui.

Il hocha la tête. Les vêtements du disparu étant toujours là, il portait donc probablement sa tenue de travail.

— Et quels étaient ses horaires aujourd'hui ?

— De 5 heures à 10 heures du matin. Ce n'est pas un horaire très apprécié, mais nous avons besoin de quelqu'un pour recevoir les livraisons.

— Montrez-moi, dit Easton en fermant le casier.

Le policier frissonna quand ils arrivèrent sur l'aire de chargement où trois énormes volets roulants cognaient bruyamment à chaque coup de vent sans pour autant empêcher le froid d'entrer.

— Des caméras ? demanda-t-il après les avoir vainement cherchées du regard.

— Dehors, mais pas ici, répondit le gérant qui ne portait qu'un polo.

Easton déambula parmi les cartons proprement empilés, et prit mentalement note des mégots de cigarettes sur le sol, du vélo appuyé contre le mur, et des deux boutons rouges de chaque côté des volets roulants.

— Les livraisons du jour sont là ?

— Oui.

— Toutes ?

— Oui.

— Est-ce que ces portes peuvent être fermées de l'extérieur ?

— Non.

Easton hocha la tête, puis se remit à parcourir le labyrinthe de marchandises.

— Puis-je vous demander ce que vous cherchez ?

— Rien de spécial, répondit-il en s'arrêtant devant une poignée de terre fraîche répandue sur le sol.

Il s'accroupit et fit courir son pouce sur la fissure de l'un des pots de céramique... Il remarqua alors que son voisin était brisé en deux... et qu'il manquait un gros morceau à celui d'après. Sourcils froncés, il entreprit de tirer un par un les lourds pots, révélant une tache écarlate.

— Je ne suis pas un expert, dit le moustachu en se penchant pour regarder par-dessus l'épaule d'Easton. Mais ce n'est pas bon signe ça, non ?

Easton soupira. *Pourquoi écopait-il toujours des boulots de merde ?*

— Non, Justin. Ce n'est pas bon signe du tout.

Encore vêtu de son uniforme, Winter prit un moment pour recouvrer son souffle en contemplant les sept étages qu'il avait montés, comme s'il venait de conquérir l'Everest. Mais sa fierté fut de courte durée, car la plus frêle vieille femme qu'il avait jamais vue arrivait à son tour sans même transpirer.

— Excusez-moi, très cher, dit-elle à son postérieur.

Winter s'écarta pour la laisser passer. Elle était suivie d'un homme jeune avec de longs cheveux noirs, qui croulait sous les sacs de courses. C'était le genre de type qui aurait sûrement plu à Marshall – bottes noires, début de barbe abrasif et veste en cuir. Il salua Winter d'un signe de tête avant d'accompagner la vieille dame à sa porte. Toujours en train de récupérer, Winter ne put s'empêcher d'entendre leur brève conversation.

— Tu es un amour. Je ne sais pas ce que j'aurais fait sans toi.

— Voulez-vous que je les porte à l'intérieur ?

— Non. Non. Tu en as déjà assez fait.

— OK. Vous n'aurez qu'à frapper si vous avez besoin de quoi que ce soit.

— Je n'y manquerai pas.

La porte se referma.

— Cet escalier est une horreur, dit l'homme avec compassion à l'intention de Winter qui n'était pas franchement ravi de constater qu'Eloise avait un voisin aux allures de rock star.

Ce dernier disparut en roulant des mécaniques derrière une des deux portes restantes sur le palier.

— *Connard*, marmonna Winter, jaloux.

Ayant récupéré autant qu'il le pouvait, Winter vérifia l'adresse notée sur le dos de sa main et frappa à la porte de l'appartement 23. Les voix à l'intérieur se turent brusquement.

— Qui est-ce ?

— Adam Winter… le meilleur de Sainsbury's.

Le verrou cliqueta. Une policière entrouvrit la porte et le détailla d'un œil critique par-dessus la chaîne tendue.

— Hello, dit-il avec un sourire aimable.

— Vous êtes en retard.

— Vous êtes au septième étage.

Son irascible collègue ôta la chaîne pour le laisser entrer en enfilant son manteau pour partir.

— Rien à signaler aujourd'hui. Je serai de retour demain à… (Elle consulta l'horloge.) Huit heures *douze*, dit-elle avant de claquer la porte derrière elle.

— Elle a l'air sympa, dit-il en se tournant vers Eloise qui était roulée en boule sur le canapé.

Elle portait un bas de survêtement confortable et un pull deux fois trop grand pour elle. Ses cheveux étaient attachés en chignon, avec des mèches folles qui bouclaient sur sa nuque. Elle était magnifique.

Et il était encore en train de la fixer du regard.

— Devinez qui a tout déchiré pendant son entretien obligatoire de retour au taf avec les RH ?

— Vous ?

— … Non. Mais je m'en suis sorti de justesse, et ça me suffit, dit-il avant de lui tendre le sac qu'il tenait à la main. J'ai pensé que vous auriez peut-être faim, alors je nous ai apporté une pizza, de la glace et des Doritos.

— C'est un repas de plateau télé, dit Eloise en se levant pour prendre le sac.

— C'est marrant que vous disiez ça, parce que… (Il brandit un boîtier noir qu'il avait gardé caché dans son dos.) J'ai apporté la vidéo de *Jurassic Park* !

— Génial !

Elle sourit et se rendit dans la kitchenette pour allumer le four et mettre la glace au congélateur.

Winter ôta sa veste et verrouilla la porte d'entrée, puis il abandonna ses chaussures sur le paillasson.

— J'ai rencontré vos voisins, dit-il sur le ton de la conversation. Ils ont l'air gentils.

— Oui. Doris est un sacré personnage, et je ne crois pas avoir échangé plus de cinq mots avec Chris depuis qu'il a emménagé ici, il y a deux ans. Il n'est jamais là. (Winter se détendit légèrement.) Mais quand c'est le cas, on le sait. J'espère que ça ne vous dérange pas de vous endormir en écoutant Metallica, plaisanta-t-elle.

— Vous avez peint, commenta-t-il en remarquant la toile posée sur un chevalet dans la chambre.

— Il fallait bien que je fasse quelque chose pour me changer les idées.

Pendant qu'Eloise s'occupait du dîner, il flâna dans la pièce, observant les murs blanchis à la chaux et la tuyauterie de type industriel fièrement exposée. Elle avait peu de meubles et ils étaient tous simples, pratiques et sans bazar inutile.

— J'aime ce que vous avez fait de cet endroit, lui dit-il.

— Quoi ? demanda-t-elle, la bouche pleine de chips.

— J'ai dit que j'aimais ce que vous aviez fait de cet endroit. L'ambiance artiste minimaliste, c'est cool.

— Ah. Oui. Mais non. Ce n'est pas vraiment une « ambiance ». C'est juste que je suis complètement fauchée. Je ne peux rien acheter.

— Oh, dit-il, gêné.

— Il se trouve qu'être une artiste controversée dont l'objectif est de bousculer les idées préconçues que les gens se font de l'art tout en vivant dans une des villes les plus chères du monde n'est pas aussi lucratif qu'on pourrait le croire, plaisanta-t-elle en leur servant à chacun un verre de vin.

— Je travaille, protesta Winter.

— Alors, vous êtes payé ?

— Je l'espère.

— Donc vous espérez être en train de travailler, c'est ça ? le taquina-t-elle. C'est un remerciement pour le dîner. Et puis, vous n'allez pas me laisser boire toute seule, n'est-ce pas ? Allez ! Juste un verre.

Il la rejoignit.

— D'accord, dit-il en craquant comme le Dorito sur lequel il venait de marcher.

Il prit un verre tandis qu'Eloise levait le sien.

— Santé !

— On peut éteindre si tu veux ? proposa Winter en mettant stratégiquement le film en pause pendant une phase de dialogue.

— Hein ? dit Eloise qui contemplait les lumières de la rue depuis l'arrivée du brachiosaure. Non, non. Je passe un bon moment.

— Tu es inquiète… à propos de Robert.

— Non… peut-être… Je ne sais pas.

Winter hocha la tête avec compassion avant de lâcher :

— Quand j'étais petit, j'avais un cochon d'Inde.

Eloise le regarda, déconcertée.

— Del Boy Trotter[1], poursuivit-il.

La jeune femme s'esclaffa.

— Tu avais appelé ton cochon d'Inde Del Boy Trotter ?

— Hmm hmm.

— Pourquoi pas juste Del Boy ?

— Ça aurait été un peu trop familier, tu ne trouves pas ? lui demanda-t-il, l'air sérieux. Je crois que seuls ses amis proches et sa famille l'appelaient Del Boy. Pour nous, il a toujours été Del Boy Trotter. Ça te pose un problème ?

— Non, dit-elle avec un sourire amusé. Continue, je t'en prie.

— Bref, un jour Del Boy Trotter a commencé à avoir un comportement bizarre. Il s'est mis à marcher en rond… dans les murs… dans le vide. Nous l'avons emmené chez le véto qui m'a annoncé qu'il allait le piquer. J'ai fondu en larmes,

1. Personnage de sitcom anglais.

normal. Je l'ai supplié. J'ai offert de payer son traitement avec mon argent de poche, mais Mortel Véto n'a rien voulu entendre. Et le pire c'est que ma mère était d'accord avec lui. Alors, devine ce que j'ai fait ?

— Quoi ?

— J'ai attendu que le véto quitte la pièce pour aller chercher la seringue, j'ai attrapé Del Boy Trotter sur la table et j'ai foncé jusque chez moi. Là, je suis monté en vitesse dans ma chambre préparer un sac avec le strict nécessaire… en gros, un pantalon et du chocolat, puis j'ai rempli le panier de mon vélo avec de la nourriture et de la paille pour lui.

— Ton vélo avait un panier.

— Oui, répondit Winter sur la défensive. Pour des urgences vitales comme celle-là. Et on est partis. Deux canailles en fuite, prêtes à commencer une nouvelle vie en terre inconnue. J'ai traversé deux villes et passé la nuit dans la serre de quelqu'un avant d'appeler ma mère pour qu'elle vienne me chercher.

— Impressionnant. Et qu'est-il arrivé à Del Boy ?

Winter la regarda d'un air réprobateur et elle ajouta :

— … Trotter.

— Oh, il est mort. Je soupçonne cet idiot d'avoir rendu l'âme avant même qu'on dépasse mon école. Ce n'était pas un cochon d'Inde très vaillant et il fallait vraiment le piquer.

Eloise réprima douloureusement un éclat de rire.

— C'est une histoire terriblement triste.

— Là où je veux en venir, c'est que… parfois, il faut renoncer à ce qu'on aime. Tire la leçon de mes erreurs. N'en fais pas un Del Boy Trotter.

Elle lui sourit avec affection.

— Quoi ?

— Rien. J'ai aimé ton histoire. C'est tout.

Winter la dévisagea un moment d'un air suspicieux, puis récupéra la télécommande.

— Bon, est-ce que tu veux voir cet avocat se faire bouffer sur les toilettes ?

Eloise attrapa les Doritos, remua sur son siège pour se mettre à l'aise et s'exclama :

— Un peu que j'veux !

★

Pendant qu'Eloise se brossait les dents, Winter fit son lit sur le canapé. Il avait fait son rapport à New Scotland Yard et s'était assuré, une fois de plus, que la porte d'entrée et les fenêtres étaient bien fermées.

La jeune femme sortit de la salle de bains vêtue d'un pyjama. Elle avait ôté son maquillage et n'en était que plus belle.

— … Quoi ? demanda-t-elle.

— Rien, répondit-il en gonflant son oreiller.

— Bon, bah je vais aller…

— OK. Je serai là… *évidemment.*

— Bonne nuit.

— À toi aussi.

Elle esquissa un sourire timide et se rendit dans sa chambre en fermant la porte derrière elle.

Quelques minutes s'écoulèrent durant lesquelles Winter but un verre d'eau, éteignit la lumière et se mit au lit tout habillé. À peine était-il installé que la porte de la chambre s'entrouvrit.

— Adam ? chuchota Eloise.

— Oui ? répondit-il en s'asseyant dans le noir.

— Je…

Et là, malgré ses affirmations répétées selon lesquelles Coates ne lui ferait jamais de mal, elle demanda :

— Ça ne te dérange pas que je laisse la porte ouverte ?

— Non. Bien sûr que non.

— Merci, dit-elle en retournant dans son lit et en roulant de façon à lui tourner le dos.

Winter resta assis un moment à écouter la cacophonie étouffée de la vie au-dehors : des claquements de portes quelque part dans le bâtiment, le vrombissement d'une moto dans une rue voisine… puis il se rallongea en songeant qu'elle lui manquait déjà.

22 h 34 : Chambers et Marshall étaient assis dans le noir depuis plus de deux heures et demie. Tout le temps pour Chambers de rejouer une centaine de fois dans sa tête sa dernière dispute avec Eve, la deuxième en autant de jours.

Elle avait peur pour lui… après ce qui s'était passé, après cet accident de voiture qui l'avait pour toujours émasculé à ses yeux. Il le voyait chaque fois qu'elle le regardait. Avant ça, pour elle, il avait été invincible, un surhomme ; et maintenant, elle le voyait comme quelqu'un de faible, fragile… comme une des victimes. Cette pensée le rendait physiquement malade. Peut-être était-ce pour cette raison qu'il s'était montré si méchant au téléphone.

Garée sous l'échafaudage dressé devant le nouveau bâtiment des arts, la voiture était dissimulée dans les ténèbres et son pare-brise encadrait la seule grille ouverte telle une peinture à l'huile. Il prit le micro de la radio.

— Alpha à toutes les unités, au rapport, dit-il à voix basse, conscient que les trois monticules de cendres obstruaient partiellement son champ de vision.

— … Bêta : rien à signaler.

— … Charlie : RAS.

Il y eut un grésillement électronique.

— Delta : pareil, de notre côté.

Chambers replaça le micro et soupira avec impatience :

— Mais où il est, bon sang ?!

23 h 14 : Réprimant un bâillement, Chambers but les dernières gouttes de son café tiède.

0 h 22 : Pour ne pas prendre de risque en mettant le moteur en route, Chambers et Marshall s'étaient tous deux enveloppés de couvertures qui sentaient le renfermé.

— Vous n'auriez pas dû boire ce café, lui dit-elle tandis que des cristaux de glace commençaient à se former sur le pare-brise.

— Pourquoi ?

— Parce que si vous sortez pisser, votre engin va tomber.

Chambers sembla soudain contrarié.

— Merci beaucoup… Et maintenant, j'ai envie d'y aller.

1 h 37 : Marshall était en train de ronfler doucement sur le siège passager, pendant qu'un Chambers épuisé et jaloux la couvait d'un regard mauvais en comptant les minutes qui le séparaient de son tour.

2 h 44 : Chambers était en train de ronfler bruyamment sur le siège conducteur pendant qu'une Marshall pensive contemplait le ciel nocturne, les yeux grands ouverts.

3 h 44 :

— Vous êtes réveillé ? demanda Marshall en le tapotant. Chambers ! Vous êtes réveillé ?

— Oui, je suis réveillé ! aboya-t-il en se donnant lui-même une claque pour s'en assurer.

— C'est l'heure de faire le point avec les autres, lui rappela-t-elle.

— D'accord, dit-il en faisant tomber deux fois le micro avant de trouver le bouton de transmission.

— À toutes les unités, bâilla-t-il. Au rapport.

— Bêta : nous vous recevons.

— Charlie : nous aussi.

— Delta : toujours réveillé… tout juste.

4 h 18 :

— Je vous avais dit que vous n'auriez pas dû boire ce café, dit Marshall d'un air suffisant tandis que Chambers remontait dans la voiture, en bataillant avec la braguette de son pantalon à cause de ses doigts engourdis par le froid. Ça va mieux ?

Il se tourna vers elle et répondit en claquant des dents :

— … Beaucoup mieux.

5 h 05 :

— Un mouvement à la grille, grésilla la radio. Un mouvement à la grille.

Aussitôt réveillés et sur le qui-vive, Chambers et Marshall scrutèrent les ténèbres. La grille tremblait encore, mais ce qui l'avait fait bouger n'était nulle part en vue.

— Vous voyez quelque chose ? chuchota Marshall sans quitter des yeux le site abandonné.

— Rien du tout, répondit Chambers en attrapant la radio.

— Delta : C'était vous ? Vous voyez quelque chose ? Est-ce que c'est Coates ?

Il y eut plusieurs bruits de statique avant qu'ils obtiennent une réponse.

— Négatif. Mes excuses. C'était un chat. Juste un chat. Vous pouvez vous rendormir.

— Facile à dire, marmonna Chambers en remuant sur son siège. J'ai encore envie de pisser.

6 h 46 : La nuit se retirait, cédant la place aux lueurs orangées et violettes de l'aube.

Chambers avait l'air de s'être fait mordre par un zombie durant l'un de ses quatre « moments de repos », et Marshall n'avait pas meilleure mine.

— Peut-être que nous étions au mauvais endroit, dit-elle en parlant un peu plus fort, maintenant qu'il commençait à faire jour.

— C'est le bon endroit, rétorqua Chambers, sûr de lui.

— Dans ce cas, peut-être qu'il savait qu'on serait là.

— Ou quelqu'un que nous connaissons l'a averti de notre présence, dit-il en assénant un coup de poing sur le tableau de bord. Une nuit de gâchée ! cracha-t-il en descendant de voiture.

— Chambers ! chuchota Marshall. Où allez-vous ?!

— … Me coucher.

28

Se souvenant que c'était le samedi d'Eve au bureau, Chambers avait fait son possible pour rentrer chez lui avant son départ, mais la ville, pleine à craquer, en avait décidé autrement, en le ralentissant à chaque occasion. Quand il tourna à l'angle de la rue, la voiture de son épouse n'était déjà plus là. Il remonta alors lentement l'allée et entra dans la maison silencieuse.

N'ayant plus besoin de jouer la comédie, il boita jusqu'au réfrigérateur, mais n'y trouva aucun message, pas même une directive ou un rappel à ajouter à sa collection secrète de souvenirs. Il envisagea d'aller lui rendre visite au travail avec sa boisson favorite afin de lui montrer qu'il était désolé, qu'il ne pensait pas toutes les choses blessantes qu'il avait dites, et qu'elle lui avait terriblement manqué au cours de la semaine écoulée. Mais il écarta cette idée en souriant. Elle détesterait le voir « laver leur linge sale en public » – pour reprendre sa formule – et donner à ses commères de collègues un sujet de discussion. Une surprise serait aussi incriminante qu'un bouquet de fleurs offert sous le coup de la culpabilité, ou que des chocolats mêlés de regret.

Il remarqua alors l'enveloppe perforée à son nom sur le comptoir, mais ne prit pas la peine de l'ouvrir. Il savait précisément ce que disait sa feuille de paie : qu'il avait sacrifié son corps, sa santé mentale, et que son mariage était sur une mauvaise pente, tout ça pour gagner moins que son voisin qui était enseignant à l'école primaire du quartier.

Il la jeta sur la pile de publicités, avala trois antidouleurs, et boitilla jusqu'à la chambre pour s'écrouler sur le lit.

★

Fidèle à sa parole, l'agent Tire-la-Tronche frappa à la porte de l'appartement d'Eloise à 8 h 12 précises.

— Pile à l'heure ! l'accueillit aimablement Winter, en dépit du fait qu'il allait être en retard au travail.

— Pas vraiment. J'étais assise dehors en train de lire depuis quinze minutes.

Le sourire de Winter disparut.

— Je vous déteste.

Impassible, elle le regarda enfiler son manteau.

— Je ramène *Blade Runner* ce soir ? demanda-t-il à Eloise.

— Et n'oublie pas que tu m'as promis un curry ! lui rappela-t-elle.

Il gloussa et s'apprêtait à faire un trait d'esprit quand A-T-L-T se lassa et lui claqua la porte au nez.

Après avoir réussi à dormir trois heures complètes, le premier arrêt de Chambers en arrivant au travail fut pour le laboratoire de médecine légale. Sykes, fidèle à sa réputation, était en train d'engloutir un paquet de chips alors que les restes en décomposition exhumés dans les jardins ouvriers étaient disposés sur la table.

L'un de leurs collègues avait fait une recherche sur Christopher Ryan, le nom inscrit sur le badge, et avait trouvé une correspondance très plausible : un artiste londonien connu dans le monde entier pour la façon dont il traitait des sujets contemporains en utilisant des matériaux et des techniques traditionnels. Son œuvre la plus célèbre, *Étrangers à un arrêt de bus*, était réputée à la hauteur de la beauté et du talent d'un Caravage, et l'atmosphère ainsi que la mise en scène théâtrale de sa peinture d'émeutiers brûlant une voiture de police lui avaient valu d'être comparé à Jean-Antoine Watteau.

Il avait également été déclaré judiciairement mort en 1995 après avoir été porté disparu pendant six ans.

— Que voulez-vous que je vous dise ? lui demanda Sykes, en froissant son paquet de chips. Que je suis sûr à cent pour cent que c'est lui ? Je ne peux pas.

Chambers soupira.

— Quelqu'un va devoir parler à sa famille. Nous vous dégoterons des empreintes.

— Des empreintes ?! s'esclaffa le légiste. Pour quels doigts ? Je ne tirerai rien d'utile de ceux-là !

— Du sang alors… ou des cheveux… des vêtements, se corrigea Chambers.

Il était si fatigué.

— *Merci !* répondit Sykes exaspéré. Parce que si vous me demandiez de l'identifier là, tout de suite, je dirais qu'il s'agit de… (Il baissa les yeux sur la collection d'ossements.)… Skeletor.

C'en était trop pour le sergent qui tourna les talons.

— Et pour les amateurs de Cluedo, poursuivit Sykes dans son dos, je pense que c'est Musclor qui l'a tué… dans le Château des Ombres… avec l'épée de pouvoir !

Chambers claqua la porte derrière lui, mais la voix de Sykes porta jusque dans le couloir.

— Trouvez-moi de l'ADN !

— Sergent Chambers !

Il avait à peine fait deux pas dans le bureau qu'une petite foule s'était déjà rassemblée autour de lui.

— L'épée découverte dans la tombe est probablement celle qui a été volée à la statue endommagée de la première scène de crime, cria à moitié quelqu'un.

— C'est bien ce que je pensais.

— Les coordonnées des proches de Christopher Ryan ne sont plus à jour, dit quelqu'un d'autre, mais j'ai retrouvé la trace de sa sœur. J'étais sur le point de partir la voir.

— Bien, répondit Chambers. Le légiste a besoin d'échantillons d'ADN. Interrogez-la sur toute personne qui aurait fait son apparition dans la vie de son frère peu de temps avant sa disparition, et prenez des photos de Coates avec vous… Ah, et à votre retour, je veux tout ce que vous pourrez trouver sur Ryan : l'état de ses comptes, les endroits où il a vécu, son historique professionnel… la totale.

— Oui, monsieur, répondit la femme aussitôt remplacée par un homme dégingandé.

— On a peut-être une piste sur la camionnette orange, dit-il en collant un document dans les mains de Chambers. On a reçu ça sur la ligne d'infos : un garagiste qui se souvient avoir réparé les dégâts décrits dans la presse.

Chambers y jeta un coup d'œil et le rendit.

— Un souvenir vieux de sept ans ne va pas nous être d'un grand secours. Dites-lui de fouiller dans ses dossiers. Voyez s'il peut nous donner un numéro de plaque, des détails sur le moyen de paiement, ou bien un nom ou une adresse que Coates aurait utilisés, mais ne perdez pas trop de temps là-dessus.

— Je vais l'appeler tout de suite, dit l'homme en cédant la place au suivant.

— Il a peut-être été vu à trois endroits supplémentaires : Islington, Camberwell et Highbury.

— Privilégiez Islington et Highbury, les deux sont relativement près l'un de l'autre.

Le policier hocha la tête et s'éloigna d'un pas pressé. Il ne restait plus qu'une personne.

— Oui ? dit Chambers.

— Je me demandais si vous vouliez que je vous apporte un café, monsieur.

— Oh que oui ! Merci ! répondit-il en atteignant enfin son bureau où un paquet de Post-it colorés, indubitablement importants, s'envolèrent comme des papillons quand il se laissa tomber sur la chaise.

— Foutus bouts de papier, se lamenta-t-il en se baissant pour les ramasser.

Assis à l'ombre de la tour empilée en équilibre instable dans son bac à courrier, il fut tenté de téléphoner à Marshall, mais il craignit de la déranger si elle était en train de dormir. Il se rappela alors que Winter s'était rendu directement à son autre travail, et qu'il lui incombait de contacter Eloise afin de parler de l'homme enterré et lui demander si elle avait une idée de la raison qui avait poussé Coates à le choisir.

Il composa le numéro et laissa sonner au moins vingt fois avant d'abandonner.

— Hé ! appela-t-il en faisant signe à quelqu'un de venir le voir.

— Oui, monsieur.

— J'ai besoin que vous lanciez un appel radio. Trouvez avec qui est Eloise Brown aujourd'hui. En premier lieu, assurez-vous que tout va bien, et découvrez pourquoi diable personne n'a répondu quand j'ai téléphoné.

— Oui, monsieur.

Les grilles de la galerie se fermèrent en grinçant et l'escorte d'Eloise la regarda, bras croisés, pendant qu'elle faisait plusieurs tours avec la chaîne avant de vérifier que le cadenas était bien verrouillé.

— Merci, dit Eloise, en prenant la toile pour la porter jusqu'à la voiture. C'est toujours excitant d'en vendre une.

— Qu'est-ce que c'est ? demanda la femme alors qu'elles montaient dans le véhicule, Eloise tenant fièrement son œuvre.

— Une peinture abstraite d'une peinture abstraite célèbre, expliqua-t-elle. Le musée, les gens, les murs et le cadre ont été réduits à leur forme la plus simple, tandis que la peinture dans la peinture a été reproduite de façon réaliste.

La policière grimaça.

— Et quelqu'un a acheté ça ?

— Oui.

— Pour de l'argent ?

— Oui.

— Combien ?

— Trois cents livres… frais de port inclus.

La femme secoua la tête et démarra le moteur.

— Ça vaudra une fortune quand vous serez morte…, dit-elle.

Après une vingtaine de secondes, elle prit conscience qu'elle avait peut-être manqué de tact et ajouta :

— … de vieillesse.

— Elles étaient à la galerie, l'informa une agente que Chambers ne se souvenait pas avoir vue, alors qu'il sortait de sa réunion avec Wainwright.

— Hein ?

— Vous m'avez demandé de découvrir pourquoi Eloise Brown n'était pas chez elle tout à l'heure.

— Ah, oui, dit-il avec un hochement de tête, en se retenant de justesse de dire : « *c'était vous ?* ».

— Elles sont allées à sa galerie. (Chambers fronça les sourcils.) Une histoire de tableau à aller chercher, expliqua-t-elle avec un haussement d'épaules.

Ce qui ne fit qu'ajouter à la confusion du sergent qui se rappelait l'état insalubre du chantier. Il avait à peine fait quatre pas, quand il remarqua l'intrus suivant.

— Qui est l'épouvantail à mon bureau ?

— Ce n'est pas un épouvantail classique, répondit Lewis. C'est le sergent Épouvantail d'Harrow on the Hill. Il a demandé Marshall, mais je pense que tu devrais lui parler, lui conseilla son vieil ami avec un regard insistant.

— Comme si je n'avais pas déjà assez à faire, marmonna Chambers en se dirigeant vers son visiteur débraillé.

— Sergent Chambers ?

— Le seul et l'unique… *malheureusement*, répondit-il en serrant la main de son confrère avant de s'asseoir.

— Phillip Easton… Phil. Je sais à quel point vous êtes occupé en ce moment, alors je vais aller droit au but. Est-ce que le nom Popilopadopaluss vous dit quelque chose ?

— … c'est un dinosaure ?

— Un humain. Evan Ioannou Popilopidi…, tenta-t-il avant de renoncer.

— Non. Pourquoi ? Je devrais ?

— D'après votre collègue, j'ai pensé que ça pourrait être le cas.

Chambers le dévisagea d'un air perdu.

— C'est que, poursuivit Easton, je travaille sur cette affaire de disparition… et, en toute honnêteté, c'est un cas un peu étrange : un géant de deux mètres cinquante-six avec des difficultés d'apprentissage.

— Un géant ? répéta Chambers en se redressant, sans pour autant comprendre pourquoi Easton était venu les trouver avec cette histoire.

Les détails concernant les sculptures restantes étaient un secret bien gardé, et pour ce qu'il en savait, rien n'avait été divulgué à la presse.

— Alors, ça vous concerne vraiment ? demanda Easton avec intérêt.

— Peut-être, répondit Chambers.

Une autre statue étant prévue avant celle-là, l'équipe avait eu peu de temps à consacrer à la pénultième création de Robert Coates.

— Je vais avoir besoin de tout ce que vous avez. Quand il a disparu. D'où. Toutes les informations que vous pourriez avoir sur...

— Veuillez m'excuser, l'interrompit l'autre sergent. Je crois qu'on s'est mal compris. Je ne suis pas là pour vous aider dans votre enquête. Je suis là pour que vous m'aidiez dans la mienne.

À présent sur la défensive, Chambers croisa les bras et se laissa aller contre le dossier de sa chaise.

— Je vous écoute.

— Nous avons trouvé du sang à l'endroit où mon géant disparu a été vu pour la dernière fois. J'ai demandé une faveur et obtenu que quelqu'un passe la nuit dessus.

— Vous avez obtenu une correspondance du jour au lendemain ? s'étonna Chambers.

— OK, c'était une grosse faveur. Et puis, le fait que les flics des stups se fassent régulièrement tester a aidé.

— Pourquoi ? demanda-t-il avec le sentiment qu'il n'allait pas aimer la réponse. Qui est-ce ?

— L'inspectrice stagiaire Jordan Marshall.

Dans un accès de panique, Chambers tendit la main vers le téléphone, puis suspendit son geste.

— Quand avez-vous dit avoir trouvé le sang, déjà ?

— Je ne l'ai pas dit, répondit Easton. Mais c'était hier après-midi.

Certain d'avoir passé une nuit entière avec Marshall depuis, Chambers résuma son mélange d'émotion, de confusion et de fatigue de façon assez succincte :

— Attendez ! Quoi ?

Winter venait de monter les sept étages au pas de course, et à en croire les douleurs fulgurantes qui lui déchiraient la poitrine c'était là que tout allait se terminer pour lui. Espérant que le poulet korma d'Eloise n'avait pas explosé quand il avait trébuché (la première fois), il s'accorda quelques instants pour reprendre ses esprits, puis il frappa à la porte, tandis que le grondement d'un morceau de metal émanait de l'appartement de son bruyant voisin.

— Qui est-ce ?

— À votre avis ?

A-T-L-T ouvrit et le dévisagea avec mépris.

— Vous avez fait quelque chose à vos cheveux ?

— Non. Foutez-moi la paix.

— Elle est dans la douche, dit l'affreuse bonne femme avant de lui lancer un autre regard moqueur. Un petit conseil : arrêtez de rêver, ça n'arrivera jamais. C'est une huit et demi, voire neuf et vous êtes quoi… un deux ?… sous le bon éclairage… autrement dit, dans le noir presque complet.

— Peut-être, mais je suis drôle… parfois.

— Bien vu. Justement, je me demandais à qui j'allais faire appel pour l'enterrement de vie de jeune fille de ma sœur : les Chippendales ou Mister Bean ? J'hésite… J'hésite…, dit-elle en se frottant le menton.

— Oh bon sang, partez ! s'énerva Winter. Et n'oubliez pas de passer le bonjour à Adolf et à Vlad l'Empaleur en arrivant chez vous !

— J'essayais seulement de vous épargner une humiliation, dit-elle en sortant.

— Et pour votre information : Eloise est clairement un dix plus ! lui lança-t-il avant de claquer la porte.

— Je suis quoi ? demanda la jeune femme dans l'encadrement de la porte de la salle de bains, ses cheveux enroulés dans une serviette.

— Rien, dit-il avec un sourire gêné. Alors… on mange ?

20 heures :

— Et c'est reparti, soupira Chambers en fermant la portière de la voiture tandis que l'équipe de jour filait par la sortie de secours. Tu as dormi ?

— Un peu, répondit Marshall. J'ai aussi fouillé dans les vieux dossiers au cas où nous serions passés à côté de quelque chose. Et vous ?

— Un peu. (Il hésita.) J'ai eu la visite d'un certain sergent Easton, aujourd'hui. Il te cherchait. Il enquête sur la disparition d'un géant de deux mètres cinquante-six.

— Un géant ?!

Des images dérangeantes de la statue promise par Robert Coates surgirent dans son esprit.

— Tu es déjà allée au Thornbee de Harrow ?

— Non. Pourquoi ?

— C'est le dernier endroit où a été vu le disparu… Et il y avait ton sang sur les lieux.

— Mon sang ? s'exclama-t-elle, abasourdie. Mais… c'est impossible !

— Vraiment ? demanda Chambers d'un air entendu.

Il avait eu des heures pour réfléchir à la question et il baissa les yeux sur la main de Marshall.

— La statuette que j'ai cassée ! dit-elle, estomaquée. Et il… il aurait récupéré mon sang dessus ? s'exclama-t-elle avec une grimace de dégoût. Pourquoi ?

— Je n'ai aucune certitude. Mais tu dois te mettre à ma place.

— Chambers, non. Vous ne pouvez pas me faire ça ! protesta-t-elle, anticipant ce qu'il était sur le point de lui annoncer.

— J'ai un géant disparu alors que nous savons qu'il lui en faut un. Et j'ai ton sang à un endroit où il ne devrait pas être…

— Vous avez besoin de moi sur cette affaire !

— … alors même que nous savons qu'il a encore deux femmes à trouver.

— Chambers !

— Désolé, dit-il avec fermeté. Après cette nuit, tu resteras au bureau, et un policier sera assigné à la surveillance de ton appartement.

Marshall secoua la tête et porta son regard sur les trois monticules de cendres ; elle commençait à avoir le sentiment de connaître chaque bosse et chaque courbe de leur silhouette, unique relief dans un paysage par ailleurs plat.

— Je t'aiderai pour Easton, dit Chambers. Je viendrai avec toi à l'entretien. Nous réglerons cette histoire en un rien de temps.

— Merci, mais je peux me débrouiller toute seule.

Chambers n'insista pas. Il s'enveloppa dans une couverture et s'installa pour la nuit.

20 h 33 : Lassé par le silence, Chambers prit le risque d'allumer la radio, et monta le volume de façon qu'il soit tout juste audible par-dessus le vent.

— … Ioannou Papadopoulos, vu pour la dernière fois hier matin à son travail : la jardinerie Thornbee de Harrow. Quiconque aurait des informations est prié de contacter…

— On dirait que Wainwright est passée par là, commenta-t-il sans recevoir de réaction de la part de Marshall. C'était probablement la meilleure chose à faire. Si les civils devaient un jour retrouver quelqu'un pour nous, c'est bien un géant de deux mètres cinquante-six avec un bourdon de dessin animé sur le dos.

Il tourna le bouton jusqu'à leur trouver une chanson de UB40 à écouter. Mais cela lui rappela Eve et leur dispute de la veille au téléphone. Il éteignit à nouveau la radio. En fin de compte, il préférait encore le silence.

21 h 20 :

— Au fait, je comprends, lâcha Marshall.

Chambers sursauta, car elle n'avait pas prononcé un mot depuis plus d'une heure.

— Si j'étais à votre place, poursuivit-elle, je me serais aussi retirée de l'affaire.

— Je ne t'ai pas retirée de l'affaire.

Elle lui lança un regard éloquent.

— D'accord… Je te retire en quelque sorte de l'affaire.

— C'est juste que… vous savez ce que ça représente pour moi.

— Je le sais. Mais je préfère encore que tu sois en pétard contre moi, plutôt que morte. Cette enquête ne vaut pas que tu y laisses ta peau. Aucune affaire ne vaut ça.

Marshall haussa les sourcils.

— Vous avez du culot de me dire ça.

Chambers afficha un air offusqué, puis réfléchit et hocha la tête.

— Ouais. C'est pas faux.

22 h 04

Les premières gouttes de pluie s'écrasèrent sur le pare-brise.

— *Parfait*, bâilla Chambers, conscient que, en plus du fait que sa voiture allait s'enfoncer dans la boue et qu'il allait se faire tremper chaque fois qu'il irait se soulager, toute l'équipe allait perdre en visibilité.

Il baissa la vitre et tendit la main à l'extérieur.

— Ce n'est que du crachin, dit-il à Marshall.

Quelques secondes plus tard, un déluge de proportion biblique s'abattait sur eux. Menaçant de tous les emporter. Chambers s'empressa de remonter la vitre, et s'empara de la radio.

— Alpha à toutes les unités : vous me recevez ? À vous.

Un grésillement de statique.

— Alpha à toutes les unités : vous me recevez ? À vous.

Cette fois, une transmission hachurée leur parvint.

— … nous… ons… vous.

— Alpha au dernier intervenant. Transmission hachée. Incompréhensible. À toutes les unités : nous ne voyons rien. Je répète. Nous sommes aveugles… Terminé.

Il reposa le micro sur son support et se pencha en avant sur son siège en essayant de voir à travers les trombes d'eau qui se déversaient sur le pare-brise.

— Vous voyez quelque chose ? s'enquit Marshall.

— Oui, il pleut, répondit Chambers, pince-sans-rire.

— Lu… res… All… l… lum…

— Je suppose qu'ils n'ont pas entendu mon « terminé », soupira Chambers.

Il attrapa le micro.

— Alpha à l'appareil : la transmission est hachée. On ne comprend rien. À vous.

— … res… llum… les… ières.

Il se tourna vers Marshall dans l'espoir de trouver de l'aide, mais elle lui répondit d'un haussement d'épaules.

— Bon sang, marmonna-t-il en appuyant sur le bouton de transmission une nouvelle fois.

Dans un effort pour entendre par-dessus le déluge, il monta le volume au maximum et se rapprocha des haut-parleurs…

— Allu… ez… l… lum… res ! Allumez les lumières !

— Merde ! cracha le sergent en tournant la clé de contact afin d'éclairer le site avec ses pleins phares.

Marshall était déjà partie. Il bondit à son tour hors du véhicule et s'élança sous l'averse tandis que le projecteur au-dessus de leur tête s'allumait tel un soleil blanc dans les ténèbres.

— Tu as quelque chose ?! cria-t-il par-dessus le rugissement de la pluie.

— Rien ! répondit Marshall avant de baisser les yeux sur la rivière noire qui coulait à ses pieds.

Elle remonta le courant du regard jusqu'aux trois grands tas de cendres. Malgré l'eau glacée qui dégoulinait sur son visage, elle suivit des yeux la courbe des monticules jusqu'aux sommets en train de se dissoudre… et au buste sans tête qui semblait jaillir de la butte centrale, ses ailes noircies gonflées par un vent vieux de deux mille ans, l'absence de bras créant une silhouette inhumaine.

Avant qu'elle ait eu le temps d'ouvrir la bouche pour parler, Chambers s'était précipité vers le tas le plus proche et s'y attaquait à mains nues avec l'énergie du désespoir.

— Il pourrait y en avoir d'autres ! hurla-t-il tandis que la robe souillée de Niké continuait d'émerger de la saleté. Vérifiez le dernier ! ordonna-t-il à la première équipe qui venait de les rejoindre. Vérifiez le dernier !

Marshall secoua discrètement la tête à l'attention de l'agent médusé et se dirigea vers son supérieur qui était désormais à genoux en train de s'acharner sur le mélange de cendres et de terre.

— Pourquoi tu ne creuses pas ?! lui demanda-t-il. Aide-moi !

Elle posa une main apaisante sur son épaule.

— Elle est là depuis au moins deux jours. Elle était sous notre nez pendant tout ce temps. Et si jamais il y a quelqu'un d'autre enterré ici, alors cette personne est déjà morte, elle aussi.

Il la regarda sans comprendre un moment, puis petit à petit l'information fit son chemin. Il se laissa retomber lourdement sur ses talons partiellement submergés. Puis, il leva les yeux sur la déesse décapitée, tel un fidèle quémandant une faveur.

— Je suis si fatigué, admit-il.

— Moi aussi, dit Marshall. Moi aussi.

Il baissa les yeux, surpris de se trouver trempé jusqu'aux os, ses vêtements et ses chaussures probablement bons pour la poubelle.

— Nous pouvons nous occuper du reste, dit-elle, songeant au corps pas encore entièrement révélé. Nous vérifierons qu'il n'y a pas d'autres victimes et nous ferons venir la scientifique. Pourquoi ne rentreriez-vous pas vous sécher ?

Elle lui tendit la main.

Il hocha la tête et accepta l'aide de la jeune femme pour se relever.

— Ça ira, je gère, lui assura-t-elle.

— Je sais.

— … Qu'est-ce qu'il a ? demanda l'un des policiers tandis que Chambers s'éloignait.

— Rien. Tout va bien, répondit sèchement Marshall en se tournant à nouveau vers la déesse qui les surplombait.

Elle contourna le monticule de cendres trempé : de l'eau noire s'écoulait des ailes déployées. Le drapé utilisé pour son vêtement était fait du même tissu que celui qui avait servi pour les deux meurtres précédents : transparent aux endroits où il collait à la peau.

— Hé ! appela-t-elle en faisant signe au policier de la rejoindre. Aidez-moi, dit-elle d'une voix tendue, les yeux rivés sur une forme sombre couverte par l'étoffe.

Le policier s'exécuta sans se faire prier et présenta ses mains pour lui faire la courte échelle. Afin de garder l'équilibre, Marshall prit appui avec précaution contre le socle solide sur lequel se dressait le corps. Non sans mal, elle parvint à se hisser assez haut pour avoir les yeux à hauteur des reins de la déesse. Elle se concentra alors sur l'image étrangement familière : deux pieds démesurés, une jupe saillante comme une espèce de collerette… et deux yeux immenses sous un casque sombre.

— Merde. Faites-moi descendre ! Faites-moi descendre ! dit-elle.

— Qu'est-ce que c'est ? lui demanda le policier en s'essuyant les mains sur son uniforme.

— Marvin le Martien, répondit-elle, abasourdie, tandis que son collègue la regardait sans comprendre… Je sais qui c'est.

Chambers s'essuya le visage d'une main sale en quittant la zone éclairée. Il était en train de se diriger vers sa voiture, quand il distingua un mouvement du coin de l'œil. Toujours sous la pluie battante, il se retourna vers ses collègues afin de les compter. Puis, lentement, il avança en direction du grillage qui le séparait du terrain voisin. Le tintement des gouttes de pluie sur le métal avait quelque chose de presque musical. Il scruta les ténèbres de l'autre côté à la recherche d'un signe de vie…

Aucun mouvement.

Il se retournait pour repartir vers sa voiture, quand un murmure s'éleva derrière lui :

— J'ai cru qu'il n'allait jamais pleuvoir.

Chambers fit volte-face, mais ne vit rien au-delà des croisillons. Il jeta un coup d'œil à la scène éclairée par les projecteurs en se demandant s'il devait appeler son équipe. Sachant qu'il n'y avait aucun moyen d'aller de l'autre côté depuis l'endroit où ils se trouvaient, il décida d'avancer jusqu'au grillage et, glissant ses doigts dans les trous, il appuya le front contre le métal froid. Le temps que ses yeux s'ajustent à l'obscurité, une silhouette sombre se détacha et s'approcha.

— Je devais m'assurer que vous la trouveriez, dit Coates avec fierté en s'arrêtant à moins d'un mètre du grillage qui les séparait, son visage plongé dans l'ombre comme la toile vierge qu'il était.

Il commença à repartir.

— Vous ne l'atteindrez pas, vous savez ? lança Chambers dans le vide. Eloise. Elle est avec nous. En sécurité… Nous savons pour les feuilles de laurier ! lâcha-t-il, exaspéré.

Un moment s'écoula avant le retour de Coates.

Gagné par la curiosité, il vint cette fois jusqu'au grillage et planta son regard dans celui de Chambers. Leurs visages n'étaient plus qu'à quelques centimètres l'un de l'autre.

— Alors, nous avions raison ? dit Chambers avec un sourire narquois. Les statues sont liées à elle.

Une expression de perte et de regret qui n'appartenait qu'à lui s'afficha sur le visage de l'imitateur.

— Ça a toujours été lié à elle… les meurtres que j'ai commis… ceux que je n'ai *pas* commis. (Coates sembla se retirer dans un souvenir.) Avez-vous la moindre d'idée de ce que cela exige de renier ce que l'on est ? De changer radicalement, intérieur comme extérieur, pour quelqu'un ? Avez-vous déjà aimé quelqu'un à ce point ?

Envahi par la honte, Chambers ne répondit pas, car il savait, après avoir rompu sa promesse pour boitiller après un tueur en série dans la nuit, qu'il n'avait pas changé du tout.

— Pendant sept ans, je me suis abstenu, poursuivit Coates en se confiant à Chambers comme s'ils étaient de vieux amis… Quand je la courtisais, pendant que nous étions ensemble, et même après, quand mon seul souhait était de la reconquérir. J'ai essayé si fort d'être normal… et puis vous êtes revenu. Vous m'avez montré à quel point je m'étais leurré. J'aurai beau essayer de toutes mes forces, jamais je n'aurai le droit à ma fin heureuse. (Il éclata d'un rire sans joie.) Vous savez, pendant un court moment, j'ai même cru que j'avais réellement changé.

Chambers sentit le vêtement de l'autre homme effleurer le bout de ses doigts.

— Je ne vous laisserai pas lui faire du mal.

— Lui faire du mal ? répéta Coates, perplexe. Pourquoi voudrais-je lui faire du mal ?

— Parce que vous êtes un taré qui rejette sur tout le monde la faute de sa propre médiocrité. (Même dans l'obscurité, Chambers vit la colère s'afficher brièvement sur le visage de son interlocuteur.) Alors comme ça, vous êtes capable de ressentir des émotions ? le provoqua-t-il. Je n'en étais pas sûr.

Coates s'accorda un moment pour réfléchir à sa réponse. Puis il baissa les yeux.

— Comment va votre jambe ? demanda-t-il, moqueur, avant de sourire franchement en voyant Chambers s'agiter, mal à l'aise.

— Soyez assuré, sergent, que je ne voudrais pas passer un jour de plus sur cette terre si elle n'y était pas.

Chambers fronça les sourcils, quelque chose dans la façon détachée dont il l'avait dit sonnait juste.

Soudain, Coates attrapa le grillage et l'écho métallique du choc résonna au loin tandis qu'il agrippait la main de Chambers, le visage pressé contre les croisillons.

— Je préférais encore m'en prendre à elle qu'à vous, cracha-t-il alors que Chambers essayait de se dégager. Car seuls les vivants peuvent souffrir comme tu vas souffrir, récita-t-il avec un sourire mauvais avant de le relâcher.

Des cris retentirent du côté de l'équipe rassemblée sur la scène de crime, suivis d'un bruit de course venant dans leur direction. Chambers lança instinctivement un coup d'œil en arrière, et s'aperçut en reportant son attention en face de lui qu'il était à nouveau seul.

— Coates ? appela-t-il, désespéré... Robert ?!

— Il n'y en a plus pour longtemps, maintenant, sergent, siffla une voix dans les ténèbres quelques instants avant l'arrivée de l'équipe. C'est presque complètement terminé.

29

DEBOUT SUR LE SEUIL, Chambers hésitait.

Il avait passé des années à accepter poliment les croyances et coutumes fantaisistes d'Eve sans jamais vraiment leur accorder de crédit, pas plus qu'à quoi que ce soit d'autre, à dire vrai. Et pourtant, il hésitait, sachant que, s'il y avait ne serait-ce qu'un soupçon de vérité dans tout ça, si tout ce qu'il y avait de mal dans le monde était en fait le travail de démons malveillants qui guidaient les impies vers la damnation, alors ces derniers – toutes les choses qu'il s'était juré de ne jamais ramener chez eux – étaient en train de se regrouper sur ce palier sombre avec lui.

Saisi d'une inquiétude irrationnelle, il jeta un coup d'œil par-dessus son épaule. Il s'accroupit pour récupérer un sac de riz derrière une plante en pot, autre particularité du folklore caribéen, et il versa une généreuse dose sur le sol pour occuper le jumbie maniaque qui ne pourrait s'empêcher de compter les grains jusqu'au lever du soleil. Enfin, après avoir bataillé avec la serrure, il entra et claqua la porte derrière lui. Il remonta le couloir, suivi par des empreintes de pas boueuses qui donnaient l'impression que, peut-être, il n'avait pas été assez rapide. Alors qu'il essayait de se débarrasser de ses chaussures, il se tordit la cheville et s'écroula par terre. L'incident, bien que mineur, le laissa en pleurs.

À moitié réveillée et armée de la batte de base-ball de son mari, Eve passa la tête à l'angle du mur.

— Ben ? demanda-t-elle en plissant les yeux pour se protéger de la lumière trop agressive. Qu'est-ce que tu f...

Elle s'interrompit en voyant l'état pitoyable de son époux.

— Ben ! s'exclama-t-elle en se précipitant auprès de lui. Qu'y a-t-il ?

— Rien, répondit-il en essuyant ses larmes, gêné. J'ai glissé, c'est tout. Retourne te coucher. Je vais bien.

— Foutaises, dit-elle en frottant une tache de boue noirâtre qui avait séché sur sa peau. Tu es blessé ? C'est ta jambe ?

Le regard de Chambers s'assombrit de colère. Il se remit debout et laissa sur le mur une ribambelle d'empreintes de mains noires en allant à la salle de bains. Il fit couler l'eau et entra dans la douche tout habillé au moment où Eve le rejoignait dans la pièce.

— Ben, tu me fais peur ! dit-elle en le voyant lutter pour ôter sa chemise fichue qu'il jeta dans la baignoire. Dis-moi ce qui s'est passé.

Alors que l'eau commençait à produire de la vapeur, il ferma les yeux et baissa la tête sous le poids de l'incrédulité, de l'échec, et du deuil de son génie sur le déclin.

— Pourquoi quiconque empilerait-il des cendres au milieu du site ? se demanda-t-il, pétri de frustration. C'est dans le passage. Loin de toutes les entrées pour être évacué. (Il éclata d'un rire amer.) C'était en *hauteur* par rapport à la zone dégagée !

Il se frappa plusieurs fois le côté de la tête en chuchotant avec rage :

— Abruti ! Abruti ! Abruti !

— Hé ! hurla Eve en lui attrapant le poignet pour éviter qu'il se blesse davantage. Arrête ça ! De quoi parles-tu ?

Il se tourna vers elle, le regard vide :

— La fille ailée... Il l'a eue.

Eve ne dit rien. Elle se contenta de poser la main sur la poitrine de son mari, au niveau de son cœur.

— Il lui a tranché la tête, poursuivit-il, le teint verdâtre. Il lui a aussi coupé les bras.

— Oh, Ben, murmura-t-elle avec compassion.

— Je l'avais, lui révéla-t-il alors que l'eau passait petit à petit du noir au gris autour de ses pieds. Je l'ai *touché*. J'ai senti son souffle sur mon visage… Et je n'ai rien pu faire.

Naturellement inquiète, Eve fit un effort considérable pour garder une voix neutre :

— Qu'entends-tu par « je l'ai touché » ? De qui s'agit-il ? demanda-t-elle, tout en craignant la réponse.

— Coates ! cracha-t-il avec dégoût. Il m'a parlé.

— Un tueur en série t'a parlé ?

Luttant avec le bouton de son pantalon, Chambers hocha la tête.

— Laisse-moi t'aider, proposa-t-elle, mais il écarta sa main d'une tape.

— Je peux le faire ! beugla-t-il. Et ne me regarde pas comme ça ! Je peux l'encaisser !

— Encaisser quoi ?

— Tout ça ! cria-t-il en arrachant le bouton et en retirant son pantalon trempé. Et plus encore !… Tout ce qu'on pourra me balancer ! Parce que contrairement à ce que *tu* t'imagines, je ne suis *pas* faible !

Eve le dévisagea, elle semblait à la fois inquiète, blessée et désorientée.

— Pourquoi, moi, surtout moi, j'irais penser que tu es faible ?

— Comme si tu ne me traitais pas différemment depuis *ça*, s'exclama-t-il, moqueur en désignant les cicatrices qui partaient du bas de son boxer et descendaient tout le long de sa jambe droite.

— Alors c'est *ça* ? lui demanda-t-elle en jetant le pantalon dans la baignoire avec la chemise. Tu essayes de prouver quelque chose ? Est-ce pour ça que tu as accepté cette affaire ? Est-ce pour ça que, maintenant, tu fais la causette à des tueurs en série ?

— Ce n'est pas comme si j'étais allé le chercher.

— Et, malgré cela, tu t'es retrouvé dans une situation où il a pu s'offrir un tête-à-tête avec toi. (Elle soupira en le regardant comme s'il était transparent.) Mais tu as raison. Je te vois différemment depuis l'accident. Et c'est vrai, peut-être avec un peu moins de respect qu'avant.

Malgré les soupçons qu'il avait entretenus, Chambers se sentit blessé d'entendre Eve l'admettre à voix haute.

— Pas parce que je pense que tu es faible, Benjamin, poursuivit-elle. Mais parce que je pense que tu es irresponsable. Parce que je pense que tu es trop fier pour ton propre bien. Parce que je pense que tu ne sais pas quand t'arrêter… et que même si tu le savais, tu ne le ferais pas.

— C'est le boulot qui veut ça, lui dit-il.

— Alors, démissionne, répondit-elle simplement. Te souviens-tu de la dernière fois que tu es rentré du travail avec quelque chose de positif à en dire ?

— Je ne peux pas démissionner comme ça !

— Et pourquoi ?

— Parce que…

— Parce que quoi ?

— Parce que !

— Parce que notre petite vie ne te suffit pas et que tu as besoin de l'excitation que te procure le fait de risquer ta vie chaque fois que nous ne sommes pas ensemble ?

Prenant conscience qu'il n'avait pas de réponse à lui donner, il n'eut pas le courage de croiser son regard.

— Tu sais ce que j'aimerais ? lui demanda-t-elle. J'aimerais que tu abandonnes cette horrible affaire. J'aimerais que tu leur dises de trouver quelqu'un d'autre pour s'en occuper. J'aimerais que tu prennes des jours de congé jusqu'à ce que cette histoire soit réglée. J'aimerais que tu restes ici… avec moi.

Chambers afficha un air coupable.

— Je ne peux pas.

— Tu pourrais. Mais tu ne le feras pas.

Il tendit une main mouillée pour lui caresser la joue.

— Je ne te mérite pas.

— Non, en effet, dit-elle sur un ton factuel. Mais je serai quand même là à t'attendre.

Marshall revint progressivement à elle, allongée sur un sol étranger.

Elle se redressa en grognant et ne reconnut aucune des autres personnes inconscientes éparpillées dans la pièce.

Elle ne se sentait pas bien. Ses pensées étaient confuses et sa coordination avait foutu le camp, comme elle put s'en rendre compte lorsqu'elle essaya sans succès de se lever. Quelle merde toxique s'était-elle injectée ? Toute à son désespoir, elle avait parié et perdu en achetant un produit inconnu et visiblement de mauvaise qualité. Mais la culpabilité était revenue quand même, comme toujours.

Elle attrapa son sac et fut saisie de panique, il était bien trop léger. Quand elle l'ouvrit, elle découvrit qu'il avait été pillé : son porte-monnaie et ses clés avaient disparu ; ils avaient même pris sa carte de transport.

— Et merde, chuchota-t-elle en se rallongeant pour fouiller les poches de son jean à la recherche de quelques pièces de monnaie, en vain. Merde !

À situation désespérée, mesure désespérée, elle balaya du regard les gens endormis, puis remarqua leurs affaires répandues sur le sol. La lie de la société, dans cet état comateux, était une cible facile pour qui se tenait en équilibre précaire sur le barreau juste au-dessus de l'échelle sociale.

— *Imbécile*..., se morigéna-t-elle.

Elle grimaça en sentant l'odeur de son tee-shirt. La pièce entière puait la sueur et le malheur.

Une fois debout et vacillante, elle tituba dans le couloir, franchit la porte de métal située à l'extrémité et déboucha dans une ruelle sombre. Il ne fallut que quelques secondes au crachin pour imprégner ses vêtements tandis qu'elle vomissait contre le mur. Puis elle se dirigea d'un pas incertain vers la rue principale. N'ayant aucune idée de l'endroit où elle se trouvait, son reflet fantomatique scruta les vitrines à la recherche d'un indice.

HOLLOWAY MAGASIN AUTOMOBILE

Elle dut s'appuyer contre un lampadaire, incapable de se souvenir comment elle avait atterri aussi loin.

Des frissons incontrôlables lui parcoururent le corps. Néanmoins, elle essaya de faire calmement le point sur la situation : c'était le milieu de la nuit. Elle était coincée à des kilomètres de chez elle, il faisait un froid de canard, elle n'avait pas un sou, pas de carte de crédit, pas de titre de transport, et elle était à peine en état de fonctionner.

Conclusion : elle était dans le pétrin.

Elle balaya du regard la rue déserte et repéra le toit rouge d'une cabine téléphonique.

— *Pitié. Pitié. Pitié*, chuchota-t-elle en ouvrant son sac pour fouiller parmi les cochonneries, les tickets et la camelote que les voleurs n'avaient pas daigné prendre. Submergée par le soulagement, elle finit par mettre la main sur la carte de visite de la Metropolitan Police, et, plus important, sur les deux numéros griffonnés au dos.

Elle traversa la rue aussi vite que possible, s'engouffra dans la cabine et referma la porte derrière elle pour se protéger du froid. Face au mur habituel de publicités pour des numéros de téléphone rose et des call-girls, elle s'empara du combiné et appela l'opérateur :

— Allô ? Oui, je voudrais passer un appel en PCV. (Elle donna le numéro et attendit.) Allez, Winter. Allez.

Au bout de trente secondes, l'opérateur déclara :

— Désolé, ça ne répond pas.

— *Merde !* cria Marshall, en raccrochant violemment.

Elle se souvint alors qu'il était avec Eloise.

À présent à deux doigts de fondre en larmes, elle contempla le second numéro écrit juste en dessous, consciente qu'elle n'avait plus d'alternative.

Elle repéra les phares qui approchaient et, inquiète, avança vers le trottoir au moment où la voiture s'arrêtait à sa hauteur. Lorsqu'elle monta dans le véhicule, elle fut accueillie par un Chambers visiblement exténué, et le faible sourire qu'il lui adressa ne fit qu'ajouter à sa culpabilité.

— Salut, dit-elle en mettant sa ceinture au son des essuie-glaces crissant contre le verre.

— Salut, répondit-il en augmentant le chauffage pour elle, avant de repartir.

L'horloge sur le tableau de bord indiquait 5 h 55 du matin.

Ils restèrent un moment sans parler pendant qu'il conduisait dans les rues désertées. Marshall avait du mal à déterminer si elle appréciait sa réserve ou si une part d'elle-même n'aurait pas préféré le voir en colère contre elle.

— Vous n'allez pas me demander ce qui s'est passé ?

— Je me suis dit que tu me raconterais si tu en avais envie.

Elle hocha la tête, penaude.

— Comment ça va ? s'enquit-elle.

— J'ai l'impression d'être au bout du rouleau, répondit-il avec une honnêteté étonnante.

— Pareil, admit-elle.

Chambers ne prenant pas cette seconde perche pour l'interroger sur sa nuit, elle ajouta :

— Merci d'être venu me chercher.

— J'ai besoin de toi, dit-il simplement en s'arrêtant à un rond-point pour laisser passer la seule autre voiture sur la route.

Marshall avait l'impression d'être au bord de l'explosion, désormais consciente que le secret qu'elle portait depuis tout ce temps allait finir par lui coûter la vie si elle ne le partageait pas avec quelqu'un.

— Ce n'est pas moi, vous savez ? dit-elle à Chambers qui était concentré sur sa conduite. Peut-être quand j'étais plus jeune, mais plus maintenant. Je n'ai recommencé à en prendre que depuis janvier… et après… avec tout ce qui s'est passé…

— Tu peux inventer toutes les excuses que tu veux, dit Chambers d'une voix pensive, mais s'il y a quelque chose que j'ai appris ce soir, c'est que les gens ne changent pas… Aucun de nous ne change. Il y aura toujours une autre excuse, et après ça, une autre. Et quand elles arrivent, on reprend là où on s'était arrêté : Coates recommence à tuer ; je me mets à nouveau volontairement en danger juste pour prouver quelque chose ; Winter rempile pour le boulot qui a ruiné sa vie ; et toi, tu continues à faire ce que tu fais. Nous ne faisons tous qu'attendre une excuse.

Après cette épiphanie déprimante, Marshall laissa passer un moment de silence, puis elle baissa le chauffage et regarda les lumières dehors clignoter sous la pluie.

— Il y a quelque chose que je dois vous dire… je dois le dire à quelqu'un. (Elle inspira profondément.) La nuit où Tobias Sleepe est mort… j'étais là.

Chambers haussa les sourcils, mais ne l'interrompit pas.

— J'avais vos vieux dossiers. Il gelait à l'intérieur de l'atelier. Il y avait du givre partout, alors on est montés discuter dans son bureau, mais je me suis mise en colère et il m'a demandé de partir. J'étais en train de lui crier dessus. Il s'est tourné vers moi et... Il a juste glissé, mais j'entends encore le bruit qu'il a fait en tombant dans l'escalier. Je suis restée plantée là à le regarder... et je suis partie..., conclut-elle, honteuse.

Chambers réfléchit à sa réponse sans quitter la route des yeux.

— Ne raconte *jamais* cette histoire à personne. Compris ? (Marshall acquiesça.) Tobias Sleepe ne vaut pas... *ça*, poursuivit-il en jetant un coup d'œil à l'allure piteuse de sa collègue. Je fais ce boulot depuis longtemps. Et je sais reconnaître un individu foncièrement mauvais quand j'en vois un. C'était le cas pour lui, ça ne l'est pas pour toi. Peut-être que nous ne saurons jamais à qui appartenait le sang sur la corde, mais je peux t'affirmer sans craindre de me tromper que le monde est un endroit, a minima, un poil meilleur sans lui.

La jeune femme avait toujours l'air brisée. Chambers soupira :

— Et en tant que seule personne qui entendra *jamais* cette histoire, je t'absous de tous tes péchés. Qu'il aille se faire foutre. Maintenant, le sujet est définitivement clos, dit-il en tournant à droite.

— Hé, j'habite par là, dit-elle en regardant à gauche.

— Je sais. Je veux juste faire un petit détour.

Les nuages de tempête se dispersaient dans l'aube naissante tandis qu'ils se garaient devant la galerie d'Eloise.

— Qu'est-ce qu'on fait ici ? s'enquit Marshall.

Chambers descendit de voiture et marcha jusqu'à un véhicule de l'autre côté de la route, puis tapota au carreau. Marshall le rejoignit alors qu'un agent au regard terne baissait la vitre.

— J'aurais besoin du journal de bord d'hier, dit Chambers.

L'homme lui tendit un rapport de surveillance sans incident.

— Puis-je vous aider, monsieur ? dit-il tandis que Chambers tournait une page et faisait courir son doigt sur la feuille.

— Eloise Brown et l'agente chargée de sa surveillance ont été vues entrant dans la galerie avec un tableau, avant de repartir neuf minutes plus tard avec un autre, lut-il à voix haute. Quel tableau ? demanda-t-il à Marshall pour la forme. Il n'y a aucun tableau là-dedans !

— Ce n'est pas tout à fait vrai, monsieur, intervint l'homme dans la voiture. Il y en a toujours eu un au-dessus de l'entrée.

Chambers tourna la tête vers la galerie, puis jeta le bloc-notes à travers la fenêtre.

— Les clés ! ordonna-t-il.

L'agent encore mal réveillé mit un moment à les trouver.

— Que se passe-t-il ? s'enquit Marshall en trottinant pour le rattraper tandis qu'il traversait la rue.

À travers les barreaux, Chambers examinait la peinture dans un boîtier en plexiglas illuminé au-dessus de la porte.

— La garce ! cracha-t-il en déverrouillant la grille, avant de décrocher le boîtier.

— Chambers ?

Il l'ouvrit en forçant et retira la toile.

— Que faites-vous ?

Il alluma sa lampe torche et en guise d'explication la braqua sur la peinture.

— … Quoi ? demanda Marshall, abasourdie.

— Elle lui envoie un avertissement.

— Elle quoi ?

Il balaya avec le faisceau de la lampe des blocs gris au milieu d'une étendue verte.

— Des tombes ?

— Je… peut-être.

— … Le feu, dit-il en éclairant une forme orange dans l'un des coins.

— Hmmm.

— Et des arbres.

— … et ?

— La tombe de sa mère, le feu à l'université et le bois de laurier. Elle le prévient que nous sommes au courant !

— Je ne voudrais pas vous manquer de respect, dit Marshall le plus diplomatiquement possible, mais je pense que c'est un peu tiré par les cheveux. Ce ne sont que des formes. Vous voyez ce que vous voulez voir.

— Je ne lui fais pas confiance.

— Ce n'est pas nécessaire ! Mais nous avons besoin d'elle. Ce tableau n'est pas une preuve suffisante pour se passer de son aide. Nous en serions où en ce moment, sans elle ?

Chambers ne trouva rien à répondre à ça.

— Tout ce que je dis, c'est qu'il ne faut pas que nous prenions de décision hâtive.

— Nous devons la surveiller de près.

— Nous le ferons, lui assura-t-elle.

Chambers considéra la peinture avec dédain.

— Et j'enlève ça.

Eve se dirigea en ligne droite vers la machine à café.

— Bonjour, lança-t-elle à l'attention de Chambers qui était penché sur un livre à la table de la cuisine. À quelle heure es-tu rentré ?

— Il y a environ une heure, répondit-il en levant brièvement la tête.

— Comment va-t-elle ?

— Elle s'en remettra.

— Pourquoi n'essayes-tu pas de redormir un peu ? dit-elle.

Comme rien ne montrait qu'il l'avait entendue, elle se servit un café, et s'assit à côté de lui en poussant les deux autres livres afin de faire de la place pour sa tasse.

— Que lis-tu ?

— La Bible, répondit Chambers sans quitter la page des yeux. Plus précisément le passage sur David et Goliath.

C'était trop tôt pour un dimanche ; Eve lui lança un regard perdu.

— L'avant-dernière statue, expliqua-t-il, l'air peiné.

— Quel est le souci ?

— C'est juste que… je ne comprends pas… la signification derrière.

— Je ne suis pas une experte, dit Eve entre deux gorgées de café, mais n'est-ce pas une histoire qui raconte la victoire du bien sur le mal alors que tout semblait fichu ?

— Le bien et le mal sont des questions de point de vue, répliqua Chambers dans un bâillement.

— Alors l'histoire clairement biaisée d'un gars donné perdant, se corrigea-t-elle.

— C'est justement ça, dit-il en tournant un autre livre vers elle, ouvert sur une illustration dramatique d'un jeune homme affrontant un féroce ennemi sous les yeux d'une armée entière. Selon l'histoire, tous les jours pendant quarante jours, le géant Goliath est sorti des rangs des Philistins pour défier le meilleur des guerriers israélites en combat singulier afin de décider de l'issue de la bataille, et chaque jour le roi Saül a décliné, car il était à la fois lâche et incapable de régner.

» Jusqu'au jour où David, un jeune berger, a accepté de relever le défi. Il s'est rendu sur le champ de bataille avec pour seule arme son lance-pierre et cinq cailloux ramassés dans la rivière. Après l'avoir touché en plein front, David a terrassé Goliath et lui a tranché la tête en utilisant la gigantesque épée du géant… Le tout au nom de Dieu.

— Quel est le problème ? demanda Eve.

— Le problème, c'est que d'après le livre qui se trouve sous ton coude, un lance-pierre peut lancer un projectile avec autant de puissance qu'une 22 long rifle, ce qui signifie en substance que David est arrivé armé d'un fusil pour un combat à l'épée… « Combat » n'est donc pas le mot approprié. Le terme adéquat serait plutôt : exécution. Ce pauvre géant n'avait aucune chance.

— Tu es en train de dire que le géant était le véritable outsider dans cette histoire ?

Chambers hocha la tête.

— Et qu'il a été abattu comme un chien.

— D'accord. Et qu'est-ce que tu penses que ça signifie ?

Il repoussa l'imposant volume et prit son café tiède.

— Que devant la perspective d'un combat qu'il ne peut gagner, Dieu peut en être réduit à tricher, comme tout le monde.

La salle d'enquête empestait les restes abandonnés d'un repas indien.

— Qu'est-ce qui se passe là ? demanda Chambers qui tenait à la main son quatrième café de la journée.

— Je ne sais pas trop, répondit Marshall qui arborait la même expression incrédule en regardant Eloise rire et asséner une tape amicale sur le bras de Winter.

— Je l'aime bien, c'est un brave type, poursuivit-il, fasciné, et il lui est arrivé une fois de faire une blague drôle, mais c'est un…

— Incroyable, hein ? renchérit Marshall.

— Et c'est une…

— Je sais.

— Si tu ne croyais pas qu'elle manigançait quelque chose avant… (Chambers lui adressa un regard éloquent.) Bref… et si nous revenions à notre meurtre ?

— Le meurtre, approuva-t-elle en s'asseyant à deux chaises de Wainwright qui observait également le couple avec l'air de quelqu'un qui a loupé un épisode.

Sans grande surprise, les deux enquêteurs s'étaient retrouvés avec une certaine gêne : Marshall, parce qu'elle était consciente de lui être à tout jamais redevable, et Chambers, parce qu'il était encore embarrassé de s'être effondré à l'université. Et pour ne rien arranger, sans sa tonne de maquillage et ses vêtements de cuir, alors qu'il se tenait à seulement un mètre d'elle, il ne l'avait pas reconnue et lui avait demandé de lui rapporter un sandwich de la cantine.

Grimaçant à ce souvenir, il alla se placer à côté du tableau installé à l'entrée de la pièce.

Statue	*Lieu*	*Victime*	*Événement*
Le Penseur	*Hyde Park*	*Henry John Dolan*	*Sa naissance ? Un artiste et un intellectuel qui ne trouve pas sa place dans le monde*
Pietà	*Logement social Cranbrook*	*Alphonse et Nicolette Cotillard*	*Une toxicomane et son enfant presque mort dans ses bras*

Persée tenant la tête de Méduse	*British Museum*	*(Benjamin Chambers) et ???*	*Coates se débarrassant enfin de sa mère droguée*
Vénus de Milo	*Berge de Riverside*	*Tamsin Fuller*	*L'arrivée d'Eloise dans sa vie/leur premier baiser/Refus de la jeune femme de l'épouser*
Psyché ranimée par le baiser de Cupidon	*Hôpital Queen Elizabeth*	*Javier Ruiz et Audrey Fairchild*	*L'accident d'Eloise, et le moment où il l'a sauvée*
La Victoire de Samothrace	*Birkbeck College*	*L'aide-soignante de la maison de retraite ?*	*Reconstruction de son foyer professionnel à partir de ses cendres/Eloise accepte de l'épouser*
Le David de bronze			
Apollon et Daphné			

— Voilà où nous en sommes, dit-il avec un soupir. J'ai quelqu'un qui regarde les enregistrements des caméras de sécurité de l'hôpital et un autre agent travaille sur Christopher Ryan. La camionnette orange est une impasse, et nous sommes toujours en train d'essayer de déterminer quand il a pu enlever l'aide-soignante des Grands Chênes. Nous avons encore deux statues de prévues, un géant qui a disparu depuis plus de quarante-huit heures et le sang de Marshall au dernier endroit où il a été vu. J'ai décidé de la retirer du terrain pour sa propre sécurité et elle m'en veut à mort pour ça.

— C'est vrai, confirma la jeune femme. J'ai l'impression d'avoir affaire à un âne bâté condescendant et surprotecteur.

— Je vous l'avais dit. Oh, et comme vous le savez tous, Coates et moi avons eu une petite conversation la nuit dernière, ajouta-t-il, faussement bravache en évitant le regard de Marshall qui savait à quel point ce masque était fragile.

— Et comment va notre ami ? demanda Winter, en jouant le jeu.

— Bien. Il va bien. Pour ce que ça vaut, il affirme n'avoir tué personne d'autre au cours des sept dernières années. Nous avons parlé du temps, de ma jambe, et puis il m'a dit qu'il ne pourrait vivre ne serait-ce qu'un jour sur cette terre si Eloise n'y était plus.

— Comme c'est mignon, marmonna Winter, sarcastique.

Cependant, à en juger par l'expression sur le visage d'Eloise, il venait de se faire éclipser par un tueur en série narcissique et vaniteux.

— On a subi une défaite hier, poursuivit Chambers plus sérieusement. Une sale défaite. Nous sommes à peu près convaincus que la victime est Maisey Jeffers qui travaillait à la maison de retraite, mais sans tête, et sans empreinte, nous devons attendre les résultats des tests sanguins pour obtenir confirmation. Néanmoins, notre plan tient la route. Nous sommes sur la bonne voie. La nuit dernière l'a prouvé : les lieux sont la clé. Et Coates a simplement eu de la chance d'avoir caché le corps avant que nous arrivions sur place.

— Maintenant, il doit se douter que nous surveillons ces endroits, dit Wainwright.

Chambers et Marshall échangèrent un regard.

— En effet, approuva Chambers. Mais il ne peut pas réécrire son passé, je ne crois pas qu'il laissera une de ses œuvres dans un lieu qui n'a pas une importance capitale à ses yeux.

Tout le monde se tourna vers Eloise.

Cette dernière semblait légèrement mal à l'aise.

— … Je suis d'accord.

Ils reportèrent leur attention sur le tableau.

— Dans ce cas, il nous reste quatre sites, annonça Chambers en désignant l'autre liste.

1. ~~L'incendie~~
2. La tombe
3. Le bois
4. L'observatoire
5. La galerie

— … Eloise avait raison à propos de l'incendie, aussi nous allons nous concentrer sur la tombe de la mère de Coates et sur le bois de laurier…

— Qui se trouve où, exactement ? demanda Wainwright.

— Wimbledon Common, répondit Eloise. Un peu à l'ouest du moulin.

— … tout en conservant une surveillance passive sur les deux autres sites, termina Chambers comme s'il n'avait pas été interrompu.

Il se tourna vers Winter :

— Je vais avoir besoin que tu prennes la place de Marshall avec moi cette nuit. Je trouverai un agent de la police locale pour rester avec Eloise.

À l'exception de Wainwright, personne ne parut particulièrement enchanté par cette réorganisation.

— Bien. Donc, c'est décidé. (Hésitant, il échangea un nouveau regard avec Marshall.)… Mademoiselle Brown.

Il s'écarta pour lui laisser la place.

— Le *David de bronze*, plus connu sous le nom de *David* de Donatello, date du milieu du xve siècle, commença Eloise, délivrant sa désormais traditionnelle introduction superflue.

Marshall ouvrit le carnet de croquis à la bonne page et le leva pour que tout le monde le voie.

— L'original est exposé au Museo Nazionale del Bargello, à Florence, mais il y a des copies au Victoria and Albert Museum et dans les jardins de Kew, ici même à Londres, si l'un de vous est intéressé.

Personne ne l'était.

— … Il représente un David jeune et indéniablement efféminé peu de temps après qu'il a vaincu Goliath. Vêtu uniquement de bottes et d'un chapeau couronné de feuilles de laurier, il se tient debout, un pied sur la tête tranchée du géant.

— C'est moi, intervint Winter, ou utiliser un géant pour incarner un géant semble un peu trop « littéral » pour Coates ?

— Il y a de ça. Et la thématique est étonnamment similaire à celle d'une des précédentes statues : *Persée tenant la tête de Méduse*, ajouta Marshall.

— Qu'il n'a pas pu terminer, leur rappela Chambers qui sentit alors des picotements familiers au niveau de sa nuque, comme chaque fois que ce souvenir était évoqué.

Il se tourna vers Eloise :

— Vous avez une théorie ?

— J'ai passé toute la nuit à y réfléchir, leur dit-elle. Jusque-là, toutes les statues ont symbolisé les événements importants de la vie de Robert dans l'ordre chronologique, dit-elle en désignant la liste. Donc, en toute logique, l'événement auquel il est fait référence ici s'est produit après que je l'ai quitté ou bien…

— … Ou bien ? répéta Wainwright pour l'inciter à poursuivre.

— … Ou bien… nous sommes arrivés au présent.

— Au présent ? demanda l'inspectrice en chef. Je suis désolée, je ne vous suis pas.

— Au présent, car c'est en train de se produire… en ce moment, expliqua Eloise. Robert a déjà par le passé désigné Chambers comme le plus grand monstre de sa vie. Peut-être que sa prochaine sculpture le représente ayant finalement le dessus sur lui, ou sur la police dans son ensemble, une fois pour toutes.

Marshall leva la main.

— Heu, oui ? dit Eloise incertaine.

— Je pense que pour sa sécurité nous devrions retirer Chambers du terrain.

Il lui lança un regard signifiant clairement qu'il ne trouvait pas ça amusant.

— Attendez, dit Winter, l'air perplexe. Si c'est vrai, et si la prochaine statue est basée sur ce qui se passe actuellement, sur le fait qu'il nous batte… alors quel est le sujet de la dernière ?

Toute la pièce reporta son attention sur Eloise qui demeura un moment sans rien dire, visiblement mal à l'aise.

— Si on suit cette logique, cela signifie que le grand final de Robert, ce à quoi toute sa vie l'a préparé, le point d'orgue de son existence… est à venir.

Un silence pesant envahit la pièce, chacun essayant d'envisager quel genre d'atrocité Robert Coates allait bien pouvoir commettre pour surpasser les horreurs précédentes… Enfin, chaque personne à l'exception de Winter dont l'estomac se mit à gronder, trahissant le fait qu'il était en train de penser à tout autre chose.

— Quelqu'un a prévu de manger le dernier bhaji aux oignons ?

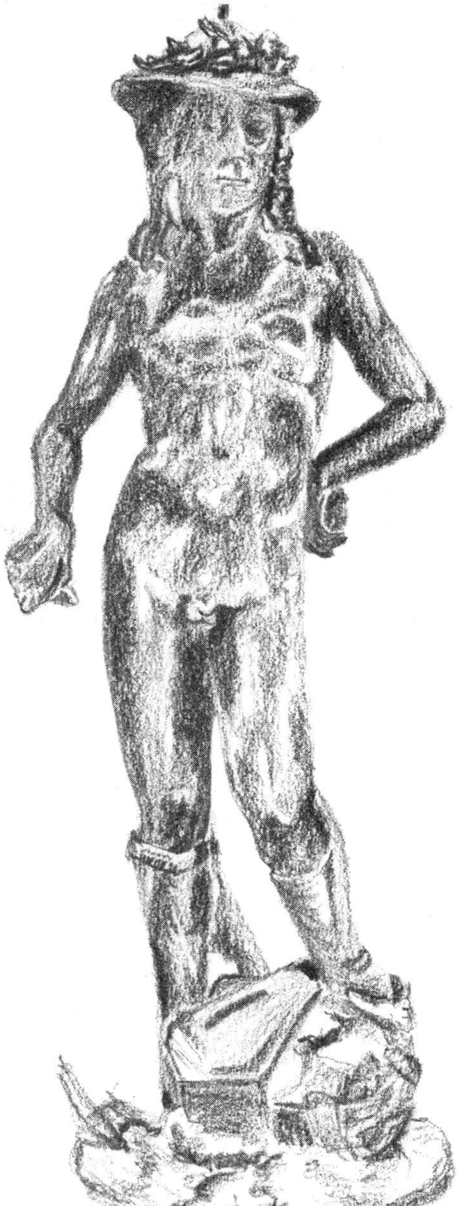

30

— Je ne vois vraiment pas en quoi c'est pertinent.

— Avec tout le respect que je vous dois, je ne vois pas ce que vous considérez ou non comme pertinent… comme étant pertinent. Alors, pourquoi ne pas me l'expliquer ? Est-il vrai ou non que vous avez un intérêt personnel dans l'affaire sur laquelle vous enquêtez actuellement ?

— Comme tout le monde dans l'équipe.

— Et vous pensez que c'est approprié ?

— Je pense que c'est motivant.

— La motivation est un terme qui englobe bien des choses, les longues heures de travail, la vengeance, les comportements atypiques et désespérés. Et si nous nous intéressions à ce dernier point pendant un moment ?

Après la réunion d'équipe, considérant qu'elle devait déjà assez à Chambers, Marshall avait rangé ses affaires et s'était rendue directement au quatrième étage qui hébergeait l'impopulaire service de déontologie. Dans leur grande mansuétude, ils avaient prêté à Easton une salle pour conduire son interrogatoire d'une collègue, pendant que son représentant syndical, un type falot vêtu d'un costume bon marché, restait assis sans rien dire à son côté. Marshall avait imaginé un homme éloquent et plein d'assurance à la façon d'un avocat, prêt à intervenir pour renvoyer au sergent ses questions les plus déplacées, pas le mollusque apathique qu'il lui avait été assigné.

L'entretien avait commencé, comme elle l'avait espéré, par des questions standards, mais il avait vite pris un tour très différent : des affirmations mêlées d'accusations qui s'enchaînaient désormais à un rythme tel qu'elle ne savait même plus à quoi elle répondait. Il était étrange de constater que les tactiques qu'elle avait été entraînée à utiliser fonctionnaient toujours aussi bien sur elle.

— Vous dites que les autres membres de l'équipe ont leurs propres « motivations », dit Easton, comme s'il abordait un sujet polémique au cours d'un dîner mondain. Est-ce quelque chose dont vous parlez entre vous ?

— Évidemment, répondit Marshall. Nous ne pourrions pas travailler correctement si nous ne connaissions pas l'historique de l'affaire, non ?

La réplique était sortie avec bien plus d'animosité que prévu, et elle savait qu'il observait ses réactions avec intérêt.

— Et pourquoi me demandez-vous ça ?

Elle donna un coup de coude dans les côtes de l'homme assis à sa gauche pour s'assurer qu'il était bien réveillé.

— Il serait bien que vous clarifiiez en quoi cette question est importante, dit-il à Easton. L'inspectrice Marsham…

— Marshall, lui chuchota-t-elle.

— … Marshall est impliquée dans une enquête en cours et hautement sensible. Il y a forcément des détails qu'elle ne sera pas autorisée à dévoiler pour l'instant.

Pas vraiment Johnnie Cochran, mais c'est un début.

— Écoutez, dit Easton, en revenant à une attitude plus aimable. Je suis là pour vous aider. Je suis de votre côté. Mais j'ai un disparu et votre sang à l'endroit où il a été vu pour la dernière fois. Cela fait maintenant plus de quarante-huit heures ; on est passés d'une simple disparition à un enlèvement, voire à un meurtre, et vous ne me donnez rien.

— Je vous ai déjà dit…

— Que vous vous êtes coupé la main pendant une visite non officielle chez Robert Coates avant même d'être assignée à l'enquête, termina-t-il à sa place.

Le représentant syndical inspira un grand coup, comme s'il en avait enfin assez, comme s'il était sur le point d'exploser, comme s'il se préparait à mettre un terme aux tentatives désespérées d'Easton de l'impliquer pour pallier l'absence de leur véritable suspect…

Puis il éternua.

Levant les yeux au ciel, Marshall décolla le pansement sur son pouce pour montrer la plaie en train de guérir.

— Je suppose que vous avez des témoins pour corroborer vos dires ?

Elle ouvrait la bouche pour répondre, mais elle fut interrompue par des coups frappés à la porte. Elle sourit avec soulagement quand un visage familier entra dans la pièce.

— Sergent Chambers, dit sèchement Easton. Je ne savais pas que vous nous rejoindriez.

— Moi non plus.

— Si j'en avais été informé, je vous aurais dit de ne pas vous donner cette peine. Ceci est un entretien priv…

— Je veux qu'il reste ! lâcha Marshall.

— Peut-être bien, mais comme vous le voyez, nous sommes au complet.

— C'est bon, dit Chambers, je vais prendre la place de Marty. Il ne sert quasiment à rien de toute façon.

— C'est vexant, rétorqua le syndicaliste.

— Mais tu ne nies pas, lui fit remarquer Chambers.

Il tint la porte ouverte pour l'homme à qui il avait eu la malchance d'avoir affaire par le passé pendant que ce dernier rassemblait ses affaires et quittait la pièce.

— … Benjamin.

— … Marty.

Chambers laissa la porte se refermer derrière lui pour s'asseoir à côté de Marshall.

— Je croyais vous avoir dit que je pouvais me débrouiller seule, chuchota-t-elle.

— En effet. Mais tu m'as aussi dit que j'étais un âne bâté condescendant et surprotecteur, lui rappela-t-il avant de reporter son attention sur le collègue débraillé qui leur faisait face et qui perdait rapidement son assurance.

Après avoir calmé Easton, au moins provisoirement, Chambers et Marshall purent savourer leur lent voyage en ascenseur jusqu'à la criminelle avant d'assister à leur rendez-vous suivant.

— ... Mes mains sont liées, dit Wainwright, l'air désolé. La commissaire adjointe s'est elle-même opposée à ce qu'on renforce la surveillance de l'immeuble de Mlle Brown.

— Pour quelles raisons ? s'enquit Chambers sans faire l'effort de cacher son irritation.

— En raison du fait que la presse est déjà en train de nous réduire en bouillie ! Que nous avons *toujours* plus d'agents que nous ne pouvons nous permettre en train de surveiller *quatre* sites différents à travers la ville, un en permanence avec Mlle Brown, et maintenant un avec l'inspectrice Marshall ; et que pour l'instant vous n'avez fait *aucun* progrès ! rétorqua-t-elle, craquant sous la pression qu'elle-même subissait.

— Robert ne me ferait jamais de mal, insista Eloise pour la énième fois, si bien que les mots commençaient à ressembler à un slogan. Il vous l'a même dit.

— Toute cette histoire tourne autour de vous ! répliqua Chambers, sur un ton qui sonnait plus accusateur qu'inquiet.

— Sergent, intervint fermement Wainwright qui sentait pointer une migraine, si vous êtes à ce point inquiet pour la sécurité de Mlle Brown, vous pouvez parfaitement lui réaffecter une partie de l'équipe de surveillance.

— J'ai besoin d'eux là où ils sont !

Elle leva les mains en signe de reddition.

— Je resterai avec elle, offrit Winter. Tout le temps.

— Non, je veux que tu viennes avec moi, dit Chambers.

— Vous pourriez me laisser aider, dit Marshall aussi aimablement que possible, car peu désireuse de contrarier l'homme qui l'avait déjà secourue deux fois aujourd'hui.

— Ne commence pas, lui lança-t-il avant de se tourner vers Eloise. Pourquoi ne pas rester ici ? Vous seriez en sécurité. Seulement jusqu'à ce que tout ça soit fini.

— Quoi ? Vivre ici ? s'esclaffa-t-elle. Non, merci.

— Puis-je suggérer un compromis ? proposa Marshall. Basé sur tout ce qui s'est passé jusque-là, tout désigne la tombe de la mère de Coates comme étant l'emplacement de sa prochaine statue. C'est sans aucun doute l'endroit le plus approprié pour exposer son monstre vaincu. Par ailleurs, Coates m'a clairement menacée en se donnant tant de mal pour laisser mon sang quelque part où il était certain qu'il serait découvert, et nous savons qu'il a déjà le géant. Par conséquent, il semble peu probable qu'Eloise soit impliquée de quelque façon que ce soit dans cette avant-dernière statue.

Elle croisa le regard de Chambers avec qui elle avait en sous-titre une discussion totalement séparée.

— Donc… Eloise pourrait rester chez elle avec un seul agent pour l'instant, mais si nous ne parvenons pas à l'arrêter, s'il réussit d'une façon ou d'une autre à compléter son *David de bronze* et à s'échapper, elle viendra ici immédiatement et ne repartira pas avant qu'il soit en garde à vue.

S'ensuivit un silence, pendant lequel chacun prit le temps de considérer la logique de ce plan.

— Ces conditions me conviennent, dit Eloise.

Winter lui sourit.

— Chambers ? demanda Wainwright.

Il hocha la tête avec réticence.

— Fantastique. La commissaire adjointe sera ravie, ironisa-t-elle en jetant un coup d'œil à l'horloge… Vous devriez être au lit depuis un petit moment, non ?

— Depuis longtemps, approuva Chambers malgré le soleil de début d'après-midi qui chauffait la pièce. Je vais aller faire un tour au cimetière Margravine et faire le point avec l'équipe de jour, procéder aux éventuels changements pour ce soir, puis rentrer me reposer quelques heures. Marshall, tu veux bien terminer la paperasse de la nuit dernière ?

— Avec joie, dit-elle sur un ton amer.

— Eloise, vous devriez préparer une valise d'urgence dès que vous serez chez vous. Winter, tu la reconduis. Mets au courant la personne chargée de sa surveillance sur ce qu'elle aura à faire si on appelle pour qu'elle soit rapatriée ici.

— Comptez sur moi, dit-il gaiement.

Chambers poussa un soupir épuisé.

— Je suppose que je te verrai au cimetière.

Par pure coïncidence, en allant de Hammersmith au cimetière Margravine, Chambers passa par South Kensington et le quartier du musée, où se dressait un regroupement de faux palais alors que le monde se transformait autour d'eux.

Après être resté à l'arrêt pendant plus de cinq minutes, il coupa le moteur et jeta un coup d'œil de l'autre côté de la rue au Victoria and Albert Museum en se remémorant, sans vraiment s'y intéresser, la présentation d'Eloise et son excitation à la pensée qu'une copie grandeur nature du *David de bronze* était exposée quelque part dans le labyrinthe de couloirs.

Reportant son attention sur la circulation bouchée et le bruit des sirènes qui ne présageait pas une amélioration rapide, il jura dans sa barbe et redémarra avant de faire un demi-tour à la légalité douteuse. Puis il se dirigea vers le parking de Prince Consort Road afin d'y trouver un café et des toilettes.

Debout devant l'œuvre d'un noir d'onyx de Donatello, Chambers fut envahi d'un sentiment d'émerveillement mêlé à la conscience de sa propre insignifiance, comme cela avait été le cas dans l'atelier de Tobias Sleepe, sept ans plus tôt. Fabriquée en plâtre peint, la sculpture était à première vue exactement telle qu'Eloise l'avait décrite, mais plus il la regardait, plus les détails lui sautaient aux yeux : l'épée brisée, probablement après avoir buté contre un os ou un cartilage en tranchant le cou de sa victime, ou le soin apporté à chacune des feuilles de laurier sur le chapeau du jeune vainqueur.

Elle était indéniablement tout à la fois magnifique et violente, délicate et répugnante. La façon dont la longue barbe de Goliath s'enroulait autour des pieds de son pourfendeur donnait à penser que le garçon se tenait là depuis un moment, peut-être avait-il les orteils plongés dans les cheveux de son ennemi anéanti – la face sombre de la victoire divine que les histoires négligeaient de mentionner… les signes révélateurs d'un psychopathe en puissance.

Debout au milieu de la veillée aux chandelles organisée pour la famille et les amis de Tamsin Fuller, Marshall protégeait du vent sa minuscule flamme. L'hommage qui se tenait au bord de la rivière, là où le corps avait été découvert, était une cérémonie privée dont elle avait appris l'existence par le biais de l'enquête. Ayant l'heure et le lieu, elle avait voulu présenter ses respects à leur défunte Vénus de Milo. C'était le moins qu'elle pouvait faire pour la femme qui était morte par sa faute.

Les parents endeuillés, acceptant sa vague explication quand elle leur avait dit l'avoir connue « par le travail », lui avaient tendu une chandelle et une boisson chaude, puis l'avaient accueillie comme un membre de la famille. Après avoir rempli le pot destiné aux dons avec l'argent des courses pour le mois, la jeune femme avait écouté les proches de Tamsin raconter leurs histoires. Elle avait partagé leurs larmes gelées et leurs rires émus sans qu'aucun ne soit conscient du sang qu'elle avait sur les mains, conscient du fait que c'était elle qui avait provoqué la Mort.

Après le dernier discours, M. Fuller les avait tous remerciés d'être venus, et la petite foule s'était dispersée comme des lucioles sur la pelouse.

— Jordan ?

Marshall fit comme si elle n'avait pas entendu, et continua à remonter la colline.

— Jordan ! répéta la mère de Tamsin qui était demeurée stoïque auprès de son mari éploré tout le temps de la cérémonie.

— C'est bien Jordan, n'est-ce pas ? demanda-t-elle lorsqu'elle parvint enfin à la rattraper.

— Oui. Désolée. J'étais ailleurs, dit Marshall, tandis que la flamme vacillante dans sa main ne faisait qu'accentuer l'effet du mascara qui lui maculait le visage.

— Vous avez dit travailler... *avoir travaillé* avec Tammy à l'université ?

— Hmmm.

— Alors, vous verrez Ted, lundi ?

Marshall hésita :

— Je ne sais pas trop.

Le regard soupçonneux de la femme lui confirma qu'elle était tombée dans un piège.

— Qui êtes-vous en réalité ?... Une journaliste ?... Une tordue qui a entendu parler de notre tragédie et s'est dit qu'elle allait venir jouer les curieuses ?

— Non. C'est rien de tout ça.

Marshall leva les yeux sur la grille, et fut tentée de s'enfuir à toutes jambes.

— Alors, qui êtes-vous ?

— Juste quelqu'un qui avait besoin de vous regarder dans les yeux pour vous dire combien je suis désolée, dit-elle en sentant les larmes prêtes à déborder une fois de plus. Parce que je pense que ce qui est arrivé à Tamsin est ma faute.

— Qu'est-ce qui vous fait penser ça ?

Elle inspira profondément.

— Je suis de la police. Et, il y a sept ans, la personne qui a fait ça à Tamsin a fait la même chose à quelqu'un que j'aimais beaucoup.

— Je suis désolée, dit Mme Fuller en lui prenant la main.

Le geste de sympathie amena Marshall au bord des larmes, et elle se mit à expliquer :

— Je voulais tellement l'attraper. Je n'ai jamais réfléchi à... aux conséquences que ça pourrait engendrer. Et maintenant, elle est morte, et il court toujours... et je suis désolée !

— Chut. Chut, murmura la mère de Tamsin en serrant Marshall dans ses bras... Savez-vous ce que faisait Tammy la nuit où elle a disparu ?... Elle rapportait une robe qu'elle m'avait achetée pour mon anniversaire, dit-elle en la relâchant pour lui prendre à nouveau les mains. Serait-on en train d'avoir cette conversation aujourd'hui, si je ne m'étais pas entêtée à lui dire que je la préférais en bleu ?

» Et vous voyez cet homme là-bas qui parle avec mon mari ? C'est son ex-petit ami, Stephen. Il a rompu avec elle il y a un mois. Tous les mercredis soir, sans faute, ils allaient au pub avec leurs amis. Elle aurait été en sécurité avec eux...

» Et vous avez vu sa sœur prendre la parole ?

Marshall hocha la tête, admirative devant cette femme qui demeurait si rationnelle et maîtresse d'elle-même alors que tout le monde autour d'elle était effondré.

— ... Elles ne s'étaient pas parlé depuis plus de quatre mois. La dernière chose qu'elle a dite à Tammy c'était qu'elle la haïssait. Elle ne le pensait pas, évidemment, mais elle ne pourra jamais effacer ces paroles. Pire encore, elle n'a pas répondu quand Tammy a essayé de la joindre au téléphone ce soir-là.

» Là où je veux en venir, c'est qu'il y a bien assez de culpabilité ici. Chacune de ces choses a conduit au décès de Tammy, et, en même temps, aucune n'en est responsable. Pensez-vous que c'est ma faute si ma fille est morte ?

— Non. Bien sûr que non !

La femme lui adressa un sourire triste.

— Alors, ce n'est pas la vôtre non plus.

Le cimetière était complètement silencieux à l'exception du bruissement du vent dans les feuilles, du hululement occasionnel d'une chouette ou d'un hibou quelque part dans les arbres en face, et des bruits de déglutition de Winter qui aspirait le fond de son eau pétillante marronnasse achetée au Burger King.

— Tu pourrais arrêter de faire ça ? chuchota Chambers qui après moins de quarante minutes regrettait déjà la compagnie de Marshall.

Winter ôta la paille de sa bouche et posa le gobelet en carton sur le plancher de la voiture avec le reste de ses déchets.

— Désolé.

Ils reportèrent tous les deux leur attention sur l'océan de pierres tombales qui apparaissaient et disparaissaient à la faveur de la lune, et tous les cadavres couchés dans la terre, tels des bulbes attendant le printemps.

Plus tôt dans la journée, Chambers avait parcouru tout le cimetière à la recherche de terre remuée ou d'un carré de pelouse fraîchement posé. Il n'y aurait pas eu meilleure cachette pour un corps avant sa grandiose exposition. L'heure qu'avait passée le sergent en compagnie des morts occupait encore ses pensées.

— J'ai trouvé sa tombe, marmonna-t-il, engageant la conversation, ce qui n'était pas dans ses habitudes… celle de la mère de Coates.

— Je me demande si nous serions assis ici si elle n'avait pas été un tel rebut.

— Je me posais la même question, dit Chambers.

Un mouvement attira son attention et il se pencha en avant, puis se détendit en voyant un joggeur franchir les grilles.

— Tu sais ce que disait l'inscription ? demanda-t-il pour la forme. Élisabeth Marie Hallows. 1945–1977.

— C'est tout ?

— C'est tout. Rien sur le fait que c'était une toxico dépravée, même pendant sa grossesse, qui a failli tuer son propre bébé en lui transmettant son sang contaminé ainsi que ses addictions... Et c'est à cause de sa faiblesse à elle que neuf innocents sont morts.

— Oui, on a tendance à ne pas mentionner ce genre de chose, dit Winter.

— Peut-être qu'on devrait, songea Chambers à voix haute. Peut-être que si on commençait à graver la liste de tous les péchés d'une personne sur la pierre sous laquelle elle va passer l'éternité, les gens y réfléchiraient à deux fois avant de les commettre, et peut être qu'ils assumeraient la responsabilité des horreurs qu'ils s'infligent les uns aux autres.

Winter dévisagea son collègue qui arborait une expression morose.

— Ça va ?

— Ça doit être la fatigue.

— Dans un registre plus joyeux, au moins une bonne chose est sortie de tout ça.

Chambers grogna. Il n'était pas d'humeur à avoir une discussion sur la vie amoureuse florissante de Winter.

— ... Ça fait un moment maintenant que j'ai l'impression que quelque chose me manque, poursuivit-il malgré tout.

— Hmmm hmm.

— ... Je me sens insatisfait.

Chambers pâlit.

— Tu penses que je devrais le mettre dans la lettre ?

— Une lettre ? Sois un homme. C'est toujours apprécié, dit Chambers avec sagesse, sans trop savoir dans quoi ils s'embarquaient. Tu devrais le faire en personne.

Winter se rongea nerveusement les ongles.

— Je ne suis pas certain que je pourrais encaisser un rejet en face-à-face… et puis, même si c'est un « oui », j'ai peur de ne pas être aussi bon qu'avant.

Chambers semblait à présent horrifié.

— … Ça fait un bail. Et c'est pas comme si j'avais été doué au départ.

— Bon sang ! se plaignit Chambers qui s'était écarté autant qu'il était possible dans l'espace confiné de la voiture.

— … Quelle que soit la réponse. Je pense que je suis prêt, dit Winter en hochant la tête avec assurance. Je ne rêve plus aussi souvent de votre jambe qu'avant.

— … Quoi ?! s'exclama Chambers qui se sentait à la fois interloqué et souillé. De quoi est-ce que tu parles ?

— De mon transfert à la criminelle, répondit Winter.

— Ah… Ah !

— Pourquoi, de quoi parlais-tu ?

— De ça. Du boulot.

Il y eut un silence gêné, durant lequel les deux hommes rejouèrent dans leur tête les quelques minutes de conversation.

— Tu sais, lâcha Winter enchaînant rapidement tandis qu'un banc de brouillard roulait sur l'herbe telle la marée montante. Il m'arrive encore de penser au jour où nous avons trouvé Alphonse Cotillard et sa mère. C'était horrible, y a pas de doute, mais ce n'est pas ce qui m'a le plus impressionné. Je me souviens surtout de *toi.* Tu étais incroyable. Tu as vu en quelques secondes des choses que nous n'avions pas remarquées en dix minutes. Je pense que c'est pour ça que quand ce qui est arrivé… est arrivé, ça m'a autant perturbé. Pas à cause de ta jambe, qui était dégueu d'ailleurs…

— Content de le savoir.

— … mais parce que si ça t'était arrivé à toi qui étais si doué, comment allais-je pouvoir m'en tirer, moi ?

Chambers ne releva pas le compliment, et garda les yeux rivés sur le paysage stéréotypé de l'autre côté du pare-brise.

— Tu es un bon policier, Winter. Je le pense vraiment. Et tu me vois meilleur que je ne le suis. J'étais imprudent, et j'étais stupide. Et c'est à cause de ça que je me suis retrouvé dans cet état, étendu au milieu de la route. C'est bien beau de remarquer tous les détails, mais au final ça ne sert pas à grand-chose, si on ne peut pas prendre du recul pour voir le tableau dans son ensemble.

— Et est-ce ce que nous faisons ? lui demanda Winter. Ici ? Maintenant ? Avec Coates ?

Cette fois, Chambers se tourna vers lui, les yeux emplis d'inquiétude.

Il hésita :

— Non. Je ne pense pas. Espérons, cependant, que nous en voyions assez.

Lundi

31

— CHAMBERS ?… Chambers ?

Le sergent se réveilla en sursaut, le corps endolori de partout, ne sachant pas trop où il était tandis que la lumière sale d'un ciel couvert lui brûlait les yeux.

— L'équipe de jour sera là dans dix minutes.

Il fixa sur Winter un regard vide et se frotta le visage.

— Merde. Désolé.

— Pas de souci, dit-il avec un sourire qui ne fit qu'accentuer ses cernes noirs. Tu avais l'air d'en avoir besoin.

Chambers se redressa et considéra le cimetière. Le vent, de plus en plus fort, faisait onduler le tapis de feuilles comme de l'eau autour de bouées de pierre.

— Rien de neuf ? demanda-t-il.

— Rien.

— Pas de nouvelles des autres ?

— Ils auraient lancé un appel radio s'il y avait eu quelque chose à dire.

Encore à moitié endormi, Chambers hocha la tête tout en essayant de ne pas inspirer trop profondément, car les relents des emballages de fast-food de Winter lui retournaient l'estomac.

— C'est moi, ou on dirait qu'il s'amuse avec nous ?

Winter haussa les épaules.

— Ça a toujours été le cas.

Marshall, qui enfilait ses bottes en se dirigeant vers la porte, sursauta.

— Bon sang ! s'exclama-t-elle en portant la main à son cœur. J'avais oublié que vous étiez là.

— C'est que j'ai dû vous faire forte impression, plaisanta-t-il.

Hormis la fois où il s'était servi un verre d'eau et ses deux pauses toilettes, elle n'avait pas entendu un son venant du jeune agent au visage poupin qui était resté sans faillir, et probablement après avoir été menacé de mort par Chambers, devant sa porte d'entrée toute la nuit.

— Nous allons quelque part ?

— Je vais au travail.

Il la considéra d'un air patient.

— ... *Nous* allons au travail, soupira-t-elle.

Hochant la tête comme pour dire, « c'est mieux », il demanda :

— Vous n'allez pas sortir comme ça ?

Marshall, gênée, baissa les yeux sur sa tenue : une de ses plus colorées. Son jean marron foncé contrastait avec le noir de tout le reste.

— Si. Pourquoi ?

— Il vous faut un manteau, dit-il sur le ton d'un grand-père surprotecteur. On dirait la fin du monde dehors.

Dès qu'il eut dit ça, Marshall remarqua le ronronnement du vent à travers le système de ventilation. Avec un profond soupir de mécontentement, elle retourna à l'intérieur enfiler sa veste d'hiver laineuse la plus chaude et récupérer le carnet de croquis qu'elle avait oublié sur la table.

— Content ? lui demanda-t-elle en fermant la porte derrière elle.

— Tenue approuvée, dit-il avec un sourire. Mais, sérieusement, vous n'avez pas regardé la météo cette semaine ?

— J'ai été un poil occupée, rétorqua-t-elle sèchement alors qu'ils remontaient le couloir.

— Il va y avoir une sévère tempête cette nuit, récita-t-il en se métamorphosant sous ses yeux de grand-père octogénaire à présentateur météo. Avec des rafales allant jusqu'à cent cinquante kilomètres par heure. (Il sembla déçu par le flagrant manque d'intérêt de la jeune femme.) Ils ont dit que d'ici ce soir il y aurait des risques importants de dégâts matériels et de mort.

Marshall rabattit sa capuche sur sa tête.

— Comme n'importe quelle autre nuit à Londres, si je comprends bien.

★

— C'est bizarre, dit la policière qui avait été désignée pour compiler les informations concernant la victime enterrée dans les jardins ouvriers.

— Quoi ? demanda son collègue hyperapprêté qui sautait sur la moindre excuse pour rapprocher sa chaise.

Une bouffée d'après-rasage s'invita avec lui tandis qu'il se collait presque à elle pour regarder son écran.

— Il y a encore des mouvements réguliers sur son compte bancaire, expliqua-t-elle.

— Et ?

— Il est mort depuis sept ans.

— Oh. Alors deux solutions. Première hypothèse : sa famille n'a jamais pris le temps de fermer ses comptes bancaires… Ça arrive.

— … Et la seconde ?

— C'est un vol d'identité. C'est fréquent avec les comptes inactifs, quand les gens passent l'arme à gauche. Signale-le, lui ordonna-t-il sur un ton autoritaire, alors qu'ils avaient pourtant exactement le même grade.

Tandis qu'il s'éloignait sur sa chaise roulante, elle imprima les relevés et surligna une sélection des transactions suspectes avant de mettre les feuilles dans une chemise bleu terne. Elle traversa ensuite la pièce jusqu'à la salle des opérations et frappa à la porte.

— Est-ce que le sergent Chambers est dans les parages ? demanda-t-elle aux employés à l'intérieur.

— Il n'est pas encore arrivé, répondit distraitement quelqu'un.

— Quel est son bureau ?

Elle suivit leurs indications dédaigneuses jusqu'à une bannette débordante de chemises tout aussi ternes. Puis elle prit un Post-it et écrivit :

Christopher Ryan - Important !

Après l'avoir collé sur le dossier, elle posa celui-ci sur la pile et sortit… pendant que l'un des coins de la note colorée commençait déjà à s'enrouler sur lui-même à mesure que la colle de mauvaise qualité lâchait prise.

Winter était couché sur son petit déjeuner. Étalé sur la table de cuisine d'Eloise, il se souvenait s'être rendu chez elle après son tour de garde au cimetière avec une boîte de pâtisseries qu'il avait par la suite écrasées avant que l'un d'eux ait eu le temps d'y goûter.

— Eloise ? appela-t-il en se mettant debout tandis que les rideaux se gonflaient telles des voiles dans la pièce. Eloise ! cria-t-il en l'absence de réponse. Eloise !

La porte de l'appartement s'ouvrit et elle entra précipitamment, une tasse vide à la main.

— Tu es réveillé, l'accueillit-elle.

— Où étais-tu ?!

— Je discutais avec Patrick.

— Patrick ?

— Le policier malchanceux qui a été tiré à la courte paille cet après-midi.

— Après-midi ? répéta Winter, avec de petits yeux.

— Il est 15 h 10.

Elle alla fermer la fenêtre sur l'apocalypse qui commençait à l'extérieur.

— Je ne voudrais pas être dehors cette nuit, dit-elle en regardant la pluie zébrer la fenêtre tandis que les quelques arbres qui avaient miraculeusement survécu à la métropole ployaient et luttaient pour leurs vies contre la nature qui se rebellait. A priori, ça ne va faire qu'empirer.

Elle s'accroupit pour ramasser les feuilles et les brindilles que le vent avait apportées à l'intérieur, ce qui rappela quelque chose à Winter.

— Hé… Je n'ai jamais vraiment capté cette histoire de feuilles de laurier, dit-il en rassemblant celles qui étaient arrivées jusque sur la table de la cuisine. Pourquoi sont-elles si importantes pour lui… pour vous deux ?

Hésitante, Eloise se dirigea vers la poubelle avant de répondre :

— Eh bien, pour comprendre ça, il faut comprendre la dernière statue : *Apollon et Daphné*.

Winter s'assit confortablement.

— J'ai toute la journée.

— Non, ce n'est pas vrai.

— Tu as raison. J'ai à tout casser quarante minutes, si je zappe la douche. Mais j'aimerais quand même que tu m'expliques.

— Alors, d'accord, dit-elle en s'asseyant en face de lui. La sculpture de Bernin est largement considérée comme une des plus belles œuvres d'art jamais créées. Elle représente l'un des moments paroxystiques du mythe tel qu'il est raconté dans *Les Métamorphoses* d'Ovide. En gros : fou de joie et d'orgueil d'avoir vaincu le grand serpent Python, Apollon tombe sur Cupidon…

— Encore lui ?

— Oui, Cupidon en train de jouer avec son arc et ses flèches. Il nargue le jeune dieu et le rabaisse en lui demandant à quoi cela lui sert d'avoir des armes de guerre. Furieux, Cupidon tire de son carquois deux flèches – une pour allumer la passion amoureuse, l'autre pour l'éteindre –, puis il transperce avec la première le cœur du puissant Apollon. Ce dernier tombe aussitôt fou amoureux de Daphné, la fille de Pénée, un dieu fleuve. Cupidon prend alors la flèche à la pointe de plomb et touche la magnifique jeune femme qui, révulsée par les avances d'Apollon, s'enfuit dans les bois.

» Apollon se languit de Daphné, car personne d'autre ne trouve grâce à ses yeux. Alors, un jour, il la suit dans la forêt et continue à la pourchasser, même quand elle s'enfuit loin de lui. Il la supplie de rester, mais elle continue à courir tandis que le désir d'Apollon augmente à chacun de ses pas. “Le dieu et la vierge sont emportés, l'un par l'espoir, et l'autre par la crainte.” Mais il est plus rapide qu'elle, et alors que les forces de la jeune fille déclinent, elle appelle à l'aide son père : "Ô père, aide-moi, si vous les fleuves avez un pouvoir divin ; en me transformant, détruis la beauté qui m'a faite trop séduisante[1]."

» À peine a-t-elle prononcé ces mots qu'une raideur saisit tous ses membres. Une écorce tendre lui enveloppe les seins et ses cheveux se transforment en feuilles. Ses bras deviennent des branches, son pied s'enfonce dans la terre pour y prendre racine et un battement de cœur à peine perceptible se met à résonner doucement.

» Le cœur brisé, Apollon enlace ce qu'il reste de Daphné et couvre le bois de baisers. Et, toujours aussi amoureux, il lui fait cadeau de la vie éternelle en lui accordant un feuillage persistant… afin que jamais elle ne dépérisse.

Winter gonfla les joues.

— Intense.

— Et tu sais comment on dit laurier en grec ? lui demanda-t-elle… Daphné.

— C'est encore les mêmes thèmes, n'est-ce pas ? Amour non réciproque, mariage, et fuir un amoureux.

— Robert m'appelait son laurier, se rappela-t-elle avec tristesse.

— Je comprends mieux, maintenant, dit Winter, l'air perturbé. Est-ce que Chambers est au courant de tout ça ?

— En partie. Mais…

— Oui, oui, je sais. Robert ne te ferait jamais de mal.

— S'il fait tout ça pour moi. Il veut que je le voie.

Winter ne sembla pas convaincu.

— As-tu préparé tes affaires ?

— Hier.

— À la minute où nous t'appelons pour que tu te rendes au poste… Tu y vas. Compris ? lui dit-il sur un ton inhabituellement autoritaire. Je suis sérieux. Promets-le-moi.

— Je te le promets.

Il la serra dans ses bras, puis, après avoir jeté un coup d'œil résigné à la tempête, il se dirigea vers la porte.

— Attends. Où vas-tu ?

1. Ovide, *Les Métamorphoses*, livre I, trad. A.-M Boxus et J. Poucet.

— Mettre un terme à tout ça, afin que je puisse cesser de me faire du souci pour toi.

Winter donna des instructions à Patrick avant de s'engager dans l'escalier glissant. Il croisa le voisin chevelu et trempé d'Eloise, et lui adressa un hochement de tête passif-agressif.

Dehors, le vent implacable se déchaînait à travers la ville, accompagné d'un étrange bourdonnement, à la fois inquiétant et puissant, comme le souffle de Dieu.

Chambers franchit la porte de la criminelle…

— Le légiste veut vous voir en bas.

… soupira et ressortit.

— Sergent Chambers, Christopher Ryan. Christopher Ryan… Ouais, vous vous en tapez. Vous êtes mort.

— J'en déduis que l'ADN a confirmé son identité, commenta Chambers avec impatience.

— En effet.

— Vous auriez pu appeler.

— Peut-être, mais ce n'est pas pour cette raison que j'avais besoin de vous voir, répliqua-t-il en faisant un pas vers lui. Ce n'est pas moi qui vous ai donné ça, chuchota-t-il, comme s'il craignait d'être entendu par les personnes dans les tiroirs de la morgue, en lui tendant une petite boîte en métal.

Chambers l'ouvrit et jeta un coup d'œil au contenu.

— Vous avez une dose là-dedans, l'informa Sykes. Et ne me demandez pas comment je l'ai obtenue.

— OK, dit Chambers qui n'en avait pas eu l'intention. Merci.

Il glissa la boîte dans sa poche intérieure avant de se diriger vers la sortie.

— Et vous me devez une faveur, Chambers !… Une grosse faveur ! cria Sykes après lui tandis que la porte se refermait sur leur conversation.

— Nous nous réunirons à nouveau ici demain à… (Ayant perdu toute notion du temps, Chambers consulta sa montre.) Bon sang, 5 heures, encore une fois, dit-il en mettant fin au briefing.

Wainwright se leva promptement et partit pour son rendez-vous suivant tandis que le reste de l'équipe demeurait sur place.

— Quelqu'un d'autre a un mauvais pressentiment concernant ce soir ? demanda Winter en regardant la pluie marteler les fenêtres.

Ni Chambers ni Marshall ne répondirent, mais ils semblaient être du même avis.

— C'est toujours lors de journées comme celle-ci que les pires boulots arrivent, poursuivit-il. Les journées où vous pouvez physiquement sentir la pression qui s'accumule… la tension dans l'air.

Après lui avoir lancé un regard perplexe, Chambers se tourna vers Marshall :

— Ça te dirait de faire des heures sup ce soir ? demanda-t-il sur le ton de la conversation.

— Pour quoi faire ?

— Rattraper le retard dans la paperasse. Faire du classement. Passer la nuit dans la salle de pause à regarder *EastEnders*, ça m'est égal. Je préférerais juste que tu restes là cette nuit.

— Vous laissez Winter vous contaminer, lui dit-elle.

Sans prêter attention au crissement que fit une des roues de sa chaise en écrasant un Post-it décollé qui avait atterri sur la moquette, il haussa les épaules.

— Je sais. Mais quand même…

Une rafale émit un son ressemblant à un hurlement et fit trembler les fenêtres de plus en plus fort avant de s'atténuer.

— D'accord, dit-elle, changeant brusquement d'avis. De toute façon, j'ai nulle part où aller ce soir.

Chambers était en train de tendre la main vers le dossier bleu et les documents sur le dessus de sa bannette quand des coups retentirent à la porte.

— Sergent Chambers ? dit une policière agitée sans même attendre d'être invitée à entrer. Il y a quelque chose que vous devez voir… juste… Chambers, s'il vous plaît, ajouta-t-elle en voyant les trois se lever.

Sourcils froncés, il l'accompagna jusqu'à son ordinateur.

— J'ai passé les deux derniers jours à visionner les enregistrements de l'hôpital. Comme vous me l'avez demandé, j'ai répertorié tous les hommes seuls qui sont entrés au cours des deux heures qui ont précédé les meurtres ainsi que ceux qui sont sortis dans les deux heures qui ont suivi ; et quand c'était possible, j'ai traqué leurs déplacements.

— OK, dit-il, sans prendre la peine de s'asseoir.

— Ce qui est exactement ce que j'ai fait avec cet individu, poursuivit la femme.

Elle lui montra une vidéo de trois secondes sur laquelle un homme avec un sac à dos et un bouquet de fleurs entrait par les portes principales sans qu'on puisse distinguer son visage en raison de la mauvaise qualité de l'image.

— Maintenant, regardez ça, dit-elle en passant à un autre enregistrement sur lequel deux aides-soignants disparaissaient derrière une porte et le même homme se précipitait pour la rattraper avant qu'elle se referme.

À présent intrigué, Chambers rapprocha une chaise et s'assit.

— Et ça, c'est trois minutes plus tard, dit-elle accélérant jusqu'au moment où l'individu ressortait vêtu d'une blouse blanche.

— C'est lui. C'est Coates, dit Chambers, surexcité.

— J'étais sur le point de venir vous chercher, quand je me suis soudain rappelé l'avoir vu ailleurs.

Elle afficha la dernière vidéo. Chambers se crispa en se voyant lui-même à l'écran aux côtés de Marshall et Wainwright, suivis d'Eloise quelques pas derrière eux.

Elle appuya sur le bouton *play*.

Chambers se pencha en avant et regarda, consterné, Coates passer juste à côté d'eux. Il se prit la tête dans les mains et soupira.

— Vous avez vu ? lui demanda-t-elle.

— Vu quoi ?

— Regardez bien Eloise Brown, lui dit-elle avec dans la voix une pointe de nervosité.

Elle relança au ralenti la vidéo sur laquelle on voyait le subtil, mais indéniable, mouvement de la main pixellisée d'Eloise pour effleurer celle de Coates au moment où ils se croisaient.

La policière reporta son attention sur Chambers tandis que la vidéo continuait à tourner en boucle.

— Désolée si j'ai été un peu abrupte tout à l'heure. C'est juste que je ne savais pas…

— Vous avez fait ce qu'il fallait, lui assura Chambers en jetant un coup d'œil à la salle des opérations où Marshall et Winter étaient en train de discuter.

Ils n'avaient pas de temps à perdre dans un autre débat au sujet d'Eloise. Les feuilles de laurier, la peinture à la galerie, et maintenant, ça : il avait déjà pris sa décision.

— Je veux que, pour l'instant, vous gardiez cette information entre nous, dit-il à la femme.

— Oui, monsieur.

Il hocha la tête.

— Pouvez-vous me laisser seul, un moment ? J'ai besoin d'utiliser votre téléphone.

Quelqu'un frappa à la porte.

— Entrez, Patrick ! cria Eloise depuis sa chambre.

Elle entendit le policier, prudent, verrouiller derrière lui pendant qu'elle pliait son linge.

— Voulez-vous une tasse de thé ? lui proposa-t-elle quand il apparut dans l'encadrement de la porte.

Elle remarqua alors qu'il semblait mal à l'aise.

— … Patrick ?

— J'ai reçu un message du sergent Chambers, lui dit-il.

— Tout va bien ?

— Pas vraiment.

Il décrocha une paire de menottes de sa ceinture.

— Oh.

— Les ordres, dit-il sur un ton d'excuse en entrant dans la pièce. Eloise Brown. Je vous arrête, car vous êtes soupçonnée de complicité de meurtre…

Sous le choc, Eloise s'assit sur le rebord de son lit. La voix de l'agent se fit lointaine. Les yeux rivés sur la tempête qui se préparait, elle sentit à peine le métal froid lui encercler les poignets. Quelle fin décevante pour une mise en scène aussi élaborée, pourtant elle savait que c'était le destin des muses de quitter discrètement la lumière des génies qu'elles inspiraient.

— Je n'ai pas vraiment faim pour l'instant.
— Mange.
— Mais…
— Mange maintenant, ou crève de faim plus tard, dit simplement Chambers. Hors de question que j'endure une autre nuit dans les relents de tes emballages de fast-food.

Comme un enfant forcé à manger des choux de Bruxelles, Winter enfourna le reste de son Whopper pendant que Chambers picorait des frites. Depuis leur box dans le Burger King, ils regardèrent passer une procession de phares dans les rues déjà inondées où l'eau continuait à monter à une vitesse alarmante.

— Nous ferions mieux d'arriver sur place avant de ne plus pouvoir aller jusque là-bas.
— Mais tu as dit…
— Je sais ce que j'ai dit. (Pour la seconde fois en trente secondes, Chambers eut l'impression d'être dans la peau d'un parent sévère.) Mais c'était avant qu'une nouvelle rivière surgisse en plein Chelsea.

Dans un accès de stupidité, il avait dit à Winter que leur route passait devant le Victoria and Albert Museum. Et comme si ça ne suffisait pas, il lui avait avoué s'y être arrêté l'autre jour pour voir la statue dont Eloise leur avait parlé avec tant de passion.

Winter semblait dépité.

— Bon, d'accord, dit-il, agacé. *Si*… il n'y a pas trop de circulation. Et *si*… nous trouvons facilement à nous garer, nous pourrons aller y jeter un coup d'œil. Mais il faudra faire vite. Ça te va ?
— Ça me va, répondit Winter avec un sourire.

Marshall s'était confortablement installée au bureau de Chambers. La lumière chaude de la lampe se reflétait sur les fenêtres sombres, et le radiateur à côté de sa jambe soufflait de l'air brûlant alors que la tempête faisait rage à seulement quelques centimètres d'elle. Cela lui donna l'impression d'être de retour en cours, et lui rappela les soirées passées dans la chambre d'Alfie pendant qu'il essayait, sans grand succès, de l'aider à comprendre les cours de physique.

Elle s'autorisa à rester un moment perdue dans ses souvenirs, mais fut ramenée au présent par la sonnerie étouffée du téléphone. Elle envisageait de le laisser sonner lorsqu'elle remarqua que l'appel émanait d'un numéro interne, peut-être même de quelqu'un qui pouvait la voir assise là.

— Bureau du sergent Chambers ? répondit-elle, perturbée par le bruit qu'elle entendit.

— Est-ce que le sergent Chambers est ici ? cria une voix, les mots à peine intelligibles à cause des rugissements du vent.

— Non, il n'est pas là, dit-elle en tentant de comprendre comment une ligne interne pouvait venir de l'extérieur.

— Il n'est pas là ! relaya la voix à quelqu'un d'autre. Qui est à l'appareil ?

— L'inspectrice Marshall. Je travaille avec lui, répondit-elle, pas plus avancée sur ce qui se passait.

— Marshall ! hurla l'homme dont la voix fut noyée par les intempéries. Elle dit qu'elle s'appelle Marshall !

Quelques instants plus tard, le bruit de la tempête diminua brusquement, suggérant que le policier était de retour à l'intérieur.

— Inspectrice Marshall ?

— Toujours là, dit-elle.

— Nous avons une… situation délicate. Nous aurions besoin que vous descendiez immédiatement.

— OK. Tu l'as vue. On peut y aller, maintenant ? demanda Chambers d'une voix un peu trop forte pour la galerie silencieuse, ce qui lui attira un regard assassin de la part du guide touristique en train de captiver un groupe de personnes âgées avec son discours sur l'une des autres statues.

— Encore une minute ? plaida Winter en faisant le tour de l'inestimable copie, la main sur le menton, comme s'il réfléchissait à faire une offre indécente.

Chambers secoua la tête et, sans grand enthousiasme, considéra lui aussi l'œuvre d'art. Cette fois, il ne put s'empêcher de remarquer les expressions sur les visages des deux sujets, l'une étant l'opposée de l'autre. Le sourire plein d'orgueil du berger contrastait avec la surprise, l'horreur et le regret qui se lisaient sur celui du géant, lequel avait foncé tête baissée dans le piège du jeune homme.

★

— Inspectrice Marshall ? demanda un agent de police armé en se précipitant à sa rencontre tandis qu'elle traversait le hall d'entrée.

Il lui serra la main et se présenta :

— Nighton.

— Que se passe-t-il ? s'enquit-elle en enjambant le câble du téléphone qui serpentait depuis la réception jusqu'aux portes menant à l'extérieur.

— Est-ce que le nom Evan Papadopoulos vous dit quelque chose ? dit-il en lui faisant signe de le suivre.

— Le géant ? demanda-t-elle avec empressement. Vous l'avez trouvé ?

— Pas exactement, répondit Nighton alors que l'un de ses collègues tendait à Marshall un gilet pare-balles et une oreillette de transmission. C'est plutôt lui qui nous a trouvés.

— Il est ici ? dit Marshall dont le cerveau essayait désespérément de recoller les morceaux.

— Il a demandé à voir le sergent Chambers, expliqua-t-il en marquant une pause à la porte, mais il a l'air de connaître votre nom aussi. Il a dit qu'il ne parlerait à personne d'autre. (Nighton hésita.) Il a un sac avec lui.

— Un sac ? Qu'est-ce qu'il contient ?

— Nous l'ignorons... d'où le gilet.

— D'accord, dit-elle en hochant la tête avec anxiété.

— Écoutez, je ne peux pas vous forcer à y aller. Mais on m'a informé qu'il s'agissait d'une personne disparue avec des difficultés d'apprentissage, alors j'ai voulu lui laisser une chance.

— Une chance ?

— S'il refuse de lâcher le sac et de se rendre, nous n'aurons pas d'autre choix que de neutraliser la menace, expliqua-t-il l'air désolé... C'est le protocole.

Une image de la tête de Goliath à terre, séparée de son corps, traversa l'esprit de Marshall.

— Non. Ne faites pas ça. Je vais aller lui parler.

— Vous êtes sûre ?

Elle acquiesça.

— Mais rendez-moi un service. Passez-moi le sergent Chambers sur la radio le plus vite possible.

— Je vais continuer à essayer, promit Nighton, en luttant contre le vent pour ouvrir la porte pendant que Marshall sortait dans la tempête.

32

Le sol miroitait sous ses pieds, et chaque pas faisait ondoyer l'eau qui avait envahi le trottoir. L'homme vers lequel elle se dirigeait se découpait dans la lumière : haut de plus de deux mètres, il avait les bras enroulés autour d'un sac qui aurait pu aisément contenir un être humain de taille adulte. Elle approcha doucement, les mains levées. Lorsqu'elle passa à quelques centimètres d'un policier en position de tir, elle fit mine de ne pas l'avoir vu, car elle désirait demeurer une entité séparée de ceux dont les armes étaient pointées sur leur invité surprise.

— Restez à au moins trois mètres de distance, lui conseilla Nighton dans l'oreillette.

Tandis que leur propre armée de spectateurs les observait depuis les fenêtres des immeubles alentour, Marshall s'avança dans la lumière et fit quatre pas de plus avant de s'arrêter. David devant son Goliath, seule face au géant.

Winter s'écarta quand le groupe se dirigea vers le *David de bronze* et se décida enfin à rejoindre Chambers, qui semblait lutter avec sa radio.

— Ici Chambers. Je vous écoute. (Il ne reçut en réponse qu'un assortiment de cliquetis et de grésillements.) Je répète : ici Chambers. Je vous écoute ! cria-t-il à moitié, recevant cette fois un assortiment de « chut » et de hochements de tête désapprobateurs de la part de la foule de petits vieux qui, sans ça, avaient déjà du mal à entendre le guide.

— Qui était-ce ? lui demanda Winter.

— Aucune idée. Foutu temps..., souffla-t-il exaspéré. Je vais chercher un téléphone. Attends-moi ici.

— D'accord.

— Ne bouge pas.

— Compris.

— Nous partirons à la seconde où je reviendrai.

— D'accord.

Apparemment satisfait, Chambers s'éloigna d'un pas pressé et brandit son badge sous le nez d'un employé du musée. Winter en profita pour observer d'autres œuvres pendant que le guide poursuivait son baratin :

— ... représente le récit biblique de David et Goliath. Récit qui doit vous être familier, je suppose ?

Une mer de cheveux gris s'agita de haut en bas, confirmant qu'il avait vu juste.

— ... Bien qu'il ne s'agisse pas de l'original, cette copie, moulée à la fin du XIXe, est une œuvre d'art en elle-même.

Winter se dirigea tranquillement vers la statue suivante, tout en gardant un œil sur la porte, à l'affût de Chambers.

— ... une copie parfaite du chef-d'œuvre de Donatello, identique en tout point, sauf un...

L'oreille dressée, le policier se joignit aux touristes.

— ... Est-ce que quelqu'un peut me dire lequel ?

Le silence s'installa quelques secondes, puis une main frêle se leva.

— Oui ?

— L'épée... ou plutôt son absence.

— Très bien ! Vous avez gagné un retour au premier rang, plaisanta le guide. Maintenant, est-ce...

— Hé ! Excusez-moi ! appela Winter en se frayant sans ménagement un chemin parmi les personnes âgées. Excusez-moi !

— Puis-je vous aider ?

— Qu'est-ce que vous avez dit ?

— Désolé, monsieur, mais comme vous pouvez le voir, j'ai mon propre groupe à…

— À propos de l'épée ! l'interrompit Winter en haussant la voix. Qu'avez-vous dit à propos de l'épée ?

— Qu'il n'en a pas, répondit l'homme agacé.

— Oui, ça, je le vois.

— Mais l'original en a une. À Florence, David tient encore l'arme qu'il a utilisée pour trancher la tête du géant.

Une inquiétude croissante s'affichant sur son visage, Winter s'extirpa du groupe et se précipita dans le hall à la recherche de Chambers.

— Evan ? dit Marshall tandis que la pluie lui martelait douloureusement le cuir chevelu.

La terreur du géant était évidente, ses yeux injectés de sang suggéraient qu'il avait pleuré, et il serrait le sac contre lui comme s'il s'était agi d'un doudou.

— Inspecteur… Marshall ? demanda-t-il d'une voix grave avec pourtant quelque chose d'enfantin.

— Oui, c'est moi. (Elle sourit.) Il y a beaucoup de gens qui vous cherchent.

Il fronça les sourcils, incapable de l'entendre par-dessus le vacarme de la tempête.

Elle avança vers lui.

— Ne faites pas un pas de plus ! aboya quelqu'un dans son oreille.

Elle lança un regard furieux en direction de la réception avant de reporter son attention sur le géant.

— J'ai dit : il y a beaucoup de gens qui s'inquiètent pour vous ! cria-t-elle. Où étiez-vous ?

— Avec Robert.

— Il est ici ? s'enquit-elle en levant les yeux sur leur public.

— Non.

— Savez-vous où il est ?

— Non.

— Mais il sait que vous êtes ici ? lui demanda-t-elle en se rapprochant légèrement.

— Oui, répondit Evan avec un hochement de tête, en regardant nerveusement le policier armé à sa gauche. Il m'a dit de le donner seulement à vous ou au sergent Chambers, dit-il en tapotant le sac gonflé entre ses bras.

Marshall vit l'équipe de déminage arriver en arrière-plan, mais son visage ne trahit rien quand elle reporta son attention sur le sinistre présent de Coates. Même si elle craignait la réponse, elle savait quelle était la prochaine question à poser :

— Qu'est-ce qu'il y a dans le sac, Evan ?

★

Comme le téléphone de Chambers se mettait à sonner pour la troisième fois, Lewis décida exceptionnellement de se lever pour y répondre :

— Bureau du sergent Chambers, dit-il en buvant une gorgée de thé.

— Lewis ?

— Chambers ?

— Où est Marshall ?

— Apparemment, elle gère une sorte d'incident dans le hall.

— C'est-à-dire ?

— Une sorte d'incident, répéta-t-il.

— J'ai besoin que tu fasses quelque chose pour moi. Est-ce qu'il y a un carnet de dessins quelque part sur mon bureau ?

Il savoura une autre gorgée de son thé et scruta les piles de paperasse qui assiégeaient l'ordinateur.

— Négatif.

— Merde... Est-ce que les affaires de Marshall sont là ?

— Oui. Il y a son manteau et son sac.

— Regarde à l'intérieur, lui dit Chambers.

— Heu... Je ne suis pas très à l'aise avec...

— Fais-le !

— OK ! OK ! dit Lewis en jetant un coup d'œil dans la salle pour voir qui était présent avant de commencer à fouiller dans les affaires personnelles d'une collègue... Je l'ai.

— Bien. Amène-le en bas à Marshall.

— Mais elle est...

— Transfère-moi à l'accueil, et descends-le immédiatement à Marshall. Dis-lui que ce qu'elle est en train de gérer ne peut pas être plus important que ça.

— Qu'est-ce qu'il y a dans le sac, Evan ?

Il le lui tendit.

— Ne le prenez pas, lui ordonna Nighton dans l'oreillette.

— Evan, vous avez fait ce que Robert vous avait demandé, dit Marshall d'une voix douce. Alors, je vais avoir besoin que vous posiez ce sac et que vous reculiez.

Il secoua la tête.

— Il m'a dit de vous le donner à vous.

— Je ne peux pas le prendre. J'ai besoin que vous le posiez pour les gens là-bas, dit-elle tandis qu'elle désignait l'équipe de déminage qui patientait à proximité.

— Non ! hurla-t-il en commençant à s'énerver.

Alors qu'il s'éloignait d'eux et, par conséquent, se rapprochait du bâtiment, les armes des policiers émirent un concert de cliquetis.

— Attendez ! cria-t-elle en tendant les bras avec l'énergie du désespoir quand elle vit la peur et la confusion sur le visage du géant.

Nighton se remit à parler dans son oreille :

— Ne faites pas ça. Je suis sérieux, Marshall. N'acceptez pas ce sac.

— Il s'enfuira si je refuse, lui dit-elle avec détermination.

Elle se força à sourire et approcha lentement de l'homme terrifié.

Avec hésitation, il lui tendit le sac qui se révéla être étonnamment léger.

— OK, Evan. C'est fait. Maintenant, il faut que vous fassiez exactement ce que je vais vous dire, d'accord ?

Il acquiesça d'un signe de tête.

— J'ai besoin que vous vous mettiez à genoux.

— Mais… c'est mouillé.

— Je sais. Mais il le faut.

Dans un effort colossal, l'immense homme s'agenouilla, et resta malgré tout légèrement plus grand qu'elle.

— Et, maintenant, mettez les mains sur la nuque.

Il la regarda montrer l'exemple, puis il s'exécuta.

— C'est ça... exactement comme ça.

— Allez ! Allez ! hurla l'un des policiers.

Evan lança à Marshall un regard trahi quand on le poussa en avant et qu'on lui entrava les bras.

— Inspectrice Marshall, dit Nighton dans l'oreillette. Je vais vous demander de poser doucement le sac à terre et de revenir vers moi.

Elle suivit ses instructions et l'équipe de déminage déboula pendant qu'il venait à sa rencontre.

— J'ai le sergent Chambers au bout du fil pour vous.

Marshall rentra dans le bâtiment et fronça les sourcils en voyant son carnet de dessin sur le comptoir de la réception à côté du téléphone. Elle prit le combiné.

— Chambers ? demanda-t-elle en reniflant, l'eau dégoulinant de ses cheveux trempés.

— Que se passe-t-il ?

— Le géant d'Easton était devant l'immeuble.

— ... Vivant ?

Une flaque se formait autour de ses pieds, et ses vêtements imbibés étaient en train de geler aux endroits où ils lui collaient à la peau.

— Il voulait nous donner quelque chose : un sac... de la part de Coates.

— Qu'est-ce qu'il y avait dedans ?

Elle leva les yeux sur le groupe qui se dandinait de façon presque comique dans les encombrantes combinaisons de protection.

— L'équipe de déminage est en train de regarder.

— ... Tu as ton carnet de dessin ? s'enquit-il.

— Oui.

Au son de l'urgence qui perçait dans sa voix, elle décida de ne pas lui demander comme il était arrivé là.

— Le *David de bronze*, lui dit-il.

Elle tourna les pages qui représentaient tant de vies perdues jusqu'à atteindre l'avant-dernière.

— J'y suis.

— Est-ce qu'il tient une épée ?

— Hein ?

— Une épée. Est-ce que David tient une épée ?

Elle examina le croquis de Coates.

— … Non. Pourquoi ?

Se tournant vers Winter, Chambers secoua la tête. Les deux hommes affichaient la même expression troublée.

— Il a dessiné la copie, dit Chambers en essayant désespérément de reconstituer le puzzle. Pourquoi avoir dessiné la copie ?

De l'autre côté de la ville, l'expression de Marshall reflétait celle de ses collègues tandis qu'elle regardait un membre de l'équipe de déminage ramasser le gros sac et avancer dans sa direction.

— Ils sont en train d'apporter le sac, dit-elle à Chambers.

Les pages du carnet tournèrent toutes seules quand le policier pénétra dans le bâtiment.

L'air contrarié, il laissa tomber son fardeau aux pieds de Marshall.

— Rien à craindre, dit-il à Nighton sur un ton suggérant qu'il leur avait fait perdre leur temps.

— Qu'est-ce qu'il y a dans le sac ? s'enquit Chambers.

Le combiné coincé entre son oreille et son épaule, Marshall s'accroupit. Avec précaution, elle desserra le cordon et jeta un coup d'œil par l'ouverture. Puis elle plongea profondément le bras à l'intérieur.

— Marshall, qu'est-ce que c'est ?! demanda-t-il à nouveau.

— … des feuilles. (Elle sortit une poignée de feuilles brunes et cassantes.) Seulement des feuilles.

— Des feuilles de laurier ? s'enquit Chambers tandis que Winter, dévoré par l'inquiétude, faisait les cent pas.

— Difficile à dire, répondit Marshall. Elles sont toutes mortes. Mais… oui. Je crois.

— Pourquoi nous envoyer un sac de feuilles de laurier mortes ? réfléchit-il à voix haute.

— Eloise ! s'exclama Winter en agrippant le bras de Chambers, les yeux écarquillés par la peur.

Il fallut un moment aux pièces pour s'assembler – le tableau d'ensemble qui leur échappait depuis le début : Coates leur laissant le carnet sur lequel était dessinée une copie d'une statue qui ne collait pas avec le reste, la personne disparue pour être sûre d'accaparer leur attention, et la menace factice contre l'une des leurs. Tout ça afin de pousser leurs ressources déjà limitées jusqu'au point de rupture pour qu'il puisse librement terminer son œuvre.

Ça a toujours été à propos d'elle, et seulement elle.

— Marshall, dit Chambers d'une voix tremblante. J'ai besoin que tu trouves où Eloise a été emmenée.

Winter le dévisagea d'un air confus et Marshall demanda :

— ... Emmenée ?

Il aurait préféré le leur apprendre autrement.

— ... Je l'ai fait arrêter plus tôt dans la soirée, admit-il, craignant, avec le recul, d'avoir commis une erreur.

— Tu as fait quoi ? hurla Winter en le poussant contre le mur, les poings serrés.

— Et vous comptiez nous le dire quand ? demanda Marshall chez qui l'inquiétude l'emportait sur la colère.

— Contente-toi de trouver où elle est, dit Chambers.

Au regard que lui lança Winter, il devina que ce dernier ne lui pardonnerait jamais ce qu'il avait fait.

— Dis-leur qu'il en a après Eloise... Dis-leur d'envoyer tout le monde.

33

Les lumières de la ville créaient un paysage onirique fluorescent tandis que Winter roulait à toute allure au milieu de la circulation. Chambers avait accepté de lui abandonner les clés, car il savait que ses propres traumatismes non résolus ne feraient que ralentir leur avancée. Particulièrement conscient des broches qui maintenaient sa jambe, il agrippait le siège à deux mains de peur que le véhicule se retourne chaque fois qu'il prenait un virage à pleine vitesse.

— Tu peux décrocher ?... Chambers ?... Chambers, décroche ! lui hurla Winter en faisant une embardée pour dépasser la voiture devant eux, et manquant de peu un camion qui arrivait en sens inverse.

Quelqu'un parlait dans le vide à la radio, les mots rendus inintelligibles à cause du bruit du moteur. Le faible rétroéclairage orange de l'appareil perdu dans le kaléidoscope de couleurs de l'autre côté du pare-brise. Lâchant le siège d'une main, Chambers prit le micro :

— Chambers, j'écoute.

— Ils ne sont jamais arrivés au poste. Aucune réponse d'Eloise sur son téléphone, et le policier chargé de sa surveillance ne répond pas à sa radio, dit Marshall d'une voix où perçait la panique.

Le hurlement des sirènes diffusé par le haut-parleur jurait avec celui de la leur. Winter se tourna vers son collègue ; son visage affichait bien trop d'émotions pour que Chambers puisse toutes les déchiffrer.

— Nous sommes en route pour son appartement, poursuivit Marshall. La patrouille locale n'est plus qu'à trois minutes.

— Et l'équipe postée dans les bois ? demanda Chambers qui se tenait à présent d'une main au tableau de bord pour conserver son équilibre.

— Ils ont été alertés.

Winter enfonça la pédale de l'accélérateur quand le feu de circulation devant eux passa au rouge. Chambers lâcha le micro et agrippa la poignée de la porte lorsqu'ils se retrouvèrent au milieu du carrefour. Des phares arrivaient sur eux de tous les côtés dans un vacarme de crissements de pneus et de coups de Klaxon qui ne tardèrent pas à se perdre dans le lointain tandis qu'ils poursuivaient leur route.

Secoué, il tâtonna pour récupérer le micro.

— Bien reçu. Terminé.

— Les voilà ! dit Winter en désignant les lumières bleues clignotantes qui filaient sur le pont.

D'un brusque coup de volant qui les fit décoller de leur siège, il fit monter la voiture sur le trottoir et traversa en cahotant une zone piétonne avant de rejoindre la route de l'autre côté. Winter accéléra de façon agressive pour monter la rampe menant au pont. Tandis que les autres véhicules s'écartaient pour les laisser passer, il mit le pied au plancher et rattrapa en un rien de temps l'arrière du convoi.

— *Allez. Allez. Allez,* marmonna-t-il dans sa barbe.

Ils dépassèrent à toute vitesse un panneau de signalisation.

— Son appartement ou les bois ? demanda Chambers qui, vu l'enjeu, estimait que ce n'était pas à lui de trancher.

La bretelle commençait à apparaître et la route s'élargissait à chaque mètre. Indécis, Winter était encore à cheval sur deux voies quand la fourchette se matérialisa.

— Son appartement ou les bois, Winter ?! cria Chambers en tendant les jambes pour se reculer dans son siège.

Winter s'engagea complètement sur la sortie et la barrière de métal défila à la fenêtre tel un train voyageant dans la direction opposée. Il rétrograda pendant que les gyrophares de leurs collègues s'éloignaient en clignotant.

En toile de fond, la ville scintillait sous la pluie et les sommets des gratte-ciel emblématiques se perdaient dans les nuages, pendant que l'amas de lumières bleues poursuivait son chemin dans l'une de ses innombrables veines de béton, telle une dose d'antidote insuffisante à guérir une maladie systémique.

Toutes sauf une : une lueur solitaire qui se détacha des autres. Une lueur solitaire dansant dans les ténèbres.

Les voitures de patrouille étaient déjà sur place quand Marshall bondit hors de la sienne pour se précipiter à l'intérieur de l'immeuble. Elle monta l'escalier quatre à quatre et dépassa plusieurs collègues avant de débouler dans l'appartement où elle trouva deux policiers en uniforme en train d'administrer les premiers secours à un troisième qui, étendu sur le sol du salon, parfaitement immobile, respirait à peine. Elle balaya la pièce du regard et remarqua les signes de lutte.

— Eloise ? cria-t-elle. Eloise !!

— Il n'y a personne d'autre ici, lui dit l'un des agents. Mais la porte était fermée de l'intérieur.

Elle fronça les sourcils.

— Une voisine a entendu des cris un peu plus tôt, annonça l'une des personnes amassées à la porte. Elle a pensé que c'était juste la musique ou une émission à la télé.

Marshall devait avoir l'air atterrée, car son collègue ajouta :

— Je suis désolé.

Elle baissa les yeux sur l'homme à ses pieds.

— Les secours sont en route ? s'enquit-elle.

— Oui.

— Dites-leur qu'il a reçu du bromure de pancuronium. Compris ? Pan… cu… ronium, répéta-t-elle en se dirigeant vers la chambre. Il y a du sang, ici ! cria-t-elle.

Elle suivit la traînée écarlate jusqu'à une paire de ciseaux abandonnés sur la moquette.

— Ce n'est pas le sien ! confirma le policier qui s'occupait de leur collègue.

— Radio ! exigea Marshall.

Quelqu'un se précipita pour lui tendre la sienne.

— Chambers. Winter. Répondez.

Grimaçant quand la portière passager frôla un piquet de clôture, Chambers attrapa le micro alors que Winter leur faisait franchir en aquaplaning l'entrée inondée de Wimbledon Common et fonçait sur le chemin de graviers.

— J'écoute, répondit-il par-dessus le rugissement du moteur.

— Elle n'est pas ici. Je répète : elle n'est pas ici !

★

— Inspectrice Marshall ! appela l'agent qui lui avait prêté sa radio.

Elle sentit son cœur se serrer en voyant l'expression sur le visage de l'homme qui regardait dans le placard du coin de la pièce.

— ... une seconde, dit-elle à Chambers.

Elle contourna le lit en se préparant au pire, et remarqua les traces de sang sur la porte en bois. Le policier s'écarta. Elle prit une profonde inspiration. Mais alors qu'elle s'était attendue à voir un corps, elle resta bouche bée en contemplant à travers le mur l'appartement voisin.

Elle se tourna vers son collègue abasourdi :

— Prenez deux autres agents et passez par-devant... Vite ! ajouta-t-elle en constatant qu'il ne bougeait pas.

Puis elle s'engagea dans l'armoire et poussa les vêtements sur leur rail afin de franchir une arche formée par des briques qui avaient été retirées avec soin. Elle déboucha dans une version cauchemardesque de la pièce qu'elle venait de quitter.

Des structures de métal abandonnées se dressaient, vides, mortelles et ouvertes tels des pièges géants attendant qu'elle s'approche un peu trop. Les murs étaient sombres. Ils semblaient gris au premier regard, mais la couleur était due aux couches de dessins accumulées les unes par-dessus les autres... des centaines de dessins, tous des œuvres d'art. Et des cheveux humains gisaient au beau milieu de la pièce, comme si le sol avait englouti une personne entière. Après une courte hésitation, elle s'agenouilla et ramassa la perruque noire humide et emmêlée au moment où la porte d'entrée s'ouvrait à la volée.

— Bon sang, marmonna-t-elle en portant la radio à ses lèvres. Chambers ?... Chambers, répondez.

Elle n'eut le droit qu'à un grésillement.

— Chambers, répondez !

— M. Christopher Ryan, entendit-elle venant d'un policier qui était en train d'examiner une pile de courriers adressés à un homme mort depuis sept ans et qui se trouvait à ce moment-là dans le congélateur du médecin légiste.

— Chambers ! essaya-t-elle encore une fois, la tête dans les mains, abattue.

— Marshall ?! hurla-t-il dans le micro par-dessus le fracas des graviers en train de mitrailler la voiture qui fonçait entre deux rangées d'arbres en mouvement.

— C'était le voisin, leur dit-elle. Il devait porter une sorte de déguisement. Mais Coates était son voisin depuis le tout début !

Winter se tourna vers Chambers, à voir son visage on aurait dit qu'il avait lui-même tranché la gorge d'Eloise. Il se rappelait le moment où, quelques heures plus tôt, il avait croisé l'homme aux cheveux longs dans l'escalier.

— Il l'a, poursuivit Marshall. Et, tout ce temps, il était juste sous notre nez.

Chambers garda le doigt appuyé sur le bouton de transmission, ne diffusant que des bruits de fond, sans savoir quoi dire.

— ... Reçu.

Winter s'arrêta en dérapant dans le parking adjacent au moulin et sauta du véhicule alors même qu'il n'était pas encore complètement immobilisé. Il fonça vers les arbres, éclairé par la lumière des phares.

— Winter ! Winter, attends ! hurla Chambers, ses cris étouffés par le vent.

Il sortit de la voiture et fut accueilli par de la terre et des débris qui le bombardèrent de toutes parts, tandis qu'il pleuvait littéralement des feuilles.

— Winter ?! appela-t-il encore une fois.

Il s'élança à sa suite, mais se tordit douloureusement la jambe après seulement quelques pas sur le sol inégal.

Jamais il n'avait entendu un vacarme pareil : le bruissement de millions de feuilles qui évoquait un serpent à sonnette prêt à frapper se mêlait aux grincements des branches entrecoupées de craquements tonitruants indiquant que de vénérables centenaires venaient de perdre un autre membre, ainsi qu'au rugissement du vent qui déferlait sur les arbres telles des vagues s'écrasant sur les rochers.

— Eloise ?! cria Winter un peu plus loin devant lui. Eloise, où es-tu ?

À l'agonie, Chambers tituba vers la voix.

— Eloise ?!... Eloise ?!

Puis, alors qu'il était presque certain de l'avoir rattrapé, les appels cessèrent.

— Winter ?! cria-t-il à son tour, sans recevoir de réponse.

Sans tenir compte de la douleur, il se mit à courir à l'aveuglette dans la forêt inondée avec un mauvais pressentiment, de plus en plus intense à mesure qu'il reconnaissait les arbres qui l'entouraient : vivant au milieu d'une forêt de mort.

Il sortit du couvert des arbres et trébucha dans une petite clairière avec un cours d'eau gonflé par la pluie digne d'un dieu, et il vit Winter, à genoux par terre.

— Winter ? l'appela-t-il.

Aucune réaction.

— ... Winter ?

Chambers s'approcha lentement. Il découvrit alors la zone de feuilles éparpillées au-delà de son ami et comprit la raison de son silence.

— Oh mon Dieu, murmura-t-il en boitant jusqu'aux deux corps maintenus en place malgré la tempête par un cadre métallique complexe : Robert Coates en train de poursuivre sa bien-aimée, même dans la mort, son bras gauche enroulé pour toujours autour de la taille nue d'Eloise, tandis qu'elle se détournait de lui une dernière fois.

Chambers appuya délicatement les doigts sur la gorge de la jeune femme... La température de sa peau lui dit tout ce qu'il avait besoin de savoir. Il se tourna vers Winter. Il aurait voulu trouver les mots pour le réconforter, mais rien ne vint.

Reportant son attention sur la silhouette inerte de Coates, il entreprit de procéder à la même vérification et posa deux doigts sur sa gorge…

Surpris, il retira précipitamment sa main avec une puissante sensation de déjà-vu. Il était soudain de retour plusieurs années en arrière après avoir escaladé le socle pour rejoindre le *Penseur* gelé, le regard figé de l'homme rivé sur lui à observer chacun de ses gestes, le léger mouvement de sa poitrine qui s'accélérait progressivement.

— Winter ! appela Chambers sans briser le contact visuel avec la statue vivante. J'ai besoin de toi ici. Tout de suite !

Inquiet, Winter se releva. Tout en faisant bien attention à ne pas regarder en direction d'Eloise, il rejoignit Chambers qui venait de sortir de sa poche intérieure une petite boîte de métal et l'ouvrait afin de révéler une fiole, une seringue et des aiguilles.

— Qu'est-ce que c'est ? s'enquit Winter dont la voix se brisa.

— L'antidote. J'ai demandé à Sykes de m'en fabriquer.

Les yeux écarquillés, Winter se tourna vers Eloise.

— Pas pour elle, dit tristement Chambers… Pour lui.

Winter pivota lentement pour faire face à Coates, et Chambers ne reconnut pas son ami : toute la rage, la douleur, le pouvoir qu'il avait soudain sur la vie d'un autre homme avaient transformé ses traits.

— Il est toujours vivant, expliqua-t-il en lui tendant la boîte avant de s'écarter. À toi de décider.

— Moi ? demanda Winter, perdu, en baissant les yeux sur l'antidote entre ses mains tandis que les deux statues se balançaient doucement dans le vent qui ne faiblissait pas.

Chambers hocha la tête.

— À toi de décider, oui. Mais souviens-toi d'une chose. C'est ce qu'il a voulu. S'il meurt, il gagne.

Winter considéra la situation délicate dans laquelle ils se trouvaient pendant un court instant.

— Honnêtement, je n'en ai plus rien à faire. Je veux juste qu'il disparaisse, dit-il, anéanti.

Il sortit la fiole de verre et la laissa tomber sur le sol.

Comme Chambers ne faisait pas mine d'intervenir, il leva le pied pour l'écraser et éjecter Coates de leurs vies une fois pour toutes… Mais il hésita. Le conflit qui se jouait en lui se lisait clairement sur ses traits tandis que son regard passait du faux dieu, incapable de l'arrêter, à Eloise, élégante et immobile, avant de revenir à son coéquipier. L'indécision faisait trembler sa jambe. Il inspira profondément et serra les dents, les yeux rivés sur la fragile fiole à sa merci…

Le visage baigné de larmes, il hurla dans le vent et s'écarta.

— … Fais-le, dit-il en fermant les yeux comme s'il ne supportait pas de voir ce qui allait se passer.

— Tu es sûr ?

— Fais-le, c'est tout.

Conscient qu'il était peut-être déjà trop tard, Chambers se précipita sur l'homme pétrifié dont les yeux emplis de crainte suivaient ses moindres mouvements pendant qu'il se baissait pour récupérer la fiole. Les doigts de Coates se crispèrent de façon presque imperceptible quand il fut arraché à Eloise pour être allongé sur le sol. Alors qu'il était en train de préparer l'injection, Chambers se tourna vers Winter afin de lui offrir une dernière chance de s'y opposer, mais son collègue garda le silence. Il enfonça profondément l'aiguille dans le cou de Coates, et laissa son pouce en suspens au-dessus du piston.

— Robert… Robert, vous m'entendez ? chuchota-t-il à l'oreille du mourant.

Lentement, les yeux de Coates trouvèrent les siens.

— Seuls les vivants peuvent souffrir comme tu vas souffrir, récita Chambers avec satisfaction en vidant tout le contenu de la seringue dans ses veines.

Il menotta Coates à sa propre structure de métal, puis il se redressa et rejoignit Winter alors que les arbres s'inclinaient au-dessus de leurs têtes jusqu'à éclipser le ciel.

Les deux hommes demeurèrent silencieux un moment.

— Je vais appeler une ambulance, dit Winter en tournant le dos à la scène.

La vue de Coates en train de revenir à lui à son corps défendant à côté du cadavre d'Eloise était plus qu'il n'en pouvait supporter.

Comme il ne savait quoi dire, Chambers se contenta de lui donner une tape amicale dans le dos avant de le regarder s'éloigner. Cinq pas plus tard, il avait complètement disparu derrière les arbres mouvants.

À présent seul, Chambers s'approcha d'un pas hésitant de la femme à qui il avait si terriblement fait défaut : Eloise, délicate, magnifique, figée en plein vol. Il prit un moment pour contempler le dernier chef-d'œuvre tragique de Coates.

— Je suis vraiment désolé, chuchota-t-il, au bord des larmes.

Hébété, il voulut la couvrir, même s'il savait qu'il ne le pouvait pas. La fine robe qui avait été placée avec précision pour donner l'impression qu'elle avait glissé naturellement du corps de la jeune femme se fondait avec le monticule de terre et de brindilles qui lui dévorait les jambes. Et ses mains, découpées avec amour, avaient été remplacées par deux superbes branches de laurier aux feuilles d'un vert profond. L'apothéose de l'œuvre de la vie de Coates s'achevait avec le début de cette métamorphose.

Sept mois plus tard…

Jeudi 3 juillet 1997

34

WINTER LEVA LES YEUX sur l'enseigne orange vif du supermarché, en se disant qu'il avait toujours su qu'un jour ou l'autre il finirait par franchir à nouveau ces portes. Il laissa échapper un juron quand il s'aperçut qu'il était déjà en retard et, cessant de musarder, il s'empressa d'entrer dans le magasin.

— … Depuis, nous avons découvert que Partridge était dans le bar en même temps que cet homme, dit Marshall en brandissant l'image de la caméra de surveillance afin que tous les membres de la criminelle puissent le voir.

C'était la première fois qu'elle assurait une présentation à leur réunion hebdomadaire d'avancement, et elle était sur les nerfs.

— Nous n'avons pour l'instant aucun nom, mais il est connu pour être en lien avec nulle autre que Charlie Slattery, annonça-t-elle en accrochant le regard de Chambers tandis que la révélation provoquait un brouhaha de murmures excités.

Elle lui avait demandé de s'asseoir devant pour la soutenir moralement, même si elle ne semblait pas en avoir besoin. C'était la seconde plus récente recrue du service, et elle venait de faire une percée monumentale dans cette affaire.

— Alors, inspectrice, commença Wainwright depuis sa place habituelle, perchée sur le rebord de la fenêtre. Comment comptez-vous procéder ?

Au même moment, la porte s'ouvrit en heurtant Lewis. Un Winter confus et débraillé déboula dans la pièce avec deux grandes boîtes. Il fut accueilli par les huées de ses collègues qui le bombardèrent de boulettes de papier pendant qu'il se frayait un chemin jusqu'à l'avant de la pièce.

— Hé !... Hé ! se plaignit-il.

— T'es en retard, le nouveau ! lui lança quelqu'un.

— Parce que j'étais allé vous chercher des foutus donuts !

— S'il vous plaît, asseyez-vous, lui dit Wainwright avant de s'adresser au reste de sa turbulente équipe. OK. On se calme, maintenant. Du calme !

Quelques projectiles à la traîne rebondirent sur la tête de Winter alors qu'il prenait place à côté de Chambers que la scène semblait amuser.

— Salut.

— Salut, répondit Chambers.

— ... Hé ? Pourquoi est-ce qu'il y a une page arrachée à ton carnet ?

Wainwright secoua la tête, et se tourna vers Marshall :

— Mes excuses, inspectrice. Comment souhaitez-vous procéder ?

— Il nous faut trouver l'homme sur la photo. C'est notre seul lien avec eux, mais cela va demander beaucoup de temps et de travail sur le terrain. Je ne pense pas pouvoir le faire seule.

— Et je ne m'attends pas à ce que vous le fassiez, dit simplement Wainwright. Alors... de qui avez-vous besoin ?

La question prit Marshall de court. Puis, de sa position sur le devant de la salle de réunion, juste après s'être vu confier sa propre enquête, elle posa les yeux sur Chambers et Winter en train de se chamailler dans le coin et elle sourit...

35

PRENANT POSITION à l'endroit habituel entre l'alarme incendie et cette trace noire sur le mur dont elle n'arrivait pas à se débarrasser, quelle que soit la technique utilisée, Denise Smith attendait pendant que les gardiens escortaient le prisonnier le long du couloir pour ses trente minutes de « promenade ».

Avec ses bandages volumineux enroulés autour de ses avant-bras, un autre carnage qu'elle avait dû nettoyer, le détenu passa devant elle d'un pas traînant. Denise garda les yeux rivés sur le sol. Ces visites quotidiennes éveillaient toujours en elle un léger sentiment de culpabilité.

— Elle est toute à vous ! lui lança l'un des gardiens.

Elle repoussa le mur, attrapa le manche de sa serpillière et fit rouler son seau dans la cellule désertée.

Une fois entrée, Denise ferma les yeux, inspira profondément, et les ouvrit à nouveau.

Étant l'une des seules personnes à voir l'intérieur de cette pièce, elle se sentait un devoir de prendre quelques minutes chaque jour pour réellement apprécier ce qui l'entourait, car chaque centimètre carré des murs ternes, du plafond et du sol était désormais recouvert d'une œuvre d'art époustouflante. Il y avait de délicats croquis au crayon, des repentirs découpant des ombres parfaites, des portraits au pastel vibrants de couleurs, tous uniques, tous d'une splendeur sans égale, tous représentant le même sujet : le visage d'une très belle femme, la même, encore et toujours.

C'est alors qu'elle remarqua quelque chose, quelque chose qui n'avait rien à faire au milieu de tant d'amour et de regrets : une silhouette solitaire faite de charbon et de griffures. La colère irradiait des traits brouillons et des lignes floues, comme si le personnage avait été arraché au mur. Elle se rapprocha pour examiner la sinistre image et reconnut les traits du prisonnier sur le visage du guerrier triomphant qui brandissait la tête tranchée – à la peau sombre et aux yeux vacants – de son ennemi aux cheveux de serpents : trophée qu'il montrait ainsi à tous les dieux.

Révulsée, Denise grimaça et recula pour apprécier le reste de sa galerie d'art personnelle.

— Incroyable, murmura-t-elle en secouant la tête, émerveillée.

Comme elle s'y était attendue, les détails des différentes expressions de la femme étaient si criants de vérité que Denise avait presque l'impression de la connaître.

— Vraiment incroyable, dit-elle à nouveau en essorant sa serpillière au-dessus du seau d'eau savonneuse.

Puis, elle la leva jusqu'à son offrande préférée du jour et se mit à frotter.

Fin

Remerciements

Tout d'abord, j'aimerais remercier ma nouvelle éditrice Georgia Goodall pour m'avoir rappelé de les inclure cette fois. Car pour *Les Loups* quelqu'un a malencontreusement oublié de me rappeler de ne pas oublier de leur rappeler que je risquais d'oublier ; ce qui par conséquent n'a pas manqué d'arriver et qui a été l'équivalent d'un doigt d'honneur involontaire à toutes les merveilleuses personnes sans qui ce livre n'aurait pu exister.

Donc, dans le désordre :

Un énorme merci à Sam Eades. Bien que je puisse être considéré comme réfractaire au travail éditorial, je peux, en toute honnêteté, affirmer que je me suis éclaté à travailler avec toi sur ce livre, et qu'il me tarde de remettre ça, en espérant qu'il y en ait beaucoup beaucoup d'autres. Côté édition, merci aussi à : Ellen Turner, Yadira Da Trindade, Rachel Neely, Jade Craddock, Anna Valentine, Katie Espiner et les autres membres de l'équipe de chez Hachette.

Comme toujours, merci à ma formidable agent Susan Armstrong pour ses conseils et son accompagnement, ainsi qu'à toute l'équipe de C&W : Dorcas Rogers, Tracy England, Jake Smith-Bosanquet, Alexander Cochran, Kate Burton et Matilda Ayris, pour n'en nommer que quelques-uns.

… À mon chat aux trois quarts sauvage, Chonky, de m'avoir permis de vivre assez longtemps pour terminer ce livre et à tous les autres membres de ma famille : L2theB, Sarah, Ma & Ossie, Melo & Indiana B, Bob & KP.

Pas question d'oublier mes deux excellents amis Rob Parson et Matt Muschol, pour leur soutien sans faille et pour être probablement encore plus excités que moi d'être désormais un « auteur ».

Un merci sincère à mes lecteurs pour leur loyauté et leur inlassable enthousiasme, et à tous les blogueurs qui soutiennent ce livre et aident à faire en sorte qu'on entende sa voix au milieu de tout ce bruit.

… Et enfin un merci tout particulier à Alexandra Limon pour son talent et ses superbes illustrations grâce auxquelles cette histoire a pris vie.

À la prochaine…

PARUS DANS
LA BÊTE NOIRE

KATERINA AUTET
La Chute de la maison Whyte (Grand Prix des Enquêteurs 2020)
Prix littéraire de la Renaissance française 2020)

CÉDRIC BANNEL
Baad (Prix du Meilleur polar des lecteurs de *Points* 2017)
Kaboul Express
L'Espion français

JACQUES-OLIVIER BOSCO
Brutale
Coupable

RHYS BOWEN
Son Espionne royale
Tome 1, *Son Espionne royale mène l'enquête*
Tome 2, *Son Espionne royale et le mystère bavarois*
Tome 3, *Son Espionne royale et la partie de chasse*
Tome 4, *Son Espionne royale et la fiancée de Transylvanie*
Tome 5, *Son Espionne royale et le collier de la reine*
Tome 6, *Son Espionne royale et les douze crimes de Noël*
Tome 7, *Son Espionne royale et l'héritier australien*

FRANCK CALDERON, HERVÉ DE MORAS
Là où rien ne meurt

JULIA CHAPMAN
Les Détectives du Yorkshire
Tome 1, *Rendez-vous avec le crime*
Tome 2, *Rendez-vous avec le mal*
Tome 3, *Rendez-vous avec le mystère*
Tome 4, *Rendez-vous avec le poison*
Tome 5, *Rendez-vous avec le danger*
Tome 6, *Rendez-vous avec la ruse*

KAREN CLEVELAND
Toute la vérité

DANIEL COLE
Ragdoll
Tome 1, *Ragdoll* (Prix Griffe noire du polar de l'année 2017)

Tome 2, *L'Appât* (Prix Bête noire des libraires 2018)
Tome 3, *Les Loups*
Pietà

Sandrone Dazieri
Tu tueras le Père
Tu tueras l'Ange
Tu tueras le Roi

Lara Dearman
La Griffe du diable
L'Île au ciel noir

Ingrid Desjours
Les Fauves
La Prunelle de ses yeux

Claire Favan
Serre-moi fort (Prix Griffe noire du meilleur polar français 2016)
Dompteur d'anges
Inexorable

Rebecca Fleet
L'Échange
La Seconde Épouse

Dominique Forma
Coups de vieux

Amy Gentry
Les Filles des autres
De si bonnes amies

Patrice Guirao
Le Bûcher de Moorea
Les Disparus de Pukatapu

L. S. Hilton
Maestra
Domina
Ultima

Ingar Johnsrud
Les Adeptes
Les Survivants

Elizabeth Key
Sept Mensonges

Mathieu Lecerf
La Part du démon

Sara Lövestam
Chacun sa vérité (Grand Prix de littérature policière 2017, domaine étranger. Prix Nouvelles voix du polar 2018, roman étranger)
Ça ne coûte rien de demander
Libre comme l'air
Là où se trouve le cœur

Fabio Mitchelli
Une forêt obscure
Le Tueur au miroir
Le Loup dans la bergerie

Nicole Neubauer
Sous son toit

Vincent Ortis
Pour seul refuge (Grand Prix des Enquêteurs 2019)
Patiente

Gin Philipps
Le Zoo (Prix Transfuge du meilleur polar étranger 2017)

Antoine Renand
L'Empathie (Prix des lecteurs Gouttes de Sang d'Encre 2019. Prix Nouvelles voix du polar 2020, roman français)
Fermer les yeux

Fabrice Rose
Tel père, telle fille (Prix Bête noire des libraires 2020)

Rydahl & Kazinski
La Mort d'une sirène

Romain Slocombe
La Trilogie des collabos
L'Affaire Léon Sadorski (Prix Libr'à Nous 2017, catégorie polar)
L'Étoile jaune de l'inspecteur Sadorski
Sadorski et l'Ange du péché

La Trilogie de la guerre civile
La Gestapo Sadorski

THIBAUT SOLANO
Les Noyés du Clain

ILARIA TUTI
Sur le toit de l'enfer (Prix Bête noire des libraires 2019. Prix Nouvelles voix du polar 2020, roman étranger)
La Nymphe endormie

HARRIET TYCE
Blood Orange

ANNETTE WIENERS
Cœur de lapin

Composition et mise en pages
Nord Compo à Villeneuve-d'Ascq

MIXTE
Papier
FSC FSC® C003309

L'éditeur de cet ouvrage s'engage dans une démarche
de certification FSC® qui contribue à la préservation
des forêts pour les générations futures.

Pour en savoir plus :
www.editis.com/engagement-rse/

Cet ouvrage a été achevé d'imprimer en juin 2021
sur les presses de Normandie Roto Impression s.a.s.
61250 Lonrai (Orne)
N° d'édition : 61760/01 - N° d'impression : 2102504

Imprimé en France

Ce livre existe grâce au travail de toute une équipe.

Communication : Caroline Babulle, Sandrine Perrier-Replein, Typhaine Maison, Adélaïde Yvert.

Coordination éditoriale et administrative : Céline Poiteaux, Martine Rivierre.

Studio : Pascaline Bressan, Barbara Cassouto-Lhenry, Joël Renaudat.

Fabrication : Muriel Le Ménez, Céline Ducournau, Bernadette Cristini, Phousa Chantharath, Isabelle Goulhot, Émilie Lapan (Canada).

Correction : Emmanuelle Coppeaux, Valérie Gautheron.

Commercial, relation libraires et marketing : Laetitia Beauvillain, Alexandra Profizi, Élise Iwasinta, Morgane Rissel, Aurélie Scart, Clément Vekeman.

Cessions de droits : Isabelle Votier, Benita Edzard, Lucile Besse, Sonia Guerreiro.

Gestion : Sophie Veisseyre, Chloé Hocquet, Isabelle Déxès, Camille Douin.

Services auteurs : Viviane Ouadenni, Jean-François Rechtman, Catherine Reimbold.

Ressources humaines : Mylène Bourreau.

Juridique : Laëtitia Doré, Anaïs Rebouh, Valérie Robe, Jean-Benoît Vassogne, Julia Crosnier.

Diffusion : Aurélia Spalacci (directrice des ventes), Nadine Eugénie, Céline Pitt, Arnaud Weill, Hervé Adamczyk, Annie Bourgade, Éric Charpentier, Gilles Couillard, Sandrine Ducrocq, Élisabeth Ehlinger, Guillaume Loras, Jean-Philippe Pilloux, Philippe Maulnier, Gilles Torché, Élisabeth Gastaldo, Jean-Pierre Stephany (Belgique), Olivier Béguin (Suisse), Jean Bouchard et Marie-Ève Provost (Canada), Emmanuelle Cadot, Virginie Godet et Caroline Pan.

Ainsi qu'à toutes les équipes d'Interforum et d'Editis qui participent à la création, la diffusion et la distribution de ce livre.

Canoros Vehit Canentes